Jörg H. Trauboth

ZARENTOD

Das Ende des Präsidenten

Thriller

ratio books

Jörg H. Trauboth
ZARENTOD – Das Ende des Präsidenten
Thriller

Cover: ratio-books, unter Verwendung von
https://de.123rf.com/profile_kyolshin'>kyolshin
https://bit.ly/45czGIA

Korrigierte Auflage Oktober 2024

Impressum
ratio-books • 53797 Lohmar • Danziger Str. 30
info@ratio-books.de
Tel.: (0 22 46) 94 92 61
Fax: (0 22 46) 94 92 24
www.ratio-books.de

ISBN 978-3-96136-173-1
eISBN 978-3-96136-174-8

published by

ratio books

Für Franz König

Jörg H. Trauboth
im September 2023

»Zarentod« ist das vierte Buch aus der Thriller-Serie um Marc Anderson: *Drei Brüder, Operation Jerusalem* und *Omega.* Dieser Polit-Thriller spielt vor dem Hintergrund aktueller politischer Geschehnisse.

Alle in diesem Buch geschilderten Handlungen, Organisationen und Personen sind frei erfunden, sofern sie nicht als reale Personen oder Institutionen genannt werden. Eine Ähnlichkeit von erdachten Handlungen mit realen Personen wäre zufällig und ist unbeabsichtigt.

Auf dem Friedhof von Iwans Eltern in Sankt Petersburg
lag ein handgeschriebener Zettel.
Eltern eines Wahnsinnigen, nehmt ihn zu euch.
Er hat so viel Schmerz und Leid verursacht,
dass die ganze Welt um seinen Tod bittet.
Tod für Iwan Pavlenko!
Ihr habt einen Freak und Mörder großgezogen.

★Schauplätze des Thrillers »Zarentod«

Quelle: 123rf.com/peterhermesfurian • https://bit.ly/449H9GK

PERSONEN

Russland
Iwan Pavlenko (Präsident von Russland)
Yulia Smirnoff (Partnerin von Iwan Pavlenko)
Boris und Igor (Kinder von Yulia und Iwan)
Konstantin Sorokin (Verteidigungsminister)
Alexei Sokolow (Oligarch)

USA / Washington
George F. Summerhill (Präsident / POTUS)
Kryptos (Chef Central Intelligence Agency / CIA)
Chuck G. Jackson (Stabschef Weißes Haus)
Sally (Pressesprecherin Weißes Haus)

Deutschland / Berlin
Kai Schuster (Bundeskanzler)
Wolfram Fuchs (Chef Bundeskanzleramt und Minister für besondere Aufgaben)
Benno Sartorius (Bundesminister der Verteidigung)
Gert Schreiber (Alt-Bundeskanzler)

Anderson Familie und Freunde
Marc Anderson (Ex-Elitesoldat)
Jelke Anderson (Ehefrau)
Pia Marie (Tochter)
Thomas Heinrich (Ex-Elitesoldat)
Aishe Waldberger (Sanitäterin Ukraine)

Ukraine / Kiew
Bohdan Sapronoff (Präsident)
Iris (Kommandeur Spezialkräfte)

Flug AL401
Darias Vanagas (Kapitän, Ehemann von Edith)
Edith Vanagas (Stewardess, Schwester von Marc Anderson und Ehefrau von Darias)
Maria Kudirka (Co-Pilotin)
Ludmilla Petrow (Stewardess)
Juri Petrow (Passagier)
Jürgen von Bornheim (Deutscher Botschafter Litauen)
Michael Wussow (Ex-CEO Ostsee-Pipeline)
Anastasia Wussow (seine Frau)

Sonstige
Andy (Tower-Controller Minsk)
Hannu Mäkinen (Krisenmanager Regierung Finnland)
Leonid (1. Offizier, Yacht *Heavens Gate*)
Antonio (Hubschrauberpilot)
Joe (Eurofighterpilot *Scramble One*)
Freddy (Eurofighterpilot *Scramble Two*)
Dimitri Strassow (Russischer Strafverteidiger)
François Lavalliere (Deutscher Strafverteidiger)
Nika Petrow (Ukrainischer Soldat)

KAPITEL 1

»Achtung! Hochspannungsleitung in dreihundert Metern!«, rief der Co-Pilot.
»In Sicht!«, erwiderte der Kommandant ruhig und zog kurz vor dem Hindernis nach oben, um den Hubschrauber sofort wieder nach unten zu drücken.
Die beiden Piloten der ukrainischen Streitkräfte führten den alten russischen Hubschrauber vom Typ Mi-8 mit ihren Nachtsichtgeräten in einem Zickzack-Kurs, abseits von besiedelten Gebieten und russischen Verteidigungswällen zum Ziel. Das Ziel hieß Luhansk. Der Auftrag: Befreiung eigener Soldaten aus russischer Gefangenschaft. Für das Himmelfahrtskommando hatten sie sich freiwillig gemeldet und den Flug im von den USA gelieferten Simulator intensiv geübt, inklusive simuliertem feindlichem Beschuss und Ausweichmanövern. Die aktuellen Luftbildaufnahmen des Simulators erwiesen sich nun in der schwach beleuchteten Nacht als äußerst hilfreich. Denn im Donbass hatte sich viel verändert, seit die Region vom russischen Präsidenten Iwan Pavlenko gewaltsam annektiert worden war. Zerstörte Städte, verlassene Dörfer, verminte Fluchtwege, Deportationen, Vergewaltigungen, Massengräber, Armut, Hunger, Durst, Verzweiflung.
Iwan Pavlenko wurde von dem Co-Piloten, einem ehemaligen Geschichtslehrer „Zar Iwan II." genannt. Doch nicht nur von ihm. Das ukrainische Volk hasste inzwischen diesen Mann, der mit seinem Größenwahn so viel Leid in die Familien gebracht hatte und ihr Land stehlen wollte. Selbst jene Menschen, deren Denken durch die russische Kultur geprägt war, hatten sich von diesem Irren in Moskau abgewandt.

Der Co-Pilot drehte sich zu Iris, dem Kommandeur der Spezialkräfte und signalisierte »30 Minuten.«
Iris hatte seinen Spitznamen erhalten, weil er – wie die gleichnamige deutsche Flugabwehrrakete – dafür bekannt war, dass er immer ins Schwarze traf. Alles, was Iris anpackte, führte zum Erfolg. Auf einer Straße in Kiew wäre der kinderwagenschiebende, mittelgroße freundliche Mann an der Seite seiner Frau nicht weiter aufgefallen. Niemand konnte ahnen, dass der mit der kleinen Tochter schäkernde Mann eine seltene Symbiose aus Analytiker, Kampfsoldat und Führungspersönlichkeit war und eine steile militärische Karriere vor sich hatte.
Iris betrachtete seine Männer. Die beiden Teams saßen einander gegenüber und blieben trotz des lauten Motorenlärms in dem alten Transporthubschrauber mit gefälschter russischer Kennung völlig entspannt.
Vielleicht war es eine Art meditativer Ruhe vor dem gefährlichen Einsatz. Oder auch das Bewusstsein, dass sie auf diesem nächtlichen Tiefflug in die Oblast Luhansk jederzeit von einer russischen Rakete getroffen werden könnten, ohne irgendetwas dagegen tun zu können. Es waren nicht einmal Fallschirme an Bord, denn jedes Kilogramm zählte für den Rückflug, bei dem die betagte und rappelnde Mi-8 dann voll besetzt sein würde.
Der Kommandeur der Spezialkräfte fixierte den Deutschen gegenüber, der den Blick erwiderte und nickte. Iris hatte die Genehmigung für diesen Befreiungseinsatz mit einem ausländischen Teammitglied von höchster Stelle erhalten. Er hatte nur deshalb zugestimmt, weil der deutsche Marc Anderson im Westen trotz seiner gerade einmal fünfunddreißig Jahre als Legende galt. Gemeinsam mit den US Navy SEALs hatte er eine amerikanische Fliegerbesatzung aus dem tiefsten Afghanistan evakuiert und später als privater Sicher-

heitsagent mit seinem Team die Familie des US-Präsidenten aus den Händen iranischer Terroristen auf einer Luxusjacht befreit. Dafür wurden er und sein Team persönlich vom US-Präsidenten ausgezeichnet. Die iranischen Terroristen rächten sich und ermordeten brutal Marcs Frau vor ihrem Haus in Hamburg. Seitdem hatte man nichts mehr von ihm gehört. Nun, nach Jahren, war er wieder aufgetaucht und kämpfte in der Ukraine um das Leben seines langjährigen Freundes und Wegbegleiters Thomas Heinrich. »Tom« hatte sich vor sechs Monaten in Kiew bei der Internationalen Legion der Territorialverteidigung der Ukraine beworben.

Iris erinnerte sich. Tom war in seiner Bundeswehr-Kampfausrüstung erschienen. Ein Hüne, nicht verbissen, sondern mit dem Gesicht eines liebevollen Vaters, der aber keine Kinder hatte. Das Interview und die praktischen Prüfungen verblüfften das gesamte Check-Out-Team. Vor ihnen stand nicht einer der vielen Bewerber, die zu Hause eine Identitätskrise hatten und meinten, ohne spezifische Vorkenntnisse die überfallene Ukraine retten zu können. Nein, er war ein ehemaliger Hauptfeldwebel des deutschen Kommando Spezialkräfte mit Kriegserfahrung – treffsicher, schnell, stressresistent, teamerfahren und sofort einsatzbereit. Kein Träumer, keiner, der den Heldentod suchte. Das 2.000-Dollar-Gehalt war ihm nicht so wichtig wie vielen anderen Bewerbern der über 1.000 Mann starken Internationalen Legion. Sein ausgeprägter Wille, die angegriffene Ukraine professionell an vorderster Front zu verteidigen und damit seinen kleinen Teil zum Weltfrieden beizutragen, war seine überzeugende Motivation.
Nach bereits zwei Monaten Einsatz an der Front im Süden der Ukraine wurde er Zugführer und stellvertretender Chef in einer internationalen Kompanie, in der Dänen, Polen, Kroaten, Holländer, Israelis, Letten, Engländer und Kanadier kämpften.

Sein Glück im Kugelhagel währte nur kurz. Während der Schlacht bei Bachmut wurde er durch einen Schuss in den Oberschenkel so schwer verwundet, dass er sich nicht mehr auf den Beinen halten konnte. Seine von den Russen gejagten Kameraden berichteten, er hätte in dem Feuer auf freier Fläche seine Mitnahme verweigert und das Team ungedeckt, auf der Straße liegend, durch sein Sperrfeuer gerettet. Sie kamen mit Verstärkung zurück, gerieten erneut unter Feuer, kämpften sich zu der Stelle zurück, wo Tom auf der Straße gelegen hatte, aber er war verschwunden.
Wo war Tom? Verschleppt oder in einem Massengrab verscharrt?
Wochen später führte das russische Staatsfernsehen Thomas Heinrich als einen westlichen Söldner vor und verkündete das Gerichtsurteil aus Luhansk:
»Zum Tode verurteilt wegen des Versuchs, die verfassungsmäßige Ordnung zu stürzen.«
Dasselbe Schicksal erlitten sieben weitere Gefangene der Internationalen Legion.
Iris hatte die Aufnahme wieder und wieder studiert. Toms rechtes Bein war mit einem schmutzigen Verband bedeckt. Er stützte sich mit einem Stock ab, und sein Gesicht zeigte Verletzungen, möglicherweise Folgen von Folter. Doch seinem liebevollen Gesichtsausdruck konnte das nichts anhaben. Tom lächelte in die Kamera, als wolle er seinen Kameraden Mut machen, nicht aufzugeben. Die gequälten Gesichter der übrigen Soldaten zeigten Anzeichen von Leere, Verzweiflung und auch Angst.
Während die Weltpresse berichtete und das russische Staatsfernsehen einen weiteren Beweis für den Krieg des Westens gegen Russland verkündete, tagte in Kiew die oberste militärische Führung. Iris nahm als Kommandeur der Spezialkräfte teil und behielt jedes Wort in dem Bunker genau im Gedächtnis. Die Anspannung im Raum war spürbar, denn

der Präsident selbst erwartete als Oberbefehlshaber eine schnelle und angemessene militärische Entscheidung.

»Warum werden unsere Männer in Luhansk festgehalten und nicht irgendwo in der Nähe von Moskau oder sogar in Sibirien?«, hatte der bullige, glatzköpfige Generalstabschef den Geheimdienstchef gefragt. Er sah mit seiner Nickelbrille und den kalten grauen Augen dem derzeitigen CIA-Chef auf der anderen Seite des Atlantiks frappierend ähnlich. Iris hatte sich gefragt, ob diese Merkmale eine Voraussetzung für den Posten waren.

»Wir sind uns sehr sicher – und das aus zwei Gründen«, antwortete der Geheimdienstler.

»Erstens wurden die Gerichtsurteile bewusst in der pro-russischen Separatistenregion Luhansk gefällt. Damit demonstriert Moskau erneut die gesetzliche Eigenständigkeit der Region. Zweitens nutzen die Separatisten unsere Kämpfer als Schutzschild gegen unsere Angriffe zur Rückeroberung von Luhansk. Sie nehmen die Nähe zur Frontlinie in Kauf, da sie sich am Boden gut verbarrikadiert haben und mit S-300-Flugabwehrraketen geschützt sind. Sie fühlen sich also ziemlich sicher und rechnen nicht ernsthaft mit einer Befreiungsaktion.«

»Und warum sollte unsere Operation in dieser russischen Hölle erfolgreich sein?«, fragte der Generalstabschef, während er Iris, den Verantwortlichen der Operation, ansah.

»Wir haben umfangreiche Vorsorgemaßnahmen am Boden und in der Luft getroffen und planen, mit Hubschraubern auf dem Gefängnishof zu landen.«

»Mit Hubschraubern direkt am Zielort? So wie bei der Ergreifung von Bin Laden? Glauben Sie wirklich, Iris, dass das hier auch funktioniert?«

»Wir sind uns bewusst, dass unsere Situation schwieriger ist. In der US-Operation ging es um die Ergreifung einer Person in einem Wohnhaus in einem neutralen Land, das außerdem

informiert war. Bei uns geht es jedoch darum, acht unserer internationalen Kämpfer aus feindlicher Gefangenschaft zu befreien, die in einem gut bewachten Gefängnistrakt untergebracht sind. Und im Gegensatz zur Operation in Pakistan haben wir einen viel riskanteren Anmarschweg.«
»Da haben Sie recht, Iris. Sehr riskant, vielleicht sogar abwegig. Am Ende haben wir nicht nur tote Gefangene, sondern auch tote Befreier.«
»Um das Entdeckungsrisiko zu minimieren, werden wir im nächtlichen Tiefflug ankommen und drei Bodenteams haben, die die Flugabwehrsysteme während unseres Grenzübertritts für mindestens vierundzwanzig Stunden außer Betrieb setzen oder ausschalten. In Luhansk arbeiten zwölf unserer Spione, loyale Ukrainer mit russischen Pässen. Eine von ihnen, eine Ärztin, hat Zugang zum Gefängnis und berichtet, dass alle Gefangenen zwar verwundet, aber transportfähig sind. Während der Erstürmung des Gebäudes wird eine nachtsichtfähige Drohne eines befreundeten Landes über dem Ziel schweben und das Team, sowie unsere Operationszentrale hier mit aktuellen Bildern versorgen. Doch das Beste kommt noch.«
Er zeigte auf den Geheimdienstchef, der, sich seiner wichtigen Aussage bewusst, seine Brille abnahm und in die Runde schaute.
»Im Gefängnis befindet sich auch Nika!«
Überraschtes, ungläubiges Schweigen.
»Nika Petrow, unser Kommandeur der 72. Mechanisierten Brigade aus Wuhledar?«, fragte der Generalstabschef, als hätte er sich verhört.
»Nika wurde doch für tot erklärt!«
»Das haben wir alle geglaubt«, sagte Iris. »Aber dem ist nicht so.«
Jeder im Raum war über die große Panzerschlacht informiert. Der clevere Nika hatte die offenen Felder entlang der

vermuteten Aufmarschstraße vermint und die anrückenden russischen Soldaten mit den in den Baumreihen versteckten Panzerabwehrteams auf die verminten Seitenfelder gedrängt. Die dort zerstörten Panzer behinderten die anderen. Wenn alles zum Stillstand kam und die Soldaten aus den Panzern flohen, schlugen die Verteidiger zu. Da ihnen Alternativen fehlten, schickten die Russen tagelang neue Panzerwellen, die von Nikas Truppen erneut zusammengeschossen wurden. 5000 tote russische Soldaten, 130 verlorene Kriegsgeräte, darunter über vierzig Panzer und Truppentransporter. Die berühmte 155. Marineinfanterie-Brigade der russischen Pazifikflotte wurde nahezu vollständig ausgelöscht. Danach verlor sich Nikas Spur im tagelangen Häuserkampf. Man konnte ihn nicht mehr finden.

Der Generalstabschef zeigte sich bewegt: »Meine Güte, ... unser Held lebt! Seit wann wissen wir das?«

»Seit genau einer Stunde, direkt aus dem Gefängnis«, antwortete der Geheimdienstler.

»Wie geht es ihm?«

»Er hat einen Schulterdurchschuss nahe der Wirbelsäule und sitzt in einer Einzelzelle. Zwei Mal zwei Meter ohne Licht, ein Eimer als Toilette, russische VIP-Sonderbehandlung.«

Der Generalstabschef kniff verbissen seinen Mund zusammen und sagte: »Ist mir klar. Zar Iwan wird ihm das nie verzeihen. Der Verlust des Eliteverbandes war für ihn fast so schmerzhaft wie die Zerstörung seiner Krim-Brücke.«

»Aus welchen Nationen stammen die anderen Männer?«, fragte er den Geheimdienstchef weiter.

»Neben dem Deutschen, ein US-Amerikaner, ein Kanadier, zwei Tschechen, ein Pole, ein Weißrusse und ein Georgier. Wir haben von allen betroffenen Staaten Anfragen, wie wir mit dem Problem umgehen wollen.«

»Die Sorgen kann ich verstehen. Es geht denen vor allem darum, dass sie nicht in den Verdacht geraten wollen, eigene

Soldaten in unserem Krieg zu haben«, kommentierte der Generalstabschef und blätterte durch die Vita der gefangenen Legionäre.

»Was ich hier lese, ist eindeutig. Alle bis auf den Polen haben eine militärische Vergangenheit, diese beiden sogar einen Hintergrund als Elitesoldaten. Der Deutsche ist vom Kommando Spezialkräfte und der Amerikaner von den US Navy SEALs. Interessiert mich aber nur am Rande. Diese Jungs kämpfen mit einem ukrainischen Hoheitsabzeichen, und schon deswegen dürfen wir sie nicht im Stich lassen.«

Er wählte die Nummer des ukrainischen Präsidenten Bohdan Sapronoff und informierte ihn über den Sachverhalt.

»Was empfehlen Sie?«, fragte der Präsident, der als ehemaliger Schauspieler überraschend die Wahl gewonnen, aber nicht ahnen konnte, dass er bald darauf Kriegspräsident der Ukraine sein würde.

»Eine Befreiungsoperation, Herr Präsident.«

»Wie stellen Sie sich das vor, und wie hoch sind die Chancen?«

Der Generalstabschef erläuterte den Plan. »Iris ist der Kommandoführer. Die Chancen liegen über 50 Prozent. Es gibt nur dieses eine Zeitfenster.«

»Okay«, sagte Bohdan Sapronoff. »Ich bin einverstanden. Die Männer rausholen, alle erforderlichen Waffen und Mittel sind freigegeben. Die betroffenen Familien werden erst nach der Rettung informiert. Nichts darf an die Öffentlichkeit gehen. Viel Glück euch allen!«

»Danke, Herr Präsident!«

Sofort begann die operative Feinarbeit. Ein zweiter Hubschrauber sollte als Reserve parallel fliegen. Marc Anderson erhielt ein Intelligence-Briefing über den Gefängnistrakt in der Kaserne und über die Bewachung, studierte die Fotos der Gefangenen und diskutierte mit Iris den Plan für die Be-

freiung der acht Soldaten. Dabei zeigte sich schnell seine ganze operative Klasse. Iris ernannte ihn danach zu seinem Stellvertreter für die Operation.
Nachdem Marc eingekleidet worden war, sah er kurz geschoren wie einer von ihnen aus. Der kleine Iris blickte zu dem 1,96 Meter großen neuen Freund hoch.
»Wie darf ich dich nennen, *Marc? Teutone? Blitzkrieg?* Nein, du heißt *Gladiator*, Marc der Gladiator! Willkommen in deiner neuen Arena!«
»Lass den Quatsch, Iris! Ich will das nicht! Ich bin Marc und sonst nichts, verstanden?«
Iris hatte den Wodka in einem Zug getrunken und gelacht, als er sah, wie Marc an dem Glas nur nippte.

****

»Zwanzig Minuten!«, signalisierte der Co-Pilot. Der Hubschrauber drehte hart an einer Waldkante und tauchte in eine Lichtung ein.
Marc schloss die Augen. Er spürte diese immer gleiche Spannung vor dem Einsatz. Alles war durchdacht. Die Informationslage am Boden gut. Die Ärztin wurde über die anstehende Rettung der Gefangenen nicht unterrichtet. Die ganze Aktion setzte auf strikte Geheimhaltung, Überraschung und Schnelligkeit. In maximal fünf Minuten mussten die Hubschrauber wieder in der Luft sein, danach war mit dem Gegenangriff der kasernierten Soldaten zu rechnen. Hier konnte viel schiefgehen und trotz aller Kampferfahrung dieser ukrainischen Elitesoldaten war die sowjetische befehlsorientierte Ausbildung im System unverkennbar. Zu wenig eigenständiges Handeln, zu starke Ausrichtung auf den Vorgesetzten, zu wenig der Lage angepasstes dynamisches Verhalten. Gott sei Dank wusste Iris, wovon Marc sprach, und hatte Englisch sprechende Männer mit westlicher Auslandserfahrung

zusammengezogen. Die Erstürmung des Gebäudes hatten sie in drei Nächten unter allen möglichen Szenarien geübt.
»Zehn Minuten!«, signalisierte jetzt der 1. Pilot.
Marc dachte an Jelke in Hamburg. Nach der Heirat hatte er ihr versprochen, mit den »Kriegsspielen«, wie sie es nannte, endlich aufzuhören.
Jetzt saß er hier in einem alten russischen Hubschrauber über feindlichem Gebiet im Tarnfleck ohne Hoheitsabzeichen als hybrid agierender Kampfsoldat. Schlimmer als in den Zeiten beim Kommando Spezialkräfte. Er fragte sich, ob ihn wieder die Droge *Einer für Alle, Alle für Einen* erfasst hatte. Nein, das war es nicht. Diese Zeit war mit der Ermordung seiner ersten Frau Karina Marie endgültig vorbei. Die Militärzeit war Geschichte, er war damit durch. Weder ein heikler Security-Auftrag aus der Wirtschaft, noch befreundete SEALs, die gelegentlich anfragten, konnten diese Einstellung ändern. Die letzte Mission sollte sein, Tom herauszuholen, der für ihn immer mehr war, als ein Freund oder Kamerad in militärischen Einsätzen. Er war sein Bruder.
Iris hatte Marc berichtet, dass Tom einer der fähigsten Soldaten in der Internationalen Legion war, beliebt wegen seiner Zurückhaltung und Empathie. Marc hatte nichts anderes erwartet. Wenn alles gut liefe, würde er ihn in einer halben Stunde im Hubschrauber haben und er selbst in drei Tagen wieder in Hamburg bei Jelke und seiner Tochter Pia sein. In diesem Augenblick wurde der Hubschrauber zur Seite gerissen.
»Raketenangriff!«, schrie der Kommandant.

****

Seit seinem Abflug hatte sich Marc nicht gemeldet. Obwohl abgesprochen war, dass er während seines Einsatzes offline sein würde, konnte Jelke nur schwer damit umgehen. Sie

wusste, dass es um Tom ging, der in Gefangenschaft war und zum Tode verurteilt worden war. Auch für sie war das ein großer Schock, da sie eine lange Freundschaft mit Tom verband.
Tom und die Männer der *Maritime Security Services hatten* Marc in Syrien in einem Tunnel vor dem sicheren Tod gerettet. Seine Frau Karina Marie, zugleich ihre beste Freundin, war ermordet und das Kind Pia entführt worden. Er war auf der verzweifelten Suche nach seiner Tochter gewesen. Was für eine Zeit! Danach hatte Marc deutliche Anzeichen einer posttraumatischen Belastungsstörung gezeigt. Seine Schuldzuweisungen, die dramatische Rettung von Pia, die allmählich wachsende Liebe zwischen Jelke und Marc, ihre Hochzeit und Marcs behutsame Rückkehr in seine Firma – all das lag hinter ihnen.
Jelke fragte sich, ob der laufende Einsatz bei ihm alte Wunden wieder aufgerissen hatte. »Was Tom in der Ukraine passiert ist, kann auch dir jetzt passieren, Marc«, dachte sie und versuchte, diesen Gedanken zu verdrängen. Vergeblich. Sie hatte Angst.
Um sich abzulenken, spielte sie Solitaire auf dem Computer. Doch ihre Unruhe blieb und wurde stärker. Ihre Angst-Fantasien steigerten sich, sie träumte schreckliche Szenarien und glaubte, ihn schwer verwundet in einem russischen Gefängnis zu sehen.
Jelke lief im Wohnzimmer auf und ab. Sie schaltete die ntv-Nachrichten-App auf ihrem Smartphone ein und öffnete die Rubrik »Das Neueste«. Das tat sie ständig.
Es gab nichts, was auf den Einsatz ihres Mannes hindeutete. Sie musste mit jemandem reden und dachte daran, Marcs Schwester Edith anzurufen. Sie wählte ihre Nummer, aber brach den Anruf ab. Marc hatte sie gebeten, mit niemandem über seinen Einsatz zu sprechen.

Sie fühlte sich wie in einem Käfig. Nichts wissen, aber zum Schweigen verdonnert. Leichte Wut stieg in ihr auf. Das würde ihr nie wieder passieren! Diesen Mann musste man vor sich selbst schützen. Er zog Katastrophen magisch an, um dann zu einer Rettungsaktion aufzubrechen.
Im selben Augenblick taten ihr die Gedanken leid. In der Firma war es nun einmal Marcs Job, Sicherheitskrisen zu verhindern und im Einsatzfall mit seinen ehemaligen Elitesoldaten zu lösen. Und die Tragödie mit seiner Frau war nicht vorhersehbar gewesen. Wer konnte wissen, dass Karina Marie als Hotel-Managerin auf dem Schiff des US-Präsidenten George F. Summerhill plötzlich in die Hände bestialischer Geiselnehmer geraten würde? Wer konnte ahnen, dass der Rädelsführer überlebt hatte und Rache an Marcs Familie nehmen würde?
Diese Katastrophenserie musste aufhören! Andererseits konnte sie Marc nicht an die Kette legen. Er lebte für das Krisenmanagement.
Das Kopfkino setzte erneut ein: »Zum Tode verurteilt ... in Gefangenschaft ... Russen ... Massaker ...«
Sie konnte es nicht mehr aushalten und wählte seine Nummer. Ihr Herz raste wie wild, als sie den Klingelton hörte.
»Geh ran, bitte, geh ran!«
Anrufbeantworter.
Sie legte verzweifelt auf.

****

Der Hubschrauber stand mit laufendem Rotor in einer abgelegenen Waldlichtung. »Sorry, Männer für den Abgang! Eine S-300 Rakete! Das war verdammt knapp!«, rief der Kommandant nach hinten. Die Teams atmeten erleichtert auf und sanken zurück in ihre Sitze.
Iris nahm Kontakt mit dem Gefechtsstand auf.

»Geht es euch gut?«, fragte dieser besorgt.
»Ja, wir sind unverletzt. Sollen wir den Einsatz abbrechen? Wir wurden entdeckt!«
»Ihr könnt weiterfliegen. Unser Bodenteam meldet gerade, dass diese letzte S-300 auf eurem Weg ausgeschaltet wurde.«
Wenige Minuten später waren sie wieder in der Luft. Marc versuchte im diffusen Mondlicht den zweiten Begleithubschrauber zu erkennen, doch der blieb unsichtbar. Sie flogen nun in einem wilden Zickzack-Kurs, während sich die Teams fest in ihre Sitze klammerten. Die Lichter der Stadt Luhansk zogen an ihnen vorbei. Iris gab das Zeichen, sich bereit zu machen.
Marc atmete für vier Sekunden in der Atemtechnik der SEALs tief ein. Er ließ die Luft bei geschlossenem Mund in seinen Bauch strömen, hielt dort den Atem für weitere vier Sekunden an und atmete dann langsam durch den Mund aus, während er erneut bis vier zählte.
Gerade als er den Atem anhielt, um ihn für weitere vier Sekunden zu halten, erschütterte ein Geräusch wie von einer Kettensäge den Hubschrauber. Er krachte auf Beton und kippte auf die Seite. Die Triebwerke heulten wie in einem letzten Todesschrei auf, während die desorientierten Männer in ihren Gurten hingen. Im Heck des Hubschraubers schlug eine Stichflamme hoch.

****

»Um Himmels willen, was passiert da gerade?«, rief der Generalstabschef. Die Menschen in der Operationszentrale waren aufgesprungen.
»Die Rotorblätter haben die Kasernenmauer berührt«, antwortete der Geheimdienstchef konsterniert. Sie sahen durch die Helmkamera von Iris, wie sich die Männer durch die nach oben liegende Tür ins Freie schälten.

»Raus hier, die Kiste geht gleich hoch!«, hörten sie ihn rufen.
»Eins, zwei, drei ...« Der Geheimdienstchef zählte bis zehn.
»Sie sind alle draußen, einschließlich der Crew!«, kommentierte er.
Die Explosion des Hubschraubers warf die Männer zu Boden und erleuchtete den gesamten Innenhof.
»Das war es dann wohl!«, flüsterte ein Operator an den Monitoren seinem Kollegen zu.
Der Generalstabschef überlegte einen kurzen Augenblick, ob er den Rückzug befehlen sollte, zumal der zweite Hubschrauber gerade unversehrt den durch das Feuer hell erleuchteten Boden erreicht hatte.
Als hätte der Geheimdienstchef die Gedanken des Generals erraten, schüttelte der verneinend den Kopf. Es war abgemacht, dass Iris und Marc die volle Verantwortung behielten, egal in welcher Situation. Doch eines war gewiss, der Crash hatte nicht nur die Kaserne aufgeweckt, sondern die halbe Stadt.
Iris rappelte sich hoch, verschaffte sich einen Überblick. Das Zielgebäude war hell erleuchtet. Die Elitesoldaten sahen bewaffnete Männer und hörten Befehle.
Iris blickte die Kasernenstraße hinunter, auch dort gingen die Lichter an. Rufe, erste Schüsse!
»Das schaffen wir nicht allein, Iris!«, rief ihm Marc zu. »Plan B!«
Iris sprach ins Mikrofon: »Terminator, Terminator, Terminator!«
»Terminator bestätigt!«, kam die Antwort zurück.
Die beiden Teams näherten sich dem zweistöckigen Gebäude, während die Hubschrauberpiloten Feuerschutz gaben. Iris signalisierte Marc, dass seine Gruppe den rechten Eingang nehmen sollte, während er selbst den linken übernahm. Die ersten angreifenden feindlichen Soldaten rannten direkt in

ihr Feuer. Die acht Männer des Kommandos lehnten an der Hauswand.
Handzeichen.
Erstes Team hinein! Eins – Zwei – Drei – Vier – Sichern.
Lageüberblick.
Feuer auf angreifende Soldaten, Sprengsätze, Schreie.
Langsam bewegten sie sich gegenseitig Deckung gebend auf die Zellen in der oberen Etage zu.
»Kommt hier hoch!«, rief eine Frauenstimme. Iris erkannte sofort die Ärztin, seine Informantin, an ihren schulterlangen blonden Haaren. Sie warf ihm einen Schlüssel zu, wurde im selben Augenblick von einem Schuss getroffen und brach zusammen. Iris wollte zu ihr eilen, als er die Stimme des Drohnen-Operators in seinem Kopfhörer hörte. »Über einhundert Soldaten im Anmarsch, ebenfalls zehn Schützenpanzer.«
Das Alpha-Team von Iris war als erstes an den Türen. Der Schlüssel der Ärztin machte eine Sprengung überflüssig. In wenigen Minuten waren alle Türen geöffnet. Die befreiten Gefangenen stürmten auf ihre Retter zu. Marc und Tom sahen sich einen kurzen Moment an. Marc warf ihm die Maschinenpistole eines getöteten Soldaten zu und drückte ihn sofort zu Boden, als neue Angreifer auf sie zielten. Iris und Marc gaben sich das Zeichen, dass alle Zellen leer waren, aber einer der acht Gefangenen fehlte.
Sie waren weit hinter ihrem Zeitplan. Von draußen rückte eine Armada heran. Sie mussten sofort zu ihrem unversehrten Hubschrauber, dessen Rotoren sie hörten. Aber sie waren gefangen. Jetzt das Haus zu verlassen, wäre Selbstmord. Die ersten Granaten schlugen ein.
Marc sah, dass Iris stark am rechten Arm blutete. Iris winkte ab, nicht wichtig. Tom robbte zu ihm. Keine Zeit, die Jacke auszuziehen, aber die Verwundung sah schlimmer aus, als Iris das signalisiert hatte. Tom riss vom Verband seines Ober-

schenkels ein Stück heraus und schnürte Iris den Arm ab. Iris nickte ihm dankbar zu.
Die beiden Teams hockten mit den befreiten Männern im Gebäude vor den Türen.
»Hoffentlich«, dachte Marc. »Hoffentlich bleibt der Ersatzhubschrauber intakt, sonst war es das.«
In der Ferne war nun das Ketten- und Motorengeräusch der heranrückenden Panzer deutlich zu hören. Nur ein paar Salven und das Gebäude würde in Schutt und Asche liegen. Sie tauschten Blicke aus. Die Situation war allen klar, auch den sieben Befreiten, die gerade noch den Hauch von Freiheit gespürt hatten und mit erbeuteten Waffen zwischen ihren Rettern lagen.
Marc hatte plötzlich ein Déjà-vu.
»Irak, gescheiterte Geiselbefreiung, Tom an seiner Seite, Massen von Soldaten auf sie zulaufend, zwei gegen Hunderte, eine aussichtslose Situation, auf ein Wunder wartend.«
Es gab kein Vorwärts, kein Zurück. Die Teams von Iris und Marc saßen in der Falle. Sie warteten auf die Angreifer, die jetzt durch die Türen brachen.
»Feuer!«, rief Iris. Die ersten Angreifer brachen zusammen, wurden von anderen überrannt und stürmten zu den Befreiern hoch. Zielen, Schießen, Schutz geben, Stellungswechsel. Die nächsten feindlichen Wellen stürmten in das Gebäude. Der ungleiche Kampf war chancenlos.
Iris und Marc sahen sich kurz an. Alles leerschießen, Nahkampf, mehr ging nicht. Marc hielt schützend seinen Körper über den verwundeten Tom. »Ich glaube an Wunder, wie im Irak«, schrie der in den Lärm hinein. Er sollte recht behalten.
Ein Heulen in der Luft. Der donnernde Lärm der zwei MiG-29 Kampfflugzeuge, die über die Kaserne flogen, gefolgt von den Explosionen der Bomben, änderte alles. »Terminator« hatte im allerletzten Moment funktioniert.

Der Fliegerleitoffizier in der Operationszentrale in Kiew dirigierte die ukrainischen Piloten anhand der Livebilder der Drohne. Bereits beim ersten Angriff stoppte die heranrückende Kolonne, Fahrzeuge wurden durch die Luft geschleudert. Soldaten flohen panisch.
Die Teams sahen durch die geborstenen Türen und Fenster, wie die Kampfflugzeuge vorbeifegten. Marc dachte, wie schwer es für die Piloten sein musste, diese kleine Kaserne in der Stadt zu finden und mit den veralteten MiGs präzise zu bekämpfen. Er wusste, dass die findigen Ukrainer mit gekauften portablen Navigationsgeräten ihren Job erledigten und westliche Raketen unter ihre MiGs montiert hatten.

Die Angreifer suchten Schutz. Es folgten ein zweiter und dritter Luftangriff auf das Kasernengelände. Dann wurde es ruhig. Meldung des Formationsführers: »Area sauber!«

Der Generalstabschef sah erleichtert, wie die beiden Teams zu dem intakten Hubschrauber hinausstürmten. Ein Soldat aus dem Alpha-Team stützte Iris, dessen Gesicht nun fahl war. Marc hatte Tom über die Schulter gehängt, der kaum laufen konnte.
Die Hubschrauberpiloten rissen die Arme hoch: »Rein mit euch!«
Wenige hundert Meter weiter brachen Panzer durch die Mauer und suchten nach Zielen. Marc wollte gerade als letzter in den Hubschrauber springen, als er eine Person mit langen blonden Haaren im Eingang des Gefängnisgebäudes am Boden liegend sah, den Arm kraftlos gehoben. Aber sie winkte. Die Ärztin! Er überblickte die Lage mit Blick auf die Panzer, rannte zurück, packte die Ärztin unter dem Feuerschutz der Kameraden und erreichte den bereits in der Luft schwebenden Hubschrauber. Sechs Männerarme zogen sie beide hinein, als die Panzer die ersten Salven abfeuerten.

Der Hubschrauber senkte sich hinter der Mauer ab und verschwand im Dunkel der Nacht.

Die Piloten flogen den kürzest möglichen Weg zurück, in der Hoffnung, dass aufsteigende russische Jagdflugzeuge und Raketen von den eigenen Iris-T SLM – und Patriot-Flugabwehrwaffen erkannt wurden.
Der verwundete Commander Iris sah sich die Gesichter der Befreiten an. Er meldete nach Kiew: »Operation abgeschlossen, ein Gefangener fehlt, die Ärztin bei uns, insgesamt vier Personen leicht verletzt.«
»Bravo Iris! Wer fehlt?«, fragte der Generalstabschef.
»Nika, er befand sich nicht im Gebäude.«

KAPITEL 2

»Ciao, Mama«, rief Pia.
»Ciao, mein Liebling, bis heute Nachmittag!«
Jelke übergab Pia ihrer Freundin, die sie mit ihrer eigenen Tochter in die Kindertagesstätte Blankenese fuhr. Nächste Woche würde es umgekehrt sein.

Seit Marcs Abflug konnte sie kaum noch schlafen. Warum meldete er sich nicht?
Sie scrollte auch dieses Mal eher erwartungslos durch die Schlagzeilen und stockte, da war es! Der ukrainische Präsident in der morgendlichen Ansprache: »In einer Operation mit unseren Spezialkräften haben wir in der letzten Nacht unsere von Russen in Luhansk festgehaltenen und zum Tode verurteilten ukrainischen Kämpfer befreit. Alle geretteten Soldaten sind wohlauf und mit den Familien vereint.«
Erleichtert und wütend zugleich sprang sie auf. »Und was ist mit meiner Familie, wo ist mein Mann, Herr Präsident?«
Ihre Finger flogen weiter über die Tasten, als sie plötzlich Marc im Video sah.
»Marc, warum hast du dich nicht gemeldet?«
Er grinste. »Ich musste dem Präsidenten mit der Veröffentlichung den Vortritt lassen, aber jetzt können wir sprechen. Du siehst, es geht mir gut. Ich komme in einem Stück zurück.«
»Oh, Marc, ich will das nie wieder erleben. Wann bist du hier?«
»Ich arbeite daran. Zuerst muss ich zur Grenze nach Polen kommen. Von Rzeszów geht es mit einem Flieger nach Hause. Zivil oder militärisch, ich weiß es nicht. Rechne übermorgen

mit mir. Dann werde ich dir erzählen, was passiert ist. Jetzt ist das etwas ungünstig.«
Jelke verstand.
»Ich liebe dich, Jelke.«
»Ich dich auch, mein Schatz. Mach dich auf was gefasst, wenn du zu Hause bist.«
Marc wusste nicht genau, was sie meinte.
»Geht es Pia gut?«
»Bestens, sie hat dich nicht vermisst.«

****

Der neue Tag brach an. Marc würde morgen kommen, wenn alles gut liefe. Bestimmt war er froh. Er war in seinem Job als Security Consultant gelegentlich über Nacht fort, aber er liebte die Abwesenheit von zu Hause nicht mehr. Die Frontarbeit beim Kunden machten seine Leute.
Sie ging ins Bad, prüfte ihr Gesicht im Spiegel und wollte gerade aus ihrem schwarzen Satin-Morgenmantel schlüpfen, als sie hörte, wie sich die Tür öffnete und ihr Hund bellte. Sie sah in den Hausflur und starrte Marc an: »Kannst du bitte schön einmal normal kommunizieren und deine Ankunft melden!« Dann rannte sie zu ihm, sprang mit einem Satz auf ihn zu, mit den Beinen seine Hüfte umklammernd. Marc gelang es gerade noch mit einer Hand die Haustür zu schließen und den Hund streichelnd abzuwehren, als sie von ihm ließ und ihn direkt über den Flur zur Couch zerrte.
»Darf ich vorher noch einmal die Toilette besuchen, gnädige Frau?«
»Nein!«, sagte sie. »Nahkampf, Herr Anderson, jetzt!«
Sie zog seine Hose ganz herunter und nahm erstaunt wahr, dass er olivgrüne lange Unterhosen trug, die sie bisher nicht kannte. Das ukrainische Militär hatte ganze Arbeit an ihrem Mann geleistet. Er hätte auch im Kettenhemd kommen kön-

nen, es war ihr vollkommen gleichgültig. Sie wollte das, was darunter war, öffnete seine Militär-Unterhose und setzte sich rittlings auf ihn.
Plötzlich sah sie über die Couch hinweg Herrn Schröder, der das Geschehen mit großen Augen betrachtete. Sie wollte laut lachen, aber diese letzte riesige Welle in ihr war zu stark und endete in einem langen hellen Schrei, der nicht mehr aufzuhalten war.
Herr Schröder duckte sich augenblicklich.
Marc zog sie zu sich, umschloss sie liebevoll und flüsterte:
»Jeder Nahkampf ist nichts, verglichen mit dieser Frau.«
Sie beugte sich zu ihm, küsste seine dichten dunklen Wimpern, verbiss sich in seinen Ohrläppchen und blieb regungslos auf ihm liegen.
»Ich glaube, das werden Zwillinge, Marc.«
»Zehn Tage Samenstau, kein Wunder«, flüsterte er in ihr Ohr.
Sie lachte.
»Du warst mir auch wirklich treu? Die Mädchen in der Ukraine sollen bildhübsch sein.«
Er schmunzelte.
»Wohl wahr, aber sie mögen keine Männer, die ihnen von der besten aller Ehefrauen zu Hause erzählen.«
»Danke, Marc, ich liebe dich so sehr.«
»Und du, Frau Anderson. Warst du mir treu?«
»Ja, seitdem du mich verlassen hast.«
»Kannst du das beweisen?«
»Natürlich, es gibt einen Zeugen.«
»Wie bitte, wer?«
»Herr Schröder.«
»Unser Hund kann leider nicht reden.«
»Aber beißen. Er hat uns gerade mit großen Augen zugeschaut und den Mann unter mir nur nicht gebissen, weil er ihn kannte.«
Marc lachte schallend.

»Das nennt man Multitasking. Okay, akzeptiert. Guter Hund!« Sie lachte den geliebten Mischlingshund aus dem Tierheim an, beugte sich erneut über Marc und führte langsam und zielgerichtet ihre Hand zwischen seine Beine.
»Ich liebe deine olivfarbene Unterhose ... nie wieder ohne.«
»Und ich liebe diese Frau, ihren Geruch, ihre Augen, ihre Hände. Ich liebe Sie, Frau Anderson, mit allem an Ihnen.«
Es war ihr egal, dass Herr Schröder wieder zuschaute. Sie hatte ihren Marc wieder.

Später fragte er, seine unterwürfige Rolle spielend: »Darf ich jetzt zur Toilette gehen?«
»Ausnahmsweise, mein Krieger. Lust auf ein Frühstück im Bett?«
»Das wäre richtig geil. Was für ein wundervoller Start in den Tag!«

Die Glasen-Uhr schlug achtmal an, als sie mit einem Tablett zurückkam.
»Voila, Herr Anderson! Dein Welcome-Breakfast mit einem gekochten Ei, Käse, Marmelade, Erdbeerjoghurt, Traubensaft, Weintrauben, warmen Semmeln und Champagner.«
»Von der nackten Blondine dahinter ganz zu schweigen!«
»Angeber! Überschätze dich nicht! Wir päppeln dich jetzt erst einmal auf.«
Sie reichte ihm das Tablett und setzte sich zu ihm ins Bett, vor dem sich Herr Schröder bereits in Erwartung eines Leckerlis in Position gebracht hatte.

Von der Elbe hörten sie den anschwellenden und abklingenden Motorlärm der Schiffe. Ein Flugzeug aus Fuhlsbüttel hinterließ einen Streifen am blauen Himmel.
Sie aßen und schwiegen. Jelke versuchte, sich in seine Gedanken hineinzufinden. Er kam aus einer vollkommen an-

deren Welt. Ohnehin war ihr die Welt der Soldaten fremd. Sie war Sozialpädagogin und zutiefst davon überzeugt, dass der Mensch nicht böse geboren wurde. Sie suchte das Gute im Menschen zu fördern und fürchtete, dass Marc in der Befreiungsoperation Grauenvolles erlebt hatte. Die Breaking News ließen Schlimmes vermuten.

»Magst du reden, Schatz?«

Marc lehnte seinen Kopf zurück. Während seiner Zeit beim Kommando Spezialkräfte hatte er nie über seine Einsätze gesprochen. Sie waren geheim und belastend für andere, die damit nichts zu tun hatten. Er wüsste auch nicht, wie er jemandem erklären sollte, dass er töten musste, um nicht getötet zu werden. Dass er sein Leben für andere oder für ihm wichtige Werte riskierte.

Doch er konnte Jelkes Frage auch nicht ignorieren. Sie kannten sich zu gut, und sie stellte die Frage nie aus Neugier, sondern immer aus tiefer Sorge um ihn. Sie fürchtete wahrscheinlich auch, dass sein altes Verlusttrauma wieder auftreten könnte. Aber diese Sorge war unbegründet. In diesem Einsatz hatte er niemanden verloren, der ihm nahestand, im Gegenteil.

»Wir haben Tom zurückgebracht. Er kuriert sich gerade in Kiew aus.«

»Was für eine wundervolle Nachricht! Ich bin soooo froh, dass du wieder hier bist.«

Sie sah sein ernstes Gesicht. »Geht es dir gut, mein Schatz?«, fragte sie.

»Ja, es geht mir gut. Ich bin sicher, dass der Psychopath in Moskau die Todesstrafe auch umgesetzt hätte. Das haben wir mit einem großartigen Team verhindert.«

Jelke spürte, dass ihre nächste Frage nach Einzelheiten des Einsatzes nicht beantwortet werden würde. Es war auch gleichgültig. Er lag unverletzt neben ihr.

»Welche Verletzung hat Tom?«, fragte sie.

»Durchschuss am rechten Oberschenkel, alles reparabel und ohne Folgen, sagt der Arzt.«
»Glaubst du, dass er bei der Hochzeit deiner Schwester in Litauen dabei sein kann?«
»Du kennst ihn. In Kiew hat er nach seiner Rettung gleich kundgetan, dass er jetzt erst recht wieder zur Front muss. Seine Leute würden auf ihn warten.«
»Und, wird das passieren?«
»Der Kommandeur der Internationalen Liga, ein unglaublich guter Typ, hat ihm neben einer Medaille drei Monate Heimaturlaub verpasst. Danach wolle man über die Zukunft reden.«
»Daran warst du nicht ganz unschuldig?«
»Stimmt, du weißt doch, der Soldat ist zur Kameradschaft verpflichtet. Der Pflicht bin ich nachgekommen«, sagte er und sah sie zwinkernd an.
»Du mit deinem Kameradschaftsfimmel«, meinte sie. »Einmal Soldat, immer Soldat.«
Er lachte. Seine Frau verstand ihn. »Tom wird in den nächsten Tagen wieder in Hamburg sein und sich richtig auskurieren. Außerdem freut er sich auf die Hochzeit meiner Schwester.«
Jelke griff zum Nachttisch. »Schau, das ist die Anzeige.«
Edith und Darias Vanagas laden ein ...
Marc las den weiteren Text.
»Das ist ja mal etwas ganz Besonderes! Mein Schwager Darias und meine Schwester Edith fliegen die Hochzeitsgesellschaft nach Vilnius!«
»Genau, ich habe mit Edith gesprochen. Sie ist riesig stolz, dass er unser Flugkapitän ist und sie uns als Chefstewardess bewirten darf. Das Ereignis in Vilnius muss wahnsinnig sein! Es soll eine litauische Hochzeit in einer russisch-orthodoxen Kirche mit über einhundert Gästen werden. Darias fährt ganz groß auf und möchte natürlich auch seinen berühmten Schwager präsentieren.«

»Was ich verhindern werde. Wer passt eigentlich auf Herrn Schröder auf?«
»Meine KITA-Freundin, sie hat selbst einen Hund, beide verstehen sich bestens. Prost, mein Lieber! Auf unser wunderbares Leben in Frieden.«
Sie tranken einen Schluck Champagner.
»Du hast so recht, Jelke. Was ich gesehen habe, ist unfassbar.«
Er berichtete, dass in der Ukraine jeder direkt oder indirekt vom Krieg betroffen sei. Viele Familien hätten ihre Ehemänner, Söhne oder Brüder verloren. Soldaten würden ihre Familien vermissen, Wohnungen seien zerstört, und es gäbe regelmäßig Strom- und Wasserausfälle. Das Leben sei grausam, geprägt von Luftalarm, dem Verstecken im Keller und einer großen Sehnsucht, draußen im Café zu sitzen. Doch wenn das möglich wäre, säßen dort zu neunzig Prozent nur Frauen.
»Du wirst es kaum glauben, aber der Verteidigungswille der Menschen ist nach fast zwei Jahren Krieg ungebrochen! Sie sind entschlossen, keinen Zentimeter ihres Landes aufzugeben. Sie stehen wie eine Festung hinter ihrem Präsidenten und verabscheuen den Kriegsverbrecher im Kreml. Ich glaube, selbst wenn eine Atombombe fallen würde, würden sie weiter gegen die Russen kämpfen. Ich habe wirklich viel gesehen, aber dieser Krieg übertrifft alles in puncto Grausamkeit. Es ist weitaus schlimmer, als die Bilder zeigen.«
»Was macht das mit dir, Marc? Ich kenne dein Helfersyndrom. Willst du etwa dorthin zurück?«, fragte sie.
»Nein, Jelke. Das Problem lässt sich sowieso nicht auf dem Schlachtfeld lösen.«
»Wie dann?«, fragte sie.
Marc starrte an die Decke.
»Iwan muss verschwinden. Vorher wird es keinen Frieden geben. Nicht für die Ukraine, nicht für die Welt«, sagte er.
»Und wie soll das geschehen?«

»Ich hätte da einige Ideen.«
Sie sah ihn drohend an.
»Untersteh dich! Denke nicht einmal daran!«
»Keine Sorge, das liegt nicht in meinem Zuständigkeitsbereich«, beruhigte er sie.
»Und was ist, wenn die SEALs dich wieder anfordern?«
»Mich alte Krähe? Nein, mein Schatz. Nach diesem Einsatz brauche ich etwas ganz anderes.«
»Ich ahne es. Du möchtest heute deinen Oldie fliegen.«
»Genau, über den Wolken ... Wind-Nord-Ost, Startbahn 03 ... meine Gedanken sortieren ... einfach wie Ikarus über den Horizont blicken.«
Er tippte mit dem Finger in sein Champagnerglas, benetzte ihre Lippen und küsste sie.

KAPITEL 3

Der Bahnhof von Sankt Petersburg war menschenleer. Niemand fragte, warum das Gelände hermetisch abgeriegelt war. Niemand wusste es, außer den drei Personen vom Geheimdienst und dem Bahnhofsleiter, die dem völlig normal aussehendem grünen Personenzug nachsahen, der aber nicht auf vier, sondern auf sechs Achsen fuhr und auf dem Dach eine Spezialausrüstung trug. Niemand außer den Eingeweihten kannte das Ziel des Zuges, und niemand stellte Fragen. Kaum war der ungewöhnliche Personenzug verschwunden, strömten die Menschen wieder in den Bahnhof.

Michael Wussow saß allein in dem schwer gepanzerten Waggon. Sein langjähriger Freund hatte seit dem Krieg in der Ukraine sein Reiseverhalten vollkommen verändert. Er fuhr in seinen eigenen Zügen auf einem eigenen Streckennetz mit für ihn gebauten unterirdischen Bahnhöfen in der Nähe seiner Datschen. Wie bei Wyborg, dem Ziel dieser zweistündigen Fahrt.

Er schaute auf die hölzerne, verzierte Wandvertäfelung, die schweren blauen Gardinen an den hohen Scheiben, die von außen nicht einsehbar und wie Wohnzimmerfenster geschnitten waren. Er betrachtete die dunklen Möbel, die lederne Sitzgruppe auf einem schweren dunkelgrünen Teppich und die Wandbilder des Kremls und der Basilius-Kathedrale, die mit goldenen Lampen eingerahmt waren.

In einem kleinen Bücherregal standen Bücher über die Zaren Russlands, darunter eines mit dem Titel *Die Ermordung des letzten Zaren Nikolaus II. und seiner Familie samt Gefolge.*

Dieses unglaubliche Ereignis hatte Michael während seiner Ausbildung als Geheimdienstoffizier in der DDR intensiv stu-

diert. Er erinnerte sich. Die Tat fand während der sowjetischen Ära kaum Beachtung, erst als die genauen Umstände der Nacht vom 16. auf den 17. Juli 1918 aufgeklärt wurden, stieg das Interesse daran.
Nach einer Odyssee durch Sibirien wurden die Romanows nach Jekaterinburg gebracht. In jener Nacht wurden die sieben Mitglieder der Zarenfamilie in den Keller geschickt. Die Frauen trugen Kleider, in die pfundweise Schmuck und Perlen eingenäht waren. Dann erschienen die Mörder, von denen einige betrunken waren. Sie erklärten, dass die Anwesenden zum Tode verurteilt seien, und begannen zu schießen. Da die Kugeln am Schmuck der Frauen abprallten, griffen die Mörder zum Bajonett, um die Opfer zu erstechen. Die Bajonette blieben jedoch bei den Mädchen in den Miedern hängen. Es dauerte zwanzig Minuten, bis alle tot war. Selbst der kleine Hund wurde getötet. Die nackten Leichen wurden in eine Grube geworfen, wieder herausgeholt, verbrannt und in eine noch tiefere Grube geworfen.
Das Massaker an den Romanows durch die Bolschewiki wurde aufgearbeitet und die sterblichen Überreste der Zarenfamilie in St. Petersburg in der Peter-und Paul-Kathedrale beigesetzt.
Michael hatte diesen Ort gelegentlich besucht, vielleicht auch, weil er in seiner Arbeit nicht die Frage hatte klären können, ob die Familie des letzten russischen Zaren einem Ritualmord zum Opfer gefallen war.
Er blätterte durch die Seiten, ein Lesezeichen rutschte heraus. Michael las: »Pass bitte immer auf Dich und auf uns alle auf. Yulia.«
Er hörte ein Geräusch hinter sich. Ein junger Mann im schwarzen Anzug erschien. »Bitte Ihren PCR-Test.«
Michael wusste, dass sein Gastgeber auch lange nach der Corona-Pandemie diesen Nachweis grundsätzlich verlangte, wenn er mit jemandem in Kontakt trat.

Der Mann sah sich das Ergebnis »Negativ« an und steckte das Schreiben ein.
»Die Arme heben!« Er untersuchte ihn intensiv nach Waffen. »Umdrehen!«
Er gab ihm ein Zeichen, die Schuhe zu heben, tastete sie mit einem Scanner ab und verließ ihn mit einem kurzen *Spasibo, Danke*.
Michael hätte sich gewundert, wenn die Kontrolle nicht erfolgt wäre. Er kannte Iwan zu gut, Angst vor Ansteckung, misstrauisch, vorsichtig.

Neugierig betrat er das Bad und staunte kurz. Alle sanitären Anlagen, inklusive Badewanne waren mit goldenen Armaturen ausgestattet. Er sah einen begehbaren Schrank und einen weiteren Nebenraum, offensichtlich eine Sauna. Im Regal eine Haarbürste, eine zweite Zahnbürste und Parfümpackungen aus Frankreich. Alles verschlossen im Originalzustand. Offensichtlich für Yulia vorbereitet, Iwans heimliche Frau, die sich seit Monaten mit den beiden gemeinsamen Jungen in Monaco aufhielt.

Michael dachte zurück. Es war gut, endlich wieder bei seinem Freund zu sein, den er seit 1989 kannte. Er hatte ihm bei einem gesundheitlichen Problem seiner ersten Frau geholfen und ihm später als Chef der East Stream AG gedient.
Sie hatten sich seitdem Hunderte Male getroffen, gemeinsam gejagt, gezecht und gefischt. Iwan brachte Michaels Kinder in Davos das Skifahren bei. Als beide vor gut zwanzig Jahren in einer tiefen Ehekrise steckten, frühstückten sie jeden Morgen gemeinsam und klagten sich gegenseitig ihr Leid. Doch sie verband mehr als das.
Michael war einst Spion der Stasi, Hauptmann der Volksarmee, und Iwan war Major beim KGB. Die beiden sprachen eine Sprache, die der Geheimdienstler. Sie konnten einander

lesen, ohne zu sprechen, sie profitierten voneinander. Michael war der unscheinbare Strippenzieher, absolut verlässlich. Iwan förderte ihn wie einen Oligarchen, der er aber nie wurde und auch niemals sein wollte. Ein guter Stasi-Agent fiel nie auf.

Doch mit dem Krieg änderte sich alles. Seine Pipelinefirma wurde in die staatlich gelenkte Insolvenz geschickt. Jetzt stand er im Fokus der westlichen Geheimdienste und war ein Niemand, von dem keiner mehr etwas wissen wollte.

Das gleiche Schicksal ereilte seinen ehemaligen Aufsichtsratsvorsitzenden, den früheren Bundeskanzler Schreiber. Doch dieser führte weiterhin seine Geschäfte, während Michael der einzige Deutsche war, der auf der Sanktionsliste der USA stand.

Das bekam er unmittelbar zu spüren, denn seine Kreditkarten funktionierten nicht mehr und sein Geld auf den Konten war blockiert. Ohne das Geld seiner Frau hätte er diese Reise nach Sankt Petersburg nicht bezahlen können. In Deutschland fühlte er sich zu Hause. Er lebte gerne in seinem Dorf. Doch seitdem seine Beziehung zu seinem Wegbegleiter Iwan bekannt geworden war, wirkte er plötzlich auch auf Nachbarn und Freunde toxisch. Auswandern? Seine Frau wäre gerne für immer in Russland geblieben. Sie war eine glühende Verehrerin von Iwan. Aber er wäre auch in Russland ein Niemand. Er fühlte sich staatenlos und ohne ein Zuhause.

Es tat gut, sich frisch zu machen, nachdem die Reise bereits zwölf Stunden gedauert hatte. Er war von Freiburg mit dem Auto nach Düsseldorf gefahren und dann mit Turkish Airlines nach Istanbul gereist, von dort aus weiter nach Sankt Petersburg. »Alles wegen dieser verdammten Sanktionen«, dachte er. »Der Westen schießt sich selbst richtig ins Aus. Zum Glück gibt es noch die Türkei.«

Er betrat erneut den Wohnbereich des Waggons, suchte sich auf der linken Seite einen Fensterplatz in Fahrtrichtung und betrachtete die vorbeiziehende Landschaft. Die letzten Häuser von Sankt Petersburg verschwanden und zwischen den Wäldern schimmerte im Abendlicht der Finnische Meerbusen. Diese Landschaft liebte er. Sie war ihm aus der Zeit seiner geschäftlichen Aktivitäten in Sankt Petersburg vertraut.
Michael Wussow zuckte kurz zusammen, als sich eine Hand von hinten schwer auf seine Schulter legte.
»Einmal KGB, immer KGB«, sagte Michael auf Russisch, nachdem er sich gefasst hatte.
Er erhob sich, drehte sich um und ergriff die ausgestreckte Hand seines Gastgebers, der ihn lächelnd ansah.
»Schön, dich zu sehen, Michael Michailowitsch.«
Obwohl sein Name nicht wirklich Michailowitsch war, nannte er ihn gerne so, wenn es ernst wurde – Mischa, wenn sie sehr persönlich wurden.
Sie betrachteten sich kurz, um herauszufinden, ob sich der andere verändert hatte. Der kleine schlanke Iwan mit seinem sorgfältig gekämmten dünnen Haar war leger gekleidet. Er trug eine braune Wildlederjacke über einem hellen Rollkragenpullover.
»Schön, dich zu sehen, Iwan. Danke für die Einladung. Ich kann etwas Aufmunterung gebrauchen.«
Iwan nickte, als ob er Michaels Situation sehr gut verstünde, lud ihn mit einer Geste zum gedeckten Tisch ein und ging hinter seinem massigen Freund her. »Was möchtest du trinken, Michailowitsch? Kaffee, Tee, etwas Alkoholisches?«
»Du trinkst grünen Tee, wie immer?«
»Stimmt, wie immer.«
»Dann nehme ich auch gerne einen.«
Iwan winkte einer blau uniformierten und etwas zu stark geschminkten Bahn-Stewardess zu, die sich dezent im Hintergrund hielt.

»Wie fühlt man sich als neuer Zar?«
Iwan schmunzelte.
»So ein Quatsch, nenn mich nicht so, Mischa! Für meinen Vornamen Iwan kann ich nichts. Typisch deutsche Boulevard-Presse! Ich sehe mich nicht als Zaren. Ich herrsche nicht, halte weder Hof, noch sitze ich vor dem Spiegel und probiere Hüte aus. Ich arbeite jeden Tag zwölf Stunden und leiste mir nur sechs Stunden Schlaf.«
»Aber viele Menschen halten dich nach zwanzig Jahren Herrschaft für einen Zaren, und sie gehen davon aus, dass du das bis 2036 auch bleiben möchtest.«
»Meine sogenannten Untertanen verwechseln da etwas mit der Geschichte«, antwortete Iwan mit ironischem Unterton.
»Oder, weil sie vielleicht Angst vor dir haben, so wie es üblich in den Zarenreichen war?«, fragte Michael vorsichtig.
»Wer gegen mich ist, bekommt natürlich ein Problem. So ist das nun einmal in einem autokratisch geführtem Land. Wer für mich ist bis zur Selbstaufgabe, wird reich belohnt. Das gilt auch für dich.«
»Das weiß ich Iwan, und es ist gut zu wissen. Ich habe in Deutschland Schwierigkeiten, Freund und Feind zu erkennen.«
»Das kann ich mir in diesen Zeiten gut vorstellen.«
»Und du in deinem Russland, wem traust du, Iwan?«
»Ich vertraue niemandem mehr, außer meiner Familie und meinem Hund ...«, er unterbrach sich kurz, sah seinen Besucher eindringlich an und fuhr in nahezu akzentfreiem Deutsch fort: »Und hoffentlich auch dir, Michael Michailowitsch. Ich weiß, dass Berlin deinen Wert erkannt hat. Ich hoffe sehr für unsere Freundschaft, dass du damit richtig umgehen wirst.«
Michaels Brust zog sich bei Iwans letzter Bemerkung zusammen. Ein schwieriger Start. Sein Freund hatte sich körperlich und auch charakterlich deutlich verändert. Sein Gesicht wirkte runder, vielleicht aufgedunsen, und er schien härter

geworden zu sein. Michael überlegte einen Moment, was wohl der Grund für diese Veränderung sein könnte. Iwan war schon immer etwas unnahbar gewesen, aber er konnte auch ganz anders sein – liebevoll, fürsorglich und warmherzig. Wo war seine russische Seele geblieben? Hatte er sie im Gefängnis seiner Ängste verloren?
Der Tee wurde in einem Geschirr serviert, das Michael aufgrund der goldenen Sternchen und der mit Goldrändern verzierten Wände schnell als ein St. Petersburger Lomonosov-Service erkannte.
»Du reist luxuriös, Iwan. Ich vermute, der Privatzug dient nur zur Tarnung?«
Iwan lächelte. »Es sind nur wenige Waggons mit Wohn-, Arbeits- und Schlafbereichen sowie einem Servicewagen. Für mich gibt es keine effektivere und sicherere Art zu reisen. Meine *Air Force One* auf Schienen.«
Michael sah aus dem Fenster einen Hubschrauber, der den Zug schon eine Weile begleitete. Das Leben seines Freundes hatte sich stark verändert. Er reiste durch sein Imperium ähnlich wie Kim Jong-un in gepanzerten Zügen. Was für eine Entwicklung bei seinem Freund! Außerdem bezweifelte er, dass diese privaten gepanzerten Züge in einer Zeit der grenzenlosen Aufklärung wirklich noch sicher waren. Wahrscheinlich lag Iwans Sicherheit im ständigen Wechsel seiner Verkehrsmittel begründet, die oft nur leer fuhren und gelegentlich auch mit einem Doppelgänger als Passagier. Angeblich sollte er drei haben.
Der Zug verlangsamte die Fahrt. Die Stewardess erschien und nickte dem Regierungschef zu. Oberhalb des kleinen unterirdischen Kopfbahnhofs ohne jedes Schild erwartete sie eine schwarze Limousine. Die Fahrt führte durch eine malerische Seenlandschaft mit alten Wäldern südlich an Wyborg vorbei. Die Straße schien nicht öffentlich zu sein. Ab und zu sah er Wachsoldaten.

»Meine Urlaubsresidenz wird dir gefallen, fast so schön wie dein Haus im Schwarzwald.«

Nach wenigen Kilometern stoppte der Wagen.

Michael sah einen Sicherheitszaun und Sicherheitsleute mit Hunden.

»Deutlich besser bewacht als meine Datscha im Schwarzwald«, meinte er.

Der Wald auf der rechten und linken Seite der schmalen Straße wurde dichter. Links erblickte Michael einen Helikopterlandeplatz, rechts ein großes Haus mit einem schwarzweißen Holzunterbau und roten Dachziegeln.

»Mein Gästehaus«, sagte Iwan.

Sie folgten noch ein kurzes Stück der Straße bis zum äußersten Ende der Halbinsel und hielten vor einem dreigeschossigen Gebäude mit Terrassen, Sommergärten und einem eigenen Anlegesteg.

Sie betraten das Haus. Michael sah sich um. Die dezente architektonische Einfügung der Anlage in die russisch-finnische Seelandschaft war beeindruckend, wobei innen die edel restaurierten Räume mit den vergoldeten Fliesen und Marmorverkleidungen unverkennbar Iwans Handschrift zeigten. Er liebte St. Petersburger Glanz an den Wänden und auf den Tischen.

Iwan pfiff. Eine schwarze Labradorhündin raste heran und sprang freudig jaulend ihrem Herrchen entgegen. Iwan streckte die Hand aus, die Hündin machte »Platz«. Dann zeigte er ihr, dass sie ihn begrüßen durfte. Sie sprang hoch zu ihm und leckte kurz über sein Gesicht. Michael bemerkte, dass dieses Gesicht plötzlich ganz weich wurde.

»Weißt du, was ich an ihr mag? Sie begrüßt mich, als wäre ich alles für sie. Sie ist positiv, beschützt mich und sie ist unbestechlich.«

»Ich kenne das Gefühl, besonders, wenn man einsam ist«, erwiderte Michael.

»Möchtest du ein deutsches Bier?«
»Gerne, Iwan.«
Sie saßen auf der Terrasse, blickten über das Wasser und genossen ein gegrilltes Steak mit gebackener Kartoffel und Sour Cream. Auf einem Beistellwagen standen Soßen, Salate und Getränke.
Iwan gab dem Service das Zeichen zu verschwinden.
»Wie weit ist es zur finnischen Grenze?«
»Keine zwanzig Kilometer.«
»Rückst du der NATO nicht ein bisschen zu eng auf die Pelle?«, fragte Michael lachend.
»Moment mal. Ich war zuerst hier, danach trat Finnland der NATO bei.«
»Und wie fühlst du dich dabei?«
Iwan antwortete knapp: »Die NATO wird bald der Vergangenheit angehören.«
An dem Tonfall merkte Michael, dass er jetzt nicht weiter insistieren sollte. Der Abend war noch lang. Er wechselte auf die persönliche Ebene.
»Du bist zu einem einsamen Wolf geworden, mein Lieber.«
»Ach ja, findest du? Woraus leitest du das ab?«
»So interpretiere ich zumindest die Bilder, die im Westen über dich verbreitet werden. Du sitzt an langen Tischen den Leuten weit gegenüber, schaust finster, hast die Körpersprache eines KGB-Offiziers, der keine Fehler machen will. Du reist nur Richtung Osten und zankst dich mit deinen westlichen Gesprächspartnern, wenn sie dich überhaupt noch anrufen.«
Iwan sah ihn staunend an. »Interessante Interpretation. Nein, mein Lieber, ich spiele mit ihnen. Ich halte die Regierungschefs an der langen Leine. Die Deutschen, Franzosen, Briten und Amerikaner. Ich bin nicht irgendein Verwalter einer Regionalmacht, wie man mich verspottet hat.«
»Daran erinnere ich mich gut«, sagte Michael.

»Ich bin Iwan Pavlenko, der Mann an der Spitze des größten Landes der Welt. Ich bin derjenige, den sie seit einem Vierteljahrhundert völlig unterschätzt haben. Ich hatte immer meinen Plan. Sie glaubten nach dem Zerfall der Sowjetunion 1991 stark zu sein. Jetzt haben sie Angst, weil ich mir nach der Krim unsere andere Heimat zurückhole und natürlich, weil ich den Finger am roten Knopf habe.«
»So ist es, Iwan. Ohne deine Macht mit diesem roten Knopf wäre die Weltlage eine andere«, erwiderte Michael, der aber auch registriert hatte, wie sehr Iwan in der Ich-Form sprach. Er schien noch überzeugter von sich zu sein als früher.
»Weil sie wissen, dass Russland die meisten Atomsprengköpfe auf der Welt hat, buhlen Sie um mein Vertrauen. Sie wollen mich einfangen, um unser Land dann aufs Neue zu demütigen. Machen wir uns nichts vor, Michael. Sie wollen Russland am Boden sehen, zerschlagen, zersplittert und verarmt. Dafür pumpen sie die Ukraine mit Waffen voll und spielen scheinheilig den Friedensapostel. Der Westen hat die Weltordnung neu erfunden. Russland ist böse, der Westen ist gut. Die Europäer sind endgültig zu Vasallen der USA mutiert. Es gab eine Zeit, da reichten wir uns die Hände. Das ist vorbei. Der Westen möchte einen neuen Kalten Krieg. Er soll ihn haben!«
»Und das bedeutet?«
»Ich konzentriere mich noch mehr als früher darauf, sie auszuspionieren, zu spalten und zu verunsichern. Meine Krieger sind in erster Linie die Trolls. Hast du die Meldung gelesen, wonach Berliner den Tiergarten abgeholzt hätten, auf der verzweifelten Suche nach Feuerholz? Das lief wirklich prächtig!«
»Habe ich gelesen. Ich fand es ehrlich gesagt lächerlich.«
»Darum geht es nicht. Entscheidend ist, dass es drei Tage gelesen wurde. Es bleibt immer etwas hängen. Die meisten Menschen sind Idioten.«

»Wenn du das sagst, Iwan. Was mich mehr beschäftigt – warum hast du meine Pipeline in der Ostsee gesprengt? Das war doch deine Tat, du Meister der Tarnung und Täuschung ... oder?«
Sein Gegenüber lächelte ein wenig und schwieg. Es gab Geheimnisse, die waren geheimer, als es irgendeine Geheimhaltungsstufe hätte hergeben können.
Michael gab nicht auf: »Es war mir sofort klar, mein Freund. Du wolltest die USA mit ihren Eigeninteressen vorführen, ein bisschen auch die Ukraine. Vor allem wolltest du von Russland ablenken. Wer käme auch schon auf die Idee, dass der Erbauer seine eigene Pipeline zerstört, durch die ohnehin kein Gas mehr fließt. Es wird ja viel gelogen in diesem Krieg, aber das war ein Paradestück der Desinformation. Nur die Deutschen fallen als Täter aus. Die sind dafür zu doof, zu lieb und zu feige.«
Iwan schwieg.
»Du hättest mich als deinen früheren Pipeline-Chef wenigstens vorher anrufen können. Hast du denn deinem Kumpel, dem Bundeskanzler a. D. Gert Schreiber die Wahrheit gesagt?«
Iwan beugte sich zu ihm hinüber: »Du bist hier, Michael Michailowitsch, weil du einer von wenigen bist, denen ich überhaupt noch trauen kann. Ich vertraue weder Ausländern, weder meinen politischen Genossen, weder meinen Militärs noch den Oligarchen. Ich bin umgeben von Speichelleckern, die mir dienen, solange ich sie mit Geld und Macht füttere. Einige scharren schon mit den Hufen und warten nur den richtigen Augenblick ab, dass sie mich im Keller abschlachten, wie Zar Nikolaus II. oder auf einem Hinterhof standrechtlich erschießen können wie Ceausescu oder aus dem Erdloch ziehen wie Saddam Hussein.«

Er unterbrach einen Moment und fuhr fort: »Oder wie Gaddafi zu pfählen. Das Video darüber ist beeindruckend, sehr beeindruckend. Hast du es gesehen?«
»Nein, Iwan, ich kenne es nicht.«
»Menschen sind wie Hyänen, Mischa. Dabei war Gaddafi eine respektierte Figur. Schau dir nur an, was heute aus Libyen geworden ist. Aus diesem Grund unterstütze ich auch Assad in Syrien. Er regiert mit harter Hand, aber das Land ist stabil! Und siehe da, inzwischen wird er in seiner Interessensphäre wieder hoch geachtet! Alles ist nur eine Frage der Zeit und der Geduld, von beidem habe ich reichlich.«
»Aber Assad kann sich nur noch in einem Pulk von Sicherheitsleuten bewegen«, bemerkte Michael.
»Das ist der Preis, den ein Herrscher zahlen muss, mein Lieber. Ich lebe und arbeite in Bunkern, esse nur vorgekostete Gerichte und das allein. Ich ändere ständig meine Routine und habe deswegen vielleicht schon einige Male überlebt.«
Wussow ließ das sacken. Das hatte er nicht gewusst. Soweit war es also mit Iwan gekommen.
»Was fürchtest du am meisten, Iwan?«
Iwan zog eine Augenbraue hoch. »Was ich fürchte? Die ganze Palette! Attentäter, Bomben im Flugzeug, Raketenangriffe, wie zum Beispiel hier auf meine Datscha. Eine Vergiftung, eine Entführung oder eine Drohne, wie gerade nördlich von Moskau passiert. Dort wollte ich einen Industriepark besuchen, aber zum Glück habe ich es nicht getan. Vielleicht habe ich schon ähnliche Vorahnungen wie Adolf Hitler. Diese Kamikaze-Drohne, Typ UJ-22 aus der Ukraine, mit siebzehn Kilogramm Sprengstoff an Bord, flog über siebenhundert Kilometer, ohne von unserer Luftverteidigung entdeckt zu werden. Das gleiche Versagen wie damals bei diesem Deutschen, der während des Kalten Krieges mit seinem Sportflugzeug unbehelligt durch halb Russland flog und auf dem Roten Platz landete. Unfassbar! Heute haben wir mit der S-400 das

modernste Luftverteidigungssystem der Welt. Aber es gibt trotzdem keine Garantien für mich. Wer nach mir sucht, wird mich finden. Ich kann das Risiko nur minimieren, und das tue ich bis zur Schmerzgrenze.«

Michael schwieg. Er dachte an Iwans Hitler-Vergleich, der sich ähnlich isoliert hatte, über zwanzig Attentaten entkommen war und das letzte am 20. Juli 1944 wie ein Wunder überlebt hatte.

»Wenn jemand die Einsamkeit von Macht spürt, dann bin ich das, Mischa. Es zehrt an einem, es zehrt verdammt, aber die Sache ist es wert.«

»Ist es dir das wirklich wert, Iwan? Du siehst nicht besonders gesund aus«, bemerkte Michael besorgt.

Iwan stand auf und sagte: »Lass uns ins Haus gehen. Ich zeige dir etwas.«

Sie gingen durch das Büro. Michael schmunzelte. Der Raum sah aus wie all die anderen Büros in Iwans Residenzen. So wussten die Zuschauer an den Bildschirmen nie, wo sich der Präsident tatsächlich befand. Sie glaubten, er sei in Moskau. Tatsächlich war er aber am Schwarzen Meer oder hier an der Grenze zu Finnland oder vielleicht in einer Residenz im fernen Osten des Landes, zu der er in seinem perfekt getarnten Zug fuhr. Tarnen und Täuschen war ein Grundsatz, den sie beide als ehemalige Geheimdienstler verinnerlicht hatten. Iwan Pavlenko war darin allerdings ein Meister.

In einer Bücherwand öffnete sich eine unsichtbare Tür. Sie betraten einen Technikraum, der den Eindruck einer Operationszentrale vermittelte. Iwan aktivierte einen Monitor, auf dem eine Weltkarte erschien. Michael trat heran und war überrascht, dass diese Karte so ganz andere Ländergrenzen zeigte, als die reale Welt.

»Da staunst du mein Lieber, nicht wahr? Das ist die neue Welt, meine Welt. Mir geht es primär nicht um die Ukraine, alles nur ein Ablenkungsmanöver. Es ist kein Geheimnis, dass dort Söldnertruppen mit entlassenen Gefangenen die Drecksarbeit machten. Mit den regulären Soldaten habe ich andere Dinge vor. Um ein wahrer Herrscher zu sein, muss man groß denken. Größer als Napoleon oder Hitler, die beide ihre Territorialkriege führten und kläglich am russischen Winter scheiterten. Ich bin ein friedlicher, ein nicht aggressiver Staatsführer, so wie Peter der Große.«

»Und ich bin nur ein arbeitsloser ehemaliger Pipeline-Manager. Was möchtest du mir sagen?«

Auf dem Monitor erschien die Karte des Herrschaftsgebietes von Zar Peter dem Großen.

»Peter I. hat im Großen Nordischen Krieg slawisch besiedelte Regionen zurückgeholt, die ohnehin zu Russland gehörten – Teile des damaligen Schwedens. Sieh hier: das heutige Estland, Lettland und Litauen. Alles gehörte uns, genauso wie die Ukraine, die nie ein eigenständiger Staat war, sondern immer ein integraler Bestandteil von Russland. Das gleiche gilt für alle verlorenen Länder der Sowjetunion, die ein paar Kreml-Bastarde an den Westen verkauft haben! Sie hätten an ihren Eiern aufgehängt und vom russischen Volk angezündet werden sollen!«

Nachdem er tief Luft geholt und einen Schluck Bier getrunken hatte, fuhr er wieder ruhig fort: »Ich führe keinen Angriffskrieg, wie es die westliche Propaganda behauptet. Ich hole in meiner Spezialoperation zurück, was uns ohnehin gehört. Außerdem ist die Ära der unipolaren Weltordnung vorbei! Verstehst du, was ich meine? Die singuläre strategische Ära der dekadenten USA ist vorbei! Nie wieder wird eine NATO an unseren Grenzen kratzen und uns bedrohen!«

»Moment mal, Iwan! Wir kennen uns nun schon so lange und haben beide miterlebt, wie Boris Jelzin 1997 den NATO-Russland-Vertrag unterzeichnet hat ...«

»... vergiss es! Boris war ein Trunkenbold, der von Clinton und seinen Vasallen über den Tisch gezogen wurde. Er hat sein

Russland, unsere Heimat, verraten! Dieser Wisch interessiert mich überhaupt nicht, zumal kluge deutsche Männer vorher das Gegenteil gesagt hatten.«
Er zeigte auf den Monitor, der nun die Weltmächte abbildete. »Es wird eine neue multipolare Welt geben, in der Russland als souveräne Weltmacht neue, lebenswerte Maßstäbe setzen wird. Auf einer Konferenz in Jalta werden wir ähnlich wie 1945 beschließen, dass die Grenzen in Europa neu gezogen werden. Die großen Drei – China, Russland und die USA – werden darüber entscheiden. Mein Tag in der Geschichte wird kommen. Man wird sich an mich erinnern, so wie man sich heute wieder an Stalin erinnert.«
Michael runzelte die Stirn. »Ausgerechnet an den? Du vergisst, dass der Mann über Millionen Leichen gegangen ist.«
Iwan sah über diese Bemerkung hinweg. Sein Freund hatte viele Managerqualitäten, aber die große Politik war nicht sein Ding. Vielleicht war ihm auch nicht bewusst, dass das Andenken an Stalin besonders im Osten des Landes eine neue Renaissance erlebte.
»Am Ende spielen nicht die notwendigen Opfer und das ertragene Leid eine Rolle, sondern die Gesamtleistung und der Stolz auf unser einiges Russland!«
Er drückte eine Taste auf der Fernbedienung. Ein Text erschien auf dem Monitor:

Der Tag wird kommen,
an dem die gesamte Menschheit Stalin huldigen wird
und die Historiker erkennen werden,
dass Stalins Geburt und nicht die Geburt Jesu Christi
den Beginn einer neuen Zeitrechnung markiert hat.
(Schriftsteller und Dramatiker Leonid Leonow).

Iwans sehr spezielle Ansichten waren Michael nicht unbekannt, aber diese Verkniffenheit und der verkrampfte Gesichtsausdruck seines Freundes sorgten ihn. Iwan hatte sich

verändert, das wurde immer offensichtlicher. Als versierter Berater wusste Michael, dass Hass und Wut schlechte Ratgeber sind. Besonders in der Politik. Iwan zählte zu den wichtigsten Staatsführern der Welt und hatte doch keine Ratgeber außer seinen toten Zaren und dem Massenmörder Stalin.
»Und, wie hoch wird der Einsatz sein, Iwan?«
»Sehr hoch ... im wahrsten Sinne des Wortes.«
Eine neue Karte erschien. Sie zeigte die Position aller strategischen Nuklearraketen am Boden, im Wasser und in der Luft.
»Jeder Punkt der Erde wird von diesen einzigartigen Raketen, die die NATO zu Recht SATAN nennt, in wenigen Minuten erreicht sein.«
Michael wurde fahl im Gesicht. »Das heißt Weltkrieg. Die Amerikaner werden das nicht hinnehmen. Du weißt doch selbst, wer zuerst schießt, stirbt als zweiter.«
»Irrtum, Mischa. Diese Strategie der gegenseitigen Abschreckung unterstellt, dass grundsätzlich zurückgeschossen wird. Wer sagt denn, dass die Annahme stimmt, wenn ich schon sterben muss, dann soll der Angreifer bitte schön auch sterben?«
»Zum Beispiel der NATO-Artikel 5!«
»Unsinn, da gibt es keinen Automatismus. Unter den einunddreißig NATO-Staaten wird erst einmal verhandelt, ob und wie man zurückschlägt. Glaubst du im Ernst, dass unsere türkischen und ungarischen Freunde da automatisch mitmachen? Am Ende denkt doch jeder Mensch an seinen eigenen Vorteil. Wenn sie begreifen, dass wir SATAN gar nicht einsetzen möchten, dass wir nur unsere angestammte Heimat zurückhaben möchten, dass wir Menschen mit unseren slawischen Wurzeln zusammenbringen wollen, also ein Weltkrieg gar nicht nötig sein muss, dann werden sie reihenweise einknicken.«
Michael sah ihn zweifelnd an.

»Warum, Mischa, sollte ein NATO-Mittelmeerland in den Krieg ziehen wollen, wo es doch nur um Osteuropa geht?«
»... das gerade schwer gegen dich aufrüstet.«
Wussow schüttelte energisch den Kopf. Konnte oder wollte Iwan die Realität nicht sehen?
»Nein, Iwan, du unterschätzt die NATO. Die haben bessere Soldaten und bessere Ausrüstung als du. Zumindest was man im Donbass sieht, überzeugt nicht.«
Iwan runzelte die Stirn. »Das ist ein komplexes Thema. Da unten lasse ich ein paar Generäle und Privatarmeen spielen und sich wichtigmachen. Du kannst nicht wissen, welche strategischen Reserven ich in der Luft, auf dem Wasser und am Boden habe. Aber ich sage es dir! Die halte ich genau für das Baltikum bereit. Noch bevor die NATO ihre Soldaten zusammengezogen hat, stehen wir vor Berlin.«
Michael Wussow sah ihn ungläubig an. Was hatte er da gerade gehört? »Du willst also Ostdeutschland haben, deine alte sowjetische Besatzungszone?«
»So ist es, auch das Territorium gehört uns. Einschließlich Finnland und Teile von Schweden. Die DDR wurde von dem Träumer Michail Sergejewitsch Gorbatschow verschenkt, so wie die Ukraine von dem ukrainischen Bauernlümmel Nikita Chruschtschow.«
»Du hast dir viel vorgenommen, sehr viel, Iwan.«
»Du wirst überrascht sein, Mischa. Dein deutsches Land wird als erstes einknicken. Warum? Lieber ein bisschen sowjetisch werden, als vom SATAN etwas auf das Dach zu bekommen, nicht wahr? Frankreich und England werden etwas länger zucken, weil sie ein paar Atombomben haben, die sie aber nicht einsetzen werden. Alle werden lieb sein. Alle werden sich wieder um unser Öl und Gas reißen. Die westlichen Industrien werden wieder unser Land fluten, um Geschäfte zu machen, aber dieses Mal nach unseren Bedingungen.«

Sein Mund lächelte, das Gesicht starr, die fischigen Augen kalt. Er sah Michaels Irritation.
»Keine Sorge, Mischa. Auch ich werde lieb sein. Es wird auf dem Weg nach Berlin vielleicht ein paar Hundert Tote geben. Aber ich bin bereit, dafür den Familien Entschädigung zu zahlen. Ich mag die Deutschen. Aber ich muss mein Deutsch verbessern. Die Deutschen sollen sich bei mir aufgehoben fühlen. Ich liebe sie wirklich. Sie sind ordentlich, fleißig und haben nach zwei verlorenen Angriffskriegen eine große Sehnsucht, sich an eine starke verlässliche Schulter anzulehnen, nachdem die USA so ein Wackelkandidat geworden sind und nur Probleme machen.«
Er erhob sich.
»Bevor es so weit ist, brauche ich deine Hilfe. Komm, darüber sprechen wir in der Sauna.«

Ein Bediensteter wartete im Wellness-Bereich und übergab ihnen eine Tasche mit Badesachen. Sie zogen sich um und trafen sich im Hallenschwimmbad. Michael betrachtete das über dreißig Meter lange Becken, in dem das türkisblaue Wasser die Spiegelung der Sprossenfenster aufnahm und zusammen durch eine Reihe von tiefhängenden Deckenleuchten eine warme Wellnessatmosphäre schufen. Er sah durch die hohen gläsernen Türen auf das Wasser der Ostsee.
Iwan musterte seinen Gast: »Trotz deiner Geldknappheit bist du gut im Futter, mein Lieber.«
»Im Gegensatz zu dir darf ich essen, was ich will. Aber Kompliment, du hast dich gut gehalten, viel Sport?«
»Viel zu wenig. Draußen bin ich kaum noch, Eishockey findet auch nicht mehr statt, also konzentriere ich mich auf meine morgendlichen Schwimmrunden und Gymnastik.«
Er hechtete ins Wasser und kraulte durch das lange Becken, während Michael die Badeleiter benutzte, langsam ins Was-

ser glitt und bei bedächtigem Brustschwimmen darüber nachdachte, was sein Gastgeber mit ihm vorhatte.
Iwan hatte immer einen Plan. Einen Plan A, einen Plan B und einen Plan C. Ein gewachsener KGB-Offizier vom Schlage Iwans war immer bis auf das kleinste Detail vorbereitet. Über neunzig Prozent der Vorbereitung galt dem Gegenüber, dem, der zu führen war oder dem Gast, der einen Auftrag zu erledigen hatte. Die restlichen zehn Prozent waren darauf ausgerichtet, keine Spuren zu hinterlassen.
Das gesamte Leben seines Freundes bestand aus verdeckten Operationen oder verdeckten Handlungsweisen, die nicht oder nur schwer nachvollziehbar waren. Die Öffentlichkeit durfte erfahren, dass der Präsident in Moskau eine kleine Dienstwohnung von 153,7 Quadratmetern hatte und sein Gehalt laut Steuererklärung 106,7 Millionen Rubel (1,2 Millionen Euro) betrug. Es wurde betont, dass er damit weniger verdienen würde als andere russische Politiker. Über den Immobilienbesitz im In-und Ausland und die Geldströme gab es keine Nachweise, aber reichlich Spekulationen.
Michael hatte sich ebenfalls das *System Iwan* angeeignet, bei dem Vermögen über Mittelsmänner verteilt und angelegt wurde. Iwan hatte jedoch ein Netzwerk von Abhängigen geschaffen, die durch sein Wohlwollen reichlich verdienten und in seiner Gunst blieben, wenn es ihm nutzte. Wer sich abwandte, fiel tief. Sie hatten sich in der Moskauer Region Nowo-Ogarjowo mit Prachtvillen um ihn geschart und suchten seine Nähe wie die Fürsten am Hof des Zaren, der er nicht sein wollte, aber tatsächlich war. Denn er regierte seinen Hofstaat mit demselben Instrument wie alle Autokraten – mit der Angst, alles zu verlieren, auch das Leben. Wer jedoch Einblick in sein Privatleben hatte, gehörte zum engen Kreis und war sicherer als alle anderen. Er hatte sich oft gefragt, was mit dem Hofstaat der unfassbar reichen Oligarchen und Politiker passieren würde, wenn der Zar und Gönner plötz-

lich nicht mehr leben würde. Würde schnell ein neuer Zar etabliert werden oder das System kollabieren? Nicht nur er fragte sich das, sondern die halbe Welt.
Michael verließ das Schwimmbad, trocknete sich ab und überlegte, wie sicher er in Deutschland noch war. Er befand sich in einer kritischen Lebenssituation und brauchte den Sicherheitsschirm seines Freundes mehr denn je.
»Ich mag die finnischen Holzsaunen mehr, als das Marmorzeug hier«, sagte Iwan.
Sie lagen Seite an Seite auf den steinernen Liegen in der großen, runden Sauna mit marmornem Kuppeldach und Sternenhimmel. »Aber das habe ich so übernommen, also bleibt es. Vor allem ist dieser Raum abhörsicher, auch für die Mikrofone auf der anderen Seite.«
Er beugte sich zu seinem Gast hinüber: »Und nun lass uns über deine Zukunft reden, Mischa.«

KAPITEL 4

»Warum huschen die Menschen auf den Fluren des Weißen Hauses mit ihren Papieren so hektisch herum, Chuck? Keine drei Meter ohne diese Arbeitsbienen. War das schon immer so?«, fragte der US-Präsident George F. Summerhill seinen Stabschef. Dabei kam ihnen niemand zu nahe. Die Menschen machten den beiden Platz, als wären sie von einer unsichtbaren Blase umgeben.

»Nun, viele von ihnen sind neu hier und hoffen darauf, Sie zu sehen. Das macht ihren Tag schöner. Und auch ihren Abend, wenn sie ihren Lieben davon erzählen können, dass sie endlich dem Präsidenten begegnet sind und dass er in Wirklichkeit noch viel netter ist als im Fernsehen. Betrachten wir sie einfach als Fruchtfliegen.«

»Fruchtfliegen? Nicht Arbeitsbienen? Das wäre nicht gut für unsere Personalfluktuation. Weibliche Fruchtfliegen leben nur acht Wochen, männliche nur etwa zehn Tage. Wie ist eigentlich die Frauenquote im Weißen Haus?«

»Da ist noch Luft nach oben, Mr. President. Allerdings haben die Mädels ein einfaches, aber effektives System entwickelt, um wahrgenommen zu werden und ihre Überlebensfähigkeit zu sichern. Sie nennen es *Amplification*.«

»Und, was bedeutet das?«

»Nun, wir Männer überhören gerne Vorschläge von Frauen. Das untergräbt unsere eigene Machtdominanz. Wir halten uns für die Könige im Schloss.«

»Dummes Zeug, Sie vielleicht, ich bin das nicht.«

»In der Tat, wir sind sehr unterschiedlich. Außerdem sind Sie President of the United States. Sie sind POTUS, ich bin Ihr Ausputzer in diesem Rollenspiel.«

»Trotzdem sollten Sie den Damen mehr zuhören und sich zurückhalten, Chuck«, antwortete Summerhill. »Starke Männer lieben doch starke Frauen, nicht wahr? Also bekennen Sie sich dazu!«

Chuck wusste genau, worauf POTUS anspielte. Er war mit der allseits bewunderten Pressesprecherin Sally im täglichen Kräftemessen verbunden, das manchmal sogar im Oval Office vor dem interessiert lauschenden Präsidenten ausgetragen wurde. Im Weißen Haus gab es keine Pause, jeden Tag musste man sich aufs Neue bewähren. Es war schwer zu ertragen, auf Augenhöhe mit ihr zu sein. Hinzu kam, dass sie ihn mit ihrer unglaublichen Empathie bestens einschätzen konnte und genau die richtigen Tasten drückte, um ihn aus der Fassung zu bringen. Er musste seine Strategie ändern, bevor POTUS ihm die nötige Souveränität im Umgang mit Mitarbeiterinnen absprach.

»Ich werde es berücksichtigen, Mr. President.«

»Hoffentlich, hier hat jeder seine Halbwertzeit, auch ich. Also, wie funktioniert Amplification?«

»Ganz simpel. Wenn eine Frau in der Testosteron-Runde einen guten Vorschlag macht, wiederholt die nächste Rednerin diesen mit dem ausdrücklichen Hinweis, von wem dieser grandiose Einfall stammt. Sie fungiert als Verstärker. So werden die Männer gezwungen, die Wortmeldung zur Kenntnis zu nehmen und können die Idee im Protokoll außerdem nicht als ihre eigene verkaufen.«

Der Präsident nahm das interessiert zur Kenntnis und sah auf die Uhr.

»Das wird die letzte Analysesitzung zu Russland sein, Chuck. Heute wird entschieden. In dreißig Minuten sind wir durch.«

Ein Security Agent öffnete die Tür zum Situation Room im Weißen Haus, dem SITROOM, das Hauptzentrum für verschlüsselte Kommunikation von POTUS. Mit einer Grundfläche von fast 500 Quadratmetern war es der größte Raum im unterirdischen Komplex des Weißen Hauses.

»Der Präsident!«, rief jemand.

»Bleiben Sie bitte sitzen«, sagte POTUS grüßend zu den zahlreich anwesenden Personen im Raum. Er überflog die Runde der Militärs, Minister und Mitarbeiter des Stabs und bemerkte mit Stirnrunzeln, dass nur etwa ein Fünftel davon Frauen waren.

»Bevor wir über unser Sorgenkind Zar Iwan reden, möchte der Director of Central Intelligence eine Mitteilung machen. Bitte Kryptos.«

Viele nannten ihn Kryptos nach der gleichnamigen Skulptur auf dem Gelände der CIA in Langley. Das Kunstwerk war voller verschlüsselter Nachrichten. Man sagte, Kryptos sei derjenige, der den letzten, vierten Abschnitt der Skulptur entschlüsselt habe, aber den Code nicht preisgibt.

»Danke, Mr. President. Wie Sie bereits gehört haben, fand in Luhansk, Ukraine, eine Befreiungsaktion von ausländischen Freiwilligen statt, die in einer internationalen Legion für die Sache der Ukraine kämpfen. Einer der Befreiten ist ein ehemaliger Angehöriger der US Navy SEALs. Obwohl wir das kriegerische Engagement von US-Bürgern und insbesondere ehemaligen Militärs in der Ukraine ablehnen, sind wir natürlich froh, dass der Mann unversehrt zurückgekehrt ist.

Doch warum ich das vortrage, Mr. President, die erfolgreiche Operation wurde unter Mitwirkung eines deutschen Freiwilligen geplant und durchgeführt. Sie kennen den Mann, es ist Marc Anderson.«

Der Präsident reagierte überrascht.

»Marc, der mit seinem Team meine Familie und seine Frau, diese wunderbare Chef-Stewardess, befreit hat?«

»Ja, genau, Mr. President. Dieses Mal ging es um seinen, uns ebenfalls bekannten Freund Thomas, der zu den Gefangenen in Luhansk gehörte.«

Der Präsident faltete seine Hände ineinander und senkte den Kopf. Plötzlich tauchten die Bilder von damals wieder auf: Der Atlantik, Terroristen auf der Privatjacht, sein Schwiegersohn als Handlanger der iranischen Terrormiliz, politische Erpressung, aussichtslose Verhandlungen, Ultimaten, Morde, Todesdrohungen gegen seine Tochter und deren Kinder. Tränen, Gebete, US-Rettungskräfte, die zu spät kamen. Deutsche Kampfschwimmer in letzter Minute unter Führung von Marc Anderson, der seine schwangere Frau auf dem Schiff befreite. Eine Ordensverleihung und traumatisierte Kinder.
»Sally, verfassen Sie bitte einen herzlichen Brief in meinem Namen an Anderson. Sie wissen, was darinstehen soll.«
»Ja. Mr. President!«, antwortete die Pressesprecherin. Chuck nahm missbilligend zur Kenntnis, dass sie und nicht er den Auftrag bekommen hatte. Diese Fruchtfliege ...
»Und jetzt zurück zur Tagesordnung. Ich habe Ihre Akten gelesen, daher können wir uns weitere Analysen ersparen. Es gibt einige Punkte, die geklärt werden müssen, bevor ich entscheide, wie wir mit Russland umgehen.
Erste Frage: Was will Iwan Pavlenko wirklich? Wer kann darauf antworten? Kryptos?«
Der Chef der Central Intelligence Agency nickte, richtete seine randlose Brille zurecht und antwortete: »Er hat nur zwei kleine Ziele, Mr. President.«
Er sagte das mit einem ironischen Unterton.
»Erstens möchte er zu seinen Lebzeiten von den großen Akteuren als Führer einer Weltmacht respektiert werden. Zweitens strebt er danach, als Erneuerer des großen Russlands in die Geschichte einzugehen.«
»Also geht es ihm um sein eigenes Denkmal«, kommentierte der Präsident. »Wie stellt er sich das vor?«
»Es geht ihm nicht allein um die Wiederherstellung der alten Sowjetunion, sondern um den Kampf Ost gegen West, um die Unterwerfung der dekadenten westlichen Welt mit ihren

überholten Demokratien und Werten. Der ehemalige KGB-Offizier hat einen strategischen und langfristigen Vier-Phasen-Plan in der Tasche. Sind Sie interessiert, Mr. President?«

»Natürlich, brennend!«

»Ich fasse mich kurz:

Phase 1 begann mit dem Zusammenbruch der Sowjetunion im Jahr 1991, was für ihn ein traumatisches Erlebnis war. Er schwor sich, das wiedergutzumachen. Seine lange geplante Phase 2 realisierte er 2014 mit der Annexion der Krim.«

»Und jetzt kommen wir ins Spiel, nicht wahr?«

»Genau, Mr. President. Der Westen hat sich etwas darüber empört, aber blieb weitgehend still. Das war leider ein schwerer Fehler, den wir heute zutiefst bedauern. Einer der größten Fehler der jüngsten Geschichte war es jedoch, Iwan Pavlenko falsch einzuschätzen. Er nutzte die Zeit, um sich auf Phase 3 vorzubereiten: die Rückführung der Ukraine in das russische Imperium, an den Ort, wo sie hingehört. Seine Kalkulation war, dass der Westen wieder still sein würde, genauso wie das ukrainische Brudervolk.

Warum dachte er so, wollen Sie jetzt wissen? Nun, der ukrainische Präsident wurde nur von einem Drittel der Bevölkerung gewählt, also galt er als schwach und unerfahren. Außerdem hielt Iwan die ukrainischen Streitkräfte für hoffnungslos unterlegen. Seine Geheimdienste sagten ihm voraus, dass die ukrainische Bevölkerung die Russen jubelnd auf dem Maidanplatz begrüßen würde.«

»Woraus wir lernen, Kryptos, vertraue deinen eigenen Geheimdiensten nur bis zu dem Punkt, an dem dein Bauchgefühl Zweifel aufkommen lässt.«

Die meisten Teilnehmer in der Runde lächelten. Ein typischer Summerhill. Der parteilose Präsident war durch den plötzlichen Tod des amtierenden Präsidenten zum höchsten Amt aufgestiegen und genoss aufgrund seines kompetenten und unprätentiösen Handelns höchste Anerkennung. Er war breit aufgestellt und innerlich frei, sodass er niemals in eine derartig fatale Sackgasse laufen würde wie der russische Präsident, bei dem der allmächtige russische Geheimdienst längst ein Teil seines Gens geworden war.

Kryptos blieb unbeeindruckt. »Aus diesem Blitzkrieg ist, wie Sie alle wissen, ein Stellungskrieg ohne strategischen Fortschritt geworden. Dabei wäre es ihm möglich, die Ukraine mit seinen strategischen Luft- und Seestreitkräften und den Reserven von über einer Million Bodenkräften innerhalb einer Woche zu erledigen.«

»Und warum macht er das nicht, Kryptos?«

»Weil der Mann einen viel umfassenderen Plan hat, Mr. President. Damit kommen wir zur Phase 4. Während wir damit beschäftigt sind, die Ukraine mit Waffen, Munition und Geld am Leben zu erhalten, bereitet Russland ein ganz anderes Szenario vor. Aber das wird der Vorsitzende des Joint Chiefs of Staff erklären.«

»Bitte, General«, wies der Präsident den Vorsitzenden an.

Der Viersternegeneral blickte auf die große Lagekarte.

»Die weißen Lichtpunkte zeigen alle Aktivitäten der russischen und chinesischen Militärs im Osten und Norden Europas, in der Arktis und im Südchinesischen Meer. Die roten Lichtpunkte repräsentieren Hyperschallwaffen und Drohnenschwärme. Und die schwarzen markieren die Ziele für Cyberangriffe. Ein weltweiter Cyberangriff, der innerhalb eines kurzen Zeitraums stattfindet, wäre eine Katastrophe, denn unsere Abwehrmöglichkeiten sind begrenzt. Dennoch gehe ich davon aus, dass die Back-up-Systeme im NATO-Hauptquartier für die Regierungsvertreter funktionstüchtig bleiben.«

»Das möchte ich ganz schnell genauer untersucht haben«, reagiert Summerhill ungewohnt scharf.

»Die Ergebnisse liegen natürlich bereits vor, Mr. President. Sie erhalten sie nach der Sitzung. Wir sind besonders über die

Fähigkeit der Russen besorgt, im Weltraum nuklear bestückte Hyperschallwaffen zu platzieren. Sie können an ihren Raumstationen andocken und haben die technische Möglichkeit, Triebwerke im Vakuum des Weltalls zu zünden, um sie mit zwanzigfacher Schallgeschwindigkeit ins Ziel zu bringen. Wir sind in diesem Bereich noch nicht so weit, da wir uns an die internationalen Vorschriften für die Positionierung in definierten Orbits halten. Kurzum, das atomare Angriffssystem der Russen im Weltall gefährdet inzwischen die gesicherte nukleare Abschreckung. Da wir das nicht akzeptieren können, muss Russland dieses Vorhaben im Weltraum aufgeben, wenn nicht freiwillig, dann mit Gewalt.«

Der General setzte sich. Im SITROOM war es einen Augenblick still, während die bunten blinkenden Lichter der russischen Bedrohung um weitere neue angereichert wurden.

»Kann man mit dem russischen Präsidenten überhaupt noch sprechen, Kryptos?«

»Offen gestanden, nein, Mr. President, weder Sie noch der Papst. Der Mann fühlt sich auserwählt, er ist auf seiner eigenen Umlaufbahn.«

»Und auf dieser ist er wie eine unkontrollierte Rakete unterwegs«, ergänzte der höchste General.

»Sie empfehlen also, General, dass wir als Erste handeln, bevor die russische Gefahr zum Armageddon wird, richtig?«

»Richtig, Mr. President«, antwortete der General. »Wir sollten damit auch nicht mehr lange warten.«

»Der Mann wäre doch selbstmörderisch, wenn er so weit gehen würde. Er kennt unsere Antwort«, warf der Stabschef ein.

Sally schaltete sich ein. »Ich denke, Chuck, das kalkuliert er ein. Es geht um seine Vision, um sein Bild in der Geschichte. Und er ist ein knallharter Spieler, der seine neue Machtdominanz nicht nur ausspielt, sondern sie auch genießt.«

»Genau«, sagte eine Analystin. »Sally hat absolut recht. Der Mann will Geschichte schreiben, ist brandgefährlich und nicht normal. Ich unterstütze das Argument der Pressesprecherin voll und ganz.«
Der Präsident zwinkerte unauffällig seinem Stabschef zu. Ein klassischer Fall von Amplification einer Geschlechtsgenossin im Männerkral.
Summerhill wandte sich an Kryptos: »Es scheint, dass wir es primär nicht mit einem kriegsbereiten Land zu tun haben, sondern mit einem sehr speziellen Führer. Und wenn wir schon die Geschichte bemühen, dann entwickelt er sich auf dem besten Weg zum neuen Iwan dem Schrecklichen. Ist das richtig, Kryptos?«
»Mit gewissen Einschränkungen, ja, Mr. President. Ich denke nicht, dass er wie Iwan der Schreckliche seinen Sohn töten würde, dafür liebt er seine Familie zu sehr. Doch was ihn von den Zaren der Vergangenheit wirklich unterscheidet, sind seine kommunikativen Möglichkeiten. Sein Einfluss im größten Land der Erde ist weitreichend. Das System Iwan Pavlenko hat das Land bis in die Schulen, bis in die Gefängnisse geprägt. Der Kreml, die Ministerien, die Bürgermeister, die gesamte Administration sind wie in einer klassischen Diktatur indoktriniert. Bis tief nach Sibirien ist man überzeugt, dass der Westen Russland angreifen wird, wie die Deutschen 1941, und dass nur Iwan Pavlenko das verhindern kann, ähnlich wie damals Stalin.«
»Und was ist mit den Oligarchen?«
»Die Oligarchen haben ihn einst ins Amt gebracht, jetzt müssen sie für seine rücksichtslose Politik bezahlen. Mindestens 20 Prozent ihres Einkommens gehen an ihn. Er kontrolliert sie sklavisch. Durch seinen Krieg haben sie ihre Unternehmen verloren, ihre Vermögen wurden eingefroren, sie dürfen nicht mehr reisen. Ihr Geschäftsmodell ist gescheitert. Trotzdem gehorchen sie ihm bis auf wenige Ausnahmen und versuchen,

den westlichen Sanktionen durch Schenkungen innerhalb der Familie zu entgehen. Jeder, der sich Iwan nicht fügt, wird über Bord geworfen oder liegt tot im Garten.«
»Und wie reagiert das einfache Volk auf die durch den Krieg bedingten Einschränkungen?«
»Es erträgt sie mit der typischen russischen Leidensfähigkeit und ist in seiner Meinungsbildung auf die staatlichen Medien angewiesen, Mr. President. Man glaubt ihnen. Die Propaganda in Iwans Spezialoperation ist ähnlich perfekt, wie die von Goebbels in Nazi-Deutschland.«
»Was ist mit den Müttern der gefallenen Soldaten? Sie haben traditionell viel Einfluss. Der russische Präsident fürchtet sie, hörte ich.«
»Auch dieses Problem hat er mit Geld gelöst, Mr. President. Selbst die betroffenen Mütter und Ehefrauen stehen hinter ihm und fordern öffentlich andere Mütter auf, ihre Söhne für diese gute Sache in den Kampf zu schicken. Das hat es in Russland noch nie gegeben. Iwan hat es fertiggebracht, seine kritischsten Gegner zu Unterstützern zu machen.«
Der Präsident schien frustriert. In den letzten Monaten hatte er gehofft, Iwan Pavlenko würde angesichts seiner ausbleibenden Erfolge in der Ukraine beidrehen. Doch das Gegenteil schien der Fall zu sein.
»Das hört sich nicht gut an, Kryptos. Keine Opposition, kein Aufstand, nur Zustimmung. Gibt es Anzeichen dafür, dass seine Zeit vorbei sein könnte?«
»Wenn Sie seinen Gesundheitszustand meinen, Mr. President, gibt es einige Anhaltspunkte, aber nichts Konkretes. Im Moment müssen wir davon ausgehen, dass er nicht nur wiedergewählt wird, sondern auch weitere zehn Jahre im Amt bleibt.«
Der Präsident gab nicht auf.
»Was ist ihm wirklich wichtig? Woran hängt er am meisten?«
Kryptos überlegte einen Moment, bevor er antwortete:

»Erstens an seiner Vision, zweitens an seiner Lebenspartnerin Yulia Smirnoff und ihren gemeinsamen zwei Kindern, drittens an seinem Hund und viertens an seinem Wohlstand. In dieser Hinsicht unterscheidet er sich nicht von anderen Menschen.«

Die Menschen im SITROOM sahen sich an oder senkten die Köpfe. Die Gedanken gingen in dieselbe Richtung. Wenn man einen Despoten stürzen will, suche nach seinen Schwachstellen – oder ihn selbst.
Der Präsident packte eilig seine Unterlagen zusammen. »Ich möchte morgen einen Plan haben, wie wir den Bedrohungen auf dem Boden, im Weltraum und im Cyberraum proaktiv entgegentreten können. Zweitens möchte ich einen Friedensplan, der sowohl militärische Stärke als auch Diplomatie beinhaltet. Ich rate den verantwortlichen Damen und Herren in den Ministerien, sich von den aktuellen Kriegsschauplätzen zu lösen und das Problem vom Ende her zu denken. Es geht nicht mehr nur um den Sieg der Ukraine. Angesichts des Psychopathen im Kreml geht es um das Überleben auf diesem Planeten. Seien Sie also kreativ. Die Sitzung ist beendet!«
Auf dem Weg ins Oval Office sagte er zu Kryptos: »Um 17:00 Uhr in Andrews Air Force Base. Wir machen einen Rundflug. Kein Wort darüber zu irgendjemandem.«

KAPITEL 5

Michael tauchte seine Füße in das kalte Wasser des Saunabottichs und schaute seinen Gastgeber an. »Du machst es spannend, Iwan. Was hat dich bewogen, mich hierher zu bringen?«

Iwan zog einen Holzschemel heran und setzte sich ihm gegenüber.

»Ich brauche hier einen Freund. Nicht einen abhängigen Oligarchen, sondern einen wirklichen Freund.«

»Ich bin gespannt. Du weißt, ich kann Management, aber keine Politik.«

»Deine neue Aufgabe ist dir wie auf den Leib zugeschnitten. Ich möchte dich als Facility-Manager meiner Residenzen in Russland im Range eines Generaldirektors einstellen ... wenn aus deinem Schulrussisch einmal richtiges Russisch wird«, ergänzte er lachend.

»Dein Angebot ehrt mich, Iwan. Wie ich dich kenne, ist da noch mehr.«

»Natürlich ist da mehr, du alter Stasi-Spitzel!« Iwan schlug ihm nun laut lachend auf den Oberschenkel.

»Ich brauche dich als meine Aufklärungsdrohne, mein Lieber! Als meine ganz persönliche Freund-Feind-Erkennung. Du erhältst als meine graue Eminenz einen Sonderausweis mit exklusivem Zugang zum Kreml, zu allen internen Informationssystemen und hast direkten Zugang zu mir.«

»Das würde den Geheimdiensten nicht gefallen.«

Er sagte »würde«, weil er sich dieses heikle Angebot noch genau überlegen musste.

»Deswegen wirst du dir dein eigenes Agentennetz aufbauen und vor allem die Spitzen des Inlandsgeheimdienstes FSB

überwachen. Natürlich erhält deine Stabsstelle Personenschützer und Analysten.«
»Irgendetwas sagt mir, dass da noch etwas kommt«, meinte Michael.
»So ist es, Mischa. Du kennst Yulia. Es war ein Fehler, dass sie mit den Kindern in Monaco die Spezialoperation überbrücken sollte oder besser, unbedingt wollte. Sie wird dort inzwischen rund um die Uhr vom dortigen Staatsschutz observiert. Ihre Security wehrt Journalisten und Paparazzi ab. An einen Schulbesuch der Kinder ist nicht mehr zu denken. Yulia soll nach Hause kommen, bevor ihr und den Kindern etwas zustößt.«
»Was könnte ihr dort passieren? Die Kinder sind monegassische Staatsbürger, Yulia hat einen Diplomatenpass, eine gepanzerte Limousine und den besten Personenschutz. Das Haus ist nicht auf ihren Namen registriert, sie lebt dort als Gast deines Lieblingsoligarchen.«
»So einfach ist das nicht, Mischa. Es kann sein, dass sie aus irgendwelchen behördlichen Gründen das Haus nicht mehr verlassen darf, zum Beispiel wegen finanzieller Unregelmäßigkeiten. Also kurzum, der Urlaub ist vorbei!«
Iwan stützte seine Ellenbogen auf seine Knie und legte den Kopf in seine Hände.
»Außerdem vermisse ich sie. Diese einsamen Luxushallen machen mich allmählich depressiv.«
»Das kann ich sehr gut nachvollziehen, Iwan. Es würde mir nicht anders gehen.«
Iwan nickte. »Nun zu meiner letzten Bitte, Mischa. Ich brauche deine Hilfe für den Rücktransport der Familie aus Monaco. Yulia und die beiden Kinder sollen während der Reise unter deinem persönlichen Schutz stehen. Das wird dann auch deine letzte Reise aus dem Westen sein und der Anfang eines schönen neuen Lebens. Deiner bezaubernden Frau Anastasia wird das neue Leben in Nowo-Ogarjowo gefallen.

Wir werden dort Tür an Tür wohnen. Ihr werdet hochgeachtet und glücklicher sein, als jemals in Deutschland.«
Er sah den verschwitzten und nachdenklichen Michael prüfend an, erhob sich und reichte ihm ein Glas Wasser.
»Wirst du das für mich tun? Du musst nicht sofort antworten. Schlaf eine Nacht darüber und sag es mir beim Frühstück. Ich werde ein Nein akzeptieren. Ich weiß, wie sehr du an Deutschland hängst, trotz der aktuellen Schwierigkeiten.«

Zwischen den Saunagängen aßen und lachten sie fast wie in alten Zeiten. Sie rissen Witze über Frauen, über naive westliche Politiker, über Iwans Speichellecker und über alte Spionagegeschichten. Sie amüsierten sich darüber, dass der russische Präsident nicht auf der Sanktionsliste stand, vermutlich weil ihm kein Vermögen nachgewiesen werden konnte.
»Iwan, wie schaffst du es, überall zu Hause zu sein und keine Spuren zu hinterlassen?«
»Alles eine Frage des Netzwerks, Michael Michailowitsch. Politik ist ein großes Netzwerkgeschäft. Manchmal geht etwas schief, und dein Name taucht indirekt zum Beispiel in den Panama Papers auf. Oder der Hubschrauber eines Oppositionellen fliegt über Paläste, die mir zugeschrieben werden. Dann werden Zahlen über mein Vermögen veröffentlicht. Aber alles bleibt im Nebel – Wie der Nebel des Krieges«, fügte er nachdenklich hinzu.
»Was meinst du damit?«
»Ist dir schon einmal aufgefallen, dass ich in dieser Spezialoperation nicht einen einzigen Operationsbefehl gegeben habe und inzwischen sogar mein Verteidigungsminister unangreifbar bleibt? Wir machen die Strategie, mein lieber Mischa, die Verantwortung der Durchführung liegt bei den Kommandeuren vor Ort. Selbst die haben das System der verdeckten Führung erkannt und delegieren die Befehlsgewalt gern einmal an die Einheitsführer.«

»Und der Haftbefehl des Internationalen Gerichtshofes gegen dich? Hast du keine Sorge, vor dem Haager Tribunal zu landen?«
»Nein, die Sorge habe ich nicht, denn diese Länder werde ich nicht besuchen. Über mich kann ohnehin nur das russische Volk urteilen, und das liebt mich. Mach dir keine Sorgen, in absehbarer Zeit tickt die Weltuhr nach Russlandzeit.«

In dieser Nacht schlief Michael schlecht. Er träumte, wie er bei Jalta auf der Krim badete, wie ihm schöne nackte Frauen den Rücken massierten, wie er als Facility-Manager mit Hubschraubern zu den Datschen flog, wie er mit dem Kompaniechef Iwan Pavlenko bewaffnet eine Schule stürmte und auf Lehrer und Kinder schoss. Er sah sich im Internationalen Gerichtshof in Ketten sitzend und für schuldig befunden, während Iwan lachend und mit Anastasia knutschend im Zeugenstand saß und danach mit ihr im Swimmingpool des Schwarzwaldhauses badete, wo der ehemalige deutsche Bundeskanzler Gert Schreiber seinem lupenreinen Demokraten-Freund das Handtuch bereithielt.

Michael Wussow wachte schweißgebadet auf, setzte sich und zwang sich zur Ruhe und zum Nachdenken.
Er schrieb die Pro und Contra der anstehenden Entscheidung auf ein Blatt Papier, wägte die Vor- und Nachteile ab und kam zu dem Schluss, dass die deutsche Politik und all seine deutschen Freunde ihn im Stich gelassen hatten und dass es in Deutschland deswegen keine Zukunft mehr für ihn gab. In seiner deutschen Heimat war er durch seine Nähe zu Iwan verbrannt, wie ein Stasi-Offizier damals in der DDR nicht schlimmer hätte verbrennen können.
Er dachte an den Begriff *Zeitenwende* des deutschen Bundeskanzlers. Auch für ihn war dank Iwans Angebot eine Zeitenwende gekommen. Er könnte nach Mittel- oder Südamerika

auswandern, aber die Geheimdienste würden ihn finden. Er wollte nicht den Rest seines Lebens im Versteckspiel verbringen. Es war Zeit, neue Wurzeln zu schlagen. Er entschloss sich, seinem Freund bis zum Letzten zu dienen, der Großes vorhatte, aber auch tief fallen konnte. Geschäftsrisiko.

Am nächsten Morgen sagte er ihm, dass er bereit sei.
»Ich habe nichts anderes erwartet, Mischa, du wirst es nicht bereuen!«
Sie gingen gemeinsam zu der wartenden schwarzen Limousine.
»In deinem Briefkasten wirst du ein stattliches Überbrückungsgeld finden.«
»Danke, Iwan. Dann lass uns hoffen, dass deine und meine Träume in Erfüllung gehen.«
Iwan umarmte ihn und sagte: »Es fühlt sich gut an, einen Freund zu haben.«
Michael Wussow sah in Iwans nasse glitschigen Augen und spürte, dass er es ehrlich meinte.
»Noch etwas, Mischa. Im Flugzeug wird jemand sitzen, der die Familie ebenfalls kennt. Ihr werdet euch vorher treffen.«
Michael verzichtete darauf zu fragen, wer dieser Jemand sei. Bei Iwan gab es nicht ein einziges Thema ohne irgendwelche Geheimnisse.
»Gute Reise, Mischa! Deine neue Zukunft hat gerade begonnen!«

Er sah ihm nachdenklich hinterher. Michael Michailowitsch mochte glauben, ein besonderer Geheimnisträger zu sein, aber er hatte nichts gesehen oder gehört, was die Amerikaner nicht bereits wussten. Sein wahres Operationszentrum außerhalb des Kremls kannte sein Freund nicht.
Mischa war immer ein treuer Gefährte gewesen. Doch nun hatte die Jagd auf die Moskau-Connection in Deutschland be-

gonnen, bei der der ehemalige Bundeskanzler Gert Schreiber und Michael Wussow ganz vorne im Fokus standen. Obwohl Michael nichts Wesentliches zu berichten hatte, konnte er dennoch etwas zum Profiling des russischen Präsidenten sagen, einschließlich seines Aussehens und seines körperlichen Zustands. Als er mit Mischa ins Schwimmbad und in die Sauna gegangen war, wollte er ihm zeigen, wie fit er war. Niemand hatte das Recht zu wissen, wie es ihm innerlich ging und welche Medikamente er einnahm, um fit zu erscheinen. Die Dienste würden Michael Wussow sicherlich ein attraktives Angebot machen. Er würde es erfahren. Im BND gab es eine verlässliche Quelle des GRU-Auslandsgeheimdienstes und ebenso im Bundeskanzleramt.

Plan B bestand also darin, sich auf Michael Wussow als Verräter vorzubereiten und ihn zu eliminieren. Möglicherweise musste auch ein Selbstmord des Ehepaars Wussow inszeniert werden, so bedauerlich es für Anastasia wäre.

Diese Gedankengänge sorgten ihn nicht. Sie waren klassisches KGB-Denken. Für andere wären sie skrupellos, aber nicht für ihn und auch nicht für Michael Wussow. Geschäftsrisiko.

KAPITEL 6

Während die Air Force One durch die dicken Wolkenschichten von Maryland drang, sagte POTUS zu seinem CIA-Chef: »Iwan Pavlenko ist also, wie wir eben vom General gehört haben, eine ungelenkte Rakete. Bevor sie uns um die Ohren fliegt, schauen wir sie uns besser genauer an. Ich brauche ein CIA-Profiling von diesem Mann.

Der CIA-Chef war nach der Besprechung im SITROOM auf diese Frage vorbereitet. Die Analyse wichtiger Persönlichkeiten in den USA und ausländischer Staatsoberhäupter war Routine in der CIA. Bei Personen, wie dem russischen Präsidenten, wurden alle Faktoren wie persönliche Begegnungen, Verhaltensweisen, verbale und nonverbale Kommunikation betrachtet. Besonderes Augenmerk wurde auf seine Gangart, Augenbewegungen und Handbewegungen gelegt, da der ehemalige KGB-Agent darin geschult war, seine Körpersprache bei öffentlichen Auftritten zu beherrschen, was jedoch nur bedingt nutzte. Irgendwann zeigt ein Zucken des Mundes, eine Kopfhaltung – oder eine Handbewegung, die vorgezogene Schulter oder die Beinhaltung, ob das Gesagte mit der Wahrheit übereinstimmt.

Der CIA-Chef öffnete sein Tablet. »Wenn Sie einverstanden sind, werde ich Ihnen die Zusammenfassung vorlesen und erspare Ihnen die achtseitige Analyse.«

Der Präsident nickte zustimmend.

»Iwan Pavlenko ist weit von der Normalität entfernt. Er ist eine narzisstische Persönlichkeit mit äußerst kalkulierendem Wesen. Emotionen betrachtet er als Schwäche. Er ist besessen von Größe, Stärke und Macht. Aufgewachsen in einfachen Verhältnissen, von seiner Mutter erzogen, hat er sich nach oben gekämpft und kompensiert seine unterschwellige Unsicherheit durch übertriebenes Auftreten. Er hat einen übersteigerten Männlichkeitswahn, protzt bei Frauen und gern auch öffentlich mit seiner Maskulinität, verachtet Weicheier und weidet sich an der Angst der anderen. Er hatte nie eine hohe militärische Position inne und hat durch Klugheit, Manipulation und Beharrlichkeit alle anderen überholt. Iwan Pavlenko hat auch für Kreml-Verhältnisse eine einzigartige Karriere gemacht, die nicht zu enden scheint, weil er mit immer neuen parlamentarischen Tricks an der Spitze bleibt. Sein Erfolg und seine enorme Macht können jedoch sein geringes Selbstbewusstsein nur kaschieren. Sein Verletzungspotenzial ist hoch.«

Kryptos sah über seine Brille hinweg: »Diesbezüglich, Mr. President, wurden in der Vergangenheit von Ihrem geschätzten Vorgänger Fehler gemacht.«

Präsident Summerhill nahm dies kommentarlos zur Kenntnis. Er jedenfalls hätte nicht das größte Land der Welt als Regionalmacht verhöhnt.

»Er reagiert nur auf Gewalt und handelt nach der leninistischen Devise, wenn du auf Stahl stößt, zieh dich zurück, wenn du auf Brei stößt, mach weiter. Und er fabriziert pseudo-legale Rechtfertigungen für seine Taten.«

»Das sehen wir derzeit in der Ukraine«, sagte der Präsident. »Fahren Sie fort.«

»Wir stellen zunehmend Paranoia und den Drang zur völligen Isolation fest. Er zeigt deutliche Anzeichen eines Psychopathen: übersteigertes Selbstwertgefühl, betrügerisch-manipulatives Verhalten, Gefühlskälte, ein parasitärer Lebensstil, indem er auf Kosten anderer lebt, um nur einige Kriterien zu nennen.

So aufgestellt verfolgt er genau den beim KGB erlernten Weg der absoluten, brutalen Rücksichtslosigkeit.

Dabei erfüllt er drei Bedingungen eines sehr gefährlichen Menschen: Erstens ist er zutiefst gekränkt durch den Zerfall der Sowjetunion, zweitens hegt er eine tiefe Abneigung gegenüber dem Westen, und drittens betrachtet er Gewaltanwendung wie in Georgien, Syrien und der Ukraine als legitim, da er sich zurückholt, was Russland nach seiner Auffassung ohnehin gehört.

Ob dabei Zehntausende von Soldaten sterben oder seine Anweisungen eine Spur von Gewalt, Schändungen und Verstößen gegen das Völkerrecht hinterlassen, interessiert ihn so wenig wie einst Stalin oder Hitler. Für ihn zählt nur das Ziel. Darüber hinaus ist er wie ein Krokodil, das bekanntlich keinen Schritt zurückgehen kann. Auch Kompromisse sind ihm nicht möglich. Seine größte Angst ist es, zu verlieren. Wenn die Gefahr besteht, dass er untergeht und das Schicksal von Diktatoren erleidet, wird er definitiv außer Kontrolle geraten.«

Der Präsident nickte. »Ich habe diese Einschätzung befürchtet. Gibt es eine Möglichkeit, diesen Mann über einen neutralen Drittstaat, die UNO oder irgendeinen Vermittler zu erreichen? Vielleicht Indien, Brasilien oder sogar die ehemalige deutsche Bundeskanzlerin? Sie hat doch mit ihm Russisch gesprochen.«

»Und er Deutsch mit ihr... ganz klar Nein, Mr. President, diese Option besteht nicht mehr. Iwan Pavlenko ist nicht mehr erreichbar.«

»Und damit eine tickende Zeitbombe für die Welt«, ergänzte der Präsident und setzte nach: »Russland militärisch zuvorzukommen, muss die allerletzte Option sein. Sehen Sie als alter Fahrensmann bei der CIA eine bessere Alternative, die unsere Nation und die Welt aus der Gefahrenzone bringt?«

»Ja, Mr. President. Tatsächlich haben wir eine vielversprechende Option. Unter den wenigen abtrünnigen Oligarchen gibt es einen, der gute Beziehungen zu unserem ‚Zaren' hat.

Seit Monaten plant er mit einer Handvoll Gleichgesinnter den Sturz des Präsidenten.«

»Also gibt es doch Widerstand, das überrascht mich«, antwortete der Präsident.

»Ja, den gibt es. Der Mann hat Kontakt zu uns aufgenommen. Wir haben ihm signalisiert, dass wir an einer strategischen Zusammenarbeit interessiert sind.«

»Sie sind sicher, dass das keine Falle ist?«

»Wir haben das gründlich überprüft. Er ist sehr interessiert, mit uns zusammenzuarbeiten, und ich glaube, er wäre sogar bereit, sich einem Lügendetektortest zu unterziehen.«

»Das wäre in der Tat bemerkenswert. Was treibt ihn an?«

»Natürlich Geld und Macht, aber auch die Sorge um das eigene Volk, das der russische Präsident opfern könnte.«

»Das klingt plausibel, fast zu plausibel. Die meisten Oligarchen unterstützen die alte Sowjetunion. Was unterscheidet ihn von den anderen?«

»Er ist schon lange innerlich auf West-Kurs. Während Iwan Pavlenko die Vision hat, die alte Sowjetunion wiederherzustellen, will dieser Mann den Demokratisierungsprozess fortsetzen. Er ist wie kein anderer Oligarch prädestiniert, denn er hat das Vertrauen von Iwan, soweit der überhaupt vertrauen kann.«

»Ist er ein Idealist oder ein Idiot?«

»Ich würde sagen, ein kühler, berechnender Geschäftsmann mit einem exzellenten Netzwerk und einer Vision. Auch er möchte Russland wieder zu einer Weltmacht machen, aber er sucht die Entspannung mit dem Westen. Er unterstützt die NATO-Russland-Grundakte und strebt eine Friedenslösung für die Ukraine an. Er möchte die russische Wirtschaft weniger abhängig von Öl und Gas machen und das Land für Investoren öffnen.«

»Was möchte Mr. X von uns?«

»Als Vorleistung erwartet er, dass die Sanktionen gegen ihn aufgehoben werden und dass wir ihn bei seinem riskanten Weg zur Machtergreifung unterstützen.«
»Hatten wir nicht schon einmal eine ähnliche Situation in Nicaragua?«
»Ja, Mr. President, und bei der illegalen Unterstützung der Contra-Rebellen haben wir uns ziemlich die Finger verbrannt.«
»... was erneut geschehen kann. Über wen reden wir eigentlich?«
»Sein Codename ist *Victor*, wenn wir es dabei belassen könnten, Mr. President. Er wird auf Einladung von Iwan nach Moskau reisen und plant dort am 15. März den Umsturz.«

Der Präsident sah ihn prüfend an. Er schätzte an Kryptos, dass der ihm nur das absolut Notwendige sagte. Aber klar war auch, kein Umsturz in Moskau wäre ohne Beseitigung des Diktators, ohne dessen Tod möglich, und er erwiderte:
»Sie wissen, dass dieser Attentäter ... wie war noch der Name ...?«
»Graf von Stauffenberg ...«
»..., dass dieser Graf mit seinem Plan, Hitler zu beseitigen, kläglich scheiterte. Hitler und Pavlenko haben durchaus einige Gemeinsamkeiten. Beide sind von der Mutter geprägte Kinder, beide haben einen Größenwahn, beide denken und handeln rassistisch, beide haben ihr Volk in langen Jahren auf sich als Person ausgerichtet, beide führten Territorialkriege, beide waren oder wurden psychotisch. Beide reißen das Volk in den Abgrund, sei es durch militärische Niederlagen oder durch die Erkenntnis, dass das Volk den Führer nicht verdient. Damals hatte Hitler keine Möglichkeit eines Armageddon. Heute braucht der Kreml-Führer nur auf den roten Knopf zu drücken.«

Der Präsident hielt kurz inne, als er informiert wurde, dass die Air Force One in dreißig Minuten wieder in Andrews landen würde.

»Zarentod durch eine Oligarchenclique. Ich weiß nicht, wie ich mir das vorstellen soll, Kryptos, und ich will es auch nicht wissen. Hoffentlich wird das Ergebnis nicht sein, wie nach dem Mord an Julius Caesar. Sie wissen, wie das ablief?«

»Sagen Sie es mir, Mr. President.«

»Nun, die Alleinherrschaft von Julius Caesar und seine Politik führten zu einer Verschwörung im Senat und dem Beschluss, Caesar zu töten. Der federführende Oligarch damals war der Senator Marcus Iunius Brutus. Caesar wurde während einer Sitzung des Senats mit 23 Dolchstichen ermordet, übrigens auch am 15. März, allerdings 44 vor Christus, bekannt als Iden des März.«

»Genau von denen sprach Victor, ich denke aber, dass der zeitgleiche Tag eher ein Zufall ist.«

»Interessant, sehr interessant Kryptos, dass hier eine Wiederholung stattfinden soll. Immerhin waren damals 50 bis 60 Personen in die Verschwörung eingeweiht, die Machtübernahme war detailliert vorbereitet. Dann geschah das Unfassbare. Schon nach kurzer Zeit wandte sich die öffentliche Meinung in Rom gegen die Mörder und einer nach dem anderen wurde in einem gnadenlosen Rachefeldzug hingerichtet. Mission completed. Der Tyrann tot, aber das strategische Ziel verfehlt.«

»Das wollen wir hier nicht hoffen, Mr. President. Wir können Victor unterstützen, was aber in Russland danach passiert, liegt nicht in unserer Hand.«

»Aber wir müssen uns darüber im Klaren sein, was in Russland geschieht, wenn der Tyrannenmord gelingt oder eben nicht gelingt.«

»Natürlich haben wir auch diese beiden Optionen durchdacht, und beide sind voller Sprengstoff. Option eins, wenn

Pavlenko fällt, stürzt das System vermutlich erst einmal ins Chaos. Pavlenko hat zwar die Armut nicht beseitigen können, aber er hat das Leben eines Teils der Bevölkerung verbessert und ist insgesamt gut gelitten. Die Oligarchen müssten sicherstellen, dass eine neue Regierungsbildung sehr schnell gelingt. Das wird schwer genug sein, denn nahezu alle Spitzen in den Ministerien und Militärs müssten ausgetauscht werden. Die Chancen, dass das gelingt, sehen wir bei über fünfzig Prozent.«

»Das ist nicht viel«, kommentierte der Präsident. »Aber was sind schon Prognosen.«

»In der Phase wären wir am Zuge, Mr. President. Machtkämpfe und der wirtschaftliche Zusammenbruch würden die Folgejahre bestimmen, wenn nicht von außen sehr bald eine Stabilisierung erfolgt. Es kann nicht im Interesse der Weltmächte sein, dass Russland ins Chaos stürzt. Also müssten wir dem Prozess der Selbstzerstörung durch Hilfsmaßnahmen entgegenwirken.«

»Das sehe ich auch so, eine Art Marshallplan für Russland.«

»Genau, Mr. President. Vor allem kommt es in dieser kritischen Phase darauf an, dass die Kontrolle über die Nuklearstreitkräfte erhalten bleibt.«

»Und die Einschätzung zu der zweiten Option, dass der Anschlag misslingt?«

»Dann, Mr. President, wird Pavlenko den Verrat bis zur letzten Person aufklären und fürchterliche Rache nehmen. Damit sind wir wieder bei Hitler und seinem Rachefeldzug nach dem 20. Juli. Ich gebe zu, beide Optionen sind voller Dynamit.«

»Und trotzdem raten Sie dazu, das Attentat zu unterstützen?«

»Ja, Mr. President, ohne Wenn und Aber. Wenn dieser Psychopath nicht ausgeschaltet wird, werden wir die Quittung bekommen. Ich korrigiere, die Welt wird die Quittung bekommen. Im Grunde können wir froh sein, dass wir weder unsere SEALs auf den russischen Präsidenten ansetzen, noch einen Anschlag auf ihn aus der Luft planen müssen. Auch hierfür gibt es, wie Sie wissen, Optionen. Tatsächlich müssen wir dankbar sein, dass wenige Oligarchen unter der Führung von Victor diese Arbeit machen wollen.«

»Wir gehen auf dünnem Eis, auf sehr, sehr dünnem Eis, Kryptos. Wie hoch ist das Risiko, dass wir in der Unterstützung von Victor auffliegen?«

»Das Risiko ist beherrschbar. Victor hätte nichts in der Hand. Keine Beweise. Der Zugriff auf sein Vermögen lässt sich diskret arrangieren. Mit seinen Komplizen haben wir nichts zu tun.«

»Das muss auch so bleiben, Kryptos.«

»Bevor er zuschlägt, verschaffen wir uns einen Eindruck über seinen Plan. Ich werde in den nächsten Tagen auf Dienstreise sein, Mr. President.«

»Sie selbst? Man kennt Sie.«

»Man wird mich natürlich nicht erkennen, Mr. President. Je weniger Personen bei uns Kennntis davon haben, desto besser.«

»Also gut! Tun Sie, was Sie nicht lassen können! Fliegen wir auf, verlieren wir beide unseren Kopf und es gibt eine neue Regierung. Wir sehen uns wieder, spätestens zu den Iden des März. Das Gespräch hier hat nicht stattgefunden. Danke, Kryptos!«

Die Air Force One setzte weich zur Landung auf. Draußen stand die Eskorte des Präsidenten bereit.

KAPITEL 7

Kryptos sah am Hafen von Göcek mit Lippenbart, Hut und dunkler Sonnenbrille wie ein reicher Türke aus, der vom Geschäft im Hafen profitierte. Er bestellte auf Türkisch, aß Mandelgebäck und trank Çay, eine Variante von schwarzem Tee, im Café.
Dann geschah es. Er bat um Milch für seinen Tee. Als der Ober ihn skeptisch anschaute, erkannte Kryptos sofort den unverzeihlichen Fehler. Çay wird ohne Milch getrunken. Wenn der Ober später gefragt werden würde, wen er bedient hatte, würde er sich genau daran erinnern. Trotzdem blieb Kryptos an seinem Platz, denn angesichts der vielen Russen um ihn herum, die die Einheimischen wie ihren Besitz behandelten und neuerdings mit Mir statt Visa- oder Master Card bezahlen konnten, war das Risiko, entdeckt zu werden, gering. Hoffentlich.

Der Urlaubsort Göcek, etwa zweihundert Kilometer von Bodrum entfernt, war schon lange ein Paradies für Superreiche und Besserverdiener. Doch seit dem russischen Angriffskrieg gegen die Ukraine investierten die wohlhabenden Russen in der Türkei wie nie zuvor. Sie hatten keine Einschränkungen zu befürchten, da die Türkei sich nicht an den Sanktionen des Westens gegen Russland beteiligte. Im Gegenteil, sie warb aktiv um vermögende Russen, insbesondere um die Milliarden der Oligarchen. Wer 250.000 Dollar in Immobilien oder 500.000 in Staatsanleihen, Fonds oder in ein türkisches Bankkonto investierte, erhielt die türkische Staatsbürgerschaft gratis dazu.

Zwar genoss man damit noch nicht die Reisefreiheit in der Europäischen Union, aber diese konnte man sich im nächsten Schritt nach demselben Muster durch den Kauf eines Passes in Malta sichern.

Kryptos blickte über den großräumig abgesperrten Hafen und schätzte, dass keine der Jachten im Wert unter einer Million Dollar lag. An den Stegen standen Luxusautos, Bodyguards halfen den Damen beim Aussteigen und begleiteten sie beim Einkaufen, Catering-Agenturen lieferten Waren an.
Am Nachbartisch hörte er Jemand zu seinem Sitznachbarn sagen: »Ich kenne den Caterer für die Arabella. Feinstes Schweinefleisch inmitten unserer muslimischen Stadt. Nichts ist hier unmöglich. Alles eine Frage des Geldes.«
Kryptos sah ein Paar mit zwei halbwüchsigen Töchtern, offensichtlich *Rich Russian Kids*, die mit dem Reichtum der Eltern auf Instagram prahlten, vor nichts Angst hatten, kleine Löwen als Spielzeug hielten und sich durch Statussymbole untereinander erkannten.
In der Bucht lagen die wirklich großen Luxusschiffe im Wert von weit über dreihundert Millionen Dollar, die meisten von ihnen aus deutschen Werften. Darunter befand sich auch Victors Schiff, die *Heavens Gate*.

Die Kontaktperson trat an den Tisch, sprach kein Wort, legte jedoch einen Zettel mit einem »V« darauf ab – das vereinbarte Zeichen. Kryptos steckte den Zettel ein, steckte das Verzehrgeld unter die Tasse und folgte dem Mann, während sein CIA-Team ihn im Blick behielt.
Das schwarze Rennboot der *Heavens Gate* verließ langsam den Hafen, um dann in einer weiten Kurve mit Vollgas zu Victors Schiff zu rasen. An der backbordseitigen Anlegestelle stand eine Person in weißem T-Shirt, schwarzen Hosen und Baseball-Kappe. Der Oligarch und Intimus des russischen

Präsidenten, Alexei Sokolow alias Victor. Eine kurze Leiter führte an Deck zu einem roten Teppich.
»Guten Morgen, Kryptos, herzlich willkommen auf meinem Boot.«
»Hi, Alexei, danke für die Einladung.«
»Ich nehme an, Sie möchten keinen Rundgang über die neun Decks? Vermutlich kennen Sie das Schiff besser als ich«, sagte er freundlich.
In der Tat wusste Kryptos genau, was ihn auf dem Schiff erwarten würde, da die CIA über alle Schiffe der Oligarchen umfassende Informationen hatte. Abgesehen von den üblichen Annehmlichkeiten wie Pool, Kinosaal, Disco und Jet-Skis unterschied sich diese Jacht durch ein ausgeklügeltes Sicherheitssystem. Die Superyacht verfügte über ein Raketenwarnsystem, ein französisches Luftabwehrsystem mit Raketen, angeblich ein bewaffnetes U-Boot mit einer Tendergarage sowie zwei Hubschrauberlandeplätzen und zwei Garagen für die Hubschrauber.
Unterhalb der Wasserlinie waren Scheinwerfer installiert, um Schwimmer oder Taucher in der Nähe zu entdecken. Gepanzerte Bullaugen, Blitzlichtsensoren und elektronische Störsysteme gegen Digitalkameras schützten vor neugierigen Blicken. Mit der kleinen Privatarmee an Bord und einer Geschwindigkeit von fast 30 Knoten glich dieses Schiff einem Kriegsschiff im Fünf-Sterne-Ambiente.
Und noch etwas zeichnete diese Jacht aus. Der Besitzer Alexei Sokolow hatte ein Schießkino eingerichtet, in dem nur er trainierte. Er galt als ausgezeichneter Schütze. Es hieß, dass er gelegentlich von Iwan Pavlenko mit auf die Jagd genommen worden war.
Die Zukunft auch dieses Schiffes war ungewiss. Zwar hatten die Oligarchen in großer Eile und unter Ausschaltung ihrer Tracking-Systeme ihre Superjachten in sichere Häfen gebracht, doch nichts war in diesen Zeiten mehr wirklich sicher.

»Ich vermisse Ihre zehn Mann starke Security.«
»Zu Recht, lieber Kryptos. Heute trainieren sie mit türkischen Anti-Terror-Einheiten. Tatsächlich sind es zwanzig Personen, darunter auch ein ehemaliger Elitesoldat der US Navy SEALs.«
»Wieso habe ich davon nichts gewusst?«, reagierte Kryptos scheinbar betroffen.
»Um ehrlich zu sein, er ist unser bester Mann im Sicherheitsteam. Sie werden ihn gleich kennenlernen. Er weiß nicht, wer Sie sind.«
Alexei führte ihn zu einem Aufzug. Eine weibliche Sicherheitskraft streckte die Hand aus und sagte auf Türkisch: »Darf ich Ihr Handy haben?«
Alexei bemerkte den irritierten Blick von Kryptos und lenkte ein:
»Entschuldigung, das ist bei uns ein striktes Gesetz, aber ich denke, in diesem Fall können wir darauf verzichten. Wo wir uns befinden, ist sowieso kein Tracking möglich.«
Die Aufzugtür schloss sich, und Kryptos erwartete, dass sie an einem der neun Decks anhalten würden. Doch der Aufzug fuhr in die Tiefe. Eine gepanzerte Tür fuhr auseinander, sie standen vor dem schiffseigenen U-Boot.
»Bitte, nehmen Sie Platz. Wir können während eines Tauchgangs plaudern. Unser U-Boot-Kapitän Leonid und Erster Offizier des Schiffes ist ein ehemaliger Soldat der US Navy SEALs. Seine Mutter ist Russin.«
Leonid streckte Kryptos die Hand entgegen und bat ihn, auf einem der vier Sessel Platz zu nehmen. Dann verschwand er mit einem anderen Offizier im Führerhaus.
Kryptos schaute sich um. Das U-Boot war in drei Abschnitte unterteilt: vorne der Steuerraum, in der Mitte die Lounge und hinten der Maschinenraum sowie vermutlich der Gefechtsstand. Schon nach wenigen Minuten passierten sie Korallenriffe, während Fischschwärme ihren Weg kreuzten. Das U-Boot verlangsamte die Fahrt und blieb schließlich vor

einer atemberaubenden Felsformation stehen, in der sich Muränen und Seeigel versteckten. Im türkisfarbenen Wasser kurvten Thun- und Schwertfische. Ein Rochen schaute direkt durch das Bullauge auf Kryptos.
»Ist es erlaubt, ein Foto zu machen?«, fragte er.
»Natürlich, der Rochen freut sich immer über neue Gäste an Bord. Nein, im Ernst, er kann gar nicht durch die Scheiben sehen. Wir befinden uns jetzt in dreißig Metern Tiefe. Möchten Sie ein Glas Wein, Wasser oder Kaffee?«
»Danke, gerne ein Wasser«, sagte er und spürte den Druckausgleich in seinen Ohren. Ein Wasser würde ihm guttun.
»Ich schlage vor, Sie fragen mich, was die CIA wissen will, und ich verspreche Ihnen, ehrlich und umfassend zu antworten.«
»Okay. Danke für das Angebot, Alexei. Wie planen Sie den Coup?«
»Lassen Sie mich Ihnen zuerst etwas über die etwa fünfzig russischen Oligarchen erzählen. Sie können in drei Gruppen unterteilt werden. Ein großer Teil von ihnen hält in Angst und Sorge erstarrt still. Sie tun alles, was Iwan will.
Ein weiterer Teil versucht, sich von ihm abzusetzen und denkt dabei nur an die Rettung des eigenen Vermögens. In diesen Reihen hat es bereits einige Tote gegeben, denn Iwan duldet keine Untreue.
Dann gibt es genau acht Kollegen, die scheinbar bedingungslos zu Iwan halten und freiwillig mehr Geld in die Kriegskasse spülen, als er verlangt. Doch in Wahrheit haben sie bereits mit dem brutalen und völkerrechtswidrigen Regime gebrochen. Diese Männer sind entschlossen, den Umsturz zu wagen. Sie sind sich bewusst, welchen Preis sie dafür zahlen könnten. Das ist meine Gruppe. Aus Liebe zu Russland haben wir geschworen, niemandem, nicht einmal unseren Familien von unseren Plänen zu erzählen.«
»Wie stellen Sie sich die Übernahme der Macht vor?«

»Fast alle Oligarchen werden beim Präsidenten erscheinen. Unsere acht werden vorab ein Treffen mit ihm haben. Darüber haben wir schon gesprochen. An dem 15. März hat sich nichts geändert. Er möchte sich mit uns absprechen und seine neuen finanziellen Forderungen bekanntgeben, sagte er mir. Doch dieses Treffen wird er nicht überleben.«
Kryptos schaute ihn fragend an.
»Es wird wie ein Herzinfarkt aussehen. Man wird sagen, dass unser Präsident krank war. Viel kränker, als man zuvor wusste.«
Kryptos verstand.
»Und dann, wie geht es weiter.«
»Die acht Oligarchen werden vorerst im Hintergrund bleiben, aber darauf drängen, dass die Nachfolge so schnell wie möglich geregelt wird. Gemäß der Verfassung wird die Macht unmittelbar auf den Premierminister des Landes übergehen. Das ist glücklicherweise kein Hardliner, sondern ein eher farbloser Funktionsträger. Wir haben ihn gekauft. Innerhalb von drei Monaten muss er Neuwahlen ansetzen. Die acht Oligarchen werden politische Posten übernehmen. Ich werde mich um die Präsidentschaft bewerben, ein anderer wird Premierminister und ein dritter wird den Vorsitz des Föderationsrates übernehmen. Der Duma-Vorsitzende soll bleiben. Wir werden den Inlands- und Auslandsgeheimdienst übernehmen und einige wichtige Ministerien kontrollieren.«
»Wie wollen Sie das schaffen, Alexei? Ist die Schmerzgrenze in Russland so hoch?«
»Es wird nur über Geld funktionieren, und zwar mit sehr viel Geld. Das ist in unserem korrupten Land die einzige Möglichkeit, einen Gegenputsch zu verhindern. Wir sind bereit, einen Großteil unseres Vermögens einzusetzen, und das sind weit über hundert Milliarden.«
»Wirklich?«, fragte Kryptos.

»Ja, etwa einhundertfünfzig bis zweihundert Milliarden, um genau zu sein.«
»Wie werden Sie sich außenpolitisch positionieren?«
»Der Premierminister wird umgehend eine Feuerpause in der Ukraine ankündigen, mit dem Ziel, einen Waffenstillstand zu erreichen. Er wird Friedensverhandlungen unter dem Dach der Vereinten Nationen vorschlagen. Für die Oblaste Donezk und Luhansk sollen separate Verhandlungen in Fortsetzung des Minsker Abkommens stattfinden. Während der Verhandlungen wollen wir, dass UN-Blauhelme für die Sicherung des Friedens vor Ort sorgen.«
»Klingt nach einem klugen Plan. Wie stellen Sie sich die Zukunft der Krim vor?«
»Das wird eine schwierige Aufgabe, denn die Russen, insbesondere die auf der Krim, werden es nicht akzeptieren, dass die Krim an die Ukraine zurückgegeben wird. Hier müsste eine Vereinbarung zwischen der souveränen Ukraine und Russland gefunden werden, die den Status der Krim für einen definierten Zeitraum beibehält und dann neu verhandelt wird.«
»Genau diese Option bestand zu Beginn des Konflikts, nicht wahr?«
»Ja, das stimmt, aber nach den Massakern in Butscha war das Thema für die Ukraine vom Tisch. Leider haben in dieser Phase auch einige Westmächte nachgeholfen, die diesen Krieg wollten.«
»Glauben Sie wirklich, dass alle in Russland mitziehen werden? Ich erinnere an den Machtkampf zwischen den Truppen von Wagner und dem Kreml.«
»Das war in der Tat knapp an einem Bürgerkrieg vorbei. Ein Kräftemessen zwischen zwei Idioten, das Iwan vorerst bestanden hat. Vorerst. Die Säuberungswellen werden unerbittlich sein und alle Schichten erfassen. Wir wissen, welche Militärs Wagner unterstützt haben und werden diese Opposition zu

nutzen wissen. Iwan war kurz davor, außer Kontrolle zu geraten. Selbst wenn der Putsch nicht gegen ihn gerichtet war, so empfand er ihn doch als Angriff gegen seine Herrschaft. Es war der schlimmste Stresstest in seiner Regierungszeit, und er kam zur Unzeit, auch für seinen Krieg gegen die Ukraine.«

»Ist die Souveränität der Ukraine von Ihnen tatsächlich ernst gemeint?«

»Ja, wir Oligarchen werden die Souveränität der Ukraine anerkennen, wie es im Budapester Memorandum von 1994 garantiert wurde.«

»Würde die neue russische Regierung auch das Recht der Ukraine auf eine NATO-Mitgliedschaft anerkennen?«

»Ich denke, wenn das Gesamtpaket stimmt, können wir das nach Beendigung der Kriegshandlungen erreichen.«

»Wie stellen Sie sich die Partnerschaft mit China vor?«

»Wie Ivan Pavlenko streben wir eine multipolare Weltordnung an, in der Russland, die USA, Europa, China und Indien einen gleichberechtigten Platz haben. Im Moment verkauft sich Russland zu Dumpingpreisen an China. Wir werden abgeschöpft. China ist in unserer Beziehung der Koch und Russland der Kellner. Ohne Gegensteuerung würde schon in wenigen Jahren die russische Wirtschaft am Boden liegen und schlimmstenfalls auf das Niveau von Nordkorea, Kuba und Venezuela fallen. Auch deshalb wagen wir diesen Umsturz.«

Kryptos sah durch das Bullauge einen Schatten heranschweben, eine dunkle Silhouette, die sich dann als ein weiteres kleines U-Boot entpuppte.

»Wir bekommen Besuch, Alexei!«

»Keine Sorge. Das U-Boot vom Schwesterschiff begleitet uns schon seit geraumer Zeit. Wir fahren grundsätzlich in Tauchformation, wobei ein U-Boot immer den Raumschutz wahrnimmt. Es gibt inzwischen zu viele fremde Mächte, die sich hier für die russischen Reichenschiffe interessieren. Mir wäre es in der Tat lieber, wir könnten uns auf den Weltmeeren wie

früher verteilen, aber auch das ist vorbei. Also sitzen wir hier in unseren Luxuskäfigen fest.«
»Wer weiß, dass die CIA hier an Bord ist?«
»Wie vereinbart, niemand. Weder Besatzungsmitglieder noch andere Oligarchen. Ich habe lediglich die Hoffnung ausgesprochen, dass die USA nach einem Regimewechsel offen für eine Neuausrichtung unserer Beziehungen sein könnten. Die Frage ist, was wir tatsächlich von den USA erwarten können.«
»Zunächst danke, Alexei, für diese strategischen Erläuterungen. Das klingt alles wie ein unwirklicher Traum. Wenn nur die Hälfte von dem, was Sie vorhaben in Erfüllung geht, wäre die Welt bereits eine bessere. Ihr Russland darf sicher sein, dass die USA von der Ukraine Friedensverhandlungen fordern werden. Die Ukraine weiß, dass die USA und die Europäer mit den Waffen- und Munitionslieferungen an einem sehr langen Hebel sitzen. Wir würden ohne Frage auch ein UN-Mandat für den Friedensprozess unterstützen und mittelfristig die wirtschaftlichen Beziehungen normalisieren. Weder unser Präsident noch die europäischen Staatslenker haben Interesse an einem schwachen Russland. Allerdings werden die Kriegsverbrechen in der Ukraine aufgearbeitet und die Täter zur Rechenschaft gezogen.«
Alexei Sokolow hatte schweigend zugehört. Es war die erwartete Reaktion, die auch die anderen sieben Oligarchen erhofften. Sie mussten allerdings nicht wissen, dass schon jetzt ein Direktkontakt mit den USA bestand.
»Ist das Ihre Meinung, Kryptos oder auch die des Präsidenten?«
Der CIA-Chef hütete sich, eine direkte Antwort zu geben. Er wusste, dass Russen eine bildhafte Sprache schätzten.
»Wissen Sie Alexei, was ein Gefecht der verbundenen Waffen ist?«
»Erläutern Sie es mir.«

»Wenn Sie einen einzelnen wertvollen Panzer ins Gefecht schicken, dann ist er nutzlos. Er schießt ein paar Granaten auf einen feindlichen Panzer, aber bleibt unter seinem Leistungsniveau. Doch wenn er von Schützenpanzern, Aufklärungspanzern, Panzergrenadieren, Kampfhubschraubern und Drohnen unterstützt wird, dann kann er sein wahres Potenzial entfalten. Eine wesentliche Voraussetzung muss dafür erfüllt werden, es braucht eine operative Führung. Gehen Sie davon aus, dass ich hier nicht als einsamer Panzerkommandant agiere.«

Es war alles gesagt. Kryptos hatte den Eindruck gewonnen, dass hier nicht eine Gruppe eitler und machthungriger Oligarchen am Werk war, sondern Idealisten, die bereit waren, viel – sehr viel – zu riskieren. Wer in Russland ein Attentat auf den Tyrannen wagte, setzte sein Leben und das seiner Familie aufs Spiel.
»Alexei, Ihre beiden Kinder studieren in den USA. Werden sie in der nächsten Zeit dort bleiben?«
»Ja, und ich würde Sie sehr herzlich bitten, Ihre Hand über sie zu halten, falls Vater doch nicht mehr nach Hause kommt.«
Kryptos nickte. »Versprochen, Alexei. Verlassen Sie sich drauf. Und Ihre Frau?«
Alexei blickte ihn verwundert an.
»Ich bin seit acht Monaten Witwer. Sie ist an Krebs gestorben.«
Kryptos wusste es tatsächlich nicht.

Das U-Boot legte an der *Heavens Gate* an.
»Wenn Sie einverstanden sind, kann mich Ihr Tender wieder zurückbringen«, sagte Kryptos.
»Gerne, aber Sie können auch Ihren Leuten dort drüben sagen, dass Sie hier abholbereit sind«, antwortete er lächelnd.

Bevor das CIA-Team anlegte, war das U-Boot wieder im Rumpf verschwunden.
Sie standen an der Gangway und sahen das gecharterte Boot der CIA anlegen.
»Ich wünsche Ihnen von Herzen Glück, Alexei. Wir möchten Sie lebend wiedersehen und hoffentlich in offizieller Funktion am US-Russland-Verhandlungstisch.«
»Danke Kryptos, ich kann es gebrauchen. Für mich gilt das russische Sprichwort: *Es gibt nichts Gutes, außer man tut es.*«

Der Fahrstuhl führte Alexei direkt zu seiner privaten Lounge.
»Du bist zurück von deinem Ausflug, mein Schatz. Wie war es?«
»Wieder wunderbar, Yulia. So schade, dass du die U-Boot-Fahrten nicht magst. Mich beruhigt diese Welt dort unten. Da ist nichts Bedrohliches. Heute waren herrlich neugierige Fische dabei. Sie glotzten durch das Bullauge, als würden sie ins Innere schauen wollen.«
Er ging zu ihr und streichelte zärtlich ihr Gesicht.
»Ich hatte jemandem vom Hafen diesen Ausflug versprochen. Ab und zu brauchen wir Unterstützung. Du weißt ja, Auftanken, Catering, Administration. Soll heißen, Cash. Wir sind im Hafen bestens gelitten, aber politisch nur geduldet. Mit Cash kann man den Prozess deutlich entschärfen.«
»Ich habe Angst, Alexei.«
»Warum das, mein Schatz?«
»Die Türkei und Monaco waren für mich wie eine Kur. Du bist für mich eine Kur. Wie soll das nur in Moskau weitergehen?«
Er nahm ihr Gesicht in beide Hände.
»Alles wird gut, es wird sich finden.«
Er ging zum Fenster und sah auf die umliegenden Schiffe der befreundeten Oligarchen. Yulia wusste nichts von seinem Plan, nicht ein einziges Detail. Nichts von der CIA, die

gerade das Schiff verlassen hatte. Er wollte und durfte Yulia auf keinen Fall zur Mitwisserin machen.
»Wir werden wie geplant nach Moskau fliegen. Ich werde für ein neues Russland arbeiten. Niemand wird von mir erfahren, wie nahe wir zwei uns sind.«
Sie kam zu ihm. »Er wird mir immer fremder, Alexei, ich kann mit ihm nicht mehr wirklich reden. Er ist verschlossen, alles um ihn herum ist ein Staatsgeheimnis. Er ist kaum zu Hause, sieht schlecht aus, sagt nicht, was er hat ...«
»... aber er ist der Vater deiner Kinder, Yulia, und wird es immer bleiben, egal, was passiert.«
Alexei atmete tief, er spürte wieder das starke Herzklopfen bei dem Gedanken, dass er Iwan ausschalten würde. Hoffentlich würde es schnell gehen. Yulia und er würden eine Zeit lang auf Distanz leben, dann würden sie öffentlich ein Paar und er ein liebevoller Ersatzvater werden. Jetzt musste er ein guter Schauspieler sein. Sie durfte nichts über den Putsch wissen, die Oligarchen nichts über seinen Kontakt zu den USA und Iwan und die Kinder nichts über seine Liebe zu Yulia. Er spielte in der Dreiecksbeziehung perfekt den gönnerhaften Oligarchen, indem er ihr sein Haus in Monaco überließ und sie gelegentlich offiziell auf das Schiff einlud. Wenn sie sich in Monaco lieben wollten, kam sie in sein Penthouse. Niemand schöpfte Verdacht, weder die Kinder, die Angestellten noch die Bodyguards.
Sein Smartphone summte. Er sah die Nummer des Anrufers. »Moskau ...« signalisierte er ihr.

KAPITEL 8

Es war typisches Hamburger Nieselwetter. »Welcome back, ihr beiden Krieger!« Die sechs Männer der Sicherheitsfirma MSS prosteten mit Alsterwasser und Pils Tom und Marc zu. Sie hatten ihren Lieblingstisch im Elbspeicher am Altonaer Fischmarkt ergattert und brannten darauf, die Berichte der beiden zu hören.

Obwohl Marc und Tom die ukrainischen Behörden darum gebeten hatten, Einzelheiten der Befreiungsaktion nicht an die Medien zu geben, hatte das Hamburger Abendblatt Wind bekommen und beide um ein Interview gebeten. Da sie es nicht bekamen, rollte die Zeitung die alte Geschichte von Marc mit der Headline auf:

Der Hamburger Marc Anderson befreit in der Ukraine seinen zum Tode verurteilten Freund aus russischer Gefangenschaft.

Obwohl keine Neuigkeiten darin standen, wusste die Zeitung zumindest, dass der US-Präsident George F. Summerhill persönlich Marc Anderson in einem Brief gedankt haben soll, da unter den befreiten Soldaten auch ein US-Angehöriger war. Sie lasen den Bericht des glatzköpfigen Reporters, der vor Marcs verschlossener Haustür gestanden und erfolglos Einlass begehrt hatte.

»Det is'n typischer Bericht eenes ahnungslosen Journalisten, wa? Keene Haare uff'm Kopp, aba 'n Kamm inner Tasche!«, sagte der Berliner Ale und erntete schallendes Gelächter. Der ehemaliger Kampfschwimmer Ale konnte Blender noch nie leiden.

»Ist das wahr mit dem Brief?«, fragte Hermy.

»Ich habe euch eine Kopie mitgebracht«, sagte Marc und verteilte sie.

Sie schauten auf das Dokument mit dem Siegel des Weißen Hauses.
Tom las:
Lieber Herr Anderson,
mit großer Freude habe ich gehört, dass Sie in einer gewagten Rettungsaktion Ihren Freund Tom, einen US-Staatsbürger und andere unschuldig zum Tode verurteilte Kameraden in letzter Minute aus russischer Gefangenschaft befreit haben …
Ale las in seiner Ausfertigung nicht weiter. Seine Augen klebten an der Unterschrift des amerikanischen Präsidenten.
»Det is Jold wert!« Und als er auch noch seinen Namen und die der anderen las, meinte er ergriffen: »Männer, ick gloob, mein Schwein pfeift.«
»Wie gehts deinem Bein, Tom?«, fragte Hermy. Sie hatten Tom mit einer Gehhilfe hereinkommen sehen.
»Nicht so wild, glatter Oberschenkeldurchschuss, ist in zehn Tagen erledigt. Ohne Aishe wäre das übel ausgegangen.«
»Aishe? Hast du uns die schon vorgestellt?«, fragte Thunder, ebenfalls ein Ex-Kampfschwimmer.
Tom zögerte kurz und holte ein Foto einer jungen Frau aus dem Portemonnaie.
Thunder sah eine dunkelhaarige Frau mit braunen Augen, auf deren Jacke ein ukrainisches Rote Kreuz-Abzeichen prangte. Er drehte das Foto herum. Auf der Rückseite stand »Aishe Waldberger – forever.« Und dahinter ein Herz.
»Donnerwetter! Wer ist sie?«, fragte Thunder.
Tom war etwas verlegen, dass die Rückseite jetzt seine Geschichte offenbarte.
»Sie ist die Tochter eines türkisch-deutschen Ehepaares, arbeitete als Rettungssanitäterin in Bad Kissingen und hat sich spontan für den Sanitätseinsatz an der ukrainischen Front gemeldet. Das erste Mal habe ich sie bei Mariupol gesehen, als sie Kameraden aus meinem Zug zusammengeflickt hat, dann hörte ich, dass sie dort im Stahlwerk bis

zum letzten Augenblick die Menschen versorgt hat. Als ich im Krankenhaus in Kiew aus der Narkose aufwachte, war sie an meinem Bett.«

Tom war dafür bekannt, dass er selten Emotionen zeigte. Er räusperte sich etwas verlegen und sagte: »Sie hat dann die Ärzte entlassen und mich Tag und Nacht in nur einer Woche wieder auf die Beine gebracht.«

Das Team sah ihn sprachlos an.

»Sie hat, ick meene, du bist ...«, stotterte Ale.

Tom nickte. »Ja, Ale, ich bin restlos verknallt. Sie wartet auf mich. Sobald Marc und ich von Ediths Hochzeit aus Vilnius zurück sind, bin ich wieder in der Ukraine.«

»Du willst wieder kämpfen?«

»Hundertprozentig, wenn mich die Internationale Liga wieder lässt. Ich muss zu meinen Kameraden. Aishe will auch wieder an die Front.«

»Wie ist dein Status als Soldat dort unten? Du bist doch kein Ukrainer«, fragte Thunder.

»Ich habe mit der Bundeswehr abgeklärt, ob ich mich als Reservist strafbar mache, wenn ich für ein anderes Land kämpfe. Man hat mir schließlich grünes Licht gegeben. Die Ausländer sind Teil der ukrainischen Streitkräfte, um gegen russische Soldaten zu kämpfen. Wir tragen ukrainische Uniformen und halten uns an das humanitäre Völkerrecht. Dass die Russen mich als ausländischen Söldner verurteilt haben, verstößt gegen das Völkerrecht. Aber was ist da unten schon rechtlich okay?«

Die Bedienung servierte drei große Fischplatten. Geräuchertes Forellenfilet, Kabeljaufilet vom Grill, Rotbarschfilet mit Kräuterkruste, Seelachsfilet, Dorsch und reichlich Beilagen.

»Für wen ist das Cordon bleu vom Hähnchen mit Pommes und Salat?«

»Det is für mich!«

Sie kannte ihre speziellen Gäste und meinte: »Wie konnte ich nur vergessen, dass unser Berliner Kampfschwimmer keinen Fisch mag.«
Alles lachte.
Als Tom von den Kampfhandlungen, der unglaublichen Motivation der Kämpfer und der Bevölkerung erzählte, wurde es still am Tisch. Er berichtete von unerfahrenen russischen Soldaten, die in Wellen in den Tod geschickt wurden. Verwundete blieben liegen, wurden überrollt, in Massengräber geworfen oder einfach vergessen. Er habe russische Soldaten getroffen, die einfach nur noch geweint hätten. Sie nannten ihre Einsätze „Fleischwolf". Sie wüssten nicht, was sie dort sollten. Die Kommandeure hätten keine Ahnung und wären ständig betrunken.
»Im Gefängnis lagen wir sieben Tage mit zwanzig Mann in einer zehn Quadratmeter großen Zelle. Etliche Verwundete dabei.«
»Um Jottes Willen. Wie kann man det aushalten?«, fragte Ale.
»Das möchtest du nicht wissen, Ale. Was wir ausgehalten haben, hätte kein Tier ertragen. Aber wir wollten überleben. Unser großes Vorbild war Nika, Nika Petrow, der Kommandeur der 72. Mechanisierten Brigade aus Wuhledar, der dort Geschichte geschrieben hat.«
»Nika war ein wesentlicher Grund, warum unsere Rettungsaktion genehmigt wurde«, sagte Marc.
»Wo ist er geblieben?«, fragte Hermy.
»Eines Tages holten sie ihn aus der Zelle zur Hinrichtung, wie sie sagten. Kurze Zeit später hörten wir Schüsse. Wir glaubten, dass er getötet wurde, aber die Ärztin sagte uns, dass er verlegt worden sei. Er wäre für die Russen wertvoll.«
»Ich frage mich, warum der Typ im Kreml überhaupt noch lebt«, sagte Mike, der bisher still gewesen war. »Es müsste doch möglich sein, den Kerl zu erwischen. Es gibt Amis, uk-

rainische Spezialeinheiten und sogar Russen in der Ukraine, die hohe russische Offizierr jagen. Warum nicht auch ihn?«
»Du kannst dich ja bei Zar Iwan als Vorkoster bewerben«, sagte Hermy.
»Aber vielleicht lässt sich das Problem auch indirekt lösen«, meinte Tom.
»Wie?«, fragte Marc.
»Indem man sich seine Familie in Monaco schnappt. In dem Metier kennt sich das Team doch bestens aus.«
Marc blickte seinen besten Freund an. Dann sah er in die schweigende Runde. In jedes einzelne Gesicht.

KAPITEL 9

Die angezeigte Nummer im Security-Telefon konnte nur jemand sein, der ebenfalls Teilnehmer im russischen Kommunikations-Verschlüsselungssystem war. Die private Nummer des Präsidenten der Russischen Föderation erschien.
»Hallo, Alexei!«
»Hallo, Iwan!«
»Wie geht es meiner Familie auf deinem Luxusdampfer?«
Yulia schreckte auf und winkte nervös ab.
»Hervorragend, ganz hervorragend. Im Augenblick sind die drei an Land. Boris und Igor wollten mit anderen Reichenkindern der Schiffe Unsinn machen. Und wie sieht es bei dir aus?«
»Dazu später. Zunächst, die Türkei hat die Flüge nach Russland gestoppt.«
»Auch das noch. Was ist geschehen?«
»Das Übliche. Mein türkischer Freund weiß wieder einmal nicht, welches seine Kompassrichtung ist. Russland und NATO, beides geht nicht. Für ihn ist das alles ein großer Basar. Ich habe bereits die Daumenschrauben angezogen. Es kann sein, dass die türkische Riviera zumindest vorübergehend kein guter Platz mehr für euch ist. Ihr solltet umplanen.«
»Das ist wirklich ärgerlich. Wie ich dich kenne, hast du schon einen Plan B?«
»Richtig. Ihr reist wie geplant am 14. März ab. Am unauffälligsten ist es, wenn ihr von Zürich nach Vilnius fliegt. Dort erwartet euch ein Hubschrauber, der euch nach Minsk bringt.«
»Das sollte kein Problem sein, vor allem kein Passproblem. Deine beiden Kinder haben monegassische Pässe. Yulia reist

wieder mit ihrem Diplomatenpass. Genau so ist die Familie Yulia Smirnoff mit mir hergekommen, hat tadellos geklappt.«
»Wir haben das hier in Moskau auch noch einmal überprüft. Diplomatenpässe werden weder in Monaco noch in der Schweiz noch in Litauen gescannt und selbst wenn Yulia erkannt wird, darf sie reisen, wohin sie will. Sie hat auch einen Reisepass aus Malta, falls doch noch wieder etwas Unvorhergesehenes passiert.«
»Es wird nichts dazwischenkommen, Iwan. Mein Netzwerk steht.«
»Gut! Du kennst meinen langjährigen Vertrauten Michael Wussow, den ehemaligen CEO von der East Stream AG. Er und seine Frau Anastasia werden zusammen mit euch im selben Flugzeug Zürich verlassen. Wussow wird bei mir als Manager meiner Immobilien arbeiten.«
»Guter Mann, das ist sicherlich eine ausgezeichnete Idee.«
»Dann schließ dich mit Mischa wegen der Reise kurz.«
»Okay, Zürich ist etwas umständlicher als Istanbul, aber machbar. Die anderen Oligarchen werden selbst sehen, wie sie zum Termin kommen. Aber jetzt zurück zum Geschäft, wie läuft es?«
»Es würde noch viel besser laufen, wenn du hier bist. Ich brauche jemanden, der mir politisch den Rücken freihält. Ich habe genügend damit zu tun, die Hahnenkämpfe unter meinen Militärs im Griff zu halten.«
»Mach dir keine Gedanken, Iwan. Wir werden den Laden von links auf rechts drehen.«
Er dachte, dass er damit noch nicht einmal die Unwahrheit sagen würde.
»Iwan, du musst sehen, dass du die Oligarchen bei unserem Termin auf dich einschwörst. Nicht wie beim letzten Mal ein bisschen, sondern jetzt mit vollem Einsatz.«
»Und das wäre?«

»Mein Vorschlag, die Oligarchen dürfen ihren Immobilienbesitz behalten, wenn 60 Prozent der Geschäftseinnahmen an die Russische Föderation gehen. Ich meine nicht zugunsten des Militärs, sondern primär zugunsten der Bevölkerung. Da gibt es Unruhen, höre ich. Du brauchst die Massen für deine Ziele. Das geht wie immer am besten über Geld. Nur dann haben wir Ruhe für unsere Pläne.«
»Das habe ich ohnehin vor. Die Frage ist, ob alle Oligarchen mitmachen werden.«
»Du bist die Nabelschnur, die sie ernährt, Iwan. Das wissen sie. Lieber mit ein paar Millionen auskommen als mit ein paar Milliarden tot sein.«
»Gute Einstellung, mein Lieber, denk auch an dein Konto.«
»Ich brauche keine Paläste mehr, mein Lebensziel ist ein starkes Russland.«

Iwan Pavlenko wusste in diesem Moment erneut, warum Alexei Sokolow sein Hoffnungsträger war. Aufgewachsen in einer angesehenen Familie in Sankt Petersburg, die der Intelligenzschicht angehörte und ihm sowjetische Werte vermittelte, hatte Alexei sein IT- und Betriebswirtschaftsstudium bereits mit 25 Jahren in Moskau abgeschlossen und anschließend politische Wissenschaften in den USA studiert. Er sprach fließend Englisch und Französisch, war ein Waffennarr und hatte durch unternehmerische Leistungen im Immobiliensektor und der Privatisierung der russischen Wirtschaft großen Reichtum erlangt. Er war der Einzige, der ohne Aufforderung Geld in die Kassen des Kremls leitete. Man musste nur aufpassen, dass er nicht zu mächtig wurde, denn aufgrund seiner Empathie würde er sicherlich schnell zum Liebling der Massen werden.
»Da gibt es noch etwas, Iwan.«
»Ich ahne Probleme ...«

»Ja, zwei unserer Oligarchen scheinen in Afrika Dinge getan zu haben, für die sich der Internationale Gerichtshof in Den Haag interessiert. Wenn es zu einer Verurteilung kommt, würden sie in einem Land, das den Gerichtshof anerkannt hat, festgenommen werden.«
»Diese Dreckskerle im Westen! Sanktionen reichen denen nicht, es ist eine reine Hexenjagd!«
»Ja, die Entwicklung läuft gegen uns«, stimmte Alexei zu.
»Ich denke, deine Oligarchen-Kollegen wissen, was sie zu tun haben. Du kennst meine Einstellung. Ich habe nichts gegen eine Villa in Miami oder an der Côte d'Azur. Auch nichts dagegen, dass die Herren auf Gänseleberpastete, Austern oder Jet Ski nicht verzichten können. Aber das Problem ist, dass viele von ihnen geistig nicht mehr bei Russland sind. Sie haben sich mit Leib und Seele ihrem Mammon verkauft und vergessen, wer sie groß gemacht hat. Ich habe sie groß gemacht! Mir schulden sie Dankbarkeit! Besonders jetzt unter diesen fordernden Umständen. Beim nächsten Treffen wird es klare Anweisungen geben, wie sie sie noch nie gehört haben. Wer nicht mitzieht, darf gleich in Moskau bleiben, ohne Gänseleberpastete und Gespielinnen! Aber das bleibt unter uns«, sagte Iwan bestimmt.
Alexei spürte, dass das Thema für ihn zu heikel wurde. Er durfte in diesem Schauspiel nicht einen einzigen Fehler machen. Iwan war von Natur aus extrem misstrauisch und merkte sofort, wenn etwas nicht stimmte.
»Bleibt unter uns, Iwan!«
»Ja, auf jeden Fall. Der Überraschungseffekt ist mir wichtig.«
»Glückwunsch, Iwan, zu der neuen Achse Russland-China. Sie dürfte uns helfen und dem Westen einige Sorgen bereiten.«
»Zu Recht. Ob allerdings unsere Freundschaft ewig sein wird, wie mein chinesischer Besucher in Moskau sagte, weiß ich nicht. Aber sicherlich werden wir uns in einer gegenseitig sehr

vorteilhaften Freundschaft verbunden bleiben. Wir brauchen China, wie sie uns. Als ständiges Mitglied im UN-Sicherheitsrat haben wir, wie du weißt, unsere chinesischen Freunde beim Thema Uiguren, Tibet oder den Streitigkeiten im Südchinesischen Meer immer unterstützt und den Sicherheitsrat an den Rand seiner Funktionsfähigkeit gebracht.«

Alexei hörte ein etwas verzerrtes Lachen in der Leitung, gefolgt von einer ernsthaften Stimme: »So soll es auch bleiben, wenn sich China demnächst Taiwan nimmt. Mein Besucher aus Peking hat sich diesbezüglich unserer Treue vergewissert. Es gibt dennoch ein grundsätzliches Problem. China rüstet wirtschaftlich und militärisch derartig auf, dass es einem schwindlig wird. In spätestens zehn Jahren werden sie die USA wirtschaftlich und auch militärisch überholt haben. Wir beide müssen aufpassen. Die Seidenstraße berührt auch unsere ureigenen wirtschaftlichen Interessen. Sie verfolgen mit einem sehr langen Atem meinen Grundsatz, erfolgreiche Politik auf Grundlage der Stärke. China denkt immer zuerst an sich selbst.«

»Deswegen bin ich auch dagegen, dass wir unsere Rohstoffe zurzeit zu billig an China abgeben.«

»Leicht gesagt, Alexei. Aber ich musste in diesen ungewöhnlichen Zeiten einen Deal eingehen.«

»Was meinst du?«, fragte Alexei interessiert.

»Du wirst es sehen, wenn du bei mir bist. Wir brauchen dringend elektronische Bauteile für unser gesamtes Militär und auch für die Raumfahrt. Die liefern sie uns, ebenso Drohnen und Gewehre. Ich möchte im nächsten Schritt Artillerie und Flugzeuge aus China, doch das ist politisch noch schwierig.«

»Du meinst, wegen des sogenannten chinesischen Friedensplanes für die Ukraine?«, fragte Alexei.

»Ja, China muss formal die Neutralität behalten, damit es als Friedensstifter fungieren kann, was natürlich Blödsinn ist, denn China unterstützt unsere Spezialoperation entspre-

chend unserer freundschaftlichen Linie. Damit ist China allerdings bereits parteiisch.«
»Und läuft Gefahr, in der Welt als Vermittler unglaubwürdig zu werden.«
»Das ist Peking völlig egal, Alexei. Was sie tatsächlich nicht wollen, ist der Einsatz unserer Nuklearwaffen. Das passt nicht in ihren machtpolitischen Plan«, erklärte Iwan.
»Ich hoffe, dass es auch nicht in deinem Plan steht«, antwortete Alexei besorgt.
Iwan Pavlenko zögerte einen Moment und sagte dann: »Wir nutzen unser Nuklearpotenzial nur politisch ... zumindest vorerst. Näheres dazu in Moskau.«
»Okay, verstanden. Ich habe deinen Besuch aus Peking intensiv verfolgt. Hübsche Bilder. Was will Peking im Ukraine-Konflikt wirklich?«
»Zeit gewinnen, mein Lieber. Nur darum geht es! Die politischen und militärischen Ressourcen der Amerikaner und des Westens zu binden! Vor allem die Blickrichtung der westlichen Welt beeinflussen. Je mehr über unsere Privatarmeen, über Butscha, Charkiw, Cherson, Odessa, Kiew oder über meine Krim berichtet wird, um so weniger schaut die Welt auf das Südchinesische Meer, wo Peking gerade drei künstliche Inseln geschaffen und vollständig militarisiert hat, genauso wie wir es in der Polarregion machen. Eine Flagge setzen, basta und Prost!«
Alexei lachte. »Prost, Iwan, sitzt du vor einem Wodka?«
»Ja, obwohl mir der Arzt das verboten hat. Ich korrigiere, drei Ärzte haben mir das verboten. Aber ich brauche das zwischendurch, um wieder ein normaler Russe zu sein. Also, komm' her und lass uns unser Wiedersehen feiern.«
»Ich bin ja bald im Kreml beim Oligarchen-Appell!«
»Der wird schnell gehen, denn anschließend schreiben wir Zeitgeschichte.«

Alexei ahnte, was Ivan Pavlenko meinte. Man musste nur die internationale Presse lesen.
»Möchtest du darüber reden, Iwan?«
»Nein«, kam es kurz zurück.

Yulia hatte das Gespräch gespannt verfolgt. Nun zeigte sie ihm mit einer Geste, er solle über sie reden.
»Yulia ist in großer Sorge um dich und auch um Russland. Ich denke, sie ist froh, wenn die Gänseleberzeit hier vorbei ist.«
»Sehr gut zu hören«, meinte Iwan, der redselig war, wie lange nicht.
Alexei ergänzte: »Boris und Igor werden das anders sehen.«
»Und ich denke, es wird Zeit, dass die beiden Knaben wieder väterliche Erziehung spüren, bevor sie genauso verdorben werden wie die anderen Oligarchen-Kinder!«
»Viel Glück dabei, Iwan! Ich bin froh, dass meine beiden in den USA studieren und auch dort bleiben werden.«
»Das ist keine gute Idee. Doch darüber mehr zu Hause. Jetzt kommt erst einmal zurück. Grüße an Yulia, ich rufe sie heute Abend wie immer an. Danke, dass du dich so sehr kümmerst.«
»Das mache ich sehr gern für dich.«

Yulia kam mit einem Glas zu ihm. Mit ihrem schwarzen Pferdeschwanz unter der weißen Baseballkappe mit dem Schiffslogo, ihrem blauen T-Shirt, den ebenfalls weißen Bermudas und ihren dezent rot geschminkten Lippen sah sie atemberaubend aus.
»Ich vermute, du brauchst nach dem Gespräch einen Raki, Schatz«, sagte sie.
»Danke dir Liebling, am besten gleich die ganze Flasche. Einen Moment noch ...«
Er warf einen Blick auf den Monitor zur Brücke und drückte die Mikrofontaste.
»Alles in Ordnung auf der Brücke?«, fragte er.

»Alles gut hier, abgesehen von den üblichen Paparazzi.«
Alexei setzte sich auf die Couch, sie legte sich mit ihrem Kopf auf seinen Schoß.
»Ich hoffe, dass er es irgendwann begreifen wird.«
»Was?«
»Dass meine Liebe für ihn erloschen ist«, sagte sie. »Und auch mein Verständnis für seine Politik. Er richtet mehr Schaden an, als er aufbaut. Ich verstehe ihn nicht mehr. Iwan war immer vorsichtig. Jetzt agiert er wie eine Abrissbirne. So viele Menschen sterben. Was treibt ihn plötzlich an? Ist er schlecht beraten oder hat er eine Art Torschlusspanik? Ich muss unbedingt mit ihm darüber reden. Andererseits will ich auch nicht, dass er und ich in Moskau zu sehr aufeinander hocken.«
»Ich glaube nicht, dass er viel Zeit für die Familie haben wird. Wir verändern ganz Russland«, meinte er.
»Er kann froh sein, dass er dich hat, Alexei. Du wirst ihn zum Guten beeinflussen. Er kann nicht wollen, dass wir alle in Russland eingesperrt bleiben. Wir sind nicht Nordkorea, wir sind ein stolzes Land. Ich liebe meine russische Heimat. Aber ich liebe auch die Freiheit des Westens. Hier kann man frei reisen und tun, was man möchte. Sorge bitte dafür, dass beides geht.«
»Na ja, mit der Freiheit ist das auch hier relativ. Wenn man so reich ist wie wir, lebt man in einer Blase. Ohne Security ist es lebensgefährlich. Mit Security auch, denn du weißt nie, ob deine eigenen Leute nicht geschmiert sind und die Waffen gegen dich richten oder dich mithilfe des GRU ins Wasser werfen.«
»Mal den Teufel nicht an die Wand, Alexei! Ich weiß von Iwan, dass er dir nie etwas antun würde.«
»Dann lass uns hoffen, dass er nicht die Charaktereigenschaften von Iwan dem Schrecklichen adaptiert hat.«
»Welche sollen das sein?«

»Welche willst du zuerst hören, die guten oder die schlechten?«
»Erst die guten.«
»Iwan galt als religiös und gebildet, intelligent und listig. Er liebte seine Mutter und seine erste Frau über alles.«
»Und die schlechten?«
»Er war hinterhältig, nachtragend und von krankhaftem Misstrauen gegenüber allen erfüllt.«
»Das erklärt aber nicht den Beinamen der Schreckliche.«
»Du willst Einzelheiten? Nach dem Verlust seiner ersten Frau geriet er außer Kontrolle. Er heiratete mehrmals, doch seine Ehefrauen starben unter mysteriösen Umständen oder wurden verbannt. Auf dem Roten Platz ließ er eine Massenhinrichtung durchführen und Menschen in verschiedenen Städten abschlachten. Seine Getreuen wurden bei lebendigem Leib zerstückelt, verbrannt oder von Wölfen aufgefressen, während er vor Freude tanzte. Ach so, seinen eigenen Sohn soll er auch erschlagen haben ...«
»Stopp, hör auf, es reicht, Alexei! Das ist nicht der Iwan, den ich kenne.«
»Aber du kennst auch einen Iwan, der in Butscha und Isjum ein entsetzliches Massaker anrichten ließ, das seinem Namensvetter in nichts nachsteht, dass er Krieg gegen die Zivilbevölkerung führt und Tausende Kinder verschleppt und zwangsadoptiert.
»Gegenrede, Alexei. Ich kenne keinen schrecklichen Iwan. Ja, sein Vater starb auch früh und er ist auf seine Mutter fixiert. Er ist misstrauisch und verschlossen, in letzter Zeit immer mehr. Aber er ist auch liebevoll, großzügig und fürsorglich. Er ist nicht der Teufel, den du beschreibst. Außerdem glaubst du das selbst nicht, sonst würdest du mit ihm nicht zusammenarbeiten wollen, oder?«
Sie schaute ihn prüfend an.

»Du hast recht, Liebling. Er hat viele gute Eigenschaften. Aber ich kann nicht einschätzen, wie er reagieren wird, wenn er von uns erfährt. Wird er ausrasten? Wird er es akzeptieren? Unsere Beziehung ist hochexplosiv.«
Sie lehnte sich fest an ihn.
»Ich weiß Alexei, ich bin nicht naiv. Aber er weiß aus seiner Ehe, dass Liebe vergeht. Ich hoffe, dass er mir das auch zugesteht.«
Sie stockte, lehnte sich zurück und sagte laut: »Aber wenn Iwan erfährt, dass ich schon so lange mit seinem engsten Vertrauten ...«.
»Mach dir keine Sorgen. Niemand an Bord, niemand in Monaco weiß von uns, und niemand wird es in Moskau erfahren, bis der richtige Zeitpunkt gekommen ist.«
Sie schwiegen. Er wusste, dass für sie die Vorstellung einer zu langen Trennung unerträglich war.
»Wir müssen uns zwischendurch in Monaco oder auf deinen Schiffen treffen, Alexei. Sobald sich die Dinge beruhigt haben, sitze ich wieder im Flieger. Dafür werde ich in Moskau Tag und Nacht leben.«
Sie legte ihren Kopf auf seinen Schoß und sah ihn von unten lächelnd an. Dann öffnete sie langsam sein Hemd.
Ihr Handy klingelte. Sie zögerte.
»Geh ruhig ran, Yulia.«
Der Bodyguard der beiden Kinder meldete sich: »Wir kommen jetzt zurück.«
»Alles in Ordnung mit den Kindern?«
»Ja, allerdings haben die beiden sich kurz gebalgt.«
»Wer hat gewonnen?«, fragte sie.
»Der kleine Igor hatte seinen großen Bruder Boris im Zangengriff. Wir mussten dazwischengehen, aber es ist nichts Ernstes passiert.«
Sie verabschiedete sich von Alexei mit einem zärtlichen Kuss auf die Lippen, spielte noch frech und verführerisch mit ihrer

Zunge, knöpfte sein Hemd zu und streichelte liebevoll seine Wange.
»Du bist es, niemand anders. Ich möchte dich mit keinem teilen. Bis gleich, mach dich bereit, Sokolow!« Sie nahm den Fahrstuhl, um die Kinder zu empfangen.

Er blickte ihr nach. Alles würde jetzt Schlag auf Schlag gehen. Er ließ die letzten zwanzig Jahre wie im Zeitraffer passieren. Wie überzeugt war er gewesen, dass er aufgrund seiner Gene, Intelligenz und Arbeitsleistung zu Recht reich geworden war. Aber es war nur die Hälfte der Wahrheit. Denn wie einfach wurde es ihm gemacht, dass er damals in den Neunzigerjahren allein durch den massenhaften Aufkauf von Aktien privatisierter Staatsbetriebe in wenigen Monaten Multimillionär geworden war, ohne dass irgendeine Arbeitsleistung dahinterstand. Mein Gott, was war das für eine Goldgräberstimmung gewesen! Mit nur zweiunddreißig Jahren hatte er seine erste Milliarde auf dem Konto! Milliarde, nicht Million. Andere kauften sich in der Öl- und Gasindustrie, bei den Banken, im Autohandel, Schiffswerften und bei den Medien ein. Sie steuerten die öffentliche Meinung und machten Politik nach ihren Interessen. Sie besaßen einen Sonderzugang für den Kreml und tauschten fünf Regierungschefs in nur drei Jahren aus.
Er sah über das türkisblaue Wasser und musste zugeben, dass diese Art von Fernsteuerung der russischen Politik von den schönsten Stränden der Welt aus sehr sexy war. Die kleine auserwählte Gruppe der Superreichen lebte den perfekten Oligarchentraum mit eigenen Jets und Jachten, die man ehrlich gesagt nur wenige Male im Jahr nutzen konnte. Den Westen verachten und ihn lieben, das musste man können. Seitdem er alles im Leben erreicht hatte, las er die griechischen Philosophen und stellte sich den wirklich wichtigen

Lebensfragen. »Was ist der Sinn des Lebens? Gibt es einen Gott? Was ist eigentlich die Seele?«
Seine Gedanken flossen wieder zurück zu Iwan, dem Dreh- und Angelpunkt seines Lebens. Auch er hatte nie daran gezweifelt, dass es mit dem stillen KGB-Mann, den sie ins Amt gehievt hatten, genauso weitergehen würde.
Was für ein fataler Fehler! Iwan beendete völlig unerwartet den politischen Machteinfluss der Oligarchen. Damit wurde ihnen der wichtigste Hebel, den Kreml zu manipulieren, entzogen. Man traf sich angstvoll in kleinen Gruppen. Immerhin beließ Iwan ihnen ihren Reichtum. Sie atmeten auf und hatten den Machtverlust zähneknirschend akzeptiert. Wer sich dennoch querstellte, verschwand im Straflager oder ins Exil oder wurde erhängt aufgefunden. Alexei dachte an die Namen der toten Kollegen.
Doch das war erst der Anfang. Iwan nahm einen weiteren fundamentalen Strategiewechsel vor. Jetzt tauschte er die Oligarchen nach und nach aus. Der Club der Reichen wurde zu seiner Fünften Kolonne im Ausland, wo sie Geld für Russland scheffelten. Aus reichen Rivalen wurden reiche abhängige Komplizen. Es gab keine Alternative. Solange sie ihren Job nach den Vorgaben des Präsidenten gut machten, durften sie alle Annehmlichkeiten eines luxuriösen Lebens genießen. Von nun an musste man Ergebenheit zeigen, sonst verlor man von heute auf morgen alles. Vielleicht auch das Leben, denn diese Drohung stand unverändert im Raum und machte besonders den Ehefrauen Angst, auch seiner verstorbenen Frau. Sie litt unter dem geforderten Demuts-Verhalten. Wenn man den neuen Zar traf, verbeugte man sich besser devot, zwar nicht wie bei einem früheren Zaren, aber doch in Erwartung einer positiven Reaktion des großen Vorsitzenden, der angeblich kein Zar sein wollte, aber genauso autokratisch herrschte.

Alexei hatte geglaubt, Menschen durchschauen zu können. Bei Iwan Pavlenko hatte er komplett versagt.
Er sah auf das Bild an der Wand. Er nannte es: »Russische Zeitenwende«. Es zeigte Iwan und alle Oligarchen zu Beginn des Krieges gegen die Ukraine, seiner *Spezialoperation*. Iwan saß vorne wie ein Lehrer, sie auf Distanz wie seine Schüler. Er dozierte, sie schrieben brav mit. Am Ende der Befehlsausgabe durften sie gehen. Alexei hatte sich aus der Sitzung nur zwei Worte notiert. »Bedingungslose Treue«.
Damit waren sie eine große Firma, die Russland AG und der Vorstandsvorsitzende war Iwan Pavlenko. Die Oligarchen hatten wie angestellte Manager die Besitztümer des Kremls unter dessen strenger Kontrolle zu verwalten. Der Einfluss des Kremls ging bis zur Auswahl und Gestaltung der Privathäuser. Selbst die Ehe mit einer westlichen Frau war nicht erwünscht und wurde sanktioniert. Doch es sollte noch schlimmer kommen.
Alexei war einer der Ersten, die erkannten, dass der Krieg gegen die Ukraine das Ende der gesamten Oligarchen-Kaste bedeuten würde. Die westlichen Sanktionen, Enteignungen, Strafbefehle und Reisebeschränkungen hatten ihre Einnahmequellen weitgehend zum Erliegen gebracht. Die Ära der Oligarchen war endgültig vorbei. Diejenigen, die dies verstanden hatten, trafen sich im Geheimen. Anfangs ging es nur um den Erhalt ihres eigenen Wohlstands, dann jedoch um die Zukunft Russlands.
Alexei wurde zum Mastermind dieses Zirkels.

Er trank ein zweites Glas Raki und beobachtete in der Ferne das Boot mit den sich nähernden Kindern. Er fühlte sich unsicher wie nie zuvor. Die Frage nach seiner eigenen Identität quälte ihn: »Wer bin ich? Alexei, Victor, ein Kommunist, ein Kapitalist, ein Stalinist, ein Humanist? Verdammt, wer bin ich überhaupt? Auf jeden Fall ein Verräter! Ein mieser Ver-

räter an Yulia, an Iwan, an meinen Freunden, die nichts von meinem doppelten Spiel wissen.«
Im Business hatte er oft den Grundsatz seiner verstorbenen Frau überschritten. *Was du nicht willst, dass man dir tu, das füg auch keinem anderen zu.*
Doch ein Finanzgeschäft war ein Deal. Nicht mehr und nicht weniger. Es gab Gewinner und Verlierer, im besten Fall zwei Gewinner. Doch dieses Mal überschritt er die absolute Grenze. Er fragte sich, ob er sich damit auf das Niveau eines Mafia-Bosses begeben würde. Nein, es war schlimmer! Ein Mafia-Boss lässt töten. Zum ersten Mal in seinem Leben würde er selbst jemanden umbringen, wenn auch gedeckt durch einen Kreis von Mittätern. Er wäre der alleinige Vollstrecker.
Mord war das schlimmste Verbrechen, das man einem Menschen antun konnte. Wie würde er damit zurechtkommen, wenn Iwan vor seinen Augen zusammenbrach? Würde er dieses Bild jemals aus seinem Kopf bekommen? Er war nicht zum Mörder geboren. Doch es gab niemanden sonst, der den Tyrannenmord wagen würde.
Er stellte sich vor, wie die versammelten Oligarchen Iwan umringten, so als würden sie ihm huldigen. Ähnlich wie die Senatoren an den Iden des März, dem 15. März 44 v. Chr. Caesar huldigten, um ihn nach Plan zu beseitigen. Er würde die Rolle des Brutus wahrnehmen. Doch dieser Zarentod würde weniger brutal verlaufen.
Iwan Pavlenko würde zusammenbrechen, und sein natürlicher Tod würde schnell festgestellt werden. Wichtige Schlüsselstellen im Kreml würden Sorge tragen, dass es anschließend kein Chaos gab. Sogar der Pressetext für die staatlichen Medien war vorbereitet. Es würde ein Staatsbegräbnis geben, wie es Moskau noch nie gesehen hatte, und eine mehrtägige Staatstrauer. Alles war vorbereitet, einschließlich der Gästeliste.

Es musste sein. Niemals könnte er akzeptieren, dass sein Russland durch die Diktatur von Iwan Pavlenko in kleine Teilrepubliken zerbrach. Sei es durch Kriege oder durch eine Ausbeutung des russischen Volkes. Die Zukunft lag darin, dort anzusetzen, wo Gorbatschow aufgehört hatte. Friedliche Koexistenz mit den Weltmächten und mehr Demokratie in Russland. Dafür war er bereit, den Tyrannenmord zu wagen.
Das Kernteam musste funktionieren, sonst würde der ganze Coup, mit dem er Geschichte schreiben würde, schiefgehen.
Der Masterplan war ausgearbeitet. Der Countdown lief.
Er wählte die Nummer von Kryptos und schrieb: »Die Aktion läuft wie geplant an den Iden des März.«
Die Kinder tobten durch die Lounge, um gleich wieder zu ihren Spielkonsolen zu verschwinden. Yulia verschloss die Tür, umschlang seinen Hals, küsste ihn und sagte: »Da war doch noch etwas, Schatz ...«
Er schaute über ihren Kopf hinweg und sah mit Entsetzen das rote Licht an der Mikrofontaste. Während der ganzen Zeit war die Sprechverbindung zur Brücke aktiviert gewesen! Auf dem Monitor sah er den Ersten Offizier Leonid.

Er wusste sofort, was zu tun war, wenn es nicht schon zu spät war.

KAPITEL 10

Die Märzsonne schmolz den letzten Schnee fort, während sich die Schneeglöckchen durch den Boden drängten, um den Frühling zu begrüßen. Doch ihre Blütezeit würde nur wenige Wochen dauern. Bald darauf würden die Krokusse in voller Pracht erblühen, gefolgt von den Osterglocken, die Anastasia sorgfältig um den Pool gepflanzt hatte.

Michael Wussow liebte sein Haus am Kaiserstuhl. Als früherer Wohltäter war er im Dorf angesehen und man hatte ihm dieses Traumgrundstück zugewiesen. Doch jetzt?
Er würde noch miterleben, wie sich die weißen Blüten der Schneeglöckchen senken würden, aber nicht mehr die Blüte der Krokusse. Er könnte nicht mehr die ersten Rufe der Amsel hören und auch sein Schwimmbad nicht mehr benutzen. Seine Häuser im Ausland hatte er bereits geschlossen und einen Verwalter mit der Betreuung beauftragt. Die Kinder würden über einen Vermögensverwalter einen Brief erhalten, der das Erbe regelte, sowohl zu Lebzeiten als auch nach seinem Tod. Sein Leben war eine ständige Wanderung, ohne die Möglichkeit, irgendwo Wurzeln zu schlagen. Immer wenn er gerade Fuß fassen konnte, war es schon wieder vorbei. Einst als hochdekorierter Stasi-Hauptmann, dann als gefragter Investmentbanker in St. Petersburg, der einzige deutsche CEO im Gazprom-Konzern. In jeder Position hatte er Erfolg gehabt. Doch jedes Mal brach das System, das ihn getragen hatte, zusammen – erst die DDR, dann das Russlandgeschäft. Bisher hatte sich immer eine neue Tür geöffnet. Doch im Westen war keine neue Tür in Sicht. Im Gegenteil, er war auf der Flucht vor seiner eigenen Vergangenheit.

Die Finanzbehörden betrachteten ihn als Vasall Russlands, die Amerikaner führten ihn als einzigen Deutschen auf der Sanktionsliste. Nicht den ehemaligen Bundeskanzler Schreiber, der Iwan für einen lupenreinen Demokraten hielt, was Michael trotz aller Freundschaft nicht unterstreichen konnte. Zum ersten Mal in seinem Leben funktionierten seine Kreditkarten nicht mehr und er erkannte, wie wichtig es war, noch ein paar Freunde zu haben, die ihn mit Bargeld versorgen konnten. Noch hatte er einen Wagen mit Chauffeur, logierte in den besten Hotels und hoffte auf einen Neuanfang. Doch er wusste, dass dieser Traum dieses Mal nicht in Erfüllung gehen würde. Der Krieg in der Ukraine hatte die West-Ost-Beziehungen für die kommende Dekade festgelegt. Mit seinen fast siebzig Jahren war diese Zeitenwende für ihn eine Katastrophe. Er dachte an die vielen Fotos in seinem Haus, die ihn mit der damaligen Bundeskanzlerin, dem Bundespräsidenten, der Gazprom-Riege und Ministern und Bankbossen zeigten. »Trophäen des Scheiterns« nannte er sie.
Iwans Umschlag mit einhunderttausend Euro war für den Multimillionär auf dem Papier ein wahrer Segen. Er fühlte sich nie als Oligarch, vielleicht eher als Mini-Oligarch. Aber mit den Großen hatte er nun etwas gemeinsam. Die Immobilien, Autos, Fonds und Posten waren nichts mehr wert. Alles eingefroren! Wie die Großen hatte er seine Kinder mit Schenkungen bedacht, die einzige schnelle Möglichkeit, um nicht morgen blank dazustehen. Obwohl er machtvoll war, war er machtlos, etwas gegen seine Abstrafung zu tun.
Man hatte ihn aufgefordert, sich von Pavlenko zu distanzieren, der mit Atomwaffen drohte. Doch das kam für ihn nicht infrage. Ihn und Iwan verband eine tiefe Männerfreundschaft. Iwan war nicht schlechter als die westlichen Politiker auf den Fotos, die über die Annexion der Krim geschmeidig hinweggesehen hatten.

»Mach doch nicht so ein Gesicht, Michael«, sagte Anastasia. »Was Besseres als eine Anstellung bei Iwan kann uns doch nicht passieren, du Schwerenöter.«
Michael antwortete nicht. Er sah aus seinem Liegestuhl über den Pool hinweg zu den Vogesen.
Unter ihm, zwischen dem Hang des Schwarzwaldes und dem Rhein, flog eine Sportmaschine nach Süden. Vermutlich nach Freiburg, einem der beliebtesten Landeplätze in Deutschland. Er hatte selbst einmal diesen unvergesslichen Landeanflug über das Stadtzentrum erlebt.
Der Schwarzwald war ein Paradies für den Sport, für den Gaumen und für die Seele. Auch in Russland ließe sich prächtig leben, aber dort wäre er nur Verwalter und ein Spion für Iwan. Er war schon immer ein Macher gewesen, jemand, der im Hintergrund große Geschäfte arrangierte. Dieser Kick, seine Droge zum Erfolg, würde in Russland mit seinen starren Strukturen vorbei sein.
Sein Handy summte. Er kannte die Nummer nicht und nur wenige wussten seine.
»Ja bitte.«
»Guten Tag, Herr Wussow. Jemand in Berlin möchte Sie sprechen.«
»Wer sind Sie?«
»BND, nennen Sie mich Tolstoi.«
Michaels Körper spannte sich augenblicklich. Geheimdienst! Da war wieder dieses befriedigende Gefühl der Wichtigkeit, verbunden mit schrillen Alarmglocken, aber auch dem unwiderstehlichen Drang, das Szenario auszuloten. Im einfachsten Fall wäre ein Journalist am anderen Ende, andererseits könnte es eine Anbahnung einer politischen Stelle sein. Sollte Iwan, der alte Fuchs, doch recht haben?
»Ach, ja? Wer will mich denn sprechen?«
»Der Bundeskanzler.«

Michael musste kurz Luft holen, doch er ließ sich nichts anmerken.
»Das kann ich mir nicht vorstellen, ich bin, wie Sie wissen, toxisch für die Umwelt.«
»Das sieht mein Auftraggeber nicht so, ganz im Gegenteil. Wären Sie an dem Gespräch interessiert? Es würde sich für Sie mehr als lohnen.«
»Aha, wann soll dieses ominöse Gespräch stattfinden?«
»Wenn es Ihnen passen würde, morgen um 16:00 Uhr.«
Wussow lachte.
»Sie haben es sehr eilig. So, als ginge es wie in Ihrem Roman Krieg und Frieden, Herr Lew Nikolajewitsch Tolstoi.«
»Sie haben den Kern erfasst, Herr Wussow. Ich sehe, wir sprechen eine Sprache.«
»Mehr aber auch nicht. Ich möchte Sie, wie heißt es so schön, zunächst einmal erkennungsdienstlich behandeln und kennenlernen.«
»Gerne, Herr Wussow. Wann und wo?«
Wussow sah auf das nächste vorbeifliegende Sportflugzeug.
»Morgen um 11:00 Uhr im Flugplatz-Restaurant Freiburg.«
Er konnte förmlich durch das Telefon riechen, dass Tolstoi mit jemandem sprach.
Nach wenigen Sekunden sprach Tolstoi:
»Hallo Herr Wussow, hören Sie mich?«
»Ja, ich höre Sie unverändert gut.«
»Danke, Sie waren gerade kurz weg. Der Termin passt. Wenn wir uns handelseinig sind, fliegen wir von Freiburg direkt nach Berlin. Eine Maschine wird am Flugplatz bereitstehen.«

Während Michael über das Gespräch nachdachte, hörte er eine Amsel singen. Würde tatsächlich eine neue Tür aufgehen? Berlin? Kein Mensch interessierte sich für ihn. Er war ein Ausgestoßener im eigenen Land, eine Art Lepra-Kranker ohne heilende Perspektive. Was sollte er glauben? Zunächst

dachte er an das Schlechteste, eine gut organisierte Entführung durch westliche Geheimdienste. Aber mit welchem Ziel? Wollten sie ihn abschöpfen oder verschwinden lassen? Oder handelte es sich um eine Operation des BND, ihn als Agenten zu gewinnen? Dafür musste man nicht nach Berlin reisen. Jeder Gasthof im Schwarzwald wäre die bessere Option gewesen. Vielleicht war es auch eine Aktion von Iwan, der befürchtete, sein Freund könnte abspringen?
Er hasste unbegründete Annahmen und entschied, am nächsten Morgen nach Freiburg zu fahren und weitere Entscheidungen von neuen Erkenntnissen abhängig zu machen.

****

Der Cessna Citizen-Jet war um 10:30 Uhr gelandet. Michael prüfte anhand der Flugzeug-Kennung in Flightradar24 die Daten. Es handelte sich um ein N-Kennzeichen, also um ein in den Vereinigten Staaten registriertes Flugzeug. Als Operator war eine Chartergesellschaft in Berlin angegeben. Das Flugzeug war auf direktem Weg aus der Hauptstadt gekommen. Durch einen lokalen Kontaktmann fand er heraus, dass ein Flugplan für 12:30 Uhr zum Flughafen Berlin-Brandenburg vorlag.
Er betrat das fast leere Restaurant. Sofort war klar, dass der Mann an der Fensterfront Tolstoi sein musste. Der hatte ihn bereits erkannt, stand auf und erwartete ihn. Tolstoi musterte Wussow kurz und fand ihn mit seinem leicht grimmigen Gesichtsausdruck, den berechnenden kalten Augen unter den buschigen Augenbrauen so abweisend wie erwartet. Vor ihm stand ein bulliger und wie er wusste, ganz ausgebuffter Kollege, der über seinen deutsch-russischen Hintergrund einen unglaublichen Höhenflug in der internationalen Geschäftswelt und Politik hinter sich hatte und jetzt einen existenziellen Strömungsabriss erlebte. Dem BND wäre dieser

Wussow vollkommen gleichgültig gewesen, doch der hatte ein Pfund, das ihn einzigartig machte. Er war ein Freund von Iwan Pavlenko, dem Mann, der dem europäischen Kontinent mit einem Krieg drohte.
Wussow nahm ihm die Begrüßungsfloskeln ab. »Kommen wir gleich zur Sache. Zeigen Sie mir freundlicherweise Ihren Ausweis.«
Ein leichtes Lächeln huschte über das Gesicht seines Gegenübers, bevor er den Ausweis zog.
Tatsächlich stand auf dem Dienstausweis der Name Tolstoi, Manfred Tolstoi. Natürlich hatte Wussow nicht erwartet, ein Dokument des Bundesnachrichtendienstes zu sehen, das gab es nicht. Immerhin besaß Tolstoi einen Ausweis der Deutschen Bundespolizei.
»Sie sind also beim BND?«
Tolstoi nickte.
»Entschuldigen Sie bitte einen Moment.«
Michael tippte auf seinem Handy die Nummer der Zentralvermittlung des BND ein. Der Beamte vom Dienst meldete sich.
»Guten Tag, mein Name ist Wussow, einen Augenblick bitte, ich übergebe mein Telefon an Ihren Gesprächspartner.«
Er reichte Tolstoi sein Telefon und sagte ihm: »Nun möchte ich gern Ihren Vorgesetzten sprechen, der mir Ihre Authentizität und Ihre Absichten bestätigt. Am besten direkt durch den Präsidenten.«
Tolstoi wirkte überrascht. »Der Ausweis und das Flugzeug reichen Ihnen nicht?«
»Nein.«
Tolstoi nickte, entfernte sich ein paar Schritte, sprach und kam nach einer Weile zurück.
»Der Präsident ist nicht erreichbar, aber vielleicht reicht auch der Vizepräsident.«
Wussow übernahm wieder sein Telefon und sagte seinen Namen.

»Guten Morgen, Herr Wussow. Sie möchten eine Bestätigung über die Legitimität von Herrn Tolstoi. Die kann ich Ihnen gern geben. Sie dürfen uns vertrauen. Wir würden uns sehr freuen, wenn Sie unsere Einladung heute in Berlin wahrnehmen würden.«
Wussow steckte das Telefon wieder ein.
»Was wollen Sie von mir in Berlin, Tolstoi?«
»Das kann ich Ihnen nicht sagen, aber aufgrund Ihrer Exklusivität können Sie sich bestimmt selbst vorstellen, dass man Ihnen ein lukratives Angebot machen möchte.«
»Das sind doch nur Rauchwolken. Was sollte mich motivieren, darauf einzugehen?«
»Nun, zum Beispiel die Aufhebung aller Sanktionen und Restriktionen. Die Rückführung in ein Leben als unbescholtener Mann. Ich schlage vor, Sie hören sich das in Berlin erst einmal an. Dann entscheiden Sie.«
»Und wenn ich Nein sage, mit Ihnen gleich nach Berlin zu fliegen, dann werden Sie einen Grund haben, mich zu verhaften oder mir das Leben noch schwerer zu machen, richtig?«
»Ganz und gar nicht. Ich versichere Ihnen, Sie kehren als freier Mann zurück. Wir sind hier keine Diktatur.«
Er sagte den letzten Teil etwas ironisch.
»Okay, ich denke darüber nach. Entschuldigen Sie mich einen Augenblick.«
Er ging nach draußen, setzte sich auf eine Bank und tippte eine Nachricht an seinen Freund Iwan: »Bin heute im Bundeskanzleramt +++ Sie wollen mit mir sprechen +++ melde mich nach Rückkehr +++ verlass dich auf mich. Mischa.«
Er zögerte mit dem Senden. Plötzlich hatte er das Gefühl, dass er Iwans offenstehende Tür wieder zuschlagen könnte und löschte den Text.

Dreißig Minuten später waren sie in der Luft. Tolstoi wirkte sichtlich erleichtert, dass der gewünschte Besucher an Bord

war. »Leider kann ich Ihnen keinen Service anbieten, außer einen Kaffee aus der Thermoskanne und ein paar Snacks.«
»Danke, sehr freundlich. Ist mir eine Ehre, Gast des BND zu sein.«
»Überschätzen Sie uns nicht, wir sind nur Dienstleister, Sie sind Gast des Bundeskanzlers.«
Sie tranken ihren Kaffee.
»Der Flug dauert eine gute halbe Stunde. Wollen wir schweigen oder etwas plaudern?«, fragte Tolstoi.
Über Wussows schmale Mundwinkel huschte ein leises Lächeln.
»Worüber möchten Sie denn reden, Tolstoi?«, meinte er jovial.
»Über meine Lieblingsfrage, wer die Pipeline in die Luft gejagt hat.«
»Hat der BND immer noch keine Antwort gefunden? Immerhin waren Sie doch auf jener Jacht der Täter in Wieck«, erwiderte Wussow.
»In der Tat. Aber glauben Sie denn wirklich, Herr Wussow, dass ein sechsköpfiges privates Kommando von einem Motorboot diese Sprengungen an drei verschiedenen Stellen in 80 Meter Tiefe der Ostsee durchgeführt hat? An einer Pipeline, deren exakte Positionierung nur Insidern bekannt sein durften?«
Wussow nickte bestätigend: »Um diese Frage mit einem klaren Nein zu beantworten, muss man kein Kampfschwimmer sein. Privat ist das unmöglich. Es ist Ihnen doch längst bewusst, dass ein Staat dahintersteckt.«
»Und wer war es dann?«
»Ich bin lediglich Leser einer Dorfzeitung im Schwarzwald, die nur dreimal in der Woche erscheint«, entgegnete Wussow.
»Dann darf ich Ihnen behilflich sein, Herr Kollege«, erwiderte Tolstoi. »Vielleicht handelte es sich um eine False-Flag-Ope-

ration, bei der ein Staat getarnte Kampftaucher einsetzte, um einem anderen Staat die Schuld zuzuschieben.«
»Aha, und welchen Staat meinen Sie damit? Natürlich nur Ihre private Meinung ...«, erwiderte Wussow und grinste ihn an.
Tolstoi überlegte einen Moment: »Vielleicht waren es pro-ukrainische Elemente, die von der Ukraine ablenken und einem anderen Staat, beispielsweise Russland oder den USA, die Schuld zuschieben wollen.«
»Warum so kompliziert? Warum nicht die Ukraine selbst?«, sagte Wussow. »Sie hat doch ein berechtigtes Interesse, die Gasleitungen Richtung Westen für immer zu stoppen.«
Tolstoi schüttelte verneinend den Kopf. »Das Risiko einer Verärgerung des Westens wäre viel zu hoch. Man schneidet nicht den Arm ab, der einen ernährt.«
»Also bleiben die USA«, meinte Wussow. »Die Pipelines waren für sie schon immer ein Dorn im Auge. Nur die USA hätten ein berechtigtes Interesse, den Gashahn nach Europa zuzudrehen, um ihr eigenes Gas zu überhöhten Preisen zu verkaufen, was ja auch prächtig gelingt. Die Europäer zahlen in der Not jeden Preis.«
»Nein, Herr Wussow. Das ist nur eine Verschwörungstheorie eines durchgedrehten US-Journalisten«, entgegnete Tolstoi und führte weiter aus: »Die USA hätten die Sprengungen schon viel früher durchführen können, wenn sie es gewollt hätten. Außerdem wäre es sinnlos, eine Leitung zu zerstören, die sich reparieren lässt. Aber was halten Sie von der Tatsache, dass drei russische Militärschiffe aus Kaliningrad kurz vor den Sprengungen an den Tatorten operiert haben? Sie hatten ein Mini-U-Boot mit Greifarmen und Lastkränen an Bord, um den Sprengstoff in die Tiefe abzulassen. Sie wurden von einer Korvette und einer Fregatte begleitet. Alles andere war nur eine Frage der Zeitzünder.«

Wussow sah ihn tiefgründig an: »Darüber hat meine Dorfzeitung noch nicht berichtet. Aber abgesehen davon, Sie glauben doch nicht wirklich, dass die Russen ihre eigenen Leitungen sprengen würden. Wo wäre der Nutzen? Nicht einmal der verfeindeten Ukraine schieben sie den Anschlag in die Schuhe. Es gibt nur einen Staat, der ein Motiv hat, Fakten zu schaffen, und das sind die USA.«
»Wenn Sie das so sehen, Herr Wussow«, entgegnete Tolstoi gelassen.
»Ist meine persönliche Meinung. Aber ich gebe zu, wir rühren in einer dicken Suppe. Das Geheimnis der Drahtzieher wird wahrscheinlich erst gelüftet werden, wenn ich schon in der Kiste bin.«
»Es sei denn, Sie fragen Ihren Freund in Moskau vorher«, konterte Tolstoi mit einem süffisanten Lächeln.
Um 15:45 Uhr gab Tolstoi seinen Besucher im Bundeskanzleramt ab.
»Es war mir eine Freude, Herr Wussow, viel Erfolg. Wir fliegen Sie wie besprochen heute Abend zurück. Bis später!«

KAPITEL 11

Der Besuch im Bundeskanzleramt zwischen dem deutschen Bundeskanzler Kai Schuster und dem ehemaligen Bundeskanzler Gert Schreiber war unter größter Geheimhaltung vorbereitet worden.

Der Alt-Bundeskanzler sah sich in dem ihm sehr vertrauten Büro kurz um. Im Jahr 2001 war er als erster Bundeskanzler in das neue Bundeskanzleramt eingezogen.

»Alles wie früher«, bemerkte er. »Viel zu groß und ungemütlich, das wird sich wohl nie ändern.«

»Mir reicht es«, sagte der amtierende Bundeskanzler lächelnd. »Ich brauche keine Möbel und Vorhänge wie im Oval Office.«

Er wies einladend zu der Sofaecke hin.

»Danke, dass du vorbeischaust, Gert. Lass uns gleich zur Sache kommen. Wir ringen um eine Verhandlungslösung für die Ukraine.«

Der Alt-Bundeskanzler faltete die Hände ineinander und wirkte wenig überrascht.

»Das ist ein Jahr zu spät, mein Lieber. Ich habe euch damals schon gesagt, dass dieses Säbelrasseln nach hinten losgeht. Jetzt seid ihr in der Situation, teures Fracking-Gas von den Amerikanern kaufen zu müssen. Ihr verschuldet das Land. Das mag kurzfristig helfen, aber langfristig wird sich das für den Steuerzahler bitter rächen, warte ab.«

Bundeskanzler Kai Schuster hatte ruhig zugehört und antwortete in seiner bekannt besonnenen Art: »Wir haben uns die Situation nicht ausgesucht. Dein Freund Iwan Pavlenko hat mitten in Europa ein Land überfallen und agiert quasi in einem imperialen Größenwahn.«

»Wer sagt das? Das sind doch alte Kamellen. Versetze dich in seine Schuhe! Russland hat echte Einkreisungsängste. Kapiert das endlich! Wir sind denen zu dicht auf die Pelle gerückt.«
Er trank einen Schluck Wasser und ergänzte: »Natürlich war dieser Einmarsch in die Ukraine ein strategischer Fehler. Ich habe ihm das bei meinem letzten Besuch gesagt, aber keinen Kommentar dazu bekommen. So eng, wie es kolportiert wird, sind wir nun auch wieder nicht. Aber deutlich enger, als du es bist.«
Der Bundeskanzler versuchte nicht zu zeigen, dass ihm die herablassende und fast überhebliche Art des Altkanzlers missfiel. Aber das war nichts Neues. Man musste jemanden nicht mögen, um ihn zu nutzen.
»Merkwürdig, Gert, gerade ihr beiden seid doch das Paradebeispiel für eine russisch-deutsche Männerfreundschaft. Hat sich das so verändert?«
»Natürlich hat auch der Krieg unsere Beziehung verändert. Trotzdem sind wir Freunde geblieben. Ich kenne Iwan jetzt seit fast zwanzig Jahren, genauso wie viele deutsche Politiker inklusive meiner russisch sprechenden Nachfolgerin in diesem Amt. Zu meinem sechzigsten Geburtstag kam Iwan Pavlenko sogar mit einem Kosakenchor aus Moskau. Alles, was in der deutschen Politik und Wirtschaft Rang und Namen hatte, applaudierte unserem russischen Freund. Das waren noch Zeiten!«
Der Altkanzler zog tief an der Zigarre und blies den Rauch zum Amtierenden hinüber: »Da hast du damals noch im Rathaus gelernt, was Politik ist, mein Lieber.«
Er lachte laut und schickte den Rauch hinterher.
Kai Schuster nahm auch diese Bemerkung ohne irgendeine Reaktion zur Kenntnis.
»Und, hat er sich nun verändert?«
»Wir alle haben uns verändert, Kai. Aber eines ist gewiss. Dieses öffentliche Bild von dem Psychopathen im Kreml ist

grotesk. Ich kenne Iwan als einen äußerst sympathischen und auch empathischen Menschen, der auch Deutschland freundlich gesonnen ist. Für mich gibt es überhaupt keinen Grund, meine Meinung über ihn zu ändern. Er ist und bleibt mein Freund. Außerdem, eure Forderung, mich von dem russischen Präsidenten zu distanzieren, würde doch niemandem etwas bringen.«
»Trotz des Überfalls auf ein Nachbarland, trotz Butscha …?«
Der Altkanzler unterbrach ihn: »Und was ist mit dem ungesühnten US-Massaker in My Lai, dem Blutbad von Srebrenica? Was ist mit dem Angriffskrieg der USA 2003 gegen den Irak ohne jegliche Legitimation, basierend auf einem Lügenmärchen der CIA bei den Vereinten Nationen?«
»Wir sind dir heute noch dankbar, Gert, dass du Deutschland damals aus dem Irak-Krieg herausgehalten hast.«
»Gelernt habt ihr dennoch nichts! Habt ihr immer noch nicht den Mut, euch von den USA in kriegerischen Angelegenheiten zu distanzieren? Deutschland ist mitten in einem Stellvertreterkrieg gefangen! Die Situation ist völlig verfahren! Fast zwei Jahre verlorene Zeit! Der Westen liefert massenweise Waffen und Munition an die Ukraine und zwingt Russland zur Kriegswirtschaft. Und wenn diese Spirale weitergeht, sind wir auch bald in einer Kriegswirtschaft. Wie willst du das den Menschen im Land, insbesondere unseren Freunden in der SPD beibringen, Kai?«
»Moment mal, wer war zuerst da, die Henne oder das Ei?«
»Ihr müsst verstehen, dass dies für Russland ein heiliger Krieg ist, ganz gleich, was das Völkerrecht sagt. Die Ukraine ist für Russland heiliges Land. Geh doch mal mit Iwan in die Christ-Erlöser-Kathedrale und erlebe, wie tief Religion, Geschichte und Politik in Russland verwurzelt sind. Ihr habt keine Ahnung von der russischen Seele! Mit NATO-Drohungen, dem Gerede von einem Diktatfrieden und den Sanktionen werdet ihr sie nicht erreichen. Mich übrigens auch nicht.«

Kai Schuster ahnte, was sein Gast jetzt vorbringen würde. »Was das Europäische Parlament gegen mich, den Altkanzler fährt, wird genauso in die Hose gehen wie der Parteiausschluss. Die ganze Entwicklung mit der Ukraine ist doch völlig absurd. Drohungen führen immer zu Gegendrohungen. Man verliert nur Zeit und Energien. Denkt doch den Krieg einfach mal vom Ende her!«
»Deswegen sitzen wir zusammen. Hast du eine Vision für den Frieden?«

Der Altkanzler stand auf und sah zum Reichstag hinüber. »Ich habe mir eben die Bilder der Kanzlergalerie angeschaut. Der Kohl war eigentlich kein schlechter, er war ein Macher. Aber der Beste war mein Vorvorgänger, unser Parteifreund Schmidt. Der machte nicht nur, sondern dachte weit voraus. Ehrlich gesagt, vermisse ich diese Weitsicht derzeit in diesem Gebäude«, bemerkte er spitz.
Das saß. Doch der Bundeskanzler fing sich schnell: »Wenn ich mich recht erinnere, haben uns die Vorgängerregierungen, dich eingeschlossen, die Suppe eingebrockt, die wir jetzt auslöffeln dürfen. Die Idee des Wandels durch Handel mit Russland funktionierte nur kurzfristig. Jetzt kostet uns dieser Irrtum mehr, als er eingebracht hat.«
Dem Altkanzler gefiel der Gegenangriff. »Du kannst ja doch richtig bockig werden. Natürlich haben wir Fehler gemacht. Vielleicht haben wir damals die sicherheitspolitische Situation falsch eingeschätzt. Vielleicht habe auch ich Iwan unterschätzt. Aber im Nachhinein ist man immer schlauer. Ich wünsche dir nur, dass du dir später nicht sagen musst, hätten wir nur früher die Reißleine gezogen.«
»Du überschätzt hier die Rolle Deutschlands. Das ist eine Angelegenheit Europas und mittlerweile der Weltmächte.«

»Das stimmt vollkommen. Der globale Konflikt ist das Ergebnis von Säbelrasseln. Dennoch ist es nie zu spät, aufzustehen und nach Lösungen zu suchen«, erwiderte der Altkanzler.
Der Bundeskanzler stand auf, trat zu ihm und antwortete: »Die beiden Parteien stehen sich unversöhnlich mit extremen Positionen gegenüber. Die Russen wollen nicht nur den Donbass, sondern die ganze Ukraine und wahrscheinlich noch mehr. Die Ukraine ihrerseits will keinen Zentimeter ihres Territoriums aufgeben und die Krim zurückerobern.«
»Ja, ja. So ist das. Wie bei einer Scheidung«, sinnierte der Altkanzler. »Beide Parteien verlieren, wenn sie keine Kompromisse machen.«
Er wusste nach vier Scheidungen, wovon er sprach und wandte sich dem Kanzler zu. »Die Lösung ist gar nicht so schwer, Kai.«
»Ich bin gespannt«, antwortete der Bundeskanzler.
»Das wäre mein Konzept: Erstens, der Donbass ist historisch gesehen ein russisches Gebiet und wird in den Grenzen neu verhandelt. Zum Beispiel könnten die annektierten Gebiete als solche akzeptiert werden.
Zweitens: Die Krim ist an Russland verloren. Wer davon träumt, dass Russland die geliebte Krim wieder hergibt, hat Russland nicht verstanden. Aber auch dafür lässt sich eine politisch flexible Lösung finden.
Drittens: Die Ukraine bleibt als souveräner Staat bestehen. Sie erhält eine bewaffnete Neutralität ohne die NATO, ähnlich wie Österreich. Sie könnte ein EU-Land werden. Das wird schwierig, aber es ist ein Ansatz. Wichtig ist, dass beide Parteien eine gesichtswahrende Lösung bekommen.«
Der Bundeskanzler nickte zustimmend. »Ja, das ist eine von mehreren Optionen, die wir hier auf dem Tisch haben. Die Frage ist, ob beide Parteien bereit sind, von ihren Maximalforderungen abzurücken und aufeinander zuzugehen. Zu viele Menschen mussten auf beiden Seiten sterben. Millio-

nen haben die Ukraine verlassen. Die Mütter und Töchter gefallener Söhne und Ehemänner werden sich fragen, wofür?«
»Das werden sie, Kai. Aber die Menschen werden müde vom Krieg sein und auch begreifen, dass jede andere Lösung noch mehr Blutzoll kostet. Vielleicht funktioniert der Ansatz nicht heute, dann aber morgen. Und natürlich braucht ihr dafür die USA und einen sehr guten Draht nach Moskau.«
»Deswegen bist du hier.«
»Das war mir mit deiner Einladung bewusst, Kai. Aber ich muss dich enttäuschen. Ich stehe dafür nicht zur Verfügung. Die Situation ist so verfahren, dass ich keine Chancen sehe, meinen Freund Iwan umzustimmen. Grundsätzlich wäre ich dazu bereit, aber nicht zu diesem Zeitpunkt. Außerdem ließe sich ein weiterer Besuch von mir in Moskau nicht mehr geheim halten. Er müsste mit der Ukraine und den USA abgestimmt werden. Also, vergiss es!«
»Dann sag mir nur eines, Gert, warum kommt dein Freund in der Ukraine militärisch nicht voran?«
»Diese Frage hat er mir auch nicht beantwortet. Vielleicht hat er nicht die Macht, um mehr zu schaffen. Ich weiß auch nicht, warum er so auf Privatarmeen setzt. Vielleicht will er dort gar nicht vorankommen, sondern hat etwas anderes vor. Aber frag mich nicht, was er vorhat. Ich weiß es nicht. Krieg war nie mein Ding. Genauso wenig wie der liebe Gott.«

Der Märzhimmel über Berlin war blau. Wenn man genau hinschaute, konnte man sogar die Besucher in der Reichstagskuppel sehen. Auf der Spree fuhren im Minutentakt die Passagierschiffe. Die Menschen streckten ihre Hälse Richtung Bundeskanzleramt.
Der Altkanzler fuhr fort: »Vielleicht macht es Sinn, auf der unteren Ebene jemanden als Emissär zum Kreml zu schicken. Jemand, der noch das Vertrauen des Kreml-Chefs hat. Ich kenne da allerdings nur einen ...«

»Der sitzt schon draußen. Wussow ist unser Joker für den Fall, dass du Nein sagst.«
Sein Gesprächspartner lachte anerkennend.
»Sehr schön, das ist ein guter Mann, klug, verlässlich und diskret. Lass ihn das mal vorbereiten, dann sehen wir weiter.«
»Ich verstehe, Gert, danke, dass du dir die Zeit genommen hast. Meine Leute werden dich wieder an deinen Personenschutz übergeben.«
Sie erhoben sich.
»Um deinen Job beneide ich dich nicht, Kai. Gerade ins Amt gekommen und von einer Krise in die andere. Und das mit zwei zankenden Koalitionspartnern und einer starken Opposition.«
»Wir sind auf einem guten Weg, wirtschaftlich, militärisch und gesellschaftlich.«
»Na, dann viel Erfolg. Mir liegt noch etwas am Herzen, Kai.«
»Gerne, ich höre.«
»Wir müssen aus diesem Desaster jetzt schon Lehren ziehen. Eine neue Sicherheitsstrategie ist notwendig, und zwar eine europäische Sicherheitsstrategie. Bevor uns möglicherweise 2024 in den USA der Boden unter den Füßen weggezogen wird, ist es deine besondere Aufgabe, dafür zu sorgen, dass Russland wieder freundschaftlich in diese Außenpolitik einbezogen wird. Bitte jetzt keine überhastete Containment-Politik, keine Eindämmung von Russland! Das mag heute vielleicht unvorstellbar sein, aber dieser Konflikt wird so oder so mit einer Verhandlung enden. Vorsicht vor der NATO! Die führt uns in einen neuen Kalten Krieg! Wir brauchen nach dem Krieg eine neue Partnerschaft mit Russland ohne Abhängigkeiten. Leider bin ich selbst in die Falle der Ressourcenabhängigkeit getappt. Mach nicht denselben Fehler, Kai!«
»Ich werde deine Worte beherzigen, Gert. Niemand hier will das Band mit Russland für alle Zeiten zerreißen. Aber es bleibt

dabei, Russland hat die Ukraine überfallen, nicht wir. Es liegt an Iwan Pavlenko, zum Frieden zurückzukehren.«
Der Altkanzler sah sich im Herausgehen noch einmal um.
»Ist das deine berühmte olle schwarze Aktentasche mit dem Parteibuch drin?«
»Das ist sie und mit genau dem Inhalt. Sie begleitet mich schon bald vierzig Jahre, auf jeden Termin, auf jeder Auslandsreise und auch in den Urlaub. Gekauft habe ich sie als junger Anwalt.«
»Und vermutlich auch mit einem Butterbrot von zu Hause darin.«
»Das kommt gelegentlich auch vor.«
»Ich bin sicher, dass die Tasche einmal im Haus der Geschichte in Bonn neben dem gelben Pullunder von Genscher stehen wird. Du bist wirklich ein Unikat auf diesem Stuhl. Nach außen wirkst du wie ein Steuerbeamter, dabei bist du ein ganz Ausgefuchster. Bewahre dir das. Die Welt da draußen ist gnadenlos.«
»Vielen Dank für diesen freundlichen Hinweis.«
Der ehemalige Bundeskanzler betrachtete sein Gegenüber prüfend.
»Erlaubst du noch ein offenes Wort?«
»Immer, darauf bestehe ich.«
»Kommunikativ bist du eine Katastrophe, mein Lieber. Wie wäre es mit einem Krisenkommunikationstraining?«
Der Bundeskanzler antwortete sehr ernsthaft: »Das halte ich für zwecklos. Ich habe akzeptiert, dass ich weder für den deutschen Medienpreis nominiert bin, noch ihn jemals bekommen werde. Aber die gute Nachricht ist, es bereitet mir auch keine schlaflosen Nächte.«
Der ehemalige Bundeskanzler sah ihn überrascht, aber dann sehr anerkennend an.
»Jedenfalls danke ich dir für deinen Rat und deine Zeit, lieber Gert.«

Während die Sicherheitsbeamten den Altkanzler herausbegleiteten, saß Michael Wussow im Vorzimmer des Chefs des Bundeskanzleramtes und Minister für besondere Aufgaben, Wolfram Fuchs.
»Bitte entschuldigen Sie, Herr Wussow. Herr Fuchs ist noch zum Bundeskanzler gerufen worden, aber es geht gleich los.«
Wussow schaute sich um. Alles erschien ihm sehr nüchtern, fast kühl, so als wären die Bewohner sich bewusst, dass die Zeit hier nur geliehen war.

Die Überprüfung, um in diese heiligen Hallen zu gelangen, war äußerst professionell gelaufen. Zwei Polizisten hatten ihn in Empfang genommen. Er musste seinen Personalausweis abgeben und wie am Flughafen die Tasche öffnen und auch den Gürtel ablegen. Danach wurde er von zwei Sicherheitskräften übernommen und in einem Fahrstuhl, der sich hinter grünen, gebogenen Türen verbarg, in den siebten Stock geführt, in dem auch der Bundeskanzler sein Büro hatte. Das Atrium mit den Bildern der vielen Staatsgäste strahlte Größe und Macht aus. Er musste zugeben, dass ihm diese Atmosphäre gefiel. Sie erinnerte ihn an alte Zeiten, als er noch dazugehörte.

Der Kanzleramtschef Wolfram Fuchs wartete vor dem Schreibtisch des Bundeskanzlers, bis der ein Telefongespräch zu Ende geführt hatte.
»Leider keine guten Nachrichten, Wolfram. Unser Altkanzler tut sich unverändert schwer, seinem Freund Iwan den Marsch zu blasen. Er würde grundsätzlich bereitstehen, aber nicht jetzt.«
»Ich bin nicht wirklich überrascht, Kai. Versetze dich in seine Schuhe, nachdem der Bundestag ihm einen Teil seiner Sonderrechte als Altkanzler entzogen, die Partei ihm die rote Karte gezeigt und das Europaparlament sich mit großer

Mehrheit für EU-Sanktionen gegen ihn ausgesprochen hat. Jetzt hängt es nur noch von der EU-Kommissionspräsidentin und dem Außenbeauftragten ab, ob der Altbundeskanzler auf die EU-Sanktionsliste kommt.«

»Ich weiß, Wolfram. Das wäre zwar logisch, aber für Deutschland eine Katastrophe. Daran haben wir überhaupt kein Interesse. Die Kommissionspräsidentin weiß das.«

»Aber der Druck im Kessel ist groß und wird mit jeder Gräueltat der Russen größer. Wir werden die Abstrafung von Gert durch die EU nicht verhindern können. Dafür sorgen schon deine Kollegen in Polen und besonders der Präsident der Ukraine.«

»Das sehe ich nicht so, Wolfram. Der ukrainische Präsident hatte den ersten Besuch des Altbundeskanzlers beim russischen Präsidenten initiiert. So viele Joker hat er nicht.«

»Also bleibt uns Wussow. Was wollen wir von ihm nach der Absage des Altbundeskanzlers, Kai?«

»Finde heraus, wie seine aktuelle Beziehung zu Iwan Pavlenko ist. Wie der tickt, ob er gesund ist, ob man mit ihm reden kann. Wenn ja, darf Wussow ihm signalisieren, dass Deutschland Bewegung in den Friedensverhandlungen möchte. Wir würden die Ukraine dazu bewegen, von ihren Totalforderungen abzugehen. Müssten aber ein ähnliches Signal von ihm zurückbekommen. Keine Aussagen über Grenzen, Krim, NATO usw., das ist noch zu früh.«

»Wer käme dann als Unterhändler infrage?«

»Was meinst du denn?«, fragte der Bundeskanzler seinen geschätzten Freund und Kanzleramtschef.

»Sicherlich nicht die USA oder China. Für mich gibt es nur die UN. Es ist genau deren Job.«

»Fast richtig, Wolfram. Zuerst ist unser Altbundeskanzler der Deus ex machina. Wussow macht die Tür auf, Gert geht mit einem von der Ukraine abgesegneten Konzept durch die Tür. Die Ukraine und Russland bemühen die UN – und los geht's! Unser Altkanzler wird Weltpolitik machen und bekommt seine Ehre zurück. Wussow soll diesen Weg mit Iwan abklären.«

»Wenn du meinst, Kai.«

»Das meine ich genauso. Ich wünsche dir jedenfalls mehr Erfolg mit deinem Besucher, als ich es hatte.«

Wolfram Fuchs eilte zur Tür des endlos langen Kanzlerzimmers. Bevor er sie erreicht hatte, rief ihm der Kanzler zu: »Denkst du auch, dass ich ein Krisenkommunikationstraining brauche?«

Sein langjähriger Mitarbeiter drehte sich um. »Um Gottes willen, Kai! Denk nicht einmal darüber nach!«

Er ging auf direktem Wege zu Wussow. Anders als sein eher kühl wirkender Chef war er ein Typ, der schnell Zugang zu anderen fand. Genau das Spiel spielten sie beide im Politikgeschäft. Kühl + Freundlich. Jeden Tag, besonders bei den Medien. Gleichwohl nervten ihn die Witze der Journalisten über seinen Chef. Der letzte geschah vor zwei Tagen am Rande der Bundespressekonferenz. Ein Journalist von Bild-TV fragte: »Herr Bundeskanzler, wie kann man Sie zum Lächeln bringen?«

Kai hatte mit großem Ernst geantwortet: »Indem Sie die Kamera ausschalten.«

Sein Besucher war in seinem Handy vertieft. »Große Klasse, Herr Wussow, dass Sie den Weg zu uns gefunden haben. Sind Sie versorgt? Kaffee, Wasser ... oder ein Wodka?«

Michael Wussow ging nicht darauf ein, stand auf, ergriff die angebotene Hand und setzte sich wieder.

»Ich nehme an, Ihre Situation ist nicht ganz einfach«, begann Fuchs.

»So kann man es vereinfacht ausdrücken. Was würden Sie empfinden, wenn Ihnen die Konten gesperrt werden oder Sanktionen auferlegt werden? Wenn Freunde und Bekannte

Sie meiden, als hätten Sie die Krätze, nur weil Sie einen Freund in Russland haben?«
»... der allerdings gerade eine Blutspur mit einem Angriffskrieg hinterlässt und dem Westen mit Atomwaffen droht.«
»Vorsicht, lieber Herr Fuchs. Alles hat eine Ursache! Außerdem bin ich nicht für die Handlungen von Iwan verantwortlich. Er ist Präsident, ich ein ehemaliger Mitarbeiter in seinem Gasgeschäft. Mir genügt es, wenn wir uns beide weiterhin gut verstehen wie in den letzten zwanzig Jahren. Und um es gleich zu sagen, ich bin nicht käuflich.«
»Deshalb sind Sie auch nicht hier, lieber Herr Wussow. Ich möchte eigentlich nur wissen, ob man mit Ihrem Freund reden kann, denn es gibt Redebedarf.«
»Dann rufen Sie ihn an.«
»Das hat in der letzten Zeit wenig gebracht. Er ist wenig zugänglich, vielleicht krank«, meinte der Kanzleramtschef.
»Iwan ist kerngesund und bei allerbester Verfassung. Er schwimmt mir im wahrsten Sinne des Wortes auf und davon. Man sollte ihm nichts andichten.«
»Ach, ja. Ich finde, äußerlich hat er sich schon verändert.«
»Wie wir alle, außerdem trägt er viel auf seinen Schultern.«
»Das ist wohl wahr. Würden Sie denn helfen, ihm einen Teil der Last zu nehmen?«
»Was meinen Sie damit?«
»Um es ganz offen zu sagen, lieber Herr Wussow. Sie sind meines Erachtens der Einzige, der einen persönlichen Zugang zu ihm hat. Wir würden Sie gern als Emissär einsetzen.«
»Ich bin nicht bestechlich.«
»Darum geht es nicht. Sie sollen ihm eine Botschaft überbringen. Mehr nicht.«
Der Kanzleramtschef informierte ihn über den Wunsch des Bundeskanzlers.

»Ist das eine deutsche Haltung oder eine abgestimmte? Weiß der ukrainische Präsident Bohdan Sapronoff davon?«, fragte Wussow.
»Im Augenblick ist das eine deutsche Haltung und entsprechend vertraulich. Aber gehen Sie davon aus, dass unsere Möglichkeiten groß sind, diese Haltung auf den Weg zu bringen. Deutschland ist der zweitgrößte Unterstützer der ukrainischen Sache. Ich denke, Sie verstehen.«
»Warum setzen Sie für diese Mission nicht den Altbundeskanzler ein? Er hat mehr politisches Gewicht als ich.«
»Das schließen wir für die Zukunft nicht aus, würden es sogar begrüßen, aber jetzt sind Sie der Mann der Stunde.«
Wussow ließ das auf sich wirken. Sein Gesprächspartner war ein Mann, der wie er gleich zum Punkt kam, aber nicht mit der Brechstange, sondern auf eine angenehme Weise. Er schien auch nicht unter Druck zu sein.
»Angenommen, ich wäre dazu bereit, was wäre, wenn Iwan mir eine negative Antwort gibt?«
»Dann werden Sie trotzdem von den US-Sanktionen und allen Restriktionen befreit. Sie wären jemand, der zumindest versucht hat, Iwan Pavlenko für Friedensgespräche zu gewinnen. Die wollen Sie doch bestimmt auch, lieber Herr Wussow, oder?«
»Wer will die nicht ...«
Das Telefon klingelte, Fuchs entschuldigte sich für die kurze Unterbrechung, während Wussow weiter nachdachte. Es war also kein Angebot, bei seinem Freund als deutscher Spion tätig zu werden, sondern eine reine Kurierangelegenheit. Die Idee gefiel ihm zunehmend. Sie eröffnete eine neue Option für sein Leben.
Das Telefongespräch war beendet. »Entschuldigen Sie die Unterbrechung, lieber Herr Wussow. Ich drehe mich hier im Hamsterrad.«

»Also gut, Herr Fuchs, ich werde sehen, was ich tun kann. Telefonisch geht das allerdings nicht, nur Face to Face. Und versuchen Sie erst gar nicht, mich zu überwachen. Sobald ich auch nur den geringsten Verdacht habe, erledigt sich meine Bereitschaft, als Emissär des Bundeskanzlers zu arbeiten.«
»Die vertrauensvolle Zusammenarbeit von unserer Seite ist zugesagt, Herr Wussow. Ich rechne auch fest mit Ihrer. Geben Sie uns einfach Bescheid, wenn Sie von der Reise zurück sind. Danach möchte ich Sie gern wieder nach Berlin einladen. Wann denken Sie, werden Sie reisen?«
»Das kann ich noch nicht sagen, ich hoffe zeitnah, Herr Fuchs.«

Im Hinausgehen sagte der Kanzleramtschef: »Benötigen Sie vielleicht einen Reisekostenvorschuss? Das wäre kein Problem.«
Wussow sah ihn ironisch an: »Danke für diese behördliche Fürsorge. Ich bin versorgt.«

Bevor er in das Flugzeug stieg, schrieb er eine Nachricht an seinen Freund:
Komme gerade von einem Gespräch mit dem Chef des Bundeskanzleramtes Wolfram Fuchs. Der Bundeskanzler möchte mich als Emissär mit einem Vorschlag für Friedensverhandlungen zu Dir schicken. Ich habe zugesagt. An unserer Planung ändert sich nichts. Deutschland ist für mich passé. Danke für den Umschlag. Wir freuen uns auf Dich. Mischa und Anastasia.
Die Antwort kam umgehend.
Danke. Überrascht mich nicht. Bis bald!

KAPITEL 12

»Bohdan Sapronoff ist auf Video. Darf ich durchstellen, Herr Bundeskanzler?«, fragte die Sekretärin.
»Hallo Bohdan, schön, dich zu sehen. Wie geht es dir?«, begrüßte ihn der Bundeskanzler.
Bohdan sah mit tiefen Augenringen und vermutlich wenig Schlaf sehr erschöpft aus.
»Wie jeden Tag, Kai. Angst vor Bomben, Angst vor Raketen, die wir nicht abfangen können, Angst um unsere Soldaten und Familien. Vor allem die Angst, dass uns die Munition ausgeht. Wenn das so anhält, sind wir in vier Wochen schon wieder leergeschossen. Wir freuen uns über die Munitionszusage der Europäer und der USA, aber wir fürchten, dass die Munition zu spät ankommt.«
»Das kann ich verstehen, aber meine Informationen besagen, dass auch die russischen Militärs fehlende Munition beklagen.«
»Das stimmt. Doch die Russen haben auf Kriegswirtschaft umgestellt und arbeiten rund um die Uhr in drei Schichten. Wir tun, was möglich ist. Aber wir brauchen mehr Kampfflugzeuge, um erfolgreich zu sein. Unsere Grenzen sind einfach zu lang für einen Stellungswechsel. Für eine Strecke von eintausendfünfhundert Kilometern brauchen die Panzer eine Woche. Im Nordosten darf jetzt nichts passieren.«
»Wie viele MiG-29 habt ihr noch?«
»Mit denen der Polen und Slowakei etwa 50. Davon sind etwa 30 einsatzbereit. Wir hängen bereits westliche Raketen darunter, aber das funktioniert nur bedingt. Es fehlt eine effektive Luft-Boden-Unterstützung. Ohne die wird es nicht gelingen. Und noch schlimmer, sie schießen unsere wenigen

Flugzeuge ab. Wir verlieren zu viele unserer Piloten. Gebt uns Flugzeuge!«

»Du weißt, dass Deutschland hier nicht helfen kann, wir benötigen jeden einzelnen Tornado in Büchel für die nukleare Teilhabe und für NATO-Aufgaben. Die Eurofighter sind im Baltikum und in Rumänien voll ausgelastet. Außerdem sind beide Flugzeugtypen hochkomplex und sehr anfällig.«

»Das ist mir bewusst, Kai, deshalb haben wir offiziell auch nicht um eure Hilfe gebeten, obwohl der Eurofighter ein Gamechanger wäre.«

»Das wird nicht geschehen, Bohdan. Aber ihr werdet die F-16 bekommen. Ich unterstütze das bei meinen Kollegen.«

»Danke, Kai! Wir brauchen für den Anfang fünfzig Stück, damit es Sinn macht. Unsere Piloten sind zwar wie Maverick, aber es fehlt das richtige Flugzeug, um zu überleben.«

»Das ist eine enorme Zahl, Bohdan. Ich weiß noch nicht einmal, ob so viele Flugzeuge bei den europäischen Geberländern überhaupt vorhanden sind.«

»Deswegen brauchen wir die F-16 aus den USA. Da gibt es genug.«

»Ich fürchte, die USA sind hier noch nicht soweit, Bohdan. Bodengestützte Waffen sind auch politisch eine andere Dimension als Luftstreitkräfte im Kampf gegen Russland. Außerdem habe ich gelernt, dass erfahrene Piloten mindestens ein halbes Jahr benötigen, um mit einer F-16 kampftüchtig zu sein. Junge Piloten würden zwei Jahre brauchen und das sei schon die Hälfte der Zeit unserer Piloten. Die Ausbildung der Techniker soll noch zeitintensiver sein.«

»Stimmt, Kai. Das hat mir mein Generalstab auch gesagt. Es braucht einen langen Atem. Wir hoffen auf eure Unterstützung für einen langen Kampf.«

»Wir werden euch so lange unterstützen, wie es nötig ist. Das kann ich immer wieder nur betonen. Ich werbe auch massiv in meinem Land dafür. Glücklicherweise steht die Mehrheit

der deutschen Bevölkerung nach wie vor hinter meiner Politik, aber der Ruf nach Verhandlungen wird immer lauter.«
Der ukrainische Präsident lehnte sich zurück.
»Ja, wir beobachten die Entwicklungen in Deutschland und den USA mit großer Besorgnis.«
»Es geht nicht nur um Waffen und Munition, Bohdan. Wir müssen über eine Million Ukrainer in Wohnungen unterbringen und in den Arbeitsmarkt integrieren. Wir sehen viele qualifizierte Fachkräfte, aber sie sprechen kein Deutsch. Es dauert viel zu lange, um sie angemessen in den Markt zu integrieren.«
»Das wissen wir und wir denken darüber nach, Deutsch als zweite Fremdsprache neben Englisch einzuführen.«
»Das ist eine gute Idee für die Zukunft, aber im Moment geht es um heute und morgen. Wie lange kann die Ukraine den Kampf überhaupt durchhalten?«
»Mit eurer Hilfe können wir mindestens so lange durchhalten, wie Pavlenko am Leben ist. Danach würden sofort Verhandlungen beginnen.«
»Das könnte noch dauern, fürchte ich.«
»Ich höre anderes, meine Leute sagen mir, er würde das Jahr nicht überleben.«
»Nun, er ist ziemlich aktiv. Wie auch immer, Bohdan, wenn du verhandeln müsstest, wo liegen deine wirklichen roten Linien?«
»Meine persönlichen roten Linien oder die offiziellen?«
»Deine persönlichen.«
Der ukrainische Präsident holte tief Luft.
»Ich habe Pavlenko zu Beginn des Krieges bereits gesagt, dass wir über die annektierten Gebiete verhandeln können. Es wird – unter uns – sowieso schwierig sein, die dort lebende russischgeprägte Bevölkerung für westlichen Lebensstil und westliches Denken zu gewinnen. Ich war auch bereit, die Krim für einhundert Jahre auf Eis zu legen und auf einen NATO-

Beitritt zu verzichten, falls es eine Einigung gibt. Wenige Tage später geschah jedoch Butscha. Damit war das Thema für uns erledigt.«

Der Bundeskanzler hatte das bereits in einem Bericht des BND gelesen. Doch nun hörte er dieses unglaubliche Zugeständnis im Originalton.

»Was für eine verpasste Chance. Könntest du dir vorstellen, dort noch einmal anzusetzen, Bohdan?«

»Ohne Not, nein. Solange wir können, geben wir keinen Zentimeter der Ukraine auf.«

»Aber die Not kann kommen, Bohdan. Niemand in der EU kann dir garantieren, wie die Unterstützung in zwei Jahren aussieht. Und niemand in den USA kann es, falls ein republikanischer Präsident die Ausstellung von Blankoschecks einstellen würde.«

»Ist mir klar, Kai, was möchtest du mir damit sagen?«

»Wenn du mir signalisieren könntest, dass du unter den von dir genannten Bedingungen vorsichtig gesprächsbereit wärst und wir dies über einen vertraulichen inoffiziellen Kanal bei Pavlenko platzieren könnten, würdest du dem zustimmen?«

Der ukrainische Präsident wandte seinen Blick nach rechts, wo das Foto seiner Familie stand. Er sah auf die Fahne seines Landes, legte seine Hand vor die Stirn, als wolle er sein Gesicht schützen. Doch seine feuchten Augen konnte er nicht verbergen. Er war müde, todmüde.

»Es geht nicht nur um meine persönliche Einstellung, Kai. Ich müsste mein Volk, mein ganzes Land dazu bringen, mit weit weniger zufrieden zu sein, als ich es täglich sage. Dennoch bin ich nicht naiv. Es könnte eine Zeit kommen, in der die zweitbeste Lösung die Vernünftigste wäre. Wenn du also einen vertraulichen inoffiziellen Kontakt initiieren kannst und keine dritte Partei davon erfährt, dann versuche es. Offiziell weiß ich davon nichts.«

Der Bundeskanzler lehnte sich nach dem Gespräch zurück, streckte beide Arme tief Luft holend aus und überdachte die Unterhaltung mit seinem Gesprächspartner. Die Gegensätze zwischen ihnen beiden im bedrohten Kiew und im sicheren Berlin konnten nicht größer sein. Bohdan war der erste und einzige europäische Präsident im Krieg, der von einer Weltmacht angegriffen wurde. Die westliche Welt gab ihm damals nur wenige Tage, bevor Goliath David niederwerfen würde. Doch es geschah ein Wunder. David hielt stand und drängte Goliath zurück. Das ukrainische Volk wuchs im Widerstand zusammen und schrieb Geschichte. Die westliche Meinung drehte sich zugunsten der Unterstützung der Ukraine – auch aus Scham über das eigene Versagen nach der Annexion der Krim. Bohdan Sapronoff löste eine Welle von Emotionen und Hilfsbereitschaft aus. Er verkörperte das Gute in diesem hässlichen Krieg, während Ivan Pavlenko das Böse repräsentierte. Pavlenko erlitt seine größte Niederlage im Zusammenwachsen des Westens und der Vergrößerung der NATO mit Finnland und Schweden. Geostrategisch hatte Pavlenko bereits verloren. Doch wie sollte das enden? Goliath war militärisch vielfach überlegen und verfügte darüber hinaus über die größte Atommacht der Welt.

Was wäre, wenn Bohdans Annahme stimmen würde, dass der russische Präsident das Jahr nicht überleben würde. Wie würde es dann mit Russland weitergehen? Es musste konstruktiv weitergehen! Er stimmte mit Gert überein, dass Russland ein Teil Europas ist und Europa nicht ohne Russland sein kann.

Man musste reden. Es immer wieder versuchen. Er hatte mit dem russischen Präsidenten gesprochen, konnte jedoch keinen Zugang finden. Ebenso wenig der Präsident Frankreichs, der anscheinend darauf versessen war, die Rolle des ersten Krisenmanagers einzunehmen.

Der Bundeskanzler hoffte inständig, dass Iwan zumindest über diesen schillernden Emissär erreichbar war. Seine eigenen Möglichkeiten waren erschöpft und die Zeit drängte, denn die Dienste berichteten Besorgniserregendes über die Kriegsgefahr in Europa.
Er nahm seine alte Aktentasche und verabschiedete sich von seinen beiden Sekretärinnen. Für heute war es genug.

KAPITEL 13

Iwan Pavlenko verfolgte an den riesigen Bildschirmen zusammen mit dem Verteidigungsminister Konstantin Sorokin und den Generälen der einzelnen Streitkräfte die Positionen der in Alarm versetzten Einheiten. Sein aufgedunsenes Gesicht war regungslos. Seine Fragen an die Generäle waren scharf und angstverbreitend.

»Den Sachstand bitte!«

Der Generalstabschef trug vor: »Die Vorbereitungen für den noch verdeckten Angriff auf die NATO stehen kurz vor dem Abschluss. Operatives Ziel ist Ihren Weisungen gemäß, Herr Präsident, ausschließlich die Einnahme des Baltikums. Das strategische Ziel das Zusammenbrechen der NATO.«

Dann vertiefte er sich in die Regionen. Im Südosten stand die Front im Wesentlichen stabil. Lokale ukrainische Angriffe blieben strategisch ohne Erfolg. Westliche Panzer und Luftabwehrwaffen hatten sich nicht zum Gamechanger entwickelt, man hatte gelernt, sie auszuschalten.

Vor Georgien standen russische Kräfte. Die Kommunikation des Machtapparates in Moldawien war erfolgreich sabotiert worden und zusammengebrochen.

Oberhalb des Nordkaps stand die russische Nordflotte mit Schiffen, U-Booten und Flugzeugen in Position, während die russische Marineinfanterie bei Kirkenes an der norwegischen Grenze massiv aufgestockt worden war.

Wie mit Peking abgesprochen, verstärkten chinesische Einheiten im Südchinesischen Meer ihre aggressive Präsenz und verletzten das Hoheitsgebiet von Taiwan inzwischen mehrmals täglich.

»Bislang verläuft alles nach Plan, Herr Präsident. Die Ablenkungsmanöver an den NATO-Flanken sorgen dafür, dass unsere vier Armeekorps des Militärbezirks West nicht als unmittelbare Bedrohung wahrgenommen werden. Offiziell befinden wir uns in einem zeitlich begrenzten Manöver, das mit einer Truppenstärke von 120.000 Soldaten zwar größer ist als sonst, aber mit den fortgesetzten Provokationen der NATO an der Ostgrenze begründet wird. Es scheint zu funktionieren. Der Verteidigungsminister wird Ihnen nun die Angriffsachsen vorstellen.«

Konstantin Sorokin übernahm: »Der erste Pfeil zielt über den Finnischen Meerbusen auf Estland, der zweite über Vilnius zur Oblast Kaliningrad, die wir militärisch mit konventionellen und taktischen Nuklearwaffen hochgefahren haben. Ziel ist es, die enge und von der NATO nur schwach gesicherte Suwalki-Lücke zu schließen und dadurch die baltischen Staaten vom restlichen NATO-Territorium abzuschneiden.

Der dritte Pfeil ist ein vorausgehender vernichtender Luftschlag mit Hyperschallraketen gegen das Hauptquartier der Multinationalen Division Nord der NATO in Adazi in Lettland. Innerhalb von maximal zwanzig Stunden ist das Baltikum abgeschnitten.

Zeitgleich mit dem Angriff gegen das Baltikum wird ein breit angelegter Cyberangriff gegen sämtliche aus dem Schlaf geweckten NATO-Truppen stattfinden, der die interne Kommunikation der NATO von den höchsten Stellen bis auf Kompanieebene außer Gefecht setzen wird. Die NATO wird nicht einmal in der Lage sein, über den Artikel 5 zu beraten. Sie wird handlungsunfähig sein.

Die globalen Cyberangriffe werden zudem weite Teile der Infrastruktur vollkommen lähmen. Im Westen wird totales Chaos sein. Bevor wir in der nächsten Phase nach Berlin durchstoßen, sind Politik und NATO bereits gelähmt. Ebenso zeitgleich wird über soziale Medien die größte Desinforma-

tionskampagne laufen, die die Welt bisher gesehen hat. In dieser Phase wollen Sie, Herr Präsident, ein Verhandlungsangebot machen, um einen Dritten Weltkrieg zu vermeiden.«
Pavlenko nickte zufrieden. Der Plan entsprach genau seinen Vorgaben. Anschließend folgte die Darstellung der strategischen Kernwaffenkräfte. Es war eine andere, viel detailliertere Karte als jene, die er seinem Freund Michael Wussow gezeigt hatte. Im Westen wurde viel über die angeblich mangelnde Einsatzbereitschaft der russischen Kernwaffenkräfte und Luftlandetruppen spekuliert, doch das Gegenteil war der Fall. Die Ressourcen waren während der kriegerischen Auseinandersetzungen in der Ukraine, verborgen vor dem Westen, massiv aufgestockt worden.
Sorokin fuhr fort: »Die Atomwaffen befinden sich in Alarmbereitschaftsstufe 2, was bedeutet, dass die Kasernen dauerhaft besetzt sind. Kurz vor dem Angriffsbefehl für die konventionellen Streitkräfte wollen wir sie auf Stufe 3 erhöhen, sodass die Atomraketen scharf gemacht werden. Wir sind uns mit Ihnen, Herr Präsident, sicher, dass wir die Stufe 4, also einen Krieg mit Nuklearwaffen nicht auslösen müssen, und zwar aus diesem Grund.«
Er zeigte auf die Amur-Region, in der Nähe der Grenze zu China.
Dort lagen abgeschirmt von jeglicher Aufklärung aus der Luft mit Hyperschallraketen bestückte Satelliten bereit, um ins All geschickt und über den USA und Europa stationiert zu werden.
»Jede Rakete wird mit einem nuklearen Sprengkopf bestückt sein. Die Vorbereitungen laufen reibungslos. Die Amerikaner kennen die Situation, aber dank chinesischer Hilfe sind wir ihnen mindestens sechs Monate voraus.«
Iwan war aufgestanden und studierte den Bildschirm, der die gelagerten Satelliten und Abschussrampen zeigte. Es war endlich so weit. Das Ergebnis einer jahrelangen Planung.

Ein Krieg mit wenigen Toten, basierend auf Überraschung, Lähmung und einer überzeugenden Drohung. Der Papiertiger NATO würde kollabieren, bevor er aufwachte. Die USA würden in die Schranken gewiesen und endlich verstehen, dass es von nun an eine multipolare Weltordnung mit einem starken Russland auf Augenhöhe gab.
Bevor es losging, wollte er seine Familie und auch die Oligarchen wieder im Land haben. Jeder der fünfzig Herren sollte sich verpflichten, je einhundert neue Panzer zu spendieren, und das würde nur der Anfang sein. Alexei Sokolow, der sich gerade mit Yulia aufmachte, nach Moskau überzusiedeln, würde das sicherstellen. Die widerlichen Zeiten westlicher Dekadenz in den eigenen Reihen waren endgültig vorbei.
Die goldenen Wasserhähne in seinen eigenen Palästen störten ihn nicht. Er war zutiefst davon überzeugt, dass er sich seinen Wohlstand in all den Jahren der harten Arbeit verdient hatte, während die anderen sich ihren Wohlstand von ihm geliehen hatten.
Mit einem kurzen Dank verließ er die Operationszentrale.

Verteidigungsminister Konstantin Sorokin sah ihm ernst hinterher. Er kannte Iwan seit vielen Jahren, war mit ihm befreundet und hatte für ihn die Streitkräfte zu dem gemacht, was er jetzt präsentierte. Er wusste, dass sie an einem Entscheidungspunkt standen, an dem eine Rückkehr zum alten Leben nicht mehr möglich sein würde. Sie bewegten sich auf dem schmalen Grat zwischen Sieg und totaler Vernichtung. Zum ersten Mal hoffte er inständig, dass Iwan doch noch selbst stoppen würde, wissend, dass sein versessener Freund von außen nicht zu stoppen war. Iwan war nicht mehr der von einst, sprach ihn persönlich meistens mit Konstantin an, nicht mehr mit Kostja. Was viele sagten, stimmte. Er hatte sich dramatisch verändert und ebenso das Land.

Kostjas Adjutant kam zu ihm und legte ihm eine Notiz vor. Auf dem Friedhof von Iwans Eltern in Sankt Petersburg hatte man einen Zettel gefunden. Der Verteidigungsminister las den Text:

Eltern eines Wahnsinnigen, nehmt ihn zu euch. Er hat so viel Schmerz und Leid verursacht, dass die ganze Welt um seinen Tod bittet. Tod für Pavlenko! Ihr habt einen Freak und Mörder großgezogen.

»Die Verfasserin, eine Rentnerin, wurde überführt und verhaftet«, hörte er den Adjutanten sagen.

Kostja sah auf die blinkenden Lampen, die auch seine Schicksalslampen waren. Er hoffte auf ein Wunder.

KAPITEL 14

Jelke Anderson war unschlüssig, ob sie den Termin bei der Kartenlegerin wahrnehmen sollte. Als psychologisch geschulte Kriseninterventionskraft beim Roten Kreuz in Hamburg fühlte sie sich innerlich gut gefestigt. Doch wenn sie selbst in einer krisenhaften Situation war, merkte sie, dass sie nicht so gut damit umgehen konnte. Sie hoffte von der Kartenlegerin zu erfahren, ob diese vielleicht Krisen sehen konnte, die sie besser jetzt schon wissen sollte.
In ihrer Arbeit hatte Jelke fast immer mit plötzlichen Todesfällen zu tun, sei es Verkehrstod oder Suizide. Nur selten ging es um natürliche Todesfälle. Bei allen Fällen bestand die Gefahr, dass die Hinterbliebenen in ein Trauma verfielen. Sie war darauf geschult, dies zu verhindern. Nach einem Einsatz konnte sie gut abschalten. Doch auch in der Krisenintervention hatte sie eine persönliche Schwachstelle – Kinder, insbesondere wenn sie traumatisiert waren.

Ein Fall verfolgte sie tagelang. Eine Mutter war durch das Fenster aus dem zehnten Stock gesprungen, während ihre beiden fünfjährigen Zwillinge zusahen und dachten, es sei nur ein Spiel. Als Jelke eintraf, warteten beide darauf, dass die Mutter zurückkletterte.
Die Betreuung der Kinder brachte Jelke an ihre Grenzen. Beide Kinder waren fest der Auffassung, dass die Mutter bald wiederkommen würde, und wenn sie im Himmel war, würde es eben nur etwas länger dauern. Mit dem Wort »Tod« und der damit verbundenen Endgültigkeit konnten die Kinder noch nichts anfangen.

Sie hatte diesen Fall fast überstanden, da stand sie kurze Zeit später vor einem traumatisierten Vater. Vor drei Wochen hatte sich seine Frau erhängt. Er kümmerte sich fortan um den siebenjährigen Sohn. An diesem Tag hatte er ihn zu einer Kreativwerkstatt für Kinder gebracht. Der Vater war einen Augenblick abgelenkt und sah nicht, wie sein Sohn auf eine senkrecht stehende, nicht verankerte Marmorplatte kletterte. Plötzlich hörte er wenige Meter entfernt einen dumpfen Knall. Als er sich umdrehte, quoll das Blut aus dem geplatzten Kopf seines Sohnes.

Danach benötigte Jelke zum ersten Mal eine Supervision, nach der sie beschloss, Interventionsfälle mit Kinderbezug nicht mehr anzunehmen. In der Supervision hatten sie auch über das »Warum« gesprochen. Jelke glaubte, die Ursache zu kennen.
Marcs Tochter Pia hatte nach der Entführung im Alter von vier Jahren einige Monate bei einer Amme gelebt, bis sie befreit wurde. Seit Jelke mit Marc verheiratet war, zeigte Pia keine Auffälligkeiten einer frühen Traumatisierung, allerdings konnte sie nicht allein sein. Die Türen mussten aufbleiben, sonst weinte sie. Jelke konnte keine eigenen Kinder bekommen und projizierte ihre ganze Kinderliebe auf dieses Kind. Sie liebte es so abgöttisch, dass Marc ihr bereits gesagt hatte: »Jelke, pass bitte auf, dass du dich nicht zu einer dieser Helikopter-Mamas entwickelst.«

Außerdem war sie gerade besonders empfindlich. Ihr Mann, immer noch im Herzen ein Elitesoldat, war gerade von einem Einsatz in der Ukraine zurückgekehrt und strahlte innerlich wie ein Honigkuchenpferd über die erfolgreiche Rettung seines besten Freundes Tom. Sie fragte sich, wann dieser Mann endlich normal werden würde, so wie andere Männer, die nicht immer wieder mal in Tarnkleidung herumlaufen müs-

sen. Seine Maritime Security Services-Firma (MSS) brachte zudem regelmäßig Aufträge herein, die mit Erpressung, Geiselnahme und Entführung zu tun hatten. Entweder verhandelten seine Leute mit den Entführern oder waren an der Befreiung beteiligt – mit oder ohne die deutsche Bundesregierung. In den letzten Jahren hatte die Firma mit Piraterie zu tun, dann war Marc wieder fort. Zu oft fand sie. Sie wünschte sich einen Mann, der tagsüber im Büro war, am besten im Homeoffice, der ab und zu seinen langsamen und sicheren Doppeldecker in Itzehoe flog und abends nach Hause kam, um mit seiner Tochter Pia herumzutollen.
Doch das war er leider nicht.
Pia war in den letzten Tagen kränklich. Sie hatte kein Fieber, aber etwas Bauchweh. Jelke war in Sorge, denn die Abreise nach Vilnius stand bevor. Ein krankes, weinendes Kleinkind im Flugzeug war keine gute Idee.
Herr Schröder hatte eine Fistel am Po und durfte auf keinen Fall hinten lecken, was Tiere automatisch tun, wenn man ihnen keinen Schutzkragen verpasste. In der Folge rempelte Herr Schröder mit dem Plastikkragen gegen alle Hindernisse im Haus. Abends sah er sie dann vor dem Einschlafen höchst vorwurfsvoll an.
Und schließlich hatte Jelke ihre Periode und war ohnehin in instabiler Verfassung.

Ihre Freundin hatte von einer Kartenlegerin erzählt und schwärmte derart von der Begegnung, dass Jelke nun auf dem Weg zu ihr war. Was könnte schon passieren? Sie würde um eine Erfahrung reicher und um fünfzig Euro ärmer sein. Jelke wusste bereits, dass sie keine stark geschminkte Frau in einem Zelt zu erwarten hätte, die Karten legte, unheilvolle Dinge sagte, aus den Händen las oder in eine Glaskugel schaute, um die Zukunft vorherzusagen. Sie hatte keine

konkreten Erwartungen, war neugierig und auch etwas aufgeregt, musste sie sich eingestehen.
Eine junge Frau öffnete die Wohnungstür im Erdgeschoss, kaum älter als sie und auf den ersten Blick sympathisch.
»Ich grüße Sie, kommen Sie bitte herein.«
Der helle Raum war schlicht mit Rattan-Möbeln eingerichtet, in der Mitte ein einfacher Holztisch. Es hätte auch der Raum einer Psychologin sein können.
»Ich bin Sarah, darf ich Sie Jelke nennen?«
Jelke war etwas überrascht und sagte: »Vorname gerne, aber ich fände es schön, wenn wir beim Sie bleiben.«
Sie setzten sich.
Sarah sah Jelke freundlich an und schwieg für einen Moment. In der Ferne hörte man ein Martinshorn, das lauter wurde und dann verklang. Aus der Nachbarwohnung war das leise Weinen eines kleinen Kindes zu hören.
Jelke begann zu sprechen: »Ich habe das noch nie gemacht, aber meine Freundin hat Sie empfohlen.«
Sarah lächelte und antwortete: »Darüber freue ich mich. Es scheint der richtige Zeitpunkt für Sie zu sein, Jelke.«
Ihre Stimme klang warm und sanft.
Jelke sagte: »Ja, ich denke schon. In mir gibt es viel Unruhe, zu viel Bewegung, die mein Gleichgewicht stört. Deshalb bin ich hier.«
»Das fühle ich. Wollen wir anfangen?«
»Gerne. Eine Frage noch. Sie arbeiten 45 Minuten für 50 Euro?«
»Ja, das ist richtig. Das ist das Honorar für meine Kartenlesung, für meine Beratung aus den Karten.«
»Sie sagen Beratung, entschuldigen Sie, also keine Wahrsagerei, keine Blicke in die Zukunft?«
Sarah lachte. Sie kannte diese Frage und musste auch oft genug Besucher enttäuschen, die von ihr die Zukunft möglichst

konkret erfahren wollten. Liebe, Treue, Beruf, Gesundheit, Tod. Alles, was den Menschen ausmacht.

»Genau, das mache ich nicht. Solche Dinge findet man vielleicht noch auf Jahrmärkten. Bei mir geht es vielmehr um das Ergründen der Symbole und Energien der Tarotkarten. Die Karten erzählen uns etwas über uns selbst. Wenn Sie sich öffnen, kann das etwas in Ihnen bewegen. In diesem Dialog bin ich unwichtig. Sie sprechen nicht mit mir, sondern mit Ihrem Unterbewusstsein. Betrachten Sie mich als Medium.«

»Also kein Hokuspokus?«

»Sicherlich nicht«, lächelte Sarah.

»Ich bin gespannt!«

»Ich danke Ihnen für Ihre Offenheit, Jelke, das macht Sie sehr sympathisch. Trotz des beschriebenen Ungleichgewichts sehe ich eine selbstbewusste Frau in Ihnen. Lassen Sie uns nun an die Arbeit gehen.«

Sarah legte den Kartenstapel auf den Tisch, mischte ihn und zog eine Karte. Es war die Tarotkarte *Der Mond*. Sarah wirkte überrascht, nickte dann aber zustimmend.

»Diese Karte hat viel mit Ihrer aktuellen Verfassung zu tun, Jelke. Der Mond symbolisiert Sehnsüchte, Träume und Täuschungen. Wir tauchen mit dieser Mondkarte in eine sehr tiefgründige emotionale Ebene ein.«

Sarah löste sich von der Karte und sah Jelke fest und freundlich an.

»Wissen Sie Jelke, in Gefühlsdingen reagieren wir oft nicht vernünftig und logisch.«

Jelke stimmte zu: »Ja, das kann ich bestätigen. Besonders im persönlichen Umfeld. Draußen bin ich definitiv vernünftiger und wahrscheinlich auch besser.«

Sarah fragte: »Wovor haben Sie Angst?«

Jelke blickte aus dem Fenster auf einen Kinderspielplatz, wo Mütter ihre Kinder beaufsichtigten.

»Im Moment habe ich Angst um mein Kind und meinen Hund. Ich mache mir immer wieder Sorgen um meinen Mann, der oft seine Grenzen ausreizt und bisher immer unverschämtes Glück hatte.«
Sie war selber überrascht über diese Aussage. Aber es war genau das, was sie ängstigte. Die Vorstellung, dass dieses Glück irgendwann versagen könnte.
Sarah strich behutsam über die Mondkarte.
»Wir sehen einen von Strahlen umgebenen sonnengelben Vollmond und einen Halbmond. Zwei Phasen, die in der Natur nicht parallel existieren und hier für die Irrationalität stehen. Unterhalb des Mondes blicken wir auf einen Hund und einen Schakal. Einer schaut lieb, der andere eher böse und dann ist da noch dieser Hummer. Das zusammen ist ein Sinnbild für animalische Instinkte. Träumen Sie häufig und intensiv, Jelke?«
»Ja, das tue ich. Ein völliges Durcheinander von schönen und schlimmen Dingen.«
»Diese schlimmen Dinge haben etwas mit Ihrer Familie zu tun – und womit noch?«
Jelke überlegte einen Moment und dann fiel es ihr ein. Blitze, Donner, Schreie. Sie träumte von Kriegsszenarien. Die Medien waren voll von Berichten über Truppenbewegungen in Russland und die Gefahr von Atomwaffen. Deutschland schien im Zentrum der Apokalypse zu stehen.
»Ich habe Angst, dass es Krieg gibt. Vielleicht macht mir das besonders Angst, weil ich ein durch und durch friedliebender Mensch bin.«
Sie sprachen über die bedrohliche Situation in der Welt, die vielen Menschen Angst machte.
Sarah fragte weiter: »Gibt es inmitten dieser allgemeinen Angst eine konkrete Furcht?«
Jelke dachte nach und erkannte einen Grund. Sie würden nach Vilnius fliegen. Einerseits freute sie sich auf die Hochzeit

ihrer Schwägerin Edith und Darias, andererseits lag Vilnius nahe an Russland. Sie musste mit Marc darüber sprechen.
»Schauen Sie auf das Gesicht des Mondes, Jelke. Was sehen Sie?«
Jelke fragte höflich: »Darf ich die Karte anfassen?«
»Selbstverständlich, sie spricht mit Ihnen, nicht mit mir, es ist gerade Ihr Sinnbild.«
Jelke betrachtete die Karte und antwortete: »Ich sehe ein ernstes Mondgesicht, das auf die Erde blickt.«
Sarah stimmte zu: »Genau, kein lachendes oder weinendes Gesicht, sondern ein ernsthaftes. Es will uns sagen, dass wir bei ungelösten Dingen gelassen bleiben sollen.«
Jelke empfand, dass Sarah mit dieser Übertragung recht hatte. Sie neigte tatsächlich oft dazu, sich unnötig in ängstliche Situationen hineinzusteigern. Es gab derzeit keine konkrete Kriegsgefahr. Darüber würde sie nachdenken.
Sarah zog noch drei andere Karten. *Der Gehängte, Vier Schwerter* und *Der Stern.*

Auf dem Heimweg schwirrten Jelke viele Gedanken über die Symbolik im Kopf herum. Doch wenn sie in sich selbst hineinblickte, fühlte sie, dass sie in einem wunderbaren Umfeld lebte. Sie war von Liebe umgeben, mit ihrem Ehemann, ihrer Tochter und Herrn Schröder. Sie hatte sogar das, was andere »guten Sex« nannten. Sie sollte endlich aufhören, Marc ändern zu wollen. Sie musste ihm vertrauen, genauso wie sie sich selbst mehr vertrauen musste. Vor allem musste sie lernen, zwischen potenziell bedrohlichen und tatsächlich bedrohlichen Dingen zu unterscheiden. Sie musste gelassener werden. Mehr cool bleiben! Denn wenn etwas zu riskant wurde, hatte sie durchaus die Fähigkeit, deutlich »Nein« zu sagen. Das wusste sie.
Das Kartenlesen hatte ihr ein Stück Selbstvertrauen zurückgegeben. Ob sie so eine Sitzung noch einmal brauchte, be-

zweifelte sie. Genauso gut könnte sie mit Marc sprechen, und das würde sie tun. Heute Abend.

****

Marc saß im Homeoffice und arbeitete an einem Krisenplan für einen Hamburger Reedereiunternehmer zum Thema *Entführungen*. Obwohl solche Entführungen von Unternehmern oder ihren Familienmitgliedern in Deutschland selten vorkamen, wollte der Reeder dennoch gut vorbereitet sein.
Die meisten sehr wohlhabenden Personen in Deutschland lebten unter einem Sicherheitsschirm. Dazu zählten ein trainierter Krisenstab im Unternehmen und vor allem ein Bewusstsein für ein unauffälliges Verhalten.
Nur sogenannte Neureiche brüsteten sich mit ihren Vermögenswerten. Die konservativen deutschen Reichen wohnten eher unsichtbar hinter Zäunen und Mauern. Sie hielten ihre Schiffe und Flugzeuge außerhalb von Deutschland und tauchten zwar in der Forbes-Reichenliste auf, gaben aber keine Interviews in den einschlägigen Illustrierten. Einige schützten sich vor radioaktivem Niederschlag oder sogar vor einem Nuklearschlag in unterirdischen Bunkern, in denen das Überleben der Familie mit gefilterter Luft, Essen und Trinken für mindestens drei Wochen gesichert war. Die Familie, die Marc gerade betreute, besaß sogar ein unterirdisches Schwimmbad, denn der Hausherr pflegte morgens um 06.00 Uhr zu schwimmen und wollte möglichst die Gewohnheiten beibehalten. Für Reisen innerhalb Europas bevorzugte er seinen eigenen Firmenjet. Global unterwegs, genoss er das First-Class-Reisen mit dem Executive-Zubringer aus der Lounge direkt zum Flieger und diskreter Behandlung durch das eingewiesene Personal.
Der Reeder hatte sogar eine versuchte Flugzeugentführung miterlebt und wollte nun von Marcs Firma lernen, wie man

sich als Geisel verhält. Ob man Kontakt zum Täter aufnimmt oder ruhig bleibt und wie man handelt, ohne Aufmerksamkeit zu erregen.
Es gab zwar Empfehlungen, aber jede Situation war einzigartig und hing von den Motiven der Täter oder den eingesetzten Waffen oder Sprengstoffen ab. Marc war der Auffassung, dass die eigene Selbstüberschätzung der größte Fehler wäre, wenn zum Beispiel Passagiere glaubten, gemeinsam einen bewaffneten Täter überwältigen zu können und dabei vergaßen, dass sie in einem verwundbaren Flugzeug saßen.
Seine Gedanken wurden unterbrochen, als Herr Schröder bellend zur Tür sprang und prompt mit der Plastik-Halskrause gegen den Türrahmen stieß, um dort eine weitere Kerbe zu hinterlassen.
»Herr Schröder, Aus und Platz!«
Wie immer war Herrn Schröder das Kommando egal, er begrüßte Jelke.
»Hast du mir was mitgebracht, Mama?«, rief die ebenso heraneilende Pia.
Jelke legte ihren beigen Burberry-Mantel ab, nahm die Kleine in den Arm, koste den überdrehten Herrn Schröder und ging zum Arbeitsplatz ihres Mannes.
In diesem Moment war sie zutiefst glücklich, sie atmete ihren kleinen Kosmos. Alles, was sie brauchte.
»Magst du wissen, was ich gemacht habe?«
»Du warst erfolglos Shoppen«, sagte Marc.
»Nein, ich war bei einer Kartenlegerin.«
Er sah sie erstaunt an.
»Du, bei einer Kartenlegerin? Was hast du denn gesucht?«

Sie saßen auf ihrem kleinen Balkon vor ihrem ostfriesischen Tee mit dem geliebten Blick auf die Elbe. Sie erzählte von der Begegnung.

»Bist du jetzt klüger?«, fragte er ohne irgendeine Wertung in seiner Stimme, aber aufrichtig interessiert.
»Ich denke schon. Es gab ein paar Aha-Erlebnisse. Eine Erkenntnis war, dass ich in ungeklärten kritischen Situationen, die mich oder die Familie betreffen, etwas zurückfahren muss. Da kann ich von dir einiges lernen.«
»Überhöhe mich besser nicht, Jelke. Ich glaube, dass ich vielmehr von dir lernen kann. Du bist für mich der absolute ruhende Pol zu Hause. Ich habe bei dem Verlust von Karina Marie erlebt, wie man sich an die Wand fahren kann.«
Seine Stimme stockte: »Wenn du mich nicht begleitet hättest, säße ich wohl nicht hier.«
Sie ließ das für den Augenblick stehen. Ja, es stimmte, Marc war damals traumatisiert und hatte sich auf ihren Rat einer Psychotherapeutin anvertraut, die sich dann auch noch als Urheberin für die ganze Familienkatastrophe entpuppt hatte. Es waren Monate des Horrors. Marc trug in der Zeit ein schwarzes T-Shirt mit dem griechischen Buchstaben Omega. Für ihn wäre es das Ende gewesen, wenn er nicht wenigstens Pia wiedergefunden hätte. Sie hatte damals einen Paradigmenwechsel vorgeschlagen. Marc möge darüber nachdenken, ob ein nach unten offenes Omega nicht auch einen Anfang bedeuten könne.
Es gab eine Frage, die sie ihm schon lange stellen wollte: »Hast du mich eigentlich geheiratet, weil ich dich in der Zeit begleitet habe und deine Erste-Hilfe-Station war?«
Er schob den bettelnden Herrn Schröder zur Seite, bevor der mit seiner Plastik-Halskrause an das Stuhlbein rempelte. »Natürlich habe ich mich das damals auch gefragt. Karina Marie war so ganz anders als du, nicht besser, nicht schlechter, einfach ganz anders.«
Er dachte weiter nach.
»Was euch neben eurer Mädels-Freundschaft verband, ist eure unglaubliche Herzlichkeit und eure Authentizität. Ja,

ihr seid beide warmherzig und authentisch. Sie hat nie eine aufgesetzte Rolle gespielt. Sie war, wie sie lebte. Du hast dich nie bei mir aufgedrängt, bist nicht in eine Lücke gesprungen, um mich zu bekommen, hast nicht demonstrativ die neue Mutterrolle gespielt. Du warst du und da, wenn ich dich brauchte.«

Er lehnte sich zurück, streckte die Hände in den Nacken, schaute in den Himmel und erinnerte sich genau an damals, an die Tage der Einsamkeit und der ersten neuen Zweisamkeit.

»Nach und nach habe ich dich lieben gelernt, dich, so wie du bist, Jelke. Ja, es hat gedauert. Ich hätte nie gedacht, dass ich jemals wieder einen Menschen so lieben könnte, wie ich dich liebe. Ich möchte dich um Himmels willen nie verlieren. Die eine Erfahrung reicht mir.«

Die Stimme brach ihm weg. Er ging zu ihr hinüber und küsste zärtlich ihre weggeblinzelten Tränen fort. Sie ließ es geschehen und umarmte ihn.

»Weißt du, was ich an dir besonders liebe, Marc?«

»Meine olivgrünen langen Armee-Unterhosen«, antwortete er spontan. Und setzte nach: »Mit Schlitz!«

Sie lachte lauthals, sodass Herr Schröder sie erschreckt ansah.

»Auch die. Besonders liebe ich an dir deinen femininen Anteil unter deinem inneren militärischen Korsett. Ich fühle mich von dir so wunderbar verstanden, wie von keinem anderen Mann bisher.«

Aus dem Radio hörten sie Wortfetzen. »Iwan Pavlenko ... Manöver ... Regierung in Sorge vor Eskalation.«

»Ich habe Angst, Marc. Was hältst du von der Situation? Wird es hier so sein, wie du es in der Ukraine erlebt hast?«

»Wenn ich das wüsste. Ich sehe, dass dieser Iwan in der Ukraine nicht weiterkommt und frage mich, warum er an den NATO-Grenzen mit Manövern hochfährt. Ich habe keine Lösung.«

»Vielleicht wollte er die Ukraine die ganze Zeit nicht wirklich, sondern hat sich vorbereitet, bei uns einzumarschieren.«
»Nein, Jelke. Das ginge nur, wenn er seinen Tod in Kauf nehmen würde. Dafür ist die NATO einfach zu mächtig. Ich glaube, wir überschätzen den Typen, der meiner Ansicht nach nicht mehr alle Tassen im Schrank hat. Ich lasse mich nicht durch die Medien verrückt machen. Heute Morgen habe ich mich von allen sozialen Medien abgemeldet. Mir reichen die Tagesschau und die Neue Züricher Zeitung. Wir haben einen klassischen Propagandakrieg mit gezielten Desinformationen. Das erste Opfer im Krieg ist bekanntlich immer die Wahrheit.«
»Jetzt spricht der Sicherheitsexperte. Also, was steckt deiner Meinung nach hinter der Propaganda?«
»Ganz einfach, den Menschen wird suggeriert, dass der Westen der Aggressor ist und dass die Ukraine schon immer zu Russland gehörte. Dafür setzt er seine politische Führung ein, und die Trolle bedienen die sozialen Medien. Inzwischen glauben die meisten Menschen in Deutschland tatsächlich, wir hätten Iwan Pavlenko mit der Osterweiterung der NATO zu sehr provoziert.«
»Haben wir doch auch! Das sagen sogar die Russlanddeutschen hier, die kennen beide Seiten.«
»Bitte, Jelke. Die drei baltischen Staaten hatten gute Gründe, in die NATO zu gehen. Und sie durften es auch. Es gibt einen von Russland gebilligten NATO-Russland-Vertrag von 1997. Das will aber kaum einer hören.«
»Trotzdem macht mir unsere Reise nach Vilnius Kopfzerbrechen, Marc! Vilnius liegt gerade vierzig Kilometer von der Grenze nach Weißrussland entfernt, wo Russland taktische Atomwaffen stationiert. Wie heißen die Dinger noch ...?«
»Iskander«, sagte Marc.
»Richtig. Inzwischen weiß sogar ich, was Iskander- und Hyperschallraketen sind. Bist du wirklich sicher, dass dieses Hochzeitsprojekt richtig ist?«

»Mit Stand heute, ja. Solange Darias nicht selbst sein großes Fest abbläst, sollten wir ihm auch nicht dazwischenfunken. Die Litauer leben seit Jahren auf dem Pulverfass und haben eine andere Resilienz als wir.«
Jelke dachte über das Gespräch mit der Kartenlegerin Sarah nach. Vielleicht war es tatsächlich ihre eigene Resilienz, ihre Widerstandsfähigkeit in Krisen, worüber sie mehr nachdenken musste.
»Da ist noch ein Thema, Marc. Wir beide haben kein Testament gemacht. Lass uns darüber reden, wenn wir aus Vilnius zurück sind.«
»Prima Idee, Jelke. Im Augenblick brennt ohnehin nichts an. Du oder ich sind Alleinerben, wenn jemand verstirbt, und Pia ist noch klein.«

Jelke verspürte Lust, das schöne Wetter zu nutzen.
»Wolltest du nicht heute noch auf den Friedhof fahren und Karina Maries Grab besuchen? Wir könnten das mit einem kleinen Spaziergang verbinden.«
»Das wäre wunderbar. Lass uns auf dem Weg einen neuen Grabschmuck besorgen.«
Er versuchte, auf dem Weg dorthin normal und entspannt zu sein. Aber er war es nicht. Jedes Mal, wenn er zu dem Grab ging und glaubte, dort Ruhe zu finden, trat kurze Zeit später ein kritisches Ereignis ein. Es war wie verhext. Einmal konnte er auf der Fahrt vom Grab zurück mit viel Glück einen Zusammenstoß vermeiden. Ein anderes Mal wurde Pia schwerkrank. Beim dritten Mal geriet sein bester Freund Tom in Gefangenschaft.
Doch dieses Mal würde es anders sein, denn seine Schwester Edith plante eine russisch-orthodoxe Traumhochzeit in der wunderschönen Altstadt von Vilnius, und Jelke und er würden die Trauzeugen sein.

KAPITEL 15

Langley 06:00 Uhr morgens. Kryptos wartete bis der Wecker die Nationalhymne abgespielt hatte, sprang aus dem Bett, schlüpfte in seine Trainingssachen und joggte nach einem festgelegten Warm-up-Training exakt dreißig Minuten am Potomac River entlang, über den heute ein eisiger Wind wehte und die frühlingshaften Temperaturen vergessen ließ. Er legte Wert darauf, dass der begleitende Beamte nicht zu nah aufschloss, gerade so weit, um bei einem Angriff reagieren zu können.

Die ersten Kirschblüten waren bereits zu sehen und deuteten darauf hin, dass der Höhepunkt der Blüte früher als gewöhnlich eintreten würde. Während er joggte, überlegte er, welche diesjährige Rennrad-Foto-Tour zur Kirschblüte anstand.

Eine gute Idee wäre, zum Hains Point zu fahren und auf einer 4,4 Meilen langen Strecke die Blüten vor dem Potomac River, dem Anacostia River und dem Washington Channel zu fotografieren. Auf dieser Route gab es bis zu zehn einzigartige Kirschblütenarten. Kryptos mochte es nicht, Tausende von Bildern auf einem digitalen Speicher zu haben. In dieser Hinsicht reichte ihm die CIA. Daher druckte er die Bilder der jährlichen Kirschblüte in D.C. aus und besaß mittlerweile zwölf Fotoalben mit den verschiedensten Blüten. Alben voller weißer und rosa Blüten und ohne störende Menschen.

Er rannte im Intervalltraining und brachte dreimal seinen Puls für genau fünf Minuten auf 140 Schläge. Bei Ankunft am Haus wies er den Beamten an, die Flagge zu hissen.

Nach dem Joggen duschte er genau drei Minuten, zog seinen Anzug mit immer derselben blauen Krawatte an und nahm

sein immer gleiches Frühstück ein, das seine Haushaltshilfe Olga zubereitet hatte. Cornflakes einer bestimmten Sorte, zwei Biskuits mit Butter und Honig, ein Schälchen Früchte und Joghurt, dazu einen Tomatensaft mit zwei Prisen Pfeffer und einen Espresso.
Um 06:50 Uhr erhob er sich vom Tisch und griff zur Washington Post. Olga kniete nieder, öffnete seine Anzughose, zog sie herunter, holte sein Glied heraus und begann es zu bearbeiten, während er den Leitartikel in der Zeitung las.
Es war ein faires Geschäft mit ihr, die zwischendurch ihre gefärbten blonden Haare wegschob und prüfend nach oben schaute, ob er zufrieden war. Doch er blieb wie jeden Tag unsichtbar hinter der Zeitung. Er vermied unnötige Nähe.
Olga, eine Einwanderin aus Russland und dreißig Jahre jünger als er, war ihm von einer Agentur vermittelt worden. Es gab Probleme mit ihren Papieren, die er aus der Welt schaffte und mit ihr, als zusätzliche Gegenleistung, diesen Deal vereinbarte. Sie sah den Vorteil einer gesicherten Anstellung, war sofort einverstanden gewesen und machte den Job im Haus und zwischen seinen Beinen zu seiner vollsten Zufriedenheit.
Kryptos hatte kein schlechtes Gewissen. Er war ein überzeugter Single und musste niemandem Rechenschaft ablegen. Er hätte auch eine Haushaltshilfe aus Kuba, Mittel- oder Südamerika anstellen können, aber er wollte eine Russin. In den letzten Monaten hatte er hauptsächlich mit Russland zu tun. Durch Olga lernte er mehr über die russische Mentalität kennen, als aus den Akten. Einzig bedauerlich war, dass sie an den Wochenenden aufgrund ihrer beiden kleinen Kinder nicht zum Dienst kommen konnte.
Nahezu jeder Mann hatte irgendwann und irgendwo seine Olga. Sogar Alexei Sokolow, den er unter dem Tarnnamen *Victor* führte und der nicht wusste, dass er mit dem Ersten Offizier Leonid einen Informanten auf der *Heavens Gate* hatte. Der Informant hatte bisher wenig Interessantes be-

richten können. Aber dann konnte er durch einen glücklichen Zufall eine wichtige Entdeckung machen. Er hatte live eine Liebesszene zwischen Alexei Sokolow und Yulia Smirnoff, der Partnerin des russischen Präsidenten, mitverfolgt. Die Audiodatei bewies, dass es sich nicht um eine kurze Affäre, sondern um eine Beziehung mit geplanter gemeinsamer Zukunft handelte.
Danach zweifelte Kryptos an der Weitsicht von Victor. Einen Tyrannen zu stürzen und gleichzeitig dessen Partnerin und Mutter der gemeinsamen Kinder zu lieben, war geradezu idiotisch. Ein CIA-Agent wäre sofort abgezogen worden, aber Alexei Sokolow war eben kein Geheimdienstler, sondern ein typischer Mann, der vermutlich seine große Liebe entdeckt hatte, bevor er seinen Coup plante. Nun saß er in seiner Romeo-Falle und kam offensichtlich nicht mehr heraus. Ein Anlass mehr, um höchst vorsichtig im Umgang mit ihm zu sein.
Kryptos hatte den Leitartikel gelesen und war befriedigt. Mit einer kurzen Handbewegung wischte er Olga weg. Er liebte sein standardisiertes Timing.
Es war 06:55 Uhr. Draußen wartete bereits der Fahrer, um ihn zum *George-Bush-Center for Intelligence* zu fahren. Im Auto las er eine kurze Zusammenfassung der Ereignisse der letzten Nacht. Der Bericht war alarmierend. Er rief sofort die Direktoren der Abteilungen Analysis und Operations sowie den Chief Operating Officer an und verlangte Einzelheiten im Morgenbriefing.
Dort bestätigte sich, was sich seit Tagen abzeichnete. Russland erhöhte massiv die Truppenpräsenz in Osteuropa. Einzig die Alarmbereitschaft für die Atomwaffen befanden sich noch in der 2. Stufe, aber das könnte sich ganz schnell ändern. Es gab keinen Zweifel, der Westen konnte nicht mehr länger warten, er musste reagieren. Kryptos griff zum Hörer, um Chuck G. Jackson, den Stabschef des Weißen Hauses anzurufen, als der bereits in der Leitung war.

»Sie wissen es sicher auch, Kryptos. Russland fährt hoch! So schnell wie möglich in den SITROOM!«
Der Fahrer jagte seinen gepanzerten Wagen hinter dem Polizeiwagen über den George Washington Memorial Parkway. Bei mäßigem Verkehr brauchte man für die neun Meilen etwa dreißig Minuten zum White House. Bereits nach zwanzig Minuten fuhren sie vor.
Es war immer sinnvoll, vorher bei Chuck vorbeizuschauen, da der oft bessere Nachrichten hatte als die CIA. Ohne anzuklopfen öffnete Kryptos die Tür und erstaunte. Chuck stand in inniger Umarmung mit seinem Assistenten. Als sie sich erschrocken voneinander lösten, trat Kryptos ein und verschloss die Tür hinter sich. Es gab tatsächlich Dinge, die selbst die CIA nicht wusste.
»Gentlemen, es wäre bestimmt eine gute Idee, nicht gerade hier zu knutschen«, kommentierte er.
»Und es wäre noch besser, anzuklopfen, mein Lieber. Sogar mein Präsident tut das«, antwortete Chuck. »Ist die strikte Geheimhaltung gewährleistet?«, fragte er nach.
»Absolut, Chuck! Mit dem kleinen Geheimnis kann ich bestens umgehen.«
»Danke, Kryptos.«
»Gibt es etwas Neues, was ich wissen müsste, bevor wir unten starten?«, fragte Kryptos.
»In der Tat. POTUS hat versucht, Iwan Pavlenko telefonisch zu erreichen. Es hat niemand abgehoben. Nicht einmal jemand, der Auskunft gab, dass der Präsident zum Beispiel gerade auf der Toilette ist. Ich kann mich nicht erinnern, dass es eine derartige Situation schon einmal gegeben hat. Selbst in der Kubakrise hat man miteinander gesprochen.«
»Besteht der Kontakt zwischen dem Pentagon und dem russischen Generalstabschef noch?«
»Ebenfalls Funkstille.«

Im Fahrstuhl zum SITROOM fragte er Kryptos: »Wie schätzt du das ein?«
»Ganz schlecht, Chuck! Die Russen können meinetwegen mit ihren Atomdrohungen fortfahren, aber Schweigen auf der Chef-Ebene geht gar nicht.«
»Wir werden sehen, was die Militärs Neues berichten«, kommentierte Chuck.

Seit zehn Minuten ließ der US-Präsident, George F. Summerhill, den Vorsitzenden der Vereinten Stabschefs vortragen. Er sprach über den Aufmarsch der konventionellen Kräfte an den NATO-Ostgrenzen, in Süd-Europa und in der Arktis, wo 5000 Soldaten der Nordmeerflotte die eisfreie Nordostpassage angeblich für ihre Handelsschiffe sicherten. Die größten Sorgen machten die Aktivitäten auf dem Weltraumbahnhof Kosmodrom Wostotschny in der Amur-Region. »Die Russen haben alle sensitiven Bereiche mit Planen vor der Aufklärung aus der Luft geschützt, aber man darf davon ausgehen, dass die Startrampen mit Hyperschallraketen bestückt sind, die im All positioniert werden. Das Igel-Angriffs-System mit den tödlichen Waffen aus dem All ist kurz vor der Fertigstellung.«
»Was heißt das genau?«, fragte US-Präsident George F. Summerhill den General.
»Wir schätzen, dass die Starts in 3-5 Tagen erfolgen. Nach dem Andocken an die Satelliten sind sie innerhalb von 48 Stunden einsatzbereit.«
»Können wir angreifende Raketen aus dem All verlässlich abfangen und zerstören, General?«
»Nein, Mr. President. Eine verlässliche Abwehr gegen anfliegende Hyperschallraketen haben wir nicht. Besonders nicht bei einem Massenanflug.«
»Und das heißt?«
»Ein präziser Nuklearschlag auf den Weltraumbahnhof, und das Problem ist erledigt, Mr. President.«

Kryptos wandte sich missbilligend dem General zu und konterte trocken: »Damit bombardieren wir auch China, liegt gerade 70 Meilen entfernt.«
»Welche Alternative sieht die CIA?«, fragte der Generalstabschef spitz zurück. »Haben Sie vielleicht einen James Bond vor Ort, der die Bedrohung aus dem All ausschaltet?«
Kryptos ließ die unqualifizierte Bemerkung unkommentiert. Er hatte zwar keinen 007 vor Ort, aber in vier Tagen einen Deus ex machina, namens Victor in Moskau. Das Elefantentreffen mit dem russischen Präsidenten und seinen Oligarchen war für den 15. März angesetzt. Bis dahin durfte Iwan Pavlenko nicht durchdrehen. Der US-Präsident wusste von dem Coup der CIA als einziger. Vielleicht ließ er auch deswegen den Vorschlag des Generalstabschefs unbeantwortet.
»Es gibt noch eine Möglichkeit«, sagte Kryptos. »Die Russen bluffen seit einem Jahr mit dem Einsatz der Atomwaffen. Wir halten es für möglich, dass sie mit der Bedrohung aus dem Weltall eine neue Kategorie des Bluffs anwenden, um die Unterstützung des Westens für die Ukraine endgültig zu stoppen. Sie spielen mit der Angst des Westens. Das Spiel heißt, wer wird als Erster die Nerven verlieren? Der amerikanische Präsident oder der russische Präsident?«
Summerhill nickte. »Durchaus möglich, Kryptos. Genau deswegen eskalieren wir jetzt nicht, aber wir ziehen die Zügel fester an. Wir befinden uns in der Readiness-Stufe DEFCON 4. Wann wurde das letzte Mal DEFCON 3 ausgelöst, General?«
Der höchste General der Streitkräfte blätterte in den Akten, um in der Antwort ganz sicher zu sein. Bevor ihm sein begleitender Offizier etwas ins Ohr flüstern wollte, sagte Sally, die Pressesprecherin: »Während des Yom-Kippur-Krieges 1973 wurde für zwei Tage vom 25.-27. Oktober DEFCON 3 ausgerufen. Außerdem bei 9/11.«

»Danke, Sally«, sagte der Präsident. »DEFCON 2 war meines Erachtens nur einmal, und zwar während der gesamten Kuba-Krise, richtig?«
»Absolut richtig, Mr. President«, erwiderte der General. »DEFCON 2 ist die Vorstufe zum Nuklearkrieg und erfordert die Mobilisierung der Reserve und eine Einsatzbereitschaft der Streitkräfte innerhalb von sechs Stunden. Allerdings gelten die DEFCON-Stufen nicht zwangsläufig für alle Streitkräfte, sie können für Army, Navy Basen, Space Force oder Kommandogruppen auch unterschiedlich angeordnet werden.«
Dem Präsidenten war das vollkommen klar, aber er wollte dem General den Tag nicht verderben.
»Danke, General, für das Update. Dann entscheide ich jetzt: Wir bleiben bei DEFCON 4, klären das gegnerische Verhalten auf und sichern uns gegen Angriffe. Sollte sich die Lage entgegen Sallys Annahme doch nicht als Bluff erweisen, werden wir unsere strategischen nuklearen Kräfte und die Space Force auf DEFCON 3 setzen. Sobald bei den Russen an der Grenze zu China die Planen unten sind, gehen wir mit allen Streitkräften auf DEFCON 2. Hoffentlich sehen wir uns das nächste Mal nicht nebenan in der Notfallkommandozentrale oder müssen in die Rocky Mountains verlegen.«
Er wandte sich der Pressesprecherin zu. »Sally, wie ist die Lage in Europa?«
»Die Medien in den baltischen Staaten sowie in Polen, Ungarn und Finnland sind extrem besorgt, Mr. President. Sie warten auf verlässliche Informationen von den staatlichen Stellen. Die Mittelmeerstaaten gehen mit dem Aufmarsch der Russen gelassener um und halten es überwiegend für ein großes Manöver. Insgesamt sehe ich wachsende Besorgnis, aber keine Panik, außer der üblichen Panikmache in den sozialen Medien. Das Vertrauen in die NATO ist riesig.«

»Danke, Sally. General, bitte das Update über die Kräfteaufstellung in Europa.«
Auf den Bildschirmen erschienen die sofort verfügbaren Kräfte der NATO und jene in Reserve.
Nachdem der Präsident verstanden hatte, wie lange es dauern würde, bis signifikante Kräfte kampfbereit sein würden, reagierte er konsterniert: »Das ist absolut erschreckend! Wir können uns doch nicht allein auf die nukleare Abschreckung verlassen! Es ist notwendig, dass die Einsatzbereitschaft der NATO in Europa sofort erhöht wird und wir unmissverständliche Zeichen am Boden, in der Luft und vor allem in der Ostsee setzen! Ich möchte darüber gleich mit unserem Alliierten Oberkommandierenden in Europa sprechen und seine Meinung hören. Die Sitzung ist geschlossen. Kryptos, bitte zu mir ins Oval Office.«
Chuck sah missbilligend, dass der Chef in letzter Zeit einen zu engen Draht zur CIA pflegte. Gab es etwas, was er nicht wusste und was er als Stabschef wissen musste? Als zweitmächtigster Mann in Washington musste er alles wissen.
Chuck versuchte, Kryptos ins Oval Office zu begleiten, aber der Präsident winkte galant ab.
Schon nach einer Minute war Kryptos wieder draußen und ließ einen frustrierten Stabschef zurück.

KAPITEL 16

In diesen Tagen hätte sich die agile deutsche Außenministerin gewünscht, dass Deutschland einen nationalen Sicherheitsrat wie den *National Security Council* der Vereinigten Staaten oder etwas Ähnliches wie in Großbritannien oder Frankreich hätte. Doch der Bundeskanzler sah keinen Bedarf für den Vorschlag und verwies darauf, dass die Bundesrepublik Deutschland – anders als die USA – kein Präsidialsystem sei. Außerdem gäbe es bereits einen Bundessicherheitsrat und ein Sicherheitskabinett. Tatsächlich stand hinter der Ablehnung der politische Wille, keine Macht an die Ressorts abzugeben. Also trafen sich verschiedene Krisenstäbe in den Ministerien und berichteten an das Bundeskanzleramt, wo alle Informationen zusammenliefen.

Auf Wunsch des Bundeskanzlers hatte der Chef des Bundeskanzleramtes, Wolfram Fuchs, den Verteidigungsminister, den Generalinspekteur der Bundeswehr und die Bundesinnenministerin in sein Büro gebeten. Sie nahmen an dem eher unscheinbaren länglichen Tisch im riesigen Büro des Kanzlers Platz.
»Es gibt keine Sitzordnung«, sagte Fuchs. »Nur der Kanzler sitzt vorne links.«
Der Kanzler trat hinzu.
»Vielen Dank, dass Sie trotz der vielen Sitzungen Zeit gefunden haben. Ich habe Sie hierhergebeten, weil ich einige Dinge im kleinen Kreis besprechen möchte«, sagte Kai Schuster in seiner gewohnt ruhigen Art und mit leiser Stimme.
Fuchs bemerkte, dass sich die Mimik und Körperhaltung seines Chefs während der Krise mit Russland deutlich verän-

dert hatten. Der Kanzler wirkte angespannter und ernster, er schien die Last des Amtes in dieser Zeit besonders zu spüren. Was die Teilnehmer an der Sitzung vortrugen, war höchst verstörend. Deutschland war auf die Bewältigung eines Angriffskrieges nicht vorbereitet. Die Vorgängerin im Amt hatte die Bundeswehr heruntergewirtschaftet und die Wehrpflicht abgeschafft. Es gab weder genügend Soldaten für die Heimatverteidigung, noch ausreichend Waffen und Munition. Ebenso katastrophal war die Lage beim Bevölkerungsschutz.
»Es ist unmöglich, in zwei Wochen das nachzuholen, was bisher versäumt wurde«, begann der Kanzler, ohne jemanden persönlich zu beschuldigen. Das entsprach nicht seinem Stil. »Bevor wir ins Detail gehen, kann mir jemand sagen, wer in Moskau den ‚Roten Knopf' drückt? Ist es Iwan Pavlenko, ähnlich wie George F. Summerhill in den USA?«
Der neue, aber bereits höchst beliebte Verteidigungsminister Benno Sartorius konnte in den wenigen Wochen seiner Amtszeit noch nicht alles wissen. Im Augenblick flog ihm der desolate Zustand der Bundeswehr um die Ohren, deren Einsatzfähigkeit nur zwei Tage betrug. Eine alarmierende Zahl, die er aus »Geheimhaltungsgründen« öffentlich nicht kommentieren wollte. Er blickte seinen Generalinspekteur fragend an. Der antwortete spontan: »Anders als in den USA, wo tatsächlich nur POTUS die Kompetenz hat, Nuklearwaffen zu starten, gibt es den einen Roten Knopf in Russland nicht. Stattdessen haben der Präsident, sein Verteidigungsminister und sein oberster Militär, der Chef des Generalstabs, jeweils einen Atomkoffer mit den darin enthaltenen Codes. Damit könnten sie den Auftrag für strategische Raketen, Langstreckenbomber und U-Boote erteilen.«
»Aha, also eine Art Dreifach-Absicherung für den Fall, dass zwei Personen ausfallen«, kommentierte der Kanzler. »Aber können der Verteidigungsminister oder der General verhin-

dern, dass der Präsident einen Atomkrieg auslöst?«, fragte er den Generalinspekteur.
»Russlands Präsident kann allein den Einsatz von Atomwaffen nicht anordnen, Herr Bundeskanzler. Dafür sind Codes aus zwei Aktenkoffern notwendig. Der Präsident ist also auf einen der beiden anderen Berechtigten angewiesen. Wie genau die Autorisierung abläuft, kann ich Ihnen nicht beantworten, das unterliegt der absoluten Geheimhaltung. Ich kann mir auch nicht vorstellen, dass es jemand bei uns weiß. Vielleicht einmal später, so wie wir heute wissen, dass in der Regierungszeit des US-Präsidenten Nixon zumindest zeitweilig ein General im Pentagon zwischengeschaltet war.«
»Ja, aus gutem Grund«, meinte Fuchs. »Es ist schon erstaunlich, wie viele Staatsmänner in der Weltgeschichte zu tief ins Glas geblickt haben.«
Man kannte Wolfram Fuchs und überhörte diesen Einlass.
»Unsere und auch die befreundeten Dienste halten den russischen Einsatz von A-Waffen für höchst unwahrscheinlich, auch nicht in der aktuellen Lage«, erklärte die Bundesinnenministerin.
Fuchs hakte nach: »Wie stelle ich mir das tatsächlich vor, wenn eine Atombombe, sagen wir einmal auf Berlin fällt?«
»Das Szenario, lieber Herr Fuchs ist bereits durchgespielt«, antwortete die Innenministerin und zeigte eine Chart, die sie heute im Ausschuss zurückgehalten hatte. »Die Sprengkraft der Atombombe auf Hiroshima betrug 16 Kilotonnen, die auf Nagasaki 24 Kilotonnen. Sie kennen die furchtbaren Bilder der Zerstörung. Nehmen wir an, über unserem Standort wird die vermutlich stärkste russische Bombe, die sogenannte Zar-Bombe mit einer Kraft von 57 Megatonnen gezündet, dann wäre das dieses Szenario in drei Kreisen.
1. Die thermische Strahlung, in der alles Leben, was sich innerhalb des Feuerballes mit einer Million Grad Celsius befindet, verdampft.

2. Die sich mit Schallgeschwindigkeit ausbreitende Druckwelle, die Häuser zusammenstürzen lässt oder sie bis 200 Quadratkilometer hinaus beschädigt. Allein durch diese beiden Effekte gäbe es in Berlin innerhalb von 24 Stunden über 3,5 Millionen Todesfälle und 1 Million Verletzte. Die Stadt wäre verbrannt und zerstört. Doch das Inferno geht weiter mit der direkten radioaktiven Strahlung. Diese führt zu Schäden im Gewebe und der DNA der Menschen. Und schließlich:
3. Der radioaktive Niederschlag, der noch Hunderte Kilometer entfernt abfällt und Landstriche unbewohnbar macht.«
»Was zu der Frage führt, wohin wir uns begeben, wenn noch Zeit dazu ist«, meinte Verteidigungsminister Benno Sartorius.
Die Innenministerin fuhr fort: »Hier sehen Sie eine Chart mit den zweitausend Bunkern und Schutzmöglichkeiten, die Deutschland einmal hatte. Ich sage *hatte*, weil fast alle Bunker rückgebaut wurden. Es gibt keinen einzigen öffentlichen Bunker in Deutschland. Und offen gesagt, ich sehe auch keinen Sinn darin, Bunker zu reaktivieren oder neue zu bauen.«
»Das wollen Sie uns bitte erläutern«, sagte der Bundeskanzler.
»Nun, die aktuelle Militärtechnik verkürzt die Vorwarnzeiten beim Einsatz von Waffen auf wenige Minuten. Die Menschen würden den Bunker gar nicht mehr erreichen. Vermutlich würden wir die Menschen auch gar nicht mehr alarmieren können, denn auch die Führung ist schutzlos. Es gibt, wie Sie wissen, keinen Regierungsbunker mehr, weder auf Bundesebene noch auf Landesebene.«
»Aber wir haben ja noch unseren Keller«, bemerkte Wolfram Fuchs. »Was für eine gute Option.«
»In der Tat, Herr Fuchs. Sie bleiben bei einem Atomschlag am besten dort, wo Sie gerade sind ...«
»... und nehme eine Jodtablette und krieche unter den Tisch, meinen Sie?«, kommentierte er sarkastisch.

»So ähnlich, Herr Fuchs. Trotzdem, bitte nicht ganz so negativ. Wenn wir außerhalb des sofort tödlichen Wirkungskreises sind, gibt es durchaus sinnvolle Möglichkeiten, sich zu schützen. Zu Hause mit einer Bevorratung, wie wir sie über das Bundesamt für Bevölkerungsschutz empfehlen oder auch durch das Aufsuchen von Tiefgaragen, U-Bahn-Tunnel und Ähnlichem.«
Verteidigungsminister Sartorius schaltete sich ein: »Fairerweise müssen wir sagen, dass wir in Deutschland mit dieser unerträglichen Situation nicht allein dastehen. Alle NATO-Staaten, bis auf Finnland, das praktisch die gesamte Bevölkerung in unterirdischen Schutzräumen sichern kann, stehen genauso blank da.«
Bundeskanzler Kai Schuster sah sich die Charts eingehender an. Ein Atomschlag auf Köln würde die Stadt dem Erdboden gleichmachen und hätte verheerende Auswirkungen auf das ganze Ruhrgebiet. Er blätterte durch die Bilder anderer Großstädte. Das dicht besiedelte Deutschland könnte auch mehrere kleinere taktische Atombomben nicht überleben. Er sagte leise, aber hörbar: »All das beweist, es darf einfach nicht passieren.«
Dann sprach er laut: »Wir müssen alles, aber auch alles tun, damit der russische Präsident nicht überreagiert. Das zu verhindern und der Ukraine nach Kräften zu helfen ist die Gratwanderung, auf der wir uns befinden. Dieser nationale GAU darf einfach nicht passieren.«
»Vielleicht sollten Sie doch zusehen, dass Sie einen geschützten Raum erhalten«, meinte der Generalinspekteur.
»Sie meinen, so wie die unterirdische Notfallzentrale des Weißen Hauses? Und mit wem soll ich dann telefonieren, wenn die Welt draußen atomisiert ist? Trotzdem danke, Herr General. Niemand würde verstehen, dass Politiker sich schützen, während die Bevölkerung ungeschützt bleibt. Aber eine andere Frage an Sie. Wird die NATO die Alarmstufe erhöhen?

Haben Sie dazu Signale aus dem Oberkommando der Alliierten Streitkräfte in Europa?«
»Keine allgemeine Erhöhung, Herr Bundeskanzler, aber selektiv ja. Für unseren Tornado-Standort in Büchel haben wir gestern den Level auf die zweithöchste Stufe erhöht, als Zeichen an die Russen, dass wir unsere Gegenschlagsfähigkeit im Rahmen der nuklearen Teilhabe sehr ernst meinen. Ebenso wurde die Kampffähigkeit der NATO-Battlegroup in Litauen hochgefahren. Insgesamt verfährt die NATO nach einem klugen Plan. Keine Panikmache, aber zeigen, dass das Bündnis vorbereitet ist.«
Die Vorzimmerdame legte dem Bundeskanzler eine Notiz vor: *Ukraine plant die Befreiung der Krim in einem 12-Punkte Plan.*
»Das fehlt uns noch«, dachte der Kanzler. »Die Ukraine macht damit meinen Joker Wussow kaputt.«
Er entschuldigte sich und veranlasste eine dringende Dreier-Konferenz mit dem amerikanischen und dem ukrainischen Präsidenten.

****

»Hi, Kai, schön, dich zu hören«, begrüßte US-Präsident George F. Summerhill den deutschen Bundeskanzler. »Wie ist die Lage in Deutschland?«
»Ambivalent, George. Wenn es nach den Medien geht, sind wir bereits im Krieg. Wenn ich meine Militärs höre, verstärken die Russen ihre Präsenz zwar an unseren Grenzen, aber es gibt nicht einen einzigen besorgniserregenden Vorfall. Nicht einmal Luftraumverletzungen an den Grenzen des Baltikums.«
»Dann wollen wir hoffen, dass das nicht die berühmte Ruhe vor dem Sturm ist. Hast du eine spezifische Sache, über die wir reden müssen?«

»In der Tat, George. Du hast von dem 12-Punkte-Plan des Sekretärs des Nationalen Sicherheitsrates der Ukraine zur Befreiung der Krim gehört?«
»Ja, habe ich. Wir halten das für heiße Luft und politisch auch gefährlich, den Kreml gerade jetzt zu provozieren.«
Summerhill dachte vor allem daran, dass die absolut geheime *Operation Victor* kurz bevorstand, während der deutsche Bundeskanzler mit seinem Emissär Michael Wussow ein ähnliches Geheimhaltungsproblem hatte, das er nicht teilen wollte.
»Ich stimme dir zu, George. Es ist definitiv der falsche Zeitpunkt. Ich denke, es wäre gut, wenn Bohdan uns die Angelegenheit persönlich erklärt. Wollen wir ihn gemeinsam anhören? Ein Video-Call ist in dreißig Minuten arrangiert.«
»Das ist eine hervorragende Idee. Bis später!«
Der Schreibtisch des Bundeskanzlers war die meiste Zeit frei von Akten. Eine Aufstellung lag jedoch immer griffbereit, die tagesaktuelle Übersicht über die an die Ukraine gelieferten und noch zu liefernden Waffen, sowie die Finanzmittel für die Ukraine im Vergleich zu den anderen Geberländern.
Während er sich in die Daten vertiefte, stellte das Vorzimmer zum Video-Dreiergespräch durch.
Das Bild des ukrainischen Präsidenten Bohdan Sapronoff in seinem olivfarbenen T-Shirt erschien, ebenso vom lächelnden US-Präsidenten aus dem Oval Office. George F. Summerhill saß – anders als sein deutscher Freund – fahnenumgeben an dem berühmten *Resolute Desk*, der jedem Präsidenten die einzigartige Aura historischer Bedeutsamkeit verlieh.
»Hallo Bohdan, willkommen an Bord«, begrüßte der Bundeskanzler den Freund aus Kiew.
»Guten Tag, Kai, guten Tag, George. Was verschafft mir die Ehre?«
»Du siehst blass aus. Ich hoffe, du tankst bald wieder mehr Sonne«, sagte der US-Präsident.

»Nicht nur ich, auch meine Familie«, antwortete der ukrainische Präsident. »Es ist schon lange zu viel, aber ich will mich nicht beschweren. Mein Volk leistet weitaus mehr als wir in unseren Keller-Büros.«
»Die Amerikaner sind sehr beeindruckt. Der Durchhaltewille des ukrainischen Volkes hat schon jetzt Weltgeschichte geschrieben. Wie ist die Lage, lieber Bohdan? Ich höre, dass unsere Waffen bei euch gut funktionieren.«
»Das ist richtig, George. Ich weiß gar nicht, wie wir das bisher ohne die M142 HIMARS, die Haubitzen M777, die Bradley Panzer, die Stryker Fahrzeuge, die Stinger-Flugabwehrraketen und die vielen sonstigen Waffen geschafft hätten. Das Gleiche gilt für die anderen Nationen. Wir können immer nur bitten und betteln, bitte mehr und schneller, bevor uns die Munition ausgeht.«
»Das leisten wir, so gut es geht«, sagte der Bundeskanzler. »Die zugesagten Leos sind bereits im Einsatz, höre ich.«
»Und zwar höchst effektiv. Leider sind bereits die ersten Leos durch Beschuss ausgefallen. Die Idee für Reparaturen in Polen ist hervorragend. Herzlichen Dank für das Arrangement! Trotzdem brauchen wir mehr.«
Der Bundeskanzler zeigte seine drei Seiten lange Liste.
»Das läuft, Bohdan. Wir liefern weitere Leos, weitere Lenkflugkörper der Variante Iris-T SLM und weitere Iris-Gesamtsysteme.«
Der US Präsident schüttelte beeindruckt den Kopf: »Ich wundere mich jeden Tag, wie ihr diese verschiedenen und komplizierten Waffensysteme in der Ausbildung, im Einsatz und in der Logistik beherrscht. Eure Soldaten sind unglaublich.«
»Das sind sie, George. Aber wir haben auch viel von der NATO gelernt. Wir lassen den Feind in Wellen anlaufen, bekämpfen ihn in kleinen Gruppen und mit kleinen Bissen von allen Seiten und ziehen uns blitzschnell zurück. Das überfordert die Russen vollkommen. Sie denken immer noch in den

Kategorien von Stalingrad und opfern täglich rücksichtslos Hunderte Soldaten. Allerdings, in letzter Zeit haben auch sie gelernt. Ihre Verluste werden kleiner.«
»Wie sehen die Verluste auf eurer Seite aus?«, fragte der Bundeskanzler.
Bohdan sprach stockend: »An einem Tag vielleicht zwanzig, an anderen Tagen fünfzig oder hundert. Dazu kommen die getöteten Zivilisten durch die barbarischen Angriffe auf unsere Städte. Es ist grauenhaft, es hört einfach nicht auf. Inzwischen schießen sie schon aus sicherer Entfernung mit den Luftabwehrraketen S-300 in die Städte. Doch am meisten Sorgen machen uns die Kinschal-Hyperschallraketen. Letzte Nacht waren es allein dreißig in einem Pulk von einhundert. Die fliegen aus eintausend Kilometer Entfernung an und überraschen uns mit einem regelrechten Raketenhagel. Das schafft unsere Luftabwehr einfach nicht.«
»Stellt euch auch darauf ein, dass bald noch mehr Patriots kommen«, sagte der Bundeskanzler.
»Ja, die brauchen wir dringend für die Luftabwehr. Aber auch für die gilt, dass wir damit nur lokale Zentren wie Kiew und einige wichtige Militärstützpunkte schützen können. Die vielen anderen Städte bleiben ungeschützt und unsere Zentren an den Fronten sowieso.«
Seine Stimme wurde fest und fordernd: »Wir brauchen unbedingt Waffen, mit denen wir ins feindliche Hinterland kommen, um bereits den Abschuss dieser Raketen zu verhindern, und wir brauchen Flugzeuge, die die mit Kinschal bestückten Flugzeuge abschießen.«
Der Bundeskanzler reagierte sehr bestimmt: »Über die deutsche Haltung zu Kampfflugzeugen haben wir uns letztes Mal ausgetauscht. Inzwischen helfen hoffentlich unsere Iris-Systeme und die von Polen gelieferten MiG-29. Aber ein klares Nein zu Waffen, die weit nach Russland hineinreichen. Ich weiß Bohdan, dass hier operative Chancen vertan werden.

Es ist immer besser, den Feind an seinen Basen zu treffen, aber wie schon so oft gesagt, wir wollen keinen Krieg unterstützen, der nach Russland hineinreicht. Schon jetzt sind die gewährten achtzig Kilometer Reichweitenbegrenzung ein politisches Risiko. Die Russen haben das bisher hingenommen. Es muss mit der Heimatverteidigung von ukrainischem Boden aus gelingen.«
Der US-Präsident nickte bestätigend. »Es ist leider so, Bohdan. Wir sind bei euch und mit euch. Wir tun alles, um euer Land zu retten. Aber wir achten strikt darauf, nicht Kriegspartei zu werden. Inzwischen habt ihr von uns die Ground Launched Small Diameter Bomb mit einer Reichweite von rund 150 Kilometern erhalten. Das ist jetzt schon eine Grenzsituation. Völkerrechtlich sind wir draußen, gefühlt ist die NATO mit der anstehenden Lieferung von europäischen F-16-Flugzeugen bereits mittendrin. Ebenso mit den Storm Shadow-Raketen aus Großbritannien. Setzt um Gottes willen diese Waffen nur zur Verteidigung der Ukraine ein, nicht als Angriffswaffen gegen Russland.«
»Das ist auch nicht beabsichtigt, George. Wir setzen die Waffen nur zur territorialen Verteidigung ein, die Krim eingeschlossen«, antwortete Bohdan.
»Angriffe auf die Krim bedeuten, die Büchse der Pandora zu öffnen. Das ist euch klar?«, fragte der Bundeskanzler.
»Sehr klar. Deswegen konzentrieren wir uns zunächst auf die anderen besetzten Gebiete. Das wird noch schwierig genug.«
Der ukrainische Präsident versuchte, ein optimistisches Gesicht zu zeigen. Aber nicht einmal als ehemaliger Schauspieler gelang ihm das. Er wusste, dass nach der spektakulären Vertreibung der Russen vor der Hauptstadt Kiew ein neuer Erfolg her musste, der die Alliierten motivierte, mehr und schneller militärischen Nachschub zu liefern und den Menschen im Land Mut machte, weiterzukämpfen. Die nächste Offensive musste einen militärstrategischen Wendepunkt

bringen. Doch wie sollte man das mit einem Flickwerk von verschiedenen und zu wenig Waffen schaffen? Schon jetzt kalkulierte man jeden einzelnen Schuss. Die Zeiten des massenhaften Feuerns waren längst vorbei. Aber selbst der wirtschaftlich geführte Einsatz von Munition änderte nichts daran, dass man in wenigen Wochen leergeschossen war – und dieses in Vorbereitung auf die Sommeroffensive, für die sein Oberkommandierender 300 Kampfpanzer, mindestens 700 Schützenpanzer und 500 Haubitzen benötigte.

In solchen Augenblicken schloss Bohdan die Augen und wünschte sich, all das sei nur ein schrecklicher Albtraum. Wo waren die Zeiten, als er zu Hause morgens mit der Familie frühstückte, am Wochenende in einem bunten Hemd zusammen mit seiner Frau in Kiew durch die Geschäfte flanierte, in Straßencafés saß und abends ein Theaterstück sah? Wo waren die Zeiten ohne Luftalarm, ohne Angst? Wo die Tage ohne Verlustmeldungen, ohne die Briefe weinender Ehefrauen und Mütter? Er hätte liebend gern die Ordensverleihungen, die Kontakte mit den westlichen Staatsführern und das ewige Bitten und Betteln um Unterstützung gegen ein Stück Normalität eingetauscht.

Es war vor der Invasion nicht alles gut in seinem Land. Korruption und politischer Machtmissbrauch bestimmten die Ukraine, aber man war auf dem Weg Richtung Westen. »Wir werden siegen!«, sagte er jeden Tag in seinen öffentlichen Ansprachen an das ukrainische Volk, und es glaubte ihm. Niemand wusste, was er selbst glaubte. Sein Job war es, unerschütterliche Zuversicht zu verbreiten.

Der deutsche Bundeskanzler ahnte, was in Bohdans Kopf vor sich ging. Der Mann musste auch moralisch unterstützt werden. Aber ebenso wichtig war es, jetzt außenpolitisch keine Fehler zu machen.

»Dieser 12-Punkte-Plan zur Befreiung der Krim, Bohdan, was soll damit politisch bezweckt werden? Ich lese von einem

geplanten Abriss der Krim-Brücke, von De-Okkupation, und einer Säuberung nach dem Vorbild der Entnazifizierung Deutschlands nach dem Zweiten Weltkrieg.«
Bohdan macht zunächst ein betretenes Gesicht, dann lächelte er. Er hatte sich wieder unter Kontrolle. »Das soll man nicht so ernst nehmen, Kai. Wir sind in unserer Propaganda noch ein bisschen wie die Russen. Wenn man militärisch gerade nicht so viel vorweisen kann, braucht es Ablenkungsthemen. Die Russen behaupten, mehr westliche Waffensystem vernichtet zu haben, als wir besitzen. Wir leben in einem Informationskrieg mit Desinformation auf beiden Seiten. Die Aussage des Sekretärs des Nationalen Sicherheitsrates war natürlich mit mir abgestimmt. Und gerade habe ich selber verlauten lassen, dass wir bereit sind, die diplomatische Seite zu eröffnen, wenn wir auf dem Schlachtfeld unsere strategischen Ziele erreichen und an die Verwaltungsgrenzen der Krim gelangen.«
»Das entschärft in der Tat das erste Statement«, meinte Summerhill. »Dabei sollte es auch bleiben. Angesichts der schwierigen Situation an der Ostflanke der NATO haben wir kein Interesse an politischen Brandherden. Wir versuchen intensiv auf diplomatischer Ebene eine Eskalation zu verhindern.«
Der Bundeskanzler nickte bestätigend.
»Ich verstehe und unterstütze das natürlich«, sagte Bohdan. »Auch uns ist bewusst, dass die Ziele unseres Angreifers weit über die Ukraine hinausgehen. Wir wussten schon immer, dass Moldawien und Georgien die Nächsten sein könnten. Aber der Plan scheint weitaus größer zu sein. Wir haben in dem Zusammenhang hier fortlaufend die Diskussion, ob wir von einem Land angegriffen werden, das einmal unser Brudervolk war oder von einer Person, die das Land missbraucht. Was muss nur geschehen, dass dieser Psychopath uns endlich in Ruhe lässt?«

Der Bundeskanzler und der US-Präsident schwiegen. Obwohl höchst unwahrscheinlich, konnte der US-Präsident nicht ausschließen, dass Bohdan von der *Operation Victor* Kenntnis bekommen hatte. Ebenso überlegte der deutsche Bundeskanzler, ob Wussow eventuell Kontakt mit der Ukraine aufgenommen hatte. Dem wäre das durchaus zuzutrauen.

»Ich denke, die besten Fakten schaffen wir, wenn Iwan Pavlenko sowohl in der Ukraine wie auch in der NATO sieht, dass seine Absichten aussichtslos sind«, stellte der US-Präsident fest. »Aber lasst uns über China reden. Wie schätzt Kiew Pekings Angebot ein, Frieden zu vermitteln?«

»Ich sag's ganz offen, George und Kai, das ist vollkommen unglaubwürdig. Russland liegt in Chinas Bett. Oder, wie es ein deutscher Sicherheitsexperte sagte, ‚Russland ist eine Discount-Tankstelle für China.' Aber wir halten uns natürlich die winzige Chance offen. Der chinesische Ministerpräsident ist zu uns nach Kiew eingeladen, wie ihr wisst. Gern zeigen wir ihm Butscha und die furchtbaren Zerstörungen seines ‚Discounters' in unseren Städten.«

»Einen derartigen Besuch sehe ich in absehbarer Zeit nicht«, sagte der US-Präsident. »Überhaupt, Achtung vor einem schnellen Waffenstillstand. Die Russen brauchen den aktuell nur für einen Zeitgewinn. Der Schuss könnte nach hinten losgehen. Aber ich habe noch einen letzten Punkt für heute. Wie ist die Lage bei den Atomkraftwerken?«

»Die vier Atomkraftwerke sind unsere Hauptversorger für den Strom, aber auch unsere Achillesferse. Wenn nur eines durch Beschuss so zerstört wird, dass eine Kernschmelze folgt, haben wir nicht nur eine Katastrophe in der Ukraine, sondern auch in den umliegenden Ländern. Saporischschja ist unser Sorgenkind. Von den Russen mit unseren Leuten betrieben und immer wieder am Rande der Katastrophe, die schlimmer wäre als Tschernobyl.«

»Was muss passieren, damit das geschieht?«, fragte der Bundeskanzler.
»Die neuralgische Stelle ist immer die Versorgung des Kühlsystems. Wenn der Strom ausfällt, kommen die mit Diesel betriebenen Notfallgeneratoren zum Einsatz. Das ist bereits sechsmal geschehen. Wenn der Diesel ausfällt, bleiben noch 15 Stunden bis zum Atomunfall.«
»Wie hoch schätzt deine Regierung die Gefahr ein, dass es zu einem durch die russische Seite gewollten Atomunfall kommt?«, fragte der Bundeskanzler nach.
»Saporischschja ist mit 6.000 Megawatt nicht nur das größte Kraftwerk in Europa, es versorgt auch Teile Russlands. Diesen Ausfall müsste Iwan Pavlenko also in Kauf nehmen. Andererseits könnte er uns ohne Waffengewalt indirekt vernichten, wenn er alle vier Kernkraftwerke ins Visier nimmt. Hybride Kriegsführung vom Schlimmsten. Das wäre der GAU auch für einen großen Teil Europas.«
»Eher unwahrscheinlich«, sagte der US-Präsident. »Das wäre gleichbedeutend mit einem Krieg gegen die NATO-Staaten und hätte unsere sofortige, massive Antwort zur Folge.«
Die Antwort des US-Präsidenten erfolgte so spontan, dass die anderen beiden Gesprächsteilnehmer innehielten. Der Gedanke stand im Raum, dass die NATO-Mitgliedsländer über einen Fall zu entscheiden hätten, den es bisher so noch nie gegeben hatte.
»Die Frage wäre dann, welche Antwort George?«, meinte der Bundeskanzler. »Die Russen in einer dann radioaktiv verseuchten Ukraine im Donbass und auf der Krim auszuschalten – oder was meinst du damit?«
»Ob massiv konventionell oder taktisch nuklear. Es wäre in jedem Fall das Armageddon, Kai. Und weil Iwan Pavlenko das weiß, wird er es nicht wagen, die ukrainischen Atomkraftwerke hochgehen zu lassen.«

Der ukrainische Präsident reagierte verneinend: »Unter rationalen Gesichtspunkten sehe ich das auch so, George. Aber in Moskau sitzt ein Psychopath mit der fixen Idee im Kopf, das Zarenreich von Peter dem Großen wiederherzustellen. Er denkt nicht über Jahre, sondern über Jahrzehnte. Vielleicht in einem Jahrhundertplan, um sich in die Geschichte der großen Zaren einzureihen. Dafür nimmt er, wenn nötig auch Landstriche an der Flanke in Kauf, die für einige Jahre radioaktiv verseucht sind. Ich habe meinen Glauben an jegliche Menschlichkeit bei ihm längst verloren. Der Mann hat sich zu einem Zombie entwickelt. Lasst euch von seinem milden Gesichtsausdruck nicht täuschen. Es wird keinen Frieden mit ihm geben!«
Der Bundeskanzler wollte das so nicht stehen lassen. Eine Verhandlungsoption durfte niemals aus grundsätzlichen Erwägungen vom Tisch gefegt werden: »Der russische Präsident mag seine Vorbilder in der Zarenzeit suchen. Doch sollten wir uns nicht darauf versteifen, dass er jemanden aus dieser Zeit kopiert, so wie das in den Medien gern dargestellt wird. Ich kenne Iwan Pavlenko als einen unverändert rational denkenden Menschen, der – egal aus welcher Motivation heraus – den furchtbaren Fehler gemacht hat, diesen unmenschlichen Angriffskrieg zu führen. Von diesem Weg müssen und werden wir ihn abbringen, sei es durch die erfolgreiche militärische Gegenwehr oder durch Kommunikation. Ich rate aber dringend, das Letztere nicht auszuschließen.«
Der ukrainische Präsident wusste genau, was der deutsche Bundeskanzler hier andeutete. Offensichtlich hatte jemand Kontakt zu Iwan Pavlenko aufgenommen.

KAPITEL 17

Iwan Pavlenko verließ den repräsentativen, mit viel Gold verzierten Saal kochend vor Wut. Wie konnte ihm dieser Abgang vor diesen besonderen Gästen unterlaufen, der mit Sicherheit gleich weltweit viral gehen würde? Die siebzehn neuen Botschafter hatten nach der Rede weder geklatscht, noch waren sie gegangen. Sie standen dort mit eiserner Miene. Selbst seine abschließenden verbindlichen Worte änderten daran nichts. Sie blieben wie versteinert weiter stehen. Einen Moment hatte er überlegt, ob er wenigstens die neue Botschafterin der Vereinigten Staaten zu einem kurzen Gespräch hätte bitten sollen, aber er war von dieser kollektiven Abfuhr so überfordert, dass er aus der Situation nicht mehr rauskam. Seine abschließenden Sätze, man würde bald wieder normal miteinander sprechen, hatten alles noch schlimmer gemacht. So hatte er den Raum quälend lächelnd verlassen. Dabei war der zwanzig Meter große Abstand zwischen ihm und den stehenden Gästen nicht das Problem gewesen. Den Abstand hatte er mit den Corona-Schutzmaßnahmen begründet, obwohl er wenige Tage vorher Staatsgäste umarmt oder mit langem Arm begrüßt hatte. Die ganze diplomatische Zeremonie war aus einem anderen Grund misslungen. Mit einer abrupten Bewegung wies er den ihn begleitenden Mitarbeiter grob zurück. Er wollte in seinem Büro allein sein.

»Ich Idiot! Wie konnte ich erwarten, dass die Diplomaten höflich applaudieren, deren Länder ich zuvor niedergemacht habe? Allen voran die Politik der USA und der EU. Sie standen dort wie eine Schulklasse, die zum Strafstehen verdonnert war. Aber der Vorgeführte war am Ende der Lehrer. Ich. Wieder einmal ich.«

Er knallte die Rede auf den Schreibtisch, sah dort auf die Reiterstatue von Peter dem Großen, die er in Dresden erworben hatte, als er dort noch KGB-Offizier gewesen war. Eine Kopie stand in jedem seiner Büros. Der Zar hatte damals erreicht, was jetzt auch seine Vision war, verlorene slawisch besiedelte Gebiete zurückzuholen. Es dauerte 21 Jahre, bis der Große Nordische Krieg mit einem Sieg Russlands endete, wodurch das Land Zugang zur Ostsee erhielt und zu einer wichtigen Seemacht wurde.
Iwan nahm die schwere Statue liebevoll in die Hände und drehte sie, als würde er die Energie dieses Mannes aufnehmen, der den Grundstein für Russland als europäische Macht gelegt hatte. Vorsichtig stellte er sein Idol wieder auf den Schreibtisch. Er stimmte nicht mit allem überein, was Peter der Große getan hatte. Dieser war auch für seine unfassbaren Wutausbrüche bekannt. Er fragte sich: »Verhalte ich mich jetzt schon wie ein Zar oder was ist da gerade in der Halle passiert?«
Dabei wusste er es genau. Er hatte sich keineswegs zaristisch von oben herab verhalten wollen, sondern viel schlimmer. Er war in die Rolle eines kleinen KGB-Beamten geschlüpft, der sein Gegenüber an die kurze Leine nehmen wollte, um ihm dann etwas Zucker zu geben. Das gelang bestens im Kreml und auch zuletzt mit den Oligarchen. Es hätte auch mit den Diplomaten funktionieren können. Aber er hatte eine schlechte Lagebeurteilung gemacht. Die selbstformulierte Rede war falsch. »Ich hätte die internationalen Probleme herunterspielen und eine neue gemeinsame Zukunft betonen müssen. Ich hätte den netten Präsidenten im Kreml spielen sollen, der das Land sicher durch eine unangenehme Zeit führen muss und der eine Epoche der Freundschaft und gegenseitigen Wertschätzung auf Augenhöhe folgen würde. Was mir da eben passiert ist, war nichts anderes als eine verdeckte Rechtfertigung der anstehenden großen Operation.«

Er wusste, dass neben den scheinbar klugen Worten noch ein Fehler gemacht worden war. Ein sehr schwerwiegender. Sein Auftritt sollte auch zeigen, wie dynamisch und gesund er nach einem Jahr der besonderen Behandlung war. Die westlichen Medien analysierten jede seiner Gesichtsbewegungen, fixierten sich auf seine Augen, seine Handbewegungen, seinen Gang, seine Art zu sprechen. Ehemalige Mitarbeiter von ihm wurden mit einem einzigen Ziel ausgefragt, Anzeichen von Schwäche zu finden. Die Amerikaner hatten bei ihm in der Ferndiagnose eine Schilddrüsenerkrankung, möglicherweise sogar Blutkrebs festgestellt. Der ukrainische Geheimdienst ließ verlauten, dass der schwer kranke Iwan Pavlenko dieses Jahr nicht überleben würde. Ein Lehrstück für seine eigenen Trolle in Sankt Petersburg.
So gesehen war sein Auftritt in der Maske perfekt vorbereitet worden. Er sah gesund aus und stand fest. Seine Präsenz im Kreml sollte zudem Normalität in schwierigen Zeiten demonstrieren. Aber sein Abgang war jämmerlich, einfach nicht staatsmännisch. »Ich hätte den Typen besser schöne Ostern gewünscht und anschließend Kaviar und Krimsekt in Anwesenheit meines Stellvertreters servieren lassen.«
In diesen Augenblicken vermisste er Alexei Sokolow mehr denn je. Höchste Zeit, dass der die Familie heimbrachte und im Kreml erschien. Er ließ sich in den Stuhl fallen und mit seinem Verteidigungsminister Konstantin Sorokin verbinden. »Wie laufen die Vorbereitungen auf die große Operation, Konstantin?«
Schon an der Anrede merkte Sorokin, in welcher Stimmung Iwan war. Der Minister berichtete ihm, dass der Aufmarsch an den Grenzen fortschreite, aber der Abschuss der Raketen vom Weltraumbahnhof Kosmodrom Wostotschny wetterbedingt ins Stocken geraten sei. »Die Amerikaner verhalten sich in der NATO nervös angespannt, aber halten ihre Streitkräfte unverändert auf DEFCON 4, also erhöhte Aufklärung

und erhöhte Sicherheitsmaßnahmen, keine besonderen Aufmarschaktivitäten.«
»Das kann sich jede Minute ändern, mein Lieber. In Brüssel wird ununterbrochen getagt.«
»Mag sein, Iwan, aber jetzt ist jetzt. Wie gehen wir mit den Anrufen aus dem Pentagon um?«
»Annehmen und Sorgen entkräften. Angesichts der internationalen Lage befindet sich Russland in erhöhter Alarmbereitschaft, die wir jedoch herunterschrauben werden, wenn der Westen deeskaliert.«
»Verstanden, Iwan. Kann ich sonst noch etwas für dich tun?«
»Ja, du kannst mir eine Einschätzung geben, was mit den acht ukrainischen Gefangenen geschehen soll, die zum Tode verurteilt wurden. Darunter ist auch Nika Petrow, der für das Massaker an unseren Soldaten in Wuhledar verantwortlich ist. Haben wir eine Liste für einen Austausch oder schicken wir Leichen zurück?«
»Ich habe über zweihundert neue Namen, darunter auch einen Kommandeur. Wir wollen sie alle zurückhaben. Drei Wochen Erholung und dann werden die Unverletzten wieder an die Front geschickt.«
»Dann machen wir den Austausch – bis auf Nika Petrow, der Mann hat uns Monate gekostet. Das soll die unabhängige Volksrepublik in Luhansk erledigen. Wir bleiben sauber.«

KAPITEL 18

Nika kniete auf dem Gefängnisboden. Über ihm stand ein breitbeiniger, kahlköpfiger Wärter, der ihn jedes Mal trat, wenn er wegen der heftigen Schmerzen in seiner durchschossenen Schulter mit dem Putzen aufhörte. Bei jedem Tritt schrie der Wärter: »Mach weiter, du verdammter Nazi!« Er gehörte zu den brutalsten Aufsehern im berüchtigten *Hochsicherheitsgefängnis Vladimir*, die über ihn wachten. Nika tauchte den Wischmopp erneut in den Wassereimer und reinigte den blanken, aber dennoch nicht sauberer werdenden Boden. Das Sonnenlicht drang durch das Fenster über den Wänden, doch er wagte nicht hochzuschauen.
Seine Gedanken waren bei seiner Frau und seiner kleinen Tochter, die es geschafft hatten, aus dem Kessel von Mariupol zu entkommen, während er selbst im Stahlwerk Asowstal gefangen war und miterlebte, wie die russischen Truppen seine Einheit Mann für Mann auslöschten. Ihm gelang es, mit der letzten kleinen Gruppe zu entkommen. Er erinnerte sich daran, wie er sich mit seiner 72. Mechanisierten Brigade in Wuhledar in einen Rachefeldzug gegen die russischen Streitkräfte begab und die Brigade Panzer für Panzer wochenlang bekämpfte, bis sie alle vernichtet waren.
In seinen Gedanken versunken hielt er einen kurzen Moment inne, als ihn der nächste Tritt direkt in die verletzte Schulter traf. Er griff mit seinem gesunden Arm nach dem schmutzigen Verband, spürte das nasse Blut und sprang auf. Mit seiner Faust schlug er direkt ins Gesicht seines Peinigers, hörte dessen wütenden Schrei, spürte den heftigen Gegenangriff auf seine Schulter, dann einen zweiten Schlag in den Nacken. Er schrie, fiel rückwärts zu Boden. Die mintfarbenen Wände und

das Sonnenlicht verschwammen miteinander und er lächelte angesichts des lang ersehnten nahenden Todes.
Sein langer Schmerzensschrei hallte durch die Flure des größten Gefängnisses in Russland und verlor sich in den Fluren. Mörder, Vergewaltiger, Verbrecher der allerschlimmsten Art klopften solidarisch an die Gitter und Türen, als sie Nikas Schrei hörten. Über eintausend Häftlinge saßen hier ein, und wer hier einrückte, kam nicht mehr heraus. Doch nicht Nika. Der Held in der Ukraine und Mörder für Russland wurde hier nur zwischengeparkt, denn auf ihn wartete die Todesstrafe, die es in Russland seit 1999 nicht mehr gab. Das half ihm nichts, denn er war nach seiner Gefangennahme durch das Oberste Gericht der separatistischen Luhansker Volksrepublik zu Unrecht zum Tode verurteilt worden. Unrechtmäßig, da er als Gefangener gemäß der Genfer Konvention behandelt werden sollte, die die Todesstrafe ausschließt. Doch der politische Druck aus Russland fegte die Beschwerden der ukrainischen Regierung vom Tisch. Man erklärte, dass es eine Angelegenheit der freien und souveränen Volksrepublik sei und nicht Sache Moskaus.
Als Nika nach Vladimir verlegt worden war, keimte in Kiew Hoffnung auf, dass er für einen Gefangenenaustausch vorgesehen war. Die ukrainischen Unterhändler hatten dafür lukrative Gegenvorschläge gemacht. Doch nun wurde bekannt, dass Nikas Rückverlegung nach Luhansk unmittelbar bevorstand. Bei der ersten Befreiungsaktion in Luhansk hatte man ihn als einzigen nicht auffinden können. Eine zweite Befreiungsaktion war aussichtslos geworden. Der Tod durch Erschießen erwartete ihn.
Nika lag benommen auf seiner Pritsche im Vierbettzimmer. Er öffnete die Augen und sah einen Mitinsassen auf der Kloschüssel sitzend. Der Gestank machte ihm nichts mehr aus. Im Vergleich zu den beiden vorherigen Gefängnissen war diese geräumige Vier-Mann-Zelle fast wie ein Luxusressort.

Die kleine, lichtlose Einzelzelle in Luhansk hatte nur einen Eimer als Toilette. Schlimmer war die Folter mit Schlägen und Stockhieben. Sie wollten alles über seine Einheit wissen, aber er schwieg bis zur Bewusstlosigkeit. Immer wieder. Dann zeigten sie ihm Bilder seiner Frau und seiner Tochter und ließen ihn glauben, dass sie gefangen seien.
Er hatte den fragenden Offizier ausgelacht, denn er wusste, dass seine Familie in einem sicheren Versteck in der Westukraine war.
Als sie nichts mehr aus ihm herausbekamen, verlegten sie ihn einige Autostunden weiter nach Oleniwka in die Region Donezk in die berüchtigte Strafkolonie 120. Die Zelle war für sechs Häftlinge ausgelegt, aber er teilte sie mit 35 ukrainischen Kameraden, von denen er zwei aus dem Stahlwerk wiedererkannte. Die Aufseher zwangen sie, prorussische Lieder zu singen und den Peinigern sowie Russland zu huldigen. Sie schliefen auf dem Betonboden in Schichten und zogen die Beine an, um Platz für mehr Schlafende zu schaffen. Die Menschen wurden wegen des Gestanks von Fäkalien und verendeter Ratten und wegen der ständigen Sauerstoffknappheit ohnmächtig. Er half denen, die nicht mehr aufstehen wollten durch Rütteln und Ansprache, bis er selbst hohes Fieber bekam. Auch ein ukrainischer Arzt unter den Gefangenen konnte dagegen nichts machen, aber er versorgte immerhin seine Schulter notdürftig.
Tote wurden aus dem Gebäude getragen, Lebende nachgeführt. Die durchliefen das sogenannte »Begrüßungszeremoniell«. Sie mussten sich ausziehen und stundenlang in der Hocke sitzen, bis auch für sie das eigentliche Martyrium begann. In dieser Position mussten die Neuankömmlinge aus der überfüllten Zelle im Gänsemarsch mit den Händen über dem Kopf über einhundert Meter zu einem Raum watscheln, wo sie misshandelt wurden. Frauen wurden vergewaltigt, Finger wurden abgeschnitten, Augen mit einem Löffel aus-

gestochen und einige wurden in geschlossenen Holzkisten mit Strom gefoltert. Die Peiniger waren überwiegend vollkommen betrunken.
Viele Kämpfer hatten von der Hölle in Oleniwka gehört und hielten aus Angst vor Gefangennahme eine Handgranate bereit. Es war immer besser, sich selbst das Leben zu nehmen, als in den berüchtigten Straflagern gefoltert zu werden. Nika hatte dieses Glück nicht. Bis zu dem Inferno, als der ganze Gebäudekomplex in die Luft flog und Nika durch die Explosion nach draußen geschleudert wurde. Wie durch ein Wunder war er unverletzt geblieben, aber er hörte die Schreie seiner verbrennenden Kameraden. Ihre Schreie brannten sich in sein Gehirn ein.
Immerhin hatte er Oleniwka überlebt, denn einige Tage später fand er sich in Vladimir wieder. Er fragte sich, warum ein Foltergefängnis in die Luft gesprengt worden war und fand nur eine Antwort. Es waren die Russen selbst, die verhindern wollten, dass weitere Berichte über Gefolterte an die Öffentlichkeit gelangen konnten. In Vladimir wurde gemunkelt, dass die Russen mit der Explosion absichtlich über einhundert ukrainische Kriegsgefangene getötet oder verletzt hatten. Es wäre eines der größten Kriegsverbrechen dieses Kriegs.

»Bist du okay?«, fragte ihn der Mitbewohner des gegenüberliegenden Betts.
»Ich frage mich, warum ich überhaupt noch am Leben bin«, antwortete Nika.
»Sei froh, du hast es bald geschafft. Nimm mich mit nach Luhansk, ich möchte auch erschossen werden.«
»Wer sagt, dass ich nach Luhansk komme?«
»Na, unser kleines Milchgesicht von Wärter, dein Nazi-Kollege aus Kiew. Der hängt an dir und war schon in Sorge, dass du in der Sanitätsstation die letzte Spritze bekommst. Ab

sofort würdest du behandelt wie ein rohes Ei. Weisung von ganz oben. Du seiest ein politischer Sonderfall.«
»Was soll der Quatsch?«
»Er meint, bevor sie dich umlegen, müsstest du noch für den Richter reisetauglich gemacht werden. Es müsste alles seine Ordnung haben.«
Nika kommentierte das nicht weiter, aber es schien etwas Wahres daran zu sein. Denn noch am selben Tag wurde er in eine Einzelzelle mit einer eigenen Sanitäranlage verlegt. Er bekam endlich etwas anderes als Einheitsbrei und stinkendes Sauerbrot zu essen, nämlich Kartoffeln und frisches Gemüse. Sein Verband wurde alle drei Tage gewechselt. Vor allem wurde er jetzt von demjenigen beaufsichtigt, den sie das »ukrainische Milchgesicht« nannten. Tatsächlich war das Milchgesicht ein Student der Sozialwissenschaften, der hier regelmäßig ein Praktikum absolvierte und dessen Eltern aus der Ukraine stammten. Sie hatten große Angst, dass er in Russland eingezogen und an die Front geschickt werden könnte und erhofften sich von diesem Dienst im Gefängnis eine Sonderbehandlung für den Sohn.
Nach wenigen Tagen hatte Nika ihn so weit, dass er glaubte, ihm eine Nachricht geben zu können.
»Würdest du das für mich wirklich riskieren?«, fragte er das Milchgesicht.
»Ja, Nika, das würde ich. Ich werde seit einigen Tagen beim Dienstantritt und Dienstende durchgewunken.«
»Bist du wirklich sicher?«
»Ja, das bin ich. So sicher wie ich bin, dass die Spezialoperation gegen mein Land das größte Verbrechen in der jüngsten Geschichte der Menschheit ist.«
Nika entschloss sich, die Nachricht auf den Weg zu bringen und bekam von Milchgesicht einen Briefumschlag, Zettel und Bleistift.

Es gab nur noch eine einzige Chance, dem sicheren Tod zu entkommen. Die war sein Bruder Juri in Kiew. Juri musste ihn hier in Vladimir oder spätestens in Luhansk herausholen, und zwar sofort, denn die Verlegung sollte laut Milchgesicht in den nächsten Tagen erfolgen.
In dieser Nacht schrieb Nika zwei verschlüsselte Zeilen, die nur sein Bruder Juri verstand, wenn er sie jemals erhalten sollte.

KAPITEL 19

Die VIP-Version des eleganten schwarz-weißen Airbus ACH160 Helikopter stand abflugbereit auf dem Hubschrauberplatz der Jacht. Drei Service-Mitarbeiter hatten das Gepäck verstaut und halfen Yulia und den beiden Kindern beim Einsteigen. Yulia lachte, als die beiden Jungs in den weißen Business-Ledersitzen versanken und sofort begannen, mit den Knöpfen zu spielen, um den Sitz johlend in ein Bett zu verwandeln. »Hört auf damit! Den Sitz wieder zurückfahren, sonst bleibt ihr hier!«, rief Alexei vorne vom Pilotensitz.

»Wo fliegen wir denn hin, Mama?«, fragte Boris.

»Nach Dalaman zum Flughafen, dauert nur dreißig Minuten!«

»Ich will aber nicht nach Dalaman, ich will zu meinen Freunden in Göcek zurück!«, sagte Boris.

Während Alexei die beiden Wellenturbinen startete und den Fünfblattrotor in Gang setzte, schaute Yulia auf das Bodenpersonal, das sich versammelt hatte. Dieser Abschied war besonders. Nur Alexei und sie wussten, dass es vorerst keine Rückkehr geben würde. Es war möglich, dass das Schiff monatelang ohne den Eigentümer hierbleiben würde. Die Besatzung kannte zwar längere Abwesenheiten des Eigners, aber ab heute könnte es das letzte Mal in diesem Jahr gewesen sein, zumindest hier in Göcek. Alexei hatte den Kapitän unterrichtet, dass die Jacht vermutlich bald Richtung Krim verlegt werden könnte. Er wollte die politische Entwicklung abwarten, wäre jedoch zuversichtlich.

»Alles klar bei euch?«, fragte Alexei die Passagiere.

»Yes, Sir!«, antwortete Boris. »Ready for Take Off!«

»Angeber!«, sagte der kleine Igor und streckte Boris die Zunge raus.

Der Hubschrauber hob langsam ab und drehte sanft in Richtung Küste.
Der Kapitän und der 1. Offizier Leonid winkten ihnen mit den Mützen nach.
Leonids Auftrag der CIA war erfüllt. Er hatte nach der zufälligen Kenntnisnahme vom Liebesleben seines Chefs mit der Geliebten des russischen Präsidenten in Alexeis Fliegertasche eine Wanze platziert. Von nun an würde jedes Gespräch, jeder Standort in Washington verfolgt werden können.
Und in Moskau.
Doppelagent und 1. Offizier zu sein, war ein äußerst lukrativer Job.

»Kannst du bitte tief fliegen, Onkel Alexei?«, rief Igor.
Alexei tat ihm den Gefallen. Die *Heavens Gate* mit dem winkenden Personal verschwand. Alexei blieb im Tiefflug und führte den Hubschrauber über die vorgelagerte Insel Göcek Adasi direkt zum Hafen. Er wies auf die Masse der Jachten. Kaum ein Anlegeplatz war frei. Dann zog er in einer eleganten leichten Kurve den Hubschrauber nach Westen über die Hügelkette.
Es waren Momente absoluten Genusses. Nicht nur wegen der atemberaubenden Landschaft mit ihren bewaldeten Fingern, die sich ins türkisblaue Wasser erstreckten, sondern auch wegen dieses besonderen Hubschraubers. Mit einer Geschwindigkeit von 155 Knoten pro Stunde war er schneller als kleine Flächenflugzeuge und konnte bis zu zehn Passagiere über vier Flugstunden befördern.
Er hatte gleich drei davon bestellt und dafür hundert Millionen Euro bezahlt. Geld, das er gut absetzen konnte und das somit kaum fehlte. Genauso wie das einmalige Auftanken seiner Jacht, was ihn immerhin 1,5 Millionen Euro kostete. Geld war für ihn ein Verschiebebahnhof, bei dem er, klug angelegt, immer reicher wurde.

Hubschrauberfliegen hatte er als junger Mann auf den alten russischen Militärhubschraubern gelernt. Doch er flog viel zu wenig, und er war auch nur ein Schönwetter-Hubschrauberpilot. Was er nicht konnte, glich der Autopilot wieder aus. Doch eines war gewiss. Seine VIP-Hubschrauberflotte würde er in Moskau vorerst vermissen.
Er dachte an die anderen Oligarchen, die das gleiche Problem hatten. Wer lässt schon gern seine Güter im Tausch für eine ungewisse Zukunft zurück? Doch heute würde er die grenzenlose Freiheit noch einmal auskosten. In Dalaman stand sein Business Jet bereit, um sie nach Venedig zu bringen. Dort wartete sein Pilot mit dem zweiten ACH160-Helikopter, um sie nach Monaco zu fliegen.
Was für ein Tag! Er verdrängte den Gedanken, dass er bereits übermorgen in Monaco die Koffer packen würde, um den schicksalhaften 15. März in Moskau zu begehen.
Und was wäre, wenn er jetzt einfach kehrtmachen würde? Zurück auf das Schiff, abwarten wie sich die Lage in Moskau entwickelt, weitermachen wie bisher?
Da waren sie wieder, die inneren Stimmen. Der böse Yin auf der linken Schulter und der gute Yang auf der rechten. Er schüttelte sich, verbannte Yin mit einer Handbewegung und funkte: »Dalaman Tower, Hubschrauber südlich des Platzes zur Landung bereit.«

Drei Stunden später glitt der Business Jet über die Lagune von Venedig im Anflug auf den Aeroporto di Venezia Marco Polo zu. Dieses Mal saß Alexei hinten, da er keine Flächenflugzeuge steuern konnte. Das überließ er seinen angestellten Piloten. Die Kinder spielten auf ihren Tablets. Er sah zu Yulia hinüber und musste sich wiederholt beherrschen, ihre Hand nicht zärtlich zu berühren. Sie dachte das Gleiche.
Es waren diese verdammten verbotenen Situationen, in denen Liebe und Begehren sie geradezu überbordend erfasste.

Er dachte an die vergangene Nacht. Sie wollten dieses letzte eine Mal zusammen verbringen, aber je näher die Abreise nach Moskau kam, desto mehr stand Iwan unsichtbar zwischen ihnen. Sie hatte geweint und plötzlich große Angst, Iwan in Moskau in die Augen zu schauen.
»Glaubst du, er wird es bemerken?«, hatte sie Alexei gefragt.
»Wenn du ihm nach und nach zeigst, dass es aus ist, wird er es verstehen. Aber es wird Zeit brauchen.«
Sie hatte ihn zweifelnd angesehen. So gern hätte sie ihm geglaubt, aber die Angst vor Iwan und seinem allwissenden Geheimdienst war zu groß. Es war schon ein Wunder, dass Iwan bis jetzt ahnungslos geblieben war. War er das?
Sie hatte Alexei einen flüchtigen Kuss gegeben. Diese Nacht wollte sie im Zimmer ihrer Kinder schlafen.
Allein in seinem Zimmer hatte Alexei überlegt, was er da gerade gesagt hatte. »Wenn du ihm nach und nach zeigst, dass es aus ist, wird er es verstehen. Aber es wird Zeit brauchen.«
Er hasste sich selbst für diesen Satz. Denn es würde keine Zeit brauchen, weil es Iwan nicht mehr geben würde. Ihre Ängste für die Zukunft waren unbegründet. Die wahre Todesursache würde sie nie erfahren. Sie würde sich ein paar Tage ungläubig schütteln, glauben, dass sie träumte und dann die Zukunft wie ein glückliches Geschenk umarmen.
Trotzdem würden sie behutsam miteinander umgehen, die Öffentlichkeit meiden und wenn der Zeitpunkt gekommen wäre, ein Paar werden. Sie würde an seiner Seite die russische First Lady sein und ihn begleiten. Ihn, den Mörder des Vaters ihrer Kinder. Er biss sich auf die Lippen. Nein, ihn, den Retter des Vaterlandes! Alles andere war nachrangig. Er wünschte, die Tat wäre bereits vollbracht.

Aber bisher war nichts getan, außer dass sie eine etwas komplizierte Reise nach Moskau antreten würden, bei der er das tödliche Nervengift VX dabeihaben würde. Die perfekte

Mordwaffe, unsichtbar für die Flughafenkontrolle, farb- und geruchlos. Einmal in den Mund gesprüht, führte es zur Lähmung, Krämpfen und Tod. Er hatte den Einsatz mit Pfefferspray getestet. Ein Sicherheitsmann, mit dem er täglich im Fitnesscenter auf dem Schiff Selbstverteidigung übte, hatte als Versuchsperson hergehalten. Das gehörte zum Job eines Oligarchen.

Ihre Höhenangst musste Yulia auch heute mit einer Beruhigungstablette bekämpfen. Jetzt war sie froh, dass nur noch ein Hubschrauberflug vor ihnen lag. Er hatte ihr diesen Flug abgerungen, weil er Erfahrungen im Überlandflug sammeln wollte. Sie hatte zugestimmt, aber darauf bestanden, dass Alexei für den zweieinhalbstündigen Hubschrauberflug von Venedig nach Monaco einen zweiten Piloten an Bord nahm. Antonio, ein ehemaliger italienischer Militär-Hubschrauberpilot, erwartete sie bereits am ACH160-Hubschrauber.

Alexei drehte sich vom Pilotensitz zur Familie. »Möchtet ihr den schönsten Strand von Venedig sehen?«

»Jaaa!«, riefen die Jungs, während Yulia es weniger begeistert zur Kenntnis nahm.

Im Tiefflug flogen sie zum Venezia/Lido, einem der angeblich schönsten kleinen Flugplätze Europas und sahen die kleinen Propellermaschinen entlang der Grasbahn geparkt.

»Seht ihr die Boote am Flugplatz? Sie fahren die Piloten direkt nach Venedig.«

Alexei steuerte den Hubschrauber nach Süden über den langgezogenen schmalen Inselstreifen, der die Lagune vom Adriatischen Meer trennte. Über Chioggia drehte er nach Südwesten, überquerte den fast ausgetrockneten Fluss Adige und nahm Kurs auf die Emilia-Romagna.

Die Strecke wurde eintönig, Igor fielen die Augen zu, Yulia dämmerte vor sich hin und Boris verfolgte den Flug über Google Earth. Wenn das Motorengeräusch sich änderte, öffnete Yulia kurz die Augen, um wieder einzudösen. Antonio zeigte

warnend rechts nach Parma und dann nach vorne. Über dem Apennin türmten sich Wolken auf. Er schaute fragend zu Antonio.
»Wollen wir drunter durchfliegen oder darüber?«, fragte Alexei.
Antonio sah auf das elektronische Kartendisplay. »Die Berge sind in den Wolken. Ich schlage vor, wir bleiben unten und folgen der Eisenbahn nach Solignano.«
»Einverstanden, Antonio.«
Sie folgten dem schmalen kurvigen Tal. Alexei wies auf die inzwischen dunklen Wolkenberge, erste Regentropfen fielen auf die Scheibe.
»Bekommen wir ein Gewitterproblem, Antonio?«
»Ich hoffe nicht. Soll ich die Führung des Hubschraubers übernehmen?«
»Ja, du hast die Kontrolle!«
Yulia wurde hellwach, als sie die Kurverei registrierte und die bedrohlichen Wolkenberge zur Rechten und Linken sah.
»Ist alles okay bei euch vorne?«, fragte sie ängstlich.
»Es sind nur ein paar Wolken. Hinter dem Gebirgszug ist der Himmel wieder blau«, antwortete Antonio.
Er zog den Hubschrauber tief durch das Tal und wich Hochspannungsleitungen und Brücken aus. In Ghiare klarte es wieder etwas auf, doch die Sicht betrug maximal drei Kilometer.
»Ziemlich ungemütlich hier«, sagte Alexei und schaltete die Sprechanlage so, dass sich nur die Piloten verständigen konnten. Er wollte die Familie durch den Sprechfunk mit Antonio nicht noch mehr ängstigen.
Antonio sah besorgt durch den wieder beginnenden Regen, senkte den Hubschrauber auf einhundert Fuß, verminderte die Geschwindigkeit und sagte angesichts der schwarzen Front vor ihnen: »Ich schlage vor, wir drehen um.«

Im selben Augenblick schlug ein Blitz neben ihnen ein, Hagelkörner prasselten mit lautem Getöse auf den Hubschrauber. Alles wurde schwarz.
Antonio hielt den Hubschrauber stehend in der Luft, er hatte nirgendwohin auch nur ein paar Meter Sicht. Er wusste nur, dass er den Hubschrauber an dieser vermutlich sicheren Position im Schwebeflug halten musste, was schwierig genug war, denn die Böen kippten ihn nach rechts und links. Yulia war starr vor Entsetzen, hielt die Hände vor das Gesicht. Igor weinte: »Ich habe Angst, Mama!«
Alexei suchte verzweifelt nach einem Stück rettenden Boden. Steigen nicht möglich, sie wären im Zentrum des Gewitters, der Sog im Inneren würde sie zu einem Spielball der Elemente machen, es würde wie mit einem Fahrstuhl nach oben und unten gehen. Hinter ihnen war es genauso schwarz wie vor ihnen. Sie mussten nach unten!
Alexei zeigte auf das Kartendisplay, auf dem ein breites Flussbett des Taro zu sehen war. Antonio zog den Hubschrauber langsam und ohne Außensicht dorthin, in der Hoffnung, nirgendwo in dieser Suppe gegen ein Hindernis zu stoßen. Seine Hände und Füße arbeiteten kontrolliert mit Blick auf die Fluglage und den Höhenmesser. Blitze, Böen. Auf der Karte waren zwei Brücken eingezeichnet, eine Eisenbahnbrücke und eine Straßenbrücke. »Dort unten!«, sagte Alexei. Er versuchte, beherrscht zu sprechen. »Was, wo?«, fragte Antonio. Dann sah er die winzige Spitze eines Kirchturms, er driftete langsam hin. Eine Wolkenschicht fetzte über die Häuser des kleinen Dorfes. »Wir landen auf dem Feld daneben!«
Der Hubschrauber senkte sich, von heftigen Windstößen geschüttelt, langsam wenige Meter über das Feld.
»Vorsicht, Hochspannungsleitung, Antonio!«
Antonio hatte sie gesehen, er wich aus und setzte mit einem definitiven Ruck den Hubschrauber auf den Boden. Sie schwiegen.

Alexei stellte die Bordfunkanlage wieder auf »Alle« und wollte sich gerade mit beruhigenden Worten zur Familie umdrehen, als um sie herum ein neues Inferno ausbrach. Das Wasser schüttete auf sie herab, der aufschlagende Hagel war lauter als der Motorenlärm des Hubschraubers. Aber sie hatten festen, sicheren Boden unter dem Hubschrauber. Er gab Antonio die Hand: »Gut gemacht! Das hätte ich nicht geschafft!«

Antonio atmete langsam aus.

»Muss ich auch nicht noch einmal haben. Wo sind wir überhaupt?«

»In Oratorio di San Rocco«, las Boris von Google Earth ab. »Geiler Flug! Voll gut!«

Spontan lachten alle fünf, während Yulia sich bekreuzigte.

Zehn Minuten später hörte der Regen auf, der Wind ließ nach, die ersten Wolkenlücken erschienen und schließlich die Sonne.

»Dürfen wir aussteigen?«, fragte Yulia. Antonio öffnete bereits die Tür. Sie ließ sich auf das nasse Gras fallen, kniete nieder und küsste den Boden.

»Die Päpstin ist gelandet und segnet Mutter Erde mit ihrem Kuss«, kommentierte Alexei.

»Sie werden uns das nie wieder antun, Alexei Sokolow«, sagte sie. »Ich werde heute keinen einzigen Meter mehr mit Ihnen fliegen.«

Er lachte. Wenn sie förmlich wurde, siezte sie ihn. Das konnte allerdings auch im Bett passieren.

»Das Wetter klart wieder auf, Yulia. Die Front ist durch, in einer Stunde könnten wir zu Hause sein.«

»Keine zehn Pferde bringen mich heute noch einmal in diese Kiste. Wir bleiben hier!«

Alexei überlegte kurz. Sie hatten einen Tag Spielraum für ihren Flug nach Vilnius. Danach aber durfte nichts mehr dazwischenkommen.

Ein älterer Mann mit hagerem Gesicht, Stoppelbart, einer Schirmmütze im Genick und einer Zigarette schräg im Mund beobachtete sie. Antonio winkte ihn heran und sprach mit ihm.
»Es gibt hier nur zehn Häuser, keine Pension, nichts, aber manchmal lassen die Einwohner Leute bei sich übernachten. Wollt ihr das? Wir können auch mit dem Taxi eine Stunde zum nächsten Hotel fahren.«
»Wir bleiben hier«, entschied Yulia.
Eine Stunde später waren sie auf drei Häuser verteilt. Yulia und die Kinder fanden in einem Haus Unterschlupf, während Alexei und Antonio in getrennten Häusern unterkamen. Die Ehefrau des alten Mannes bot an, ihnen ein Abendessen zu bereiten.
»Das wäre fantastisch!«, rief Yulia. »Grazie mille, signora!"

Nach dem Essen verabschiedete sich Alexei. Er fühlte sich in dieser fremden Umgebung mit seiner Geliebten, den Kindern und Antonio unwohl. Außerdem brauchte er Zeit für sich. Je näher der entscheidende Tag X kam, desto angespannter wurde er. Es war wie ein Countdown.
Das italienische Holzbett schätzte er auf gefühlt 300 Jahre, ebenso die Vitrine und die wackeligen Stühle. Auch der verblasste Spiegel mit dem goldenen, geflochten Rahmen und der schiefhängende Kronleuchter mit den noch drei funktionierenden Kerzen hatten schon bessere Zeiten gesehen. Er zog seine Pyjama-Shorts an, machte das Fenster auf und schaute in eine sternenklare Nacht. Morgen würde es Gott sei Dank wieder schönes Wetter geben. Er musste sich eingestehen, dass ihm dieser Flug noch in den Knochen steckte. Es klopfte leise. Verwundert ging er zur Tür und drehte den riesigen Schlüssel um. Yulia drückte sich behutsam durch die Tür und hing sofort an seinen Lippen.

»Das ist vorerst unsere letzte Chance. Ich vertrockne, wenn du mich nicht sofort nimmst.«
Alexei legte den Finger auf ihre Lippen und flüsterte: »Leise.« Er zog sie hinein und sagte verschmitzt: »Das dürfen wir nicht tun, Yulia. Hier ist es sehr katholisch. Wir sollten zumindest vorher in die kleine Kirche gehen und vorsorglich um Vergebung bitten.«
Sie hing schon an seinem Mund, aber schaffte es, noch zu sagen: »Die heilige Maria über dem Bett muss reichen. Dahin mit Ihnen, Herr Sokolow!«
»Nicht so schnell, Signora«. Er zog langsam ihren schwarzen Pullover über den Kopf. Gleichzeitig ließ sie ihren Rock fallen und stand nun vollkommen nackt vor ihm. Das Restlicht des nächtlichen Himmels fiel auf ihr Profil. »Du siehst betörend aus ... Du machst mich wahnsinnig.«
Er ließ sich langsam auf dem Rücken ins Bett gleiten und zog sie nach. Sie legte den Kopf an seine Schulter und genoss es, wie seine Hände über ihren Rücken glitten. Sie wusste, dass es vorläufig das letzte Mal sein würde und nahm die Katastrophenlandung in diesem verschlafenen Dorf Oratorio di San Rocco als Glücksfall an. Sie roch seine Haut. Er benutzte nie ein Eau de Cologne, nachdem sie ihm einmal gesagt hatte, dass sie für seinen natürlichen Moschusgeruch sterben könnte. Sie biss sanft in sein rechtes Ohrläppchen, dann in das linke.
»Das kitzelt Signora ... mehr, per favore.«
»Si, amore mio.« Ihr gebrochenes Italienisch mit russischem Akzent klang derart erotisch, dass er kaum noch warten konnte.
Er versuchte, leise zu bleiben, doch das Bett knarrte erbarmungslos im Rhythmus seiner Bewegungen. Yulia schien das nicht zu stören. Sie stöhnte lauter, als das Bett knarrte. Er hielt inne und drehte sie so, dass sie auf ihm lag. Ihr Gesicht sagte ihm, dass der Krach sie ganz und gar nicht interessierte.

Er gab auf, den Lärm zu mindern. Bei ihrem letzten langen Schrei schlug etwas Schweres neben ihr auf. Die Maria von der Wand hatte nur um wenige Zentimeter ihren Kopf verfehlt.
»Heiliger Rocco, das war knapp!«, stöhnte sie und hielt sich lachend den Bauch.
Ihr »Rocco« klang wie sprudelndes Wasser. Er zog sie zu sich heran.
»Die rockende Yulia. Mit dir wird es einfach nicht langweilig.«
Sie dachte gar nicht daran, sich von ihm zu lösen, nahm das Bild und schob es an die Seite, beugte sich über ihn, küsste und biss ihn, als wollte sie ihn verschlingen. Langsam bewegten sich ihre Hüften, er nahm ihren Rhythmus auf und wusste, dass er sie nie wieder gehen lassen würde.
Um ihr gemeinsames Geheimnis musste er sich keine Sorgen mehr machen. Iwan hatte nur noch wenige Tage zu leben.

Es war noch viel zu früh, als die kleine Kirchenglocke zum Morgengebet läutete und der Hahn krähte. Aber an Weiterschlafen war nun nicht mehr zu denken. Er rieb sich die Augen, strich über das Kissen neben ihm, das noch nach ihr roch, sah auf die Maria am Boden und war sofort voller Energie. Heute Monaco, morgen Vilnius und weiter nach Moskau. Übermorgen – die Iden des März, der alles entscheidende Tag.
Alexei sprang aus dem Bett zum Fenster. Die Wolken waren wie angekündigt verschwunden, perfektes Wetter zum Fliegen. Er warf einen Blick auf seine Flug-App und sah, dass die gesamte Strecke klar war. Anschließend führte er ein verschlüsseltes Gespräch mit seinem Kernteam. Die ersten Oligarchen waren bereits in Moskau und bereiteten den Coup vor, die *Operation Direktor*. Die drei wichtigsten Positionen im Umfeld von Ivan waren vorbereitet und warteten dringend auf Alexei. Es wurde höchste Zeit, da die größte Militäropera-

tion seit dem Zweiten Weltkrieg wahrscheinlich unmittelbar bevorstand. Alexei kannte keinen Zeitplan, aber er hörte von seinen Informanten, dass das Satellitensystem mit den Hyperschallraketen kurz vor der Einsatzbereitschaft stand.
Yulia schien wie ausgewechselt, keinerlei Anzeichen von Angst, keine Tablette. »Ich stehe unter dem besonderen Schutz der heiligen Maria«, hatte sie vor dem Abflug gesagt. Antonio nahm das freudig zur Kenntnis. Er hatte sich mit Vorwürfen gequält, dass er die gewittrige Regenfront unterschätzt hatte.
Kurz vor Genua zogen sie die Schwimmwesten über und flogen entlang der ligurischen Küste. Yulia war von dem Panorama hingerissen und fotografierte die Ortschaften und Häfen von Noli, Varigotti, den langen menschenleeren Strand bei Finale Ligure, die Bergstadt Albenga, Alassio, die Marina di Andora und jeden weiteren Ort, als würde sie diese Landschaft für die nächste unbestimmt lange Zeit in Moskau festhalten wollen.

Erst als Alexei über dem Pointe du Cap Martin sagte: »Noch zehn Minuten bis zur Landung«, hörte sie auf. Er flog etwas in die Berge und schwebte oberhalb der Panoramastraße direkt über seiner Villa ein, dem einzigen Anwesen weit und breit mit einem Hubschrauberlandeplatz. Nur Yulia lebte hier mit den Kindern. Er wohnte, wenn er anwesend war, in einem Penthouse im Bezirk Monte Carlo.

KAPITEL 20

Der Chef der fünfköpfigen Security seiner Villa begrüßte die gelandeten Heimkehrer und meldete Alexei, dass im Anwesen alles in Ordnung sei. Alexei griff seinen Pilotenrucksack und ging als letzter zu den wartenden Gästen, die bereits stürmisch von Yulia und den beiden Kindern umarmt wurden.

»Hallo Anastasia, Hallo Michael, schön, dass es geklappt hat. Wann seid ihr eingetroffen?«

»Gerade eben. Unser Reisegepäck wurde freundlicherweise schon in das Zimmer gebracht.«

Alexei versuchte, so normal wie möglich zu wirken. Er war hier in seinem eigenen Haus zu Gast wie die Wussows, die er nur flüchtig kannte. Er wusste, dass Michael Wussow Iwans Handlanger für dubiose Finanzgeschäfte war. Der Mann hatte ein unscheinbares, freundliches Gesicht, aber seine Augen nahmen alles scharfsinnig wahr. Alexei traute ihm nicht. Das Einzige, was sie verband, war eine gemeinsame Reise in die Russische Föderation. Über Wussows Zukunft nach dem 15. März musste er sich jetzt keine Gedanken machen. Wahrscheinlich würde der wie ein Hund trauern, der sein Herrchen verloren hat.

Alexei stellte den Pilotenrucksack auf den Tisch seines persönlichen Zimmers, um seine Fliegerkarten und die Kopfhörer herauszuholen. Er stutzte. Was war das? An der kleinen Seitentasche für das Handy, die er nie nutzte, gab es eine kleine schwarze Erhebung, die dort nicht hingehörte. Sein Herz schien einen Moment stehen zu bleiben. Er wusste sofort, was es war. Er klappte das Seitentäschchen auf. Das Kabel von der Wanze führte durch das Leder in das Innere der Tasche, wo die Verkabelung mit einem Mini-Batteriepack verbunden war. Eine GSM-Wanze, von überall auf der Welt erreichbar! Die Tür ging auf. Yulia wollte gerade »Liebling« sagen, als Alexei zu ihr sprang, ihr den Mund zudrückte und sie auf den Flur schob.

»Was ist los? Bis du verrückt geworden?«

»Leise! Hör zu, ich bin verwanzt! In meinem Rucksack ist eine Wanze!«

Sie wurde blass.

»Um Gottes willen, wer kann das sein?«, flüsterte sie. »Iwan?«

»Ich weiß es nicht. Keine Ahnung«, antwortete er und überlegte. »Wenn es Iwan war, wird er nichts von uns beiden wissen.«

»Warum? Bitte sag, dass er nichts weiß.«

»Der Rucksack stand immer an meinem Arbeitsplatz auf dem Schiff, nie in unserer Nähe, geschweige denn am Bett. Ich habe ihn am letzten Abend gepackt und bin sicher, dass er sauber war. Ich hätte den Knubbel bemerkt. Und gestern Nacht war er auch nicht im Zimmer, er lag im Hubschrauber.«

Sie atmete erleichtert durch.

»Wer hat das Gepäck in den Helikopter geladen?«

Er überlegte. »Leonid, der 1. Offizier mit zwei Mann von der Security.«

»Leonid? Der soll für Iwan arbeiten? Vielleicht weiß Iwan das gar nicht und es ist der Militärgeheimdienst GRU!«

»Ich habe keine Ahnung, Schatz. Auf jeden Fall wissen wir, dass die Wanze seit unserer Abreise vom Schiff aktiv ist. Ich bin sicher, dass sie nichts Wesentliches gesendet hat. Tue mir einen Gefallen, check sofort dein Gepäck. Und geh davon aus, dass schlimmstenfalls das ganze Haus verwanzt ist.«

»Was wirst du jetzt machen, das Ding abschalten?«

Er überlegte kurz.

»Nein, ich werde es nicht anrühren, aber der Rucksack bleibt hier. Wir treffen uns gleich beim Essen.«
Er ging zurück in sein Zimmer und dachte nach.
»Wer zum Teufel belauscht mich? Leonid ist halb USA und halb Russland, von mir so durchleuchtet wie kaum ein anderer an Bord. CIA? Will Kryptos mich kontrollieren?«
Er war kurz versucht, Kryptos anzufragen, was das Ganze sollte. Doch was würde der antworten? Sich entschuldigen und sagen, dass es bei der CIA so üblich ist?
»Alexei, werde nicht kindisch ... Kryptos kann mit den Informationen doch nichts anfangen, es sei denn, der Privatbereich war ebenfalls verwanzt ... Worüber hatte er gesprochen? Da gab es dieses eine lange Telefongespräch mit Iwan ... Aber es gab nichts Belastendes, im Gegenteil ... Wenn es Iwan ist, dann habe ich mit dieser Wanze überhaupt kein Problem ... Aber mit Leonid. Der hatte vermutlich die Liebesszene über das eingeschaltete Mikrofon mitgehört, obwohl er behauptete, auf der Brücke nichts von einer Unterhaltung aus dem Privatbereich vernommen zu haben ... Doch wenn er gelogen und diese Geschichte seinem Auftraggeber in Moskau erzählt hatte, dann wusste Iwan mit oder ohne die Wanze, dass seine Partnerin ein Verhältnis mit mir hat.«
Alexei versuchte, sich in Iwans Schuhe zu versetzen. Wäre der so cool, die Dinge laufen zu lassen? Eher würde es zu ihm passen, ihn über Bord gehen zu lassen, so wie es anderen Oligarchen auch passierte. Oder wollte er ihm in Moskau die Haut vom Leibe ziehen, wie einst Iwan der Schreckliche? Er überlegte weiter. »Vielleicht ist es der Hubschrauberpilot Antonio? Das wäre die beste aller Schreckensszenarien. Antonio dürfte nichts mitbekommen haben, es sei denn, er hat in der Rocco-Nacht unter dem Fenster gestanden. Oder vielleicht einer der Oligarchen? Hat jemand von den Oligarchen die Seiten gewechselt und brauchte belastendes Material?«

Er starrte die Wanze an. Am liebsten hätte er laut reingesprochen: »Wanze, fick dich selber!«
Sein Kopfkino brachte ihn nicht weiter, außer dass Leonid der Hauptverdächtige war und der schlimmstenfalls als Doppelagent für die USA und Russland arbeiten könnte.
Er wählte die Telefonnummer des Kapitäns von der *Heavens Gate*.
»Hallo Alexei, seid ihr gut in Monaco angekommen?«
»Ja, wegen des Wetters zwar mit einem Tag Verspätung, aber dafür sind wir jetzt sicher hier. Wie ist die Lage bei euch?«
»Ruhig, Alexei. Die Mannschaft wartet die Technik und putzt das Schiff. Aber es gibt eine wichtige Änderung.«
»Welche?«, fragte Alexei.
»Unser 1. Offizier, Leonid, hat fristlos gekündigt.«
Als hätte Alexei es geahnt. Da war sie also, die Bestätigung. Leonid, der Mann mit dem meisten Wissen vom Schiff und vom U-Boot war der Verräter.
»Hat er einen Kündigungsgrund genannt?«
»Nein. Das hat mich auch gewundert. Er kam mit seinem Gepäck, bedankte sich für die gute Zeit, lässt dich herzlich grüßen und ging von Bord.«
»Hat er gesagt, wohin er wollte?«
»Nein. Ich war selbst sprachlos. Vermutlich war es wieder eine Frau. Du kennst ihn ja.«

Die Stimmung beim Essen auf der Terrasse war gedämpft. Daran konnte auch der traumhafte Blick auf Monaco-Stadt und das schillernde Wasser des Mittelmeers nichts ändern. Alle wussten, was sie zu verlieren hatten, keiner wusste, was man gewinnen würde. Nur die plappernde Anastasia Wussow schwärmte von Moskau und dem wunderbaren Iwan, der Russland gerade wieder auf Linie bringen und die Ukraine in die angestammte Heimat zurückbringen würde.

»Wir fliegen morgen zum Papa nach Moskau zurück«, sagte Yulia zu den Kindern.
»Aber wir sind doch gerade erst angekommen«, maulte Boris.
»Papa hat Sehnsucht nach euch, außerdem wird es Zeit, dass ihr wieder in die Schule geht.«
Alexei rief den Piloten seines Privatjets an.
»Wie sieht es aus, haben wir für morgen einen Flugplan nach Vilnius?«
»Wir hatten einen, Sir, aber der wurde gestrichen. Nach Vilnius dürfen nur noch Militärmaschinen, Regierungsmaschinen und bis auf Weiteres noch die Air Lithuania. Private Flüge sind definitiv nicht mehr möglich.«
Die vier Erwachsenen saßen im Wohnzimmer zusammen. Alexei erläuterte die Lage.
»Und nun, wie kommen wir nach Vilnius?«, fragte Anastasia.
»Das ist schon geregelt«, sagte Alexei. »Wir sechs haben einen Flug von Zürich nach Vilnius. Ab dort hat Iwan alles organisiert. Mit dem Hubschrauber sind wir in dreißig Minuten in Minsk und von dort geht es weiter nach Moskau.«
Der Sicherheitschef kam herein und bat Alexei um ein Gespräch. Sie sprachen ein paar Sätze und Alexei kehrte mit ernstem Gesicht zurück. »Seit zwei Tagen steht ein Auto draußen. Das Haus wird überwacht. Die vier Männer bemühen sich auch nicht, es zu verbergen.«
Michael Wussow stand auf und blickte zu den unbekannten Bewachern. »Wer soll das sein? Wer hat ein Interesse an uns? Das können doch nur die Amis sein. Die wollen wissen, ob ich abhaue.«
»Oder es sind die örtlichen Behörden?«, fragte Alexei. »Egal, wir müssen jetzt vorsichtig sein.«
Er stand auf, telefoniert kurz und kam zurück.
»Wir tricksen sie aus. Morgen früh werden wir das Haus folgendermaßen verlassen. Unter dem Haus gibt es einen unterirdischen Gang, der 300 Meter bis zu einer Straße führt.

Dort erwartet uns ein Fahrzeug, das uns nach Nizza bringt. Von dort fliegen wir mit meinem Jet nach Zürich.«

»Das ist aber krass, Onkel Alexei! Haben wir in dem Geheimgang Licht und Handyempfang? Ich meine nur für den Fall, dass wir dortbleiben müssen?«, fragte Boris.

»Mach dir keine Sorgen, Boris, wenn du und Igor vorangeht und uns Licht mit euren Handys gebt, sind wir sicher. Habt ihr die Akkus aufgeladen? Am besten schaut ihr gleich nach.«

Die beiden sprangen auf und verschwanden. Alexei wandte sich an die Wussows und Yulia. »Morgen um 10:00 Uhr geht es los. Wir verlassen das Haus so, dass niemand unsere Abwesenheit vermutet. Also Schlagläden auf, Musik im Zimmer, all diese Dinge. Denkt daran, jeder darf maximal 20 kg Gepäck haben. Wir wollen in Zürich nicht als Russen und erst recht nicht als flüchtige Russen auffallen.«

Die Wussows nickten. Sie waren froh, dass Alexei mit seinen Möglichkeiten all diese Probleme löste.

»Also gut. Ich fahre jetzt in meine Wohnung und packe. Wir treffen uns morgen früh hier zum Frühstück. Ist 9:00 Uhr okay, Yulia?«

»Das passt, Alexei. Danke noch einmal für den wunderschönen Urlaub auf dem Schiff.«

Er verabschiedete sich von ihr und Anastasia mit einem flüchtigen Kuss auf die linke und rechte Wange, schüttelte Michael die Hand, wünschte eine gute letzte Nacht und verließ ohne seine Fliegertasche das Haus, wo ihn sein Fahrer erwartete. Michael Wussow sah von der Terrasse, dass sich ein Wagen hinter Alexeis Fahrzeug setzte. Er rief ihn an. »Ihr habt einen Verfolger!«

»Danke, Michael, habe ihn schon gesehen.«

Die Wanze hatte alles verändert. Wo wurde er noch überwacht? Seit wann und warum? Er stand auf der Terrasse seiner Penthouse-Wohnung, die in wenigen Tagen zum Verkauf stehen würde. Würde, weil er sich nicht mehr sicher war. Eine Wanze vor dem entscheidenden Anschlag auf den russischen Präsidenten war das Schlimmste, was passieren konnte. Es blieb noch Zeit, die *Operation Direktor* abzubrechen. Er konnte jetzt Yulia anrufen und die Reise zu Iwan absagen. Er musste ihr nichts von seinem Plan erzählen. Ihr Liebesverhältnis war gefährlich genug. Es lag an ihr, in Moskau zu bleiben oder mit ihm in den Westen zu gehen. Aber er musste ihr dann fairerweise auch sagen, dass sie im Westen genauso in Gefahr wären, denn Iwans Einfluss reichte weit. Sein Hass und seine Rache würden sie ihr ganzes Leben lang verfolgen.

Und was wäre dann mit seiner Mission? Wie wichtig war sein eigenes Leben im Vergleich zur Zukunft Russlands? Alles war stundengenau vorbereitet. Das Kernteam wartete auf seine Ankunft am 15. März. Nicht nur er war bedroht, auch die anderen Eingeweihten.

Er öffnete eine Flasche Rotwein und merkte schon nach dem ersten tiefen, langen Schluck, wie er sich beruhigte. Das Handy vibrierte – eine Nachricht von ihr.

»Er hat eben angerufen und gefragt, ob die Reise steht. Ich habe bestätigt.«

»Wie war er, etwas Auffälliges?«

»Nein, völlig normal, er meinte nur, dass er viel um die Ohren habe und uns wie geplant in Moskau erwarten würde.«

»Das ist gut, Yulia. Mach dir keine Sorgen.«

»Ich mach mir aber furchtbare Sorgen wegen dieser Wanze.«

»Musst du nicht. Es war mit Sicherheit Leonid. Der hat gekündigt und das Schiff bereits verlassen. Ich gehe davon aus, dass er mich erpressen will, nachdem er von unserer Beziehung Kenntnis bekommen hat. Du weißt ja, über die Leitung zur Brücke.«

»Hoffentlich. Was machst du mit ihm?«, fragte sie.

»Er wird bereits gejagt. Wir kassieren seine Aufzeichnungen und schicken ihn zum Teufel.«
»Ich liebe dich Alexei, von hier bis zu den Sternen. Kannst du nicht noch einmal hochkommen?«
»Nein, absolut nein! Vor dem Haus die Späher und im Haus sind die Wussows. Unsere letzte Nacht können wir ohnehin nicht mehr toppen.«
»Doch Schatz, das können wir. Kaufe das Zimmer in San Rocco, wir fahren dort einmal im Jahr hin.«
»Heilige Maria, du bist eine Triebtäterin. Ich muss dich vor dir selbst schützen.«
»Wie recht du hast. Schlaf schön, Alexei.«
»Und du, Signora Rocco. Ich werde von dir träumen.«

Er träumte wirr. Kryptos lag in Rocco mit Yulia im Bett und grinste ihn nach unten an, wo er mit dem Maria-Bild auf der Brust ausgestreckt am Boden lag. Er versuchte aufzustehen, aber er klebte fest. Er schrie »Yulia«, aber seine Stimme erstickte.
Er wachte auf, starrte an die Decke und schlief sich in den nächsten Albtraum.
Iwan Pavlenko sah aus wie Iwan der Schreckliche mit langen klebrigen Haaren, einem stechenden Blick und einem zahnlosen Mund. Iwan stierte auf sein Smartphone, lachte gurgelnd angesichts seiner Idee und tippte in Chat GPT ein: »Schreib mir eine Trauerrede zum plötzlichen Tod von Alexei Sokolow.«
Voller Genuss gab er als Stichworte ein: »Oligarch, Freund, Verräter, Liebhaber meiner Yulia, Gift, Schändung, Roter Platz.«
Iwan verfolgte rülpsend und grunzend, wie die Rede in Sekundenschnelle entstand und zum Ergebnis kam, dass die Verräter Alexei und Yulia auf richterlichen Beschluss mit dem Nervengift VX zu töten wären und die Leichen auf dem

Roten Platz unter Anteilnahme der Bevölkerung bespuckt und verbrannt werden sollten. Iwan nahm zufrieden das Handy, rammte es Alexei in den Mund und schlug ihm mit einem Eisenstab auf den Schädel, sodass das Gehirn durch das Zimmer spritzte.

Alexei wachte schreiend auf, wischte sich reflexartig über die Stirn, sprang aus dem Bett, schüttelte sich und taumelte zur Terrasse, wo er die Flasche Rotwein leerte.
Dann fiel er zurück ins Bett und wurde erst wieder wach, als der Wecker ihn aus dem tiefen Schlaf riss.

****

»Das ist wie bei Harry Potter«, flüsterte Boris. »Am Ende des Tunnels fliegen wir.«
»Nicht sofort«, lachte Alexei. »Erst fahren wir zum Flughafen und dann fliegen wir.«
Die Kinder gingen mit dem Licht der Handys voran. Alexei hatte dafür extra das Tunnellicht gedimmt. Die Luft im Tunnel war feucht, die Atmosphäre gespenstig. Anastasia schrie kurz, als ihr ein Spinnennetz im Gesicht hing. Boris rief: »Da ist ein Tier!« Etwas huschte an seinen Füßen vorbei. Nach nur zehn Minuten standen sie vor einer videoüberwachten Sicherheitstür. Alexei öffnete sie, Tageslicht drang durch das Dickicht, die Hände der Sicherheitsleute streckten sich ihnen entgegen und nahmen ihnen das Gepäck ab.
Eine Stunde später saßen sie im Privatjet in Richtung Zürich. Michael Wussow setzte sich unaufgefordert direkt neben Yulia, als wollte er sie beschützen. Alexei beschloss, das nicht zu hinterfragen. Wahrscheinlich nahm Wussow den Betreuungsauftrag von Iwan, der ihm letzte Nacht den Kopf eingeschlagen hatte, sehr ernst. Vielleicht war es sogar gut so, denn die Gefühle zwischen ihm und Yulia waren wie ein

flackernder Blitz zwischen zwei Polen. Anastasia unterhielt die Kinder, während Alexei ins Cockpit ging und den beiden Piloten über die Schulter schaute.

****

In Washington wurde es Tag. Olga verübte ihre Morgenpflicht an Kryptos und wunderte sich, dass der Chef nicht die Washington Post in der Hand hielt, sondern sein Handy.
Kryptos überlegte, warum die Wanze keine Aufnahmen mehr produzierte und auch den Standort nicht mehr veränderte.
Victor war offensichtlich auf dem Weg zum Showdown.
Er stöhnte in kurzen heftigen Bewegungen, blickte kurz nach unten und dachte, als Olga ihren Mund abwischte, über ihre erste Gehaltserhöhung nach.

KAPITEL 21

»Lasst uns lieber getrennt durchgehen«, sagte Alexei zu den anderen, während sie das Airside Center des kleinen Flughafen Zürich durchquerten. Er musste das nicht erklären, denn Yulia und die Wussows waren froh, wenn sie ohne lästige Nachfrage durch die Security und Passkontrolle kamen. Er hatte ein anderes Problem.
Deutlich sichtbar in einem Plastikbeutel seines Bordgepäckes befand sich als Parfum ausgewiesen eine 80 ml Flasche, gefüllt mit Nervengift VX. In einer Zahnpastatube hatte er außerdem Pfefferspray versteckt, dessen Wirkung erst durch Kneten aktiviert wurde und durch eine Mini-Düse hinter dem Verschluss austreten konnte. Gerade als er sein Handgepäck öffnen wollte, las er auf einem Schild vor dem Gepäckband: *Der Flughafen Zürich verwendet jetzt hochmoderne Computertomografie (CT). Das Handgepäck muss nicht mehr geöffnet werden.*
Zunächst war er erleichtert, doch dann fragte er sich, was *CT* bedeutete. Er trat aus der Reihe der wartenden Fluggäste aus und suchte im Internet nach *CT*. Dort las er: *Der neue Computertomograf ermöglicht es dem Sicherheitspersonal, Flüssigkeiten genauer zu analysieren und festzustellen, ob sie eine Gefahr darstellen oder nicht. Da der Scanner alle gefährlichen Flüssigkeiten erkennt, können alle anderen Flüssigkeiten in nahezu unbegrenzter Menge im Handgepäck mitgeführt werden.*
»Verdammt!«, dachte er. »Vielleicht wäre es doch besser gewesen, die beiden Flaschen in den Koffer zu legen.« Doch dann las er weiter, dass auch die Koffer CT-durchleuchtet würden.

»Und jetzt, Alexis, was tust du?«, überlegte er. »Das Zeug im nächsten Mülleimer entsorgen? Dann wäre meine *Operation Direktor* vorbei. Oder einfach weitermachen und das Risiko eingehen, festgenommen zu werden. Gleiches Ergebnis, nur noch folgenschwerer.«

Andererseits hatte ein Chemiker beide Behältnisse so präpariert, dass ein Erkennen des gefährlichen Inhaltes nahezu unmöglich wäre. Das war allerdings vor CT.

»Wenn die Logik nicht hilft, dann muss mein Bauchgefühl entscheiden. Und mein Bauchgefühl sagt mir, dass es klappen wird.«

Er legte sein Handgepäck auf das Band und sah es im Scanner verschwinden. Dahinter konnte er eine Person am Scanner erkennen, zumindest den Hinterkopf und Rücken einer Frau. Alexeis Puls beschleunigte sich. »Wenn sie jetzt aufsteht und dem Mitarbeiter ein Zeichen gibt, bleibt nur noch eine Möglichkeit: Flucht!«

Doch die Frau am Scanner blieb ruhig sitzen. Plötzlich erhob sie sich wie in Zeitlupe, schaute in seine Richtung und sagte: »Mache Mittagspause, Salut!«

Eine Mitarbeiterin ging an Alexei vorbei und löste sie ab. Als er im Körperscanner stand, fühlte er, wie seine Knie weich wurden. Kurz darauf hielt er sein Bordgepäck mit den beiden Flüssigkeitswaffen in den Händen. Er schlenderte zum Zürich Duty-Free-Shop hinüber, nicht um einzukaufen, sondern um zwischen den Ständen zu beobachten, ob sich jemand für ihn interessierte.

»Das fehlt uns noch!«, sagte Tom und wies auf die Tafel mit den Fluginformationen.

18.05 AL401 Zürich-Vilnius DELAYED.

»Als hätte ich es geahnt«, meinte Jelke spontan. »Die NATO macht den Luftraum zu«. Marc sah sie prüfend an. »Das würde dir schon passen, nicht wahr mein Schatz?«

»Ja, wer fliegt schon gern in ein Kriegsgebiet.«
»Im Augenblick fliegen wir in ein friedliches EU-Land. In den Medien steht nichts von irgendeiner Eskalation. Das hier ist sicherlich ein technisches Problem.«

Jelke dachte an die Kartenleserin Sarah. Das war genau eine typische Situation, in der sie gerne überreagierte. Es gab keine bedrohlichen Anzeichen, aber allein das Wort DELAYED löste in ihr eine kleine Panik aus. Winzig klein, aber groß genug, um weit weg vom Normalzustand zu sein.
»Wahrscheinlich hast du recht, Marc. Dann lass uns hoffen, dass aus dem DELAYED kein CANCELLED wird.«
Pia hatte Blickkontakt mit zwei Jungen in ihrem Alter aufgenommen. Sie saßen gegenüber und spielten auf einem Kinderlaptop miteinander. Sie lachten und schrien sich zwischendurch auf Russisch an.
Jelke betrachtete die Frau neben den beiden Jungs. »Russische Reichenfamilie«, dachte sie. Die beiden »Rich Kids« trugen Kleidung, die ihre Mutter wahrscheinlich bei einem französischen Designer gekauft hatte. Sie selbst trug eine teure Handtasche und ein kurzes beiges Kostüm, deutlich erkennbar als Kundin von Gucci.
»Eine wirklich schöne Frau«, dachte Jelke. »Makellose Fingernägel, dezent lackiert, perfekt geformte Augenbrauen über dem grauen Lidschatten, Backenknochen mit leicht asiatischem Einfluss, leicht rot geschminkte und offensichtlich nicht operierte Lippen, eine Sonnenbrille auf die schwarzen Haare gesteckt, die lässig als Pferdeschwanz gebunden über ihre Schulter fielen. Aber der übertriebene Schmuck an ihren Ohren, ihrem Hals, Handgelenk und Ringfinger ... Smaragde mit Diamanten, der schwarze Zobelpelzmantel auf dem Sitz ... Mädchen, das hast du doch gar nicht nötig.«
Jelke war fassungslos über den Reichtum, den diese Frau zur Schau trug. Vermutlich stammte sie aus der Oligarchen-

Szene, von der Jelke gehört hatte, dass sie ihre Bentleys vergoldeten und gerne auch einmal Löwen als Haustiere hielten. Die »Goldene Jugend«, wie sie in Russland genannt wurden, zeigten gerne den sagenhaften Reichtum ihrer Eltern und verspotteten die Sanktionen, indem sie provokative Fotos von Luxusautos, Privatjets und tropischen Inseln auf dem *Rich Russian Kids*-Instagram-Account posteten. Doch in der aktuellen Situation ernteten sie eher Spott und Häme, was die kräftigen Jungs mit Sixpacks und die Mädchen in String-Bikinis auf schneeweißen Jachten unter der mediterranen Sonne keineswegs störte. Aufmerksamkeit war alles, was sie wollten. Jelke dachte, dass die beiden Jungs noch nicht so weit waren, vielleicht waren es sogar fast normale Kinder. Denn obwohl die Mutter ein Vermögen trug, wirkten sie natürlich und überhaupt nicht arrogant, als sie verstohlen zu Pia herüberlächelten.

Einen Moment lang glaubte Jelke, das Gesicht der Frau schon einmal in den Medien gesehen zu haben. Sie überlegte, aber sie fand keinen Bezug. Vielleicht war sie eine reiche Russin aus Europa oder den USA, die Verwandte in Litauen besuchen wollte.

Oder waren es womöglich auch Gäste des großen Festes in Vilnius?

Sie musste unbedingt ihren künftigen Schwager Darias Vanagas fragen, dessen morgige Hochzeit mit Marcs Schwester Edith in der russisch-orthodoxen Heilig-Geist-Kirche bereits Schlagzeilen machte. Nicht nur, weil die Familie Vanagas zu der Oberschicht der Stadt zählte, sondern weil die schönste Kirche in Vilnius mit dem berühmten Chorgesang eine unvergessliche Hochzeit garantierte. Edith hatte ihr außerdem erzählt, dass es neben den über einhundert geladenen Gästen auch einen Außenbereich für die interessierte Öffentlichkeit gab, die sich in diesen Krisenzeiten vermutlich nach guten Nachrichten und schönen Bildern sehnte.

Das Paar neben der reichen Russin schien mit ihr zu reisen. Die quirlige Frau plapperte ununterbrochen. Er, deutlich älter als sie, war eher ruhig und ermahnte sie mit Handzeichen, sich zurückzuhalten. Erfolglos.
Tom machte eine leichte Kniebeuge. Er war froh, dass der Oberschenkel wieder funktionierte.
»Warum bist du so unruhig, Marc?«, fragte er. »Der Flieger kommt schon.«
Marc sah an Tom vorbei und plötzlich strahlte sein Gesicht. Hinter Tom kam eine junge, kleine Frau, etwas türkisch aussehend, auf die Anderson-Reisegruppe zugestürmt. Sie trug einen Tarnfleckanzug und eine Militärmütze, an ihren Schultern eine ukrainische Flagge und ein Rotes-Kreuz-Abzeichen.
Der große Tom drehte sich interessiert in Marcs Blickrichtung. Sie stand vor ihm, blickte hoch und sagte: »Ich konnte mich leider nicht mehr umziehen.«
Tom starrte sie an, als käme sie von einem anderen Stern.
»Was ist mit dir? Tom, ich bin es wirklich!«
Dann riss sie seinen Kopf herunter und küsste ihn leidenschaftlich und dachte gar nicht daran, ihn loszulassen.
Jelke schlug fassungslos die Hand auf die Brust: »Mein Gott, das ist Aishe!«
Sie drehte sich zu Marc, der fast vor Rührung heulte.
»Du, das warst du?«
Er nickte. »Es war nicht einfach, aber Iris, du weißt schon, der Kommandeur der Internationalen Liga, hat nachgeholfen.«
Tom, bekannt für seine Unfähigkeit, nach außen Gefühle zu zeigen, stand stumm, hielt sie fest an seiner Brust. Dann drehte er sich zu Marc und nahm ihn wortlos ebenso in die Arme, ohne Aishe auch nur einen Zentimeter loszulassen.
Er umarmte alles, was er liebte.
Ein paar Sitzreihen weiter beobachtete Alexei diese Szene und wünschte sich, dass er mit Yulia dieselbe Emotionalität

jetzt auch erleben könnte. Als hätte seine Energie Yulia erreicht, drehte sie sich und schaute über die Schulter zu ihm. Wussow folgte ihrem Blick, Alexei wandte sich ab.
Tom zog Aishe abseits der Menschenmenge an den Rand des Wartebereichs. Marc sah amüsiert zu, wie die beiden miteinander sprachen. Er fand, dass Aishe wunderbar zu Tom passte. Sie war das genaue Gegenteil seines introvertierten Freundes, ein wahrer Eisbrecher und eine Bereicherung für die anstehende Hochzeit von Marcs Schwester. Aishe hatte sogar noch schnell dafür gesorgt, dass sie neben Tom im Flugzeug sitzen konnte.
Marc blickte auf die Informationstafel. Bis zum Abflug waren es nur noch zwanzig Minuten und der Flug war weiterhin »DELAYED«. Sollte Jelke doch recht behalten?
Das Smartphone vibrierte: Breaking News: +++ Zusätzliche Iskander-Raketen in Kaliningrad +++ Die unter deutscher Führung stehende EFP-Battlegroup Lithuania meldet volle Einsatzfähigkeit +++ NATO-Botschafter beraten in Brüssel +++ SACEUR kündigt Erhöhung der NATO-Alarmbereitschaft an +++ Russischer Generalstabschef versichert amerikanischem Kollegen, *alles nur eine Übung* +++ China warnt vor Eskalation und mahnt alle Parteien zur Besonnenheit.
Marc wollte gerade mit Tom darüber sprechen, doch er sah, dass die Wiedervereinigung der beiden unverändert im Gange war.

Aishe amüsierte sich über Toms anhaltende Fassungslosigkeit. »Wie geht es deinem Oberschenkel, mein tapferer Krieger?«
»Gut, der Verband ist ab, in zehn Tagen werden die Fäden gezogen«, antwortete er.
»Das mache ich«, flüsterte sie in sein Ohr. »Jeden Faden einzeln. Ich fange hier an.« Dabei legt sie ihre Hand auf seinen Oberschenkel.

»Hörst du auf!«, sagte er. »Wir stehen unter schärfster Beobachtung.«
»Besser hier, als von russischen Drohnen«, erwiderte sie.
»Erzähl mir von der Front, Aishe. Machen wir Fortschritte?«
Aishe berichtete ihm von dem Stellungskrieg an den Fronten, dass die Russen inzwischen ihre Taktik geändert hätten, sie hätten sich auf breiter Front verschanzt, würden gezielter schießen und mit kleineren, rein russischen Kampfeinheiten angreifen. Es gäbe jetzt furchtbar viele Verluste auch auf der ukrainischen Seite.
»Erinnerst du dich an Nika Petrow, den Kommandeur unserer 72. Mechanisierten Brigade aus Wuhledar?«, fragte Aishe.
»Ja, natürlich! Was ist mit ihm?«, antwortete Tom.
»Er befindet sich jetzt östlich von Moskau im Vladimir-Knast.«
»Gott sei Dank, er lebt.«
»Aber nicht mehr lange. In den nächsten Tagen soll er nach Luhansk gebracht werden, um dort hingerichtet zu werden.«
»Das kann die Ukraine doch nicht zulassen!«, antwortete Tom.
»Die Unterhändler haben versucht, ihn im Gefangenenaustausch freizubekommen. Sein Name wurde von den Russen gestrichen. Angeblich auf persönliche Anordnung von Iwan.«
»Dieser verdammte Irre. Wann wird der endlich gestoppt ...«, murmelte Tom.
»Sieht Iris keine Möglichkeit, Nika in Vladimir oder Luhansk zu befreien?«
»Nein Tom, in Vladimir sowieso nicht. Das Gefängnis ist für Lebenslängliche. Es ist stärker gesichert als jedes andere. Man kommt nicht einmal aus der Luft hinein. Und in Luhansk konnten deine Befreier Nika leider nicht finden. Übrigens finde ich Marc richtig nett. Du hast ihn supergut beschrieben. Ich glaube, er liebt dich.«
»Und ich ihn, wie einen Bruder«, antwortete Tom sehr ernsthaft.

Tom dachte an Nika, der in seiner Nachbarzelle in Luhansk so brutal gefoltert worden war. Er hatte ihn nur zweimal kurz gesehen, und obwohl er schrecklich zugerichtet war, hatte Nika seinen Kameraden, mit einem Lächeln im Gesicht und beiden Daumen, hoch Mut gemacht. Daraufhin hatten alle »Ruhm der Ukraine« gerufen und wurden sofort mit Tritten und Schlägen in die Zellen zurückgedrängt.
Die Begegnung hatte eine enorme Wirkung auf die zum Tode verurteilten Männer gehabt. Im Vergleich zu Nika ging es Tom damals noch gut. Aber die Willensstärke des gequälten Kommandeurs, seine Kameraden zu motivieren, blieb unvergesslich. Es war unbeschreiblich enttäuschend, dass er nicht gerettet werden konnte, denn die spektakuläre Befreiungsoperation hatte vor allem ihm gegolten.

Der Termin für den Abflug war verstrichen und immer noch stand auf der Anzeigetafel DELAYED. Viele Passagiere telefonierten bereits und suchten im Internet nach Alternativen. Jelke stellte sich schon darauf ein, dass die Familie die Nacht in Zürich verbringen müsste. Yulia wünschte sich, dass es direkt wieder zurück nach Monaco ginge. Alexei stand am Fenster und versuchte zu erkennen, ob sich etwas an dem wartenden Flugzeug tat. Er sah keine Gepäckwagen, keine Crew im Cockpit. Sollte der Flug ausfallen, gab es nur noch die Möglichkeit, den Privatjet nach Zürich zu holen und an der EU-Grenze mit ausgeschalteter Radarerkennung direkt nach Moskau zu fliegen. Sorge vor einem Abfangmanöver westlicher Kampfflugzeuge hatte er nicht.
Aber er wollte auch nicht in den Breaking News auftauchen: »Oligarch flüchtet mit der Geliebten des russischen Präsidenten im Jet nach Moskau.« Und das alles an den Iden des März. Nein, danke! Auch brauchte er die Prozedur der Gepäckkontrolle nicht noch einmal.

Irgendwas schien ihn daran zu hindern, nach Moskau zu gelangen. Er war nicht abergläubisch, aber die Wanze, das Gewitter, die gerade noch geglückte Außenlandung mit dem Hubschrauber, die verschärften Gepäckkontrollen, die eskalierende Sicherheitslage und jetzt das DELAYED ohne Informationen zeigten ihm, dass er womöglich den Bogen überspannte, dass er zu sehr mit seinem Glück spielte. Er hasste es, die Kontrolle zu verlieren. Er konnte nichts machen und musste zudem jegliches Aufsehen vermeiden.
Er drehte sich halb zu Yulia um. Auch sie stand auf und sah fragend zu ihm herüber. Plötzlich ging ein Raunen durch die wartenden Passagiere, als die Crew und die beiden Stewardessen den Raum betraten. Hatten sie den Flug bereits aufgegeben? Was sollte das bedeuten? Gleichzeitig erschien auf der Anzeigetafel:
AL401 Abflugzeit 19:30 Uhr.
Eine Welle der Erleichterung durchströmte den Wartebereich, und sofort wurde wieder telefoniert.
Die kleine Pia lief auf die Stewardess zu und rief: »Hallo, Tante Edith, gehen wir jetzt endlich fliegen?«
Edith herzte sie und sagte: »Ja, mein Schatz, es geht gleich los. Auf deinem Sitzplatz liegt schon ein kleines Geschenk.«
»Was denn?«
»Ein Schmusebär, ein kleiner Pilot. Komm, wir gehen zu deinen Eltern.«
Darias, der großgewachsene blonde Pilot, begrüßte die Andersons, Tom und Aishe. Niemand von den neugierigen Passagieren konnte ahnen, dass Darias und Edith ein Paar waren und die Hauptpersonen für die Hochzeit des Jahres in Vilnius. Er stellte charmant Ludmilla, die zweite Stewardess vor.
»Sorry für die Verspätung«, sagte er zu den Hochzeitsgästen. »Ihr habt euch bestimmt riesige Sorgen gemacht.«
»Was war denn die Ursache?«, fragte Marc.

»Tatsächlich nur eine Fehlermeldung im Flight Management System des Flugzeuges. Das ist aber inzwischen behoben.«
»Und wir dachten schon, es gäbe politische Probleme«, meinte Tom.
Darias schüttelte verneinend den Kopf: »Nicht, dass ich wüsste. Der russische Bär droht zwar mit den Krallen, aber die NATO zeigt sich noch relativ entspannt.«
»Gut, dass wir nur 98 Passagiere sind, weniger Arbeit, weniger Stress«, meinte Edith zu ihrer Kollegin Ludmilla. »Ich brauche meine ganze Kraft für morgen.«
Ludmilla nickte. »Da bin ich ganz bei dir. Ihr macht das ganze traditionelle litauische Programm?«
»Ach, wir hätten es so gern gemacht, Ludmilla. Meine Freundinnen und auch Jelke hätten mich zu Hause angekleidet und geschmückt. Aber das ging zeitlich leider nicht.«
»Dafür wird die russisch-orthodoxe Trauung grandios«, sagte Darias.
»Wie stelle ich mir das vor?«, fragte Ludmilla
»Wie nach einer Checkliste«, erklärte Darias und lachte. »Tatsächlich ist alles minutiös geplant. Der Priester erwartet das Brautpaar am Eingang und segnet uns mit Weihwasser, dann erst dürfen wir die Kirche betreten. In der Kirche gibt es keine Sitzplätze, die Teilnehmer stehen während der gesamten Zeremonie. Während der Chor singt, gehen wir zum Altar. Dann folgen ganz viele Rituale. Nach dem Ehegelübde segnet der Priester die Ringe und wir stecken sie uns an.«
Am liebsten hätte er jetzt Edith gedrückt, aber sie waren im Dienst. Ein zärtlicher Blickaustausch musste reichen.
»Für einen Moment werde ich Königin sein«, sagte Edith.
»Königin? Wie in einem Königshaus?«
Edith nickte mit ernstem Gesicht. »Es gibt tatsächlich zwei wunderbare, sehr schwere Kronen. Marc und Jelke, unsere Trauzeugen, werden sie über unseren Köpfen halten, während mein Schatz und ich eine Kerze in der Hand haben ...«

»... die für das Licht Christi steht«, fügte Darias hinzu.
»Bist du religiös?«, fragte Ludmilla.
»Ja, sehr. Wir trinken dann den Wein aus dem Kelch des Priesters und werden dreimal um den Altar geführt, während die Menschen beten und die Kirche mit Gesängen erfüllt ist.«
»Pass auf, dass ich nicht verloren gehe«, meinte Edith und wunderte sich, dass Ludmilla so ernst blieb.
»Und dann wird richtig gefeiert«, ergänzte Darias. »Meine Eltern haben einen Saal im besten Hotel der Stadt gemietet. Die Menschen werden wenig auf den Stühlen sitzen, es wird gesungen und vor allem getanzt.«
Edith kam spontan eine Idee. Sie sah Darias an. »Meinst du, dass wir noch einen Platz für Ludmilla hätten?«
Ludmilla winkte sofort ab. »Das ist sehr freundlich, Edith, aber ich bin bereits fest verplant.« Sie zeigte zu der uniformierten Aishe. »Schön, dass meine Ukraine auch auf eurer Hochzeit repräsentiert ist. Wenn sie so erscheint, gibt es sicherlich Standing Ovation. Die Litauer werden sie lieben.«
Edith lächelte. »Aishe hat ein Kleid dabei, aber sonst kaum etwas. Außer drei Koffern voller Liebe.«
Edith betrachte ihre so ernst wirkende Kollegin. »Wann hast du eigentlich die Ukraine verlassen?«
»Vor zwei Jahren«, antwortete Ludmilla knapp.
»Darf ich fragen, wie es deiner Familie geht?«
»Meine Eltern wurden beide vor zwei Jahren in Charkiw in ihrem Wohnhaus durch eine russische Rakete getötet, an ihrem Hochzeitstag.«
Edith spürte, dass Ludmilla mit starrem Blick innerlich weinte. Sie kommentierte die Tragödie nicht, obwohl sie gerne mitfühlende Worte gesagt hätte. Stattdessen drückte sie Ludmilla kurz die Hand. Ludmilla sah sie lange und intensiv an, als wolle sie etwas erwidern. Doch die Erwiderung blieb unausgesprochen.

Maria Kudirka, die Co-Pilotin, trat zu ihnen. »Diese Warterei ödet mich an, ich wünschte, ich säße auf meinem Pilotensitz.«
»Fliegst du heute oder Darias?«, fragte Ludmilla.
»Ich fliege.«
Darias gab plötzlich das Zeichen für den Abmarsch. Zugleich ertönte die erlösende Ansage: »Flug AL401 nach Vilnius bereit zum Boarding.«
Yulia sah Alexei zu den Toiletten gehen. »Ich gehe noch schnell für kleine Mädchen. Passt ihr auf die Kinder bitte auf.«
Michael Wussow verstand sofort, dass Yulia Kontakt mit Alexei aufnehmen wollte.
»Ich gehe ebenfalls.«
Er begleitete sie bis zum Eingang der Damentoilette. Auf der benachbarten Herrentoilette am Urinal meinte Alexei ironisch: »Du bist auf der falschen Toilette.«
Michael sah ihn kühl an: »Ich habe Iwan versprochen, Yulia und die beiden Söhne sicher zu ihm zu bringen. Nimm es nicht persönlich, du bist in Moskau gefragt.«
Er versuchte, bei Alexei eine Reaktion zu ersehen, doch der ging, wort- und ausdruckslos.
Alexei fühlte zum ersten Mal, dass dieses maßlos übertriebene Schutzverhalten von Michael Wussow mehr als persönliche Fürsorge sein könnte. Was steckte dahinter? Das Kopfkino wollte nicht aufhören.
Beim Heraustreten war plötzlich Yulia an seiner Seite. Sie hatte die schwarze Sonnenbrille über den Augen. Aber er wusste, dass sie ihn anlächelte.

KAPITEL 22

Der russische Verteidigungsminister Konstantin Sorokin kannte die TV-Show bereits. Er empfand es jedoch als unangenehm, vor dem russischen Präsidenten in dessen Büro wie ein Schuljunge zu sitzen und Wort für Wort seinen Bericht vorzulesen.

Iwan kommentierte zum Abschluss wohlwollend: »Ich sehe mit großer Zufriedenheit, dass wir in unseren befreiten ukrainischen Regionen gut vorankommen, Verteidigungsminister.«

»Das ist ausdrücklich zu bestätigen, Herr Präsident. Um den Erfolg zu sichern, habe ich angewiesen, alle Söldner aus dem russischen Wehretat zu entlohnen.«

So ging das weiter. Am Ende erhielt der Verteidigungsminister Anweisungen, die eher als Bitten oder Empfehlungen formuliert wurden. Heute erhielt er die Empfehlung, darüber nachzudenken, ob es nicht besser wäre, wenn die diversen privaten Armeen den russischen Truppen direkt unterstellt würden.

Iwan demonstrierte damit Vertrauen in die militärische Führung. Doch in Wirklichkeit gab er offiziell Verantwortung ab. Bisher konnte ihm lediglich vorgeworfen werden, Tausende Kinder aus der Ukraine nach Russland deportiert zu haben. Er wollte einen ähnlichen Fehler vermeiden.

Konstantin verzog auch bei den heutigen Empfehlungen keine Miene. Sein gerissener Freund und Chef verstand es noch mehr, als er selbst zwischen politischer Verantwortung und Durchführung zu unterscheiden. Nach 15 Minuten bedankte sich der Präsident zufrieden bei seinem Minister für die Berichterstattung und vertrauensvolle Zusammenarbeit.

Der Dreh war im Kasten und wurde sorgfältig auf Inhalt und insbesondere die Körpersprache des russischen Präsidenten überprüft. Er korrigierte oder segnete das Ergebnis persönlich ab und gab es für die staatlichen Medien frei. Eine erfolgreiche Spezialoperation erforderte einen dynamischen Präsidenten.

Allerdings wurde es für die Medienprofis immer schwieriger, den inzwischen 71-jährigen Präsidenten trotz Maske und geschickten Kameraeinstellungen passabel aussehen zu lassen, zumal inzwischen behauptet wurde, Iwan sei krank und würde wegen einer Krebsbehandlung mit einem Tross von Ärzten reisen.

Das Kamerateam hatte das Büro verlassen. Iwan streckte die Arme weit auseinander, holte tief Luft, lockerte die Krawatte, ging zum Schrank, holte eine Wodka-Flasche heraus und schenkte zwei Gläser voll ein.

»Prost, mein Freund! Die Show ist vorbei. Wie ist die Lage im Süden?«

»Militärisch gesehen miserabel, wir gewinnen keinen neuen Raum, aber halten das Erreichte. So wie du es wolltest. Kräfte sparen und Ablenken vom eigentlichen Ziel.«

»Wie sieht die westliche Unterstützung der Ukraine aus?«

»Unverändert zu wenig, zu langsam. Gerade so, dass die Ukraine nicht zusammenbricht. Sie wollen dich nicht zu sehr reizen.«

»... und ständig mit mir verhandeln. Morgen sehe ich Michael Wussow. Er kommt direkt mit einer Botschaft aus dem deutschen Bundeskanzleramt. Inzwischen erscheint jeden Monat jemand mit einer Friedensvermittlung. China, Südamerika, Afrika. Selbst der Papst möchte kommen, das fehlt mir noch. Erinnerst du dich, wie man mit uns vor der Spezialoperation umgegangen ist? Da war ich für die westlichen Herrschaften ein Niemand, der Verweser der gescheiterten Sowjetunion. Jetzt scheißen sie sich vor Angst in die Hosen und können sich nicht genug bücken. Das politische Ziel ist erreicht, das militärische auf gutem Weg. Wie ist der Stand?«

Der Verteidigungsminister erläuterte dem Präsidenten die Lage der eigenen Truppen an den NATO-Grenzen, in der Arktis, im Weltraum und besonders die Vorbereitungen auf den großen Cyber-Angriff gegen die militärischen und politischen Strukturen der NATO.

Iwan nickte zufrieden. »Unser Ziel, Mütterchen Russland zu vergrößern, ohne viel zu schießen, ist also realistisch?«

»Ja, Iwan, es wird der erste Krieg in der Geschichte mit wenigen Soldaten auf dem Schlachtfeld sein. Unsere Soldaten sitzen seit Wochen an den Laptops. In wenigen Tagen steht die Cyberfront.«

»Für wie wahrscheinlich hältst du einen Erstangriff der NATO?«

»Sehr unwahrscheinlich. Der zahnlose Tiger ist nervös, aber weder für einen Erstangriff vorbereitet noch gewillt, seine defensive Doktrin zu ändern. Wir werden die Führungsstrukturen lähmen und danach den Hauptstädten wie geplant ein großzügiges Angebot machen. Die Dokumente liegen in der Schublade. Besonders Berlin, Paris und London halten wir kurz an der Leine. Aber du weißt, eine hundertprozentige Sicherheit haben wir nicht.«

»Du meinst wegen der amerikanischen nuklearen Raketen? Keine Sorge, wir werden das Territorium der USA unberührt lassen. Also wird man sich national nicht bedroht fühlen.«

»Trotzdem, Iwan, jeder Krieg ist eine Bitch, wie die Amis sagen. Das Restrisiko bleibt.«

»Ich weiß, ich weiß, Kostja, aber jetzt ist der richtige Zeitpunkt!«

»Warum gerade jetzt?«

Iwan sah durch das Fenster auf die russische Flagge.

»Ich lebe nicht ewig.«

Sein sonst überwiegend rundes und ausdrucksloses Gesicht zeigte eine leichte Bewegung, die Mundwinkel senkten sich, die Augen wirkten müde. Der wache Gesichtsausdruck von einst war völlig verschwunden. Kostja glaubte schon seit einiger Zeit, depressive Züge bei Iwan zu erkennen. Sie kannten sich gut, aber hatten ihre Geheimnisse.
Iwan füllte beide Gläser erneut bis oben hin auf. Sie saßen und schwiegen im intensiven Gedankenaustausch.
Plötzlich beugte sich Iwan zu Kostja hinüber. »Wenn mir etwas passieren sollte, dann soll diese Person mir nachfolgen.« Er schrieb langsam in Druckbuchstaben, Buchstabe für Buchstabe einen Namen auf den Zettel. Dann reichte er ihm den Zettel.
Kostja sah seinen langjährigen Gefährten erstaunt an. Zum einen wegen dessen Bemerkung sowie über den Namen auf dem Zettel.
Er hatte den Namen Alexei Sokolow erwartet. Aber damit hatte er sich gründlich geirrt.

KAPITEL 23

Die Hochzeitsgäste saßen in den ersten Reihen zusammen und verfolgten intensiv, wie professionell Edith ihren Job als Stewardess machte. Für beide Seiten war es eine wunderbare Situation. Die Braut und ihr Bräutigam flogen ihre Gäste nach Vilnius, dem Ort der morgigen Hochzeit.

»Sie ist kein bisschen aufgeregt«, flüsterte Jelke über den Kopf von Pia hinweg zu ihrem Mann Marc, als Edith die Einweisung in die Notverfahren demonstrierte.

»Ich glaube, meine Schwester hat die halbe Nacht nicht geschlafen«, sagte er. »Wie ich sie kenne, wird sie heute den Polterabend locker durchstehen und sich für morgen warmlaufen.«

»Diese Energie scheint ein Gen in eurer Familie zu sein«, kommentierte Jelke.

»Warum zeigt sie uns ihre Schwimmweste?«, rief Boris zu seiner Mutter, die mit ihren kleinen Söhnen eine Reihe belegte. »Wir fliegen doch gar nicht über Wasser!«

»Das ist Vorschrift!«, rief Anastasia von der anderen Seite herüber. »Pass gut auf!«

Ihr Mann Michael war zufrieden, dass Alexei ein paar Reihen vor ihm saß und er ihn im Auge behalten konnte. Iwan hatte ihm eine dubiose Nachricht geschickt, in der er ihn bat, Alexei zu beobachten. Michael konnte sich das nicht erklären, denn Alexeis Verhalten gegenüber Yulia und ihren Kindern war unauffällig. Im Gegenteil, sie gingen freundlich und respektvoll miteinander um. Immerhin durfte sie in seinem Haus in Monaco wohnen, wann immer sie wollte. Vielleicht war Iwans Misstrauen gegenüber allem und jedem wieder gestiegen, oder es war die gelernte KGB-Methode, auch Familie

und Freunde zu observieren. So oder so, Iwans Anweisungen waren ihm Befehl. Außerdem wollte er seinen Start als Facility Manager von Iwans Gütern nicht durch mangelnde Sorgfalt belasten.
Ein Mann setzte sich in Alexeis Reihe. Er begrüßte ihn kurz und stutzte, als würde er ihn erkennen. Nachdem er sich angeschnallt hatte, sah er erneut zu ihm hinüber und wollte es nicht glauben. Der Himmel hatte ihm für diesen Flug ein Geschenk in seine Reihe gesetzt. Noch in der letzten Woche stand ein Essay über ihn in der Neuen Zürcher Zeitung mit dem Titel »Alexei Sokolow – Der Präsidentenflüsterer.«
»Guten Abend, Herr Sokolow.«
»Das fehlt mir noch«, dachte Alexei, aber blieb freundlich. »Guten Abend«, grüßte er zurück.
»Gestatten, Jürgen von Bornheim, deutscher Botschafter in Litauen. Ich freue mich, einen engen Freund des Präsidenten der Russischen Föderation neben mir zu haben. Was führt Sie in meine Residenzstadt, wenn ich fragen darf?«
Alexei fand ihn für einen Diplomaten alles andere als diplomatisch. Aber offensichtlich war der aufdringliche Sitznachbar von dem unbezähmbaren Wunsch gesteuert, etwas über Pavlenkos Absichten herauszufinden. Er konnte das sogar verstehen, denn niemand im Westen hatte aktuell Kontakt mit Iwan. Und jetzt bot sich diesem deutschen Botschafter eines kleinen baltischen Staates die einmalige Chance für eine bedeutende Depesche nach Berlin.
»Ich habe geschäftlich in Vilnius zu tun. Aber wenn Sie gestatten, Exzellenz, ich möchte ein wenig ausruhen.«
Mit dieser förmlichen Ansage drehte er den Kopf zum Fenster und schloss die Augen, ohne auch nur eine Sekunde zu schlafen.
Er dachte über die Kontrollen in Vilnius nach. Hoffentlich würde es angesichts der angespannten Lage keine Probleme machen, mit dem Hubschrauber von Litauen nach Belarus

zu gelangen. In Minsk angekommen, würden sie mit einem Jet des Kremls nach Moskau fliegen. Iwan hatte alles vorbereitet. Alexei stellte sich vor, wie Iwan seine Yulia und die beiden Jungen am Flughafen in Moskau liebevoll begrüßen würde. Oder auch nicht? Wie würde er mit ihm umgehen? Seine Gedanken führten zwangsläufig wieder einmal zu der verdammten Wanze.

Er zwang sich, abzuschalten und sich auf seine morgige Aufgabe am 15. März zu konzentrieren. Alles lief nach Plan. Das Nervengift befand sich in seinem Handgepäck, die Mitwisser standen bereit und Kryptos wusste, dass er auf dem Weg nach Vilnius war.

Ludmilla verriegelte die Tür hinter dem letzten Passagier und gab Edith ein Zeichen.

»Boarding completed«, meldete diese laut vernehmbar an den Kapitän.

»Guten Abend meine Damen und Herren, Ihr Captain Darias Vanagas. Wir entschuldigen uns für die Verspätung. Die Kollegen am Boden haben glücklicherweise das kleine technische Problem in unserem Flight Management System gelöst, sodass wir jetzt startbereit sind. Meine charmante Kollegin Maria Kudirka wird Sie heute fliegen.«

Die Passagiere waren nach dem langen Warten so angespannt, dass sie jede Information zur Durchführung des Fluges dankbar aufnahmen. Jelke lehnte den Kopf an Marcs Schulter. »Gott sei Dank, jetzt reicht es aber auch. Ich bin froh, wenn wir in Vilnius sind.«

»Das kann ich verstehen, aber jetzt kann nichts mehr passieren.«

Marc aktivierte das Bord-WLAN auf seinem Smartphone und startete dann die Flug-App, um den Flugweg von AL401 live verfolgen zu können. Das Flugzeug näherte sich der Reiseflughöhe. Ludmilla ging nach vorne, zog den Vorhang zu und verdeckte, unbemerkt von Edith, mit einem schnellen Griff

die Linse der Kamera, durch die die Crew Einblick in den Bereich vor dem Cockpit hatte.
Sie drehte sich zu Edith.
»Du wirst jetzt genau machen, was ich dir sage.«
Edith blickte auf eine Pistole und starrte sie an.
»Bist du wahnsinnig, Ludmilla. Was machst du?«
»Hör gut zu, Edith, ich mache das nicht gerne, aber ich möchte, dass du kooperierst. Dann wird dir und deiner Familie nichts passieren«, sagte Ludmilla in einem scharfen Ton, der jeglichen Widerspruch ausschloss.
Edith spürte, wie ihre Knie weich wurden und stützte sich ab. Ludmilla drückte ihr die Waffe heftig an die Brust.
»Reiß dich zusammen, Edith! Alles hängt jetzt von dir ab!«
Edith versuchte, einen klaren Gedanken zu fassen. Sie war auf alle Notfälle vorbereitet, auch auf Flugzeugentführungen, aber nicht auf den Fall, von einer Kollegin als Geisel genommen zu werden.
Sie schnappte nach Luft, suchte nach einer Lösung. In diesem Moment schob ein Mann den Vorhang zur Seite und schloss ihn sofort wieder. Blitzschnell übernahm er von Ludmilla die Pistole. Edith erkannte ihn als den letzten eintretenden Passagier, der kurz mit Ludmilla gesprochen hatte. Immer noch unfähig zu reagieren, spürte sie einen eisernen Griff um ihren Hals. Sie versuchte zu schreien, aber der Schrei erstickte am Lauf der Pistole in ihrem Mund. Der Mann drückte Edith gegen die verschlossene, gepanzerte Tür zum Cockpit. Ludmilla gab den Sicherheitscode zum Entsperren ein.
Darias war gerade intensiv mit der Überwachung der Abflugroute beschäftigt. Er sah das Freigabesignal für die Tür, bemerkte jedoch, dass die Kamera für die Türkontrolle kein Bild zeigte. Das war merkwürdig, denn sie hatte gerade noch funktioniert.
»Was denkst du?«, fragte er seine Co-Pilotin Maria, die den Flug durchführte.

»Der Code stimmt, aber ich würde trotzdem nachfragen«, antwortete sie.
Ludmilla nahm den Hörer ab. »Ja, bitte?«, meldete sie sich.
»Alles okay bei euch?«
»Ja, natürlich. Edith muss mit Darias über einen Passagier in Reihe 11 sprechen, der ärztliche Versorgung braucht.«
»Das Kamerabild bei euch ist tot.«
»Das hatte ich hier vor drei Tagen schon einmal, sollte aber behoben sein.«
Maria wollte gerade bemerken, dass sie darüber keinen technischen Eintrag gesehen hatte, doch Darias sagte bereits: »Okay, ich lasse Edith rein.«
Ludmilla nickte dem Mann zu, der die Tür öffnete und mit Edith ins Cockpit trat, während er die Pistole an ihren Kopf hielt. Die Tür schloss sich hinter ihnen.
Darias starrte entsetzt auf die Szene. Seine Frau als Geisel in der Gewalt eines bewaffneten Entführers!
»Es tut mir leid«, stammelte Edith mit tränenerstickter Stimme. »Ludmilla hat mich überwältigt ... Die beiden sind Geschwister, sie arbeiten zusammen.«
Darias und Maria tauschten einen kurzen, hektischen Blick aus. Verinnerlichte Checkliste bei Geiselnahme: Keine Gewalt im Cockpit, Sicherheit der Menschen geht vor, Deeskalation. Darias drehte sich zu dem Geiselnehmer um. Der Mann, kräftig, robust, derbes Gesicht, Glatze, richtete seine Waffe nun auf ihn. Seine Stimme war eher warm und tragend, als er sagte: »Lies diesen Zettel!«
»Das will ich gern machen, aber zuerst möchte ich Sie bitten, ihre Hand vom Hals der Stewardess zu nehmen.«
»Halte den Mund und lies den Zettel!«
Marias Hände zitterten. Sie war erleichtert, dass der Autopilot das Flugzeug steuerte. Wie in der Routine wollte sie dem Kapitän melden, dass sie nun die Reiseflughöhe erreicht hat-

ten. Doch sie unterließ es, denn auch Darias' Hand zitterte, als er den Text las.
Darias drehte sich erneut zu dem Geiselnehmer um und fragte so beherrscht wie möglich: »Können wir über die Sache reden? Es gibt bestimmt eine bessere Lösung, Ihren Bruder Nika freizubekommen.«
»Du hast offensichtlich nicht verstanden. Ich bin jetzt der Kapitän. Du sendest jetzt meine Botschaft an die Flugsicherung. Ich will das über die Lautsprecher hören. Hast du verstanden?«
Juri zielte erneut auf Ediths Kopf. Darias nickte mit zusammengepressten Lippen, als wolle er nicht aussprechen, was er sagen musste: »München Radar, AL401, Luftnotlage. Bitte kommen.«
»AL401, München Radar hört.«
»München Radar. AL401 MAYDAY, Flugzeugentführung. Im Cockpit befindet sich ein bewaffneter Geiselnehmer, der uns zwingt, diesen Text zu sprechen:
Ich, Juri Petrow, fordere den russischen Präsidenten auf, meinen zum Tode verurteilten Bruder Nika Petrow sofort aus dem Zentralgefängnis Vladimir freizulassen. Außerdem sollen alle ukrainischen Kriegsgefangenen aus dem Stahlwerk Asowstal in Mariupol freigelassen werden. Ich gebe dem russischen Präsidenten dreißig Minuten Zeit, für die Bestätigung durch meinen Bruder persönlich. Sollte das nicht geschehen, werde ich die Crew erschießen und das Flugzeug abstürzen lassen. Unsere Familie wurde durch russische Raketen getötet. Ich habe nichts mehr zu verlieren. Ruhm der Ukraine!«
Während er das las, gab die Co-Pilotin Maria den Code 7500 für eine Flugzeugentführung ein. In diesem Moment war die Flugsicherung sowohl durch den Notruf wie auch durch das Notsignal alarmiert.

»AL401 von München Radar. Das ist verstanden. Bleiben Sie auf Kurs und Höhe. Können Sie bestätigen, dass Sie das Flugzeug unter Kontrolle haben?«

»Wir bleiben auf Kurs und Höhe. Niemand ist verletzt, aber wir haben eine Pistole am Hals.«

»Handelt es sich um einen Einzeltäter?«

»Genug geredet! Kein weiteres Palaver!«, fuhr Juri den Kapitän an.

»Unser Ziel ist jetzt nicht mehr Vilnius, sondern Kiew.«

»AL401, München Radar, wie hören Sie mich?«

»München Radar, AL401, wir melden uns später. Ende.«

»Das wird nicht funktionieren, Juri. Niemand wird uns erlauben, nach Kiew zu fliegen. Der Luftraum ist Kriegsgebiet und für uns gesperrt.«

»Hier ist die Erlaubnis, Darias Vanagas!«

Er schlug mit dem Pistolengriff hart auf Ediths Schulter, worauf sie kurz aufschrie. Darias beherrschte sich, um nicht aufzuspringen und zuzuschlagen. Seine Hände umklammerten das Steuerhorn, seine Knöchel wurden weiß vor Anspannung. Natürlich würde er keine Schießerei im Cockpit riskieren, aber er musste irgendwie Edith schützen. Er atmete tief ein und zählte langsam bis drei.

»Okay, Sie wissen von Ihrer Schwester, dass Edith meine Frau ist. Stimmt das?«

Juri nickte. Edith war seine Trumpfkarte für die Freilassung des Bruders.

»Sie wollen mich nicht nur als Kapitän dieses Flugzeuges erpressen, sondern auch emotional. Ich bin auch nur ein Mensch, Juri. Jemand, der für 98 Passagiere verantwortlich ist und der Morgen seine Chefstewardess in der Kirche heiraten möchte. Ich schlage vor, wir machen ein Geschäft. Sie brauchen mich, ich brauche Ihre Kooperation. Also, mein Vorschlag. Ich werde tun, was Sie sagen, um Ihren Bruder Nika freizubekommen. Wir werden uns von nun an über alle

Schritte absprechen. Im Gegenzug erwarte ich von Ihnen, dass Sie niemandem im Flugzeug etwas antun. Wäre das für Sie in Ordnung?«
Juri stierte den klug sprechenden Kapitän an. Er war auf Gewalt eingestellt, nicht auf ein Geschäftsmodell. Er fürchtete, die Kontrolle abzugeben. Er blickte auf die gefühlt eintausend Knöpfe und Lichter im Cockpit, die ihm nichts sagten und auf die Crew, die er für seinen Plan brauchte. Ludmilla stieß ihn in den Rücken und flüsterte ihm etwas ins Ohr.
»Okay, wir machen das zusammen. Ich werde die Befehle geben, du wirst sie genau befolgen. Deine Braut und ich bleiben im Cockpit. Beim kleinsten Anzeichen, dass ihr uns hintergehen wollt, ist das Geschäft beendet und deine Braut die erste Leiche. Und jetzt ab nach Kiew!«
»Ich habe die Kontrolle«, sagte Darias zur Co-Pilotin Maria.
»Du hast die Kontrolle«, erwiderte sie routiniert, obwohl nichts routiniert war.
Bisher war sie damit beschäftigt gewesen, die Boeing 737-300 sicher zum Ziel Vilnius zu bringen, trotz des unfassbaren Horrors, der sich hinter ihr abspielte. Jetzt waren sie Geiseln und sollten nach Kiew fliegen. Einen Moment lang hoffte sie, es möge nicht wahr sein. Aber er war tödliche Realität. Sie wandte sich Edith zu. Immerhin hatte der ukrainische Entführer nicht mehr die Waffe auf sie gerichtet. Beide Frauen sahen sich an. In beiden Gesichtern war Angst und Wut auf Ludmilla. Ohne ihre Kollegin, die stumm im Cockpit stand, hätte dieser Juri die Tat nicht ausführen können.
Edith überlegte kurz, was in dieser Ludmilla vorging, die noch vor dreißig Minuten so interessiert an den Erzählungen über die Hochzeit schien. Sie erinnerte sich an die merkwürdige Pause danach, so als hätte Ludmilla ihr etwas mitteilen wollen. Was war das für eine Frau? Wie war es ihr gelungen, die Waffe an Bord zu schmuggeln?

»Warum Ludmilla, warum das Leben von über einhundert Menschen für ein einziges zu riskieren? Ist es dir das wert?«
»Ja, das ist es mir, Edith. Und was mich betrifft, ich bin seit dem Tag tot, an dem der Wahnsinnige in Moskau meine Eltern mit einer Bombe getötet hat.«
»Aber warum sollte er auf eure Forderung eingehen, euren Bruder Nika freizulassen?«
»Weil Russen an Bord sind«, antworte Ludmilla.
»Und ihr glaubt wirklich, das würde den Massenmörder Iwan Pavlenko interessieren?«, fragte Edith zurück.
»Vermutlich nicht, doch dafür gibt es einen Plan B, der auch Iwan den Schrecklichen überzeugen wird.«
Sie blickte dabei auf ihren Bruder. Darias, Maria und Edith warteten gespannt darauf, dass er dazu etwas sagen würde. Juri schwieg.
Edith drängte weiter: »Bisher ahnen die Passagiere noch nicht, dass das Flugzeug entführt wurde. Aber das könnte sich schnell ändern, wenn keine Stewardess mehr erscheint. Wenn ihr keine Panik unter den Passagieren wollt, dann sollten Ludmilla und ich jetzt mit dem Service beginnen.«
Darias schickte ein Stoßgebet in den nächtlichen Himmel: »Herr, ich flehe dich an, mach es geschehen, dass Edith hier herauskommt.«
»Ludmilla, du gehst, die Braut bleibt hier«, sagte Juri mit schneidender Stimme.

KAPITEL 24

Hauptmann Saskia Schäfer betrat die Operationszentrale des Einsatzführungsbereichs 3 auf dem Luftwaffenstützpunkt Schönewalde/Holzdorf in Sachsen-Anhalt. Die achtundzwanzigjährige Jägerleitoffizierin war Ausbilderin für angehende Aircraft Controller. Sie sprach perfektes Englisch, war stressresistent, jeder Satz saß. Sie liebte ihren Job nicht nur, weil sie im Team geschätzt wurde und dieselbe Bezahlung erhielt wie die männlichen Kollegen, sondern auch, weil es trotz der Routine in der Überwachung des deutschen Luftraumes nie langweilig wurde. Dafür sorgten die Monitore mit den zahlreichen Flugbewegungen am Himmel über Deutschland und die ständige Spannung, dass ein nicht autorisiertes Flugzeug jederzeit in den deutschen Luftraum eindringen könnte und dann von einer Alarmrotte, bestehend aus zwei Eurofightern, aufgespürt werden müsste. Das kam etwa dreißig Mal im Jahr vor.

Selten war die Ursache ein technisches Versagen der Flugzeuge, meistens handelte es sich um Fehler der Piloten, die zumeist vergessen hatten, die richtige Funkfrequenz einzustellen und somit für die Deutsche Flugsicherung »blind« flogen. Saskias Aufgabe war es dann, die beiden Eurofighter zu alarmieren und sie schnellstmöglich durch das komplexe Luftstraßennetz an Flugbewegungen vorbei zum verdächtigen Objekt zu führen.

Dafür hatte sie zwei Optionen zur Auswahl: die Alarmrotte des Taktischen Jagdgeschwaders 71 „Richthofen" in Wittmund oder des Taktischen Luftwaffengeschwaders 74 in Neuburg an der Donau, je nachdem, welche Rotte schneller am Ziel sein konnte.

Sie machte es sich auf ihrem Stuhl bequem und betrachtete die vielen gelben Zahlen auf den Monitoren, die die Flugbewegungen darstellten. Gerade wollte sie ihren Assistenten bitten, ihr freundlicherweise eine Tasse Kaffee mitzubringen, als sich ihre Welt innerhalb von Sekundenbruchteilen von Standby auf Action drehte.
Alarmmeldung aus dem Nationalen Lage- und Führungszentrum für Sicherheit im Luftraum in Uedem:

R E N E G A D E !

Entführung eines litauischen Verkehrsflugzeuges durch bewaffneten Luftpiraten im deutschen Luftraum. Terroristischer Angriff.
Es war der schlimmstmögliche Einsatzfall, den sie zudem in ihrer zehnjährigen Dienstzeit auch noch nie erlebt hatte. Routiniert erfasste sie die Position, Höhe, Flugrichtung und Geschwindigkeit von AL401, kalkulierte, dass die Alarmrotte aus Neuburg schneller am Ziel wäre als die Kameraden aus Wittmund, drückte auf den roten Knopf, der den SCRAMBLE-Alarm im Einsatzraum des Geschwaders in Neuburg auslöste und die beiden Eurofighter-Piloten zu ihren vorbereiteten Flugzeugen eilen ließ.
Bis dahin waren genau 45 Sekunden vergangen. Die beiden Kampfpiloten hatten nach NATO-Kriterien maximal 15 Minuten Zeit, um in der Luft zu sein. Doch bereits nach 9 Minuten kam der Funkspruch:
SCRAMBLE ONE – READY TO COPY YOUR INFORMATION.
Während Saskia konzentriert und unaufgeregt die Positionsdaten von AL401 an den Rottenführer SCRAMBLE ONE durchgab, hatten sich hinter ihr andere Operator versammelt und beobachteten, wie die Jägerleitoffizierin in dem ersten scharfen Einsatz der Dienststelle die beiden Eurofighter vom Start an führte.
Die SCRAMBLE-FLIGHT in Neuburg schoss in Formation mit 300 km/h fast senkrecht in den abendlichen Himmel und er-

reichte nach einer Minute bereits eine Höhe von 30.000 Fuß, ohne zu wissen, was sie erwartete, denn für ein Lagebriefing war bisher keine Zeit gewesen.
Dank des Highjack-Codes 7500 konnte Saskia AL401 schnell auf ihrem Monitor erkennen. Die Flugrichtung bereitete ihr Sorgen, denn wenn die entführte Maschine ihre Geschwindigkeit beibehalten würde, würde sie in nur zwölf Minuten in den tschechischen Luftraum eindringen.
Sie informierte SCRAMBLE ONE darüber und registrierte sofort wie beide Eurofighter auf 1,6 Mach beschleunigten. Beim Durchbrechen der Schallmauer erschütterte ein Doppelknall Süddeutschland und führte sofort zu unzähligen Anrufen besorgter Bürger bei den Polizeidienststellen.
Während die beiden Jagdflugzeuge mit je zwei Zusatztanks von je 1000 Liter Kerosin der entführten AL401 nachrasten, informierte die Jägerleitoffizierin die Kampfflugzeuge über den Sachverhalt:
SCRAMBLE ONE – NO EXERCISE – DAS IST KEINE ÜBUNG +++ AL401 MIT ZIEL VILNIUS INTERNATIONAL IN DER GEWALT EINES BEWAFFNETEN UKRAINISCHEN ENTFÜHRERS +++ KAPITÄN FLIEGT DIE MASCHINE +++ ENTFÜHRER FORDERT FREILASSUNG SEINES BRUDERS AUS RUSSISCHER GEFANGENSCHAFT +++ KEINE INFORMATIONEN ÜBER SITUATION DER PASSAGIERE +++ ANNÄHERN UND WEITERE WEISUNGEN ABWARTEN +++ NO EXERCISE, ICH WIEDERHOLE – KEINE ÜBUNG.
Zur gleichen Zeit verfolgten die Luftraum-Controller im nationalen Führungszentrum in Uedem das Geschehen. Linienflugzeuge am Himmel über Deutschland wurden von der Deutschen Flugsicherung auf neue Flughöhen und Kurse umgeleitet, um den Direktanflug der deutschen Jäger nicht zu gefährden. Saskia sah mit Genugtuung, wie der Luftraum für sie freigeschaufelt wurde. Doch dann änderte AL401 den Kurs auf 070 Grad. Mit ein paar Klicks stellte Hauptmann

Schäfer fest, dass die entführte Maschine Richtung Kiew raste, direkt in das Kriegsgebiet. Die Menschen hinter ihr hielten den Atem an.

Noch bevor die deutsche Jagdfliegerrotte die entführte AL401 erreichte, meldete ntv in einem roten Breaking News-Streifen eine Flugzeugentführung über Deutschland und kündigte weitere Einzelheiten an. Erst dadurch wurde der oberste Krisenmanager des Auswärtigen Amtes in Berlin informiert. Er berief sofort eine Krisensitzung im Krisenkeller des Amtes, Am Werderschen Markt 1, ein und forderte von den Schweizer Behörden eine Passagierliste an.

KAPITEL 25

Das Zeichen für die Anschnallpflicht war erloschen. Jelke fragte Marc: »Woher bekommen wir ein paar Porzellanteller für das Poltern heute Abend?«
»Du hast recht, wir werden Edith fragen, wenn sie mit Ludmilla den Bordservice startet. Das sollte gleich passieren. Ich wundere mich, dass sie schon so lange hinter ihrem Vorhang verschwunden sind.«
Marc war sofort wieder im Internet vertieft. »Flugzeugentführung über Deutschland – ukrainischer Entführer fordert Freilassung seines inhaftierten Bruders.«
»Hast du das auch gelesen?«, fragte Tom aus derselben Reihe zu Marc hinüber.
»Ja, gerade.«
»Einzelheiten, Fluglinie?«
»Nein, aber ich suche noch.«
»Oh, Gott«, sagte Jelke. »In der Maschine möchte ich nicht sein.«
»Sieh' mal Papa, draußen blinkt was!«, rief Pia.
Marc glaubte seinen Augen nicht zu trauen. Links von ihnen flogen zwei Jagdflugzeuge. Ruhig, elegant und in schönster Formation.
»Kneif mich mal, Tom, das sind Eurofighter!« Der sprang aus seinem Sitz, beugte sich über Marc. »Tatsächlich, zwei Eurofighter der Deutschen Luftwaffe!«
»Was wollen die denn von uns?«, fragte Jelke.
Tom meinte spontan: »Ganz klar eine Übung. Dürfte etwas mit der politischen Lage zu tun haben. Das machen die jetzt öfter. Heute sind wir einmal Bundespräsident.«

Pia winkte den Flugzeugen aufgeregt zu. Inzwischen traten auch andere Passagiere auf die linke Seite und bückten sich, um die beiden ungewohnten Begleiter zu sehen.

Die Augen der Operator im Kontrollzentrum hingen am Monitor der Jägerleitoffizierin. Die beiden Eurofighter und AL401 verschmolzen fast zu einer Einheit.
»SCRAMBLE ONE an Command and Control Center. Wir fliegen in fünfzig Metern Abstand links von AL401. Zwei Personen stehen hinter der Crew. Piloten-Kanzel abgedunkelt. Keine Auffälligkeiten erkennbar. Passagiere winken uns zu.«
»Roger SCRAMBLE ONE, bleiben Sie dran und nehmen Sie Kontakt mit AL401 auf.«
Die Formation schloss leicht auf, damit sie aus der Kanzel der Boeing wahrgenommen werden konnte. Darias sah sie sofort. Er fühlte Erleichterung. Sie waren nicht mehr allein.
»Wir haben Begleitung«, sagte der Flugkapitän zu Juri, der immer wieder auf seine Uhr starrte.
»Was soll der Quatsch! Ich will meinen Bruder, keine fremden Flugzeuge! Sag denen, die sollen sofort verschwinden!«
Darias schaltete schnell: »Das würde ich mir überlegen, Juri. Die beiden sind zu unserem Schutz da.«
»Schutz, wovor?«
»Vor russischen Flugzeugen. Vielleicht möchte der russische Präsident das Problem lösen, indem er uns abschießen lässt.«
Juri sah den Flugkapitän misstrauisch an. Was wurde hier gespielt?
Ludmilla riss den Aufkleber von der Flight-Deck-Kamera und kam in die Kabine.
»Hast du die beiden Kampfflugzeuge gesehen?«, fragte sie ihren Bruder.
Juri überlegte einen Moment und antwortete dann: »Ja, solange sie uns in Ruhe lassen, können sie meinetwegen dortbleiben.«

Der Pilot von SCRAMBLE ONE hatte seine Cockpitbeleuchtung eingeschaltet. Sein Helm mit der Sauerstoffmaske war klar zu sehen. Er gab mit einer Handbewegung zu verstehen, dass er sprechen wollte.
»Sie wollen mit mir reden«, sagte Darias ruhig zu Juri.
Im selben Augenblick hörte die Crew: »AL401, hier SCRAMBLE ONE, können Sie mich hören?«
»AL401. Ich höre Sie laut und klar, SCRAMBLE ONE«.
»Was soll ich denen sagen?«, fragte er Juri. »Wie ist Ihr Plan?«
»Okay, sag denen, sie sollen sicherstellen, dass meine Forderung beim russischen Präsidenten ankommt. Er hat noch 10 Minuten Zeit. Danach gibt es die erste russische Leiche. Alle drei Minuten eine weitere.«
Darias, Maria und Edith versuchten, ihr Entsetzen zu verbergen. Jeder versuchte, mit der Situation möglichst professionell umzugehen. Noch war nichts passiert. Noch war alles nur eine entsetzliche Drohung.
Darias gab diese Informationen an SCRAMBLE ONE weiter und fügte hinzu: »Es gibt keine Verletzten, das Flugzeug ist in Ordnung. Wir planen eine Landung in Kiew und haben noch für 2,5 Stunden Treibstoff. In drei Minuten fliegen wir in den tschechischen Luftraum ein.«
SCRAMBLE ONE antwortete: »Wir haben die Genehmigung, euch zu begleiten. Gibt es sonst noch etwas, das wir wissen müssen?«
Darias antwortete: »Nein, falls etwas ist, werden wir uns melden. Over und Out.«

Ludmilla zerrte an ihrem Bruder. »Was machen wir mit den Passagieren? Die ahnen, was das bedeutet. Ich will keine Panik. Mir reicht das hier schon.«
Darias hatte ihre Worte gehört und vor allem ihre Überforderung registriert. Vielleicht konnte er zu einem späteren

Zeitpunkt Ludmilla dazu bewegen, ihren Bruder von dem Plan abzubringen.
»Juri, ich schlage Ihnen vor, dass ich die Passagiere informiere, bevor uns die Sache hinten entgleitet.«
Ludmilla meinte spontan: »Ja, bitte, aber dafür brauche ich Edith.«
»Nein, die Braut bleibt hier. Du bekommst das allein hin«, ging Juri dazwischen.
Darias schaltete sich ein.
»Können wir das noch einmal überdenken, Juri? Sie haben doch uns.«
»Nein, keine Diskussion!«
Darias griff zum Mikrofon. Jetzt musste jedes Wort sitzen:
»Liebe Fluggäste, Ihr Kapitän. Wie Sie sehen, befinden sich links von uns zwei deutsche Eurofighter-Kampfflugzeuge. Wir haben ein Problem. Ein bewaffneter Mann zwingt uns, nach Kiew zu fliegen. Er hält uns und die Chef-Stewardess als Geiseln.«
Darias war sich bewusst, dass die Passagiere in diesem Moment einen Schockzustand erleben würden.
»Haben Sie keine Angst. Er will uns und Ihnen nichts antun, sondern fordert vom russischen Präsidenten die Freilassung seines zum Tode verurteilten ukrainischen Bruders. Das Flugzeug dient lediglich diesem Zweck. Ich versichere Ihnen, dass meine Kollegin und ich die Kontrolle über das Flugzeug haben. Alles wird gut. Sobald es mir möglich ist, werde ich zu Ihnen kommen und mit Ihnen sprechen. Bitte bleiben Sie angeschnallt auf Ihren Sitzen. Vielen Dank, dass Sie jetzt Ruhe bewahren. Dadurch helfen Sie auch uns am meisten.«
Jelke konnte kaum glauben, was sie gerade gehört hatte und atmete schwer. Sie sah die Eurofighter, sah ihr Kind an, hörte leises Weinen hinter sich, einen unterdrückten Hilfeschrei und blickte auf den geschlossenen Vorhang. Sie waren ge-

fangen in diesem Flugzeug, das jederzeit abstürzen konnte. Ein einziger schwerer Fehler im Cockpit und alles wäre vorbei. Marcs Gedanken rasten. Er versuchte, die Situation mit all ihren Risiken zu erfassen. Er legte seine Hand auf ihre. »Bleib ruhig, Schatz. Bitte, wir müssen dem Kapitän jetzt vertrauen.«
Jelke wartete darauf, dass sie eine Panikattacke bekommen würde. Doch das Gegenteil geschah. Sie dachte an die Kartenleserin und die alten Ängste vor möglichen Ereignissen. Die Situation war schrecklich, aber sie waren am Leben. Es gab eine Chance, dass alles gut enden würde. Sie beruhigte sich. Sie musste ruhig bleiben, schon allein für Pia, die die Geiselnahme noch nicht verstand und in ihrem Malbuch zeichnete. Und auch für Edith, die als Geisel festgehalten wurde, hinter ihrem Mann. Was für eine schreckliche Situation für das Brautpaar. Wenn jemand Unterstützung brauchte, dann waren es die beiden.
»Mach dir keine Gedanken, Marc. Wir packen das. Besteht die Gefahr, dass dieses Flugzeug durch ein Kampfflugzeug abgeschossen wird?«
Marc war erleichtert über Jelkes plötzliche innere Stärke. Er hatte selbst ein Problem. Er kannte sich mit Krisenmanagement bei Flugzeugentführungen aus, aber diese Situation war anders, absolut anders. Es gab keinen Terroristen in Sichtweite, den man überwältigen konnte. Alles spielte sich im Cockpit ab. Nicht einmal Ludmilla war zu sehen. Und die eigenen Verwandten im Cockpit waren Geiseln.
»Nein Jelke, ausgeschlossen. Sie sind nur hier, um uns zu helfen.«
»Aber wie?«
»Zum Beispiel bei der Navigation.«
»Für wie viele Stunden hat diese Boeing Flugbenzin an Bord?«
Er zog das Datenblatt des Flugzeuges aus dem Bordmagazin hervor. »Wenn eine Boeing 737-300 aufgetankt ist, kann sie über 4000 Kilometer fliegen. Bis nach Kiew dürften es etwa

1500 Kilometer sein. Also müssen wir deswegen keine Angst haben.«

Trotz der Bitte des Kapitäns waren viele Passagiere von den Sitzen aufgesprungen und rannten zu anderen, die sie kannten. Alexei hörte russische, englische und deutsche Wortfetzen. Jemand betete laut das Vaterunser, eine Frau schrie hysterisch. Es gab keine Stewardess, die beruhigend eingriff. Die Panik waberte wie eine Welle bis zur letzten Reihe. Doch nur wenige Menschen waren laut, die meisten der 98 Passagiere saßen zusammengesackt auf den Sitzen, unfähig, ihre entsetzliche Angst zu beherrschen. Jeder spürte, dass man nichts, aber auch nichts tun konnte, um das Überleben zu sichern. Sie fühlten sich machtlos und ausgeliefert. Viele versuchten verzweifelt, Textnachrichten zu verschicken, die jedoch nicht ankamen. Einige schrieben Abschiedsnachrichten in der Hoffnung, dass man das Handy intakt finden würde.
Michael Wussow hatte einen Notizblock aufgeschlagen und notierte die Ereignisse an Bord minutiös wie in einer Geschäftsbesprechung. Anastasia bekam auf ihre Fragen von ihm keine Antworten und sah stattdessen, wie ihr Mann Michael nun anfing zu malen. Er malte perfekt. Nach wenigen Minuten zeichnete sich das Gesicht von Iwan Pavlenko ab, derjenige, der sie alle retten konnte. Er brauchte nur »Ja« zu sagen. Anastasia war sicher, dass er das tun würde.
Yulia hatte die Augen geschlossen, unfähig auf die löchernden Fragen ihrer beiden Söhne einzugehen. Sie schaute auf ihr Handy. Tot, kein Netz. Keine Chance, mit Iwan zu sprechen. Ihr kam der absurde Gedanke, dem Entführer zu sagen, dass sie die Frau von Iwan sei und mit ihm sprechen müsse. Was für ein Unsinn! Iwan wusste längst, dass sie, die Jungen, die Wussows und Alexei in einer entführten Maschine saßen. Sie versuchte sich vorzustellen, was Iwan jetzt entscheiden würde. Allein bei dem Gedanken wurde

ihr angst, denn Iwan war nicht erpressbar. Auch nicht beim Leben seiner Liebsten?
Sie sah nach vorne zu Alexei. Irgendetwas in ihr sagte: »Geh nicht zu ihm. Der Entführer ist Ukrainer ... Er hasst Russen ... Der Mann neben Alexei könnte merken, wer da mit wem Russisch spricht ... Alexei, du fehlst mir ... Ich vermisse deine Stärke, deinen Halt ... Bitte sag mir, was jetzt geschieht ... Hilf uns hier heraus.«
Yulia sah an sich herunter und machte sich ganz klein. Sie bedauerte, dass sie sich so auffällig reich gekleidet hatte. Am liebsten hätte sie sich in einem gewöhnlichen grauen Filzmantel versteckt.
Alexei hatte sich schnell wieder gefangen. Also eine Flugzeugentführung! Das fehlte gerade noch. Er versuchte, sich nicht zu bedauern, dass es einfach nicht sein sollte, ohne Probleme nach Moskau zu kommen. Es gab zwei Dinge, die passieren mussten. Iwan musste Nika freilassen und der Entführer und die Komplizin durften zwischenzeitlich nicht durchdrehen. Er überlegte, was er dem Entführer anbieten könnte, um die Geiselnahme zu beenden. Geld? Nein, selbst Millionen würden an der Situation nichts ändern. Der Mann war ein Fanatiker, der seinen Bruder freipressen wollte. Das Schlimmste war, dass sie keine Kommunikation nach draußen hatten. Das Satellitentelefon zum Kreml war seit einer halben Stunde offline, genauso wie das WLAN an Bord. Immerhin funktionierte kurzzeitig die App, über die er die Position von AL401 und die Flugdaten ersehen konnte. Das Flugzeug wurde in der App nun korrekt als Notfall deklariert. Und er saß da drin! Er fragte sich, warum der Kapitän gerade die Reisegeschwindigkeit reduziert hatte. Kämpfte er um Verhandlungszeit? Das Flugzeug in der App zielt genau auf Kiew zu. Angenommen, sie würden tatsächlich in Kiew landen, wie sollte er rechtzeitig nach Moskau kommen? Iwans Hände reichten nur bis zur Grenze. »Vielleicht kann man den Entführer doch überreden,

nach Vilnius zu fliegen?« Sofort verwarf er den Gedanken. Er dachte an Yulia. Was musste sie jetzt durchstehen? Sie hasste das Fliegen. Er zwang sich, sitzen zu bleiben. Nicht auffallen, abwarten.
Botschafter von Bornheim hatte schon viele Krisen durchgestanden, aber nicht so etwas. Er versuchte, die Situation zu bewältigen, wie er es gewohnt war. Kommunikativ. Doch es gab keine Kommunikation. Krisenmanagement ohne Kommunikation war nicht möglich. Er blickte sich um. Ob arm oder reich, Deutscher oder Russe, 98 machtlose Opfer in den Händen von zwei kaltblütigen Entführern. »Was wird hier gleich passieren? Wann werden die ersten Passagiere eskalieren?« Er dachte an das neuerdings viel zitierte Wort Resilienz und fragte sich, wie es mit seiner Widerstandskraft bestellt sei, denn er fühlte starke Angst. Er wandte sich an seinen Sitznachbarn, der ihm äußerst ruhig erschien.
»Sehen Sie eine Möglichkeit, Herr Sokolow, den russischen Präsidenten über Funk aus dem Cockpit zu erreichen? Da gibt es bestimmt mehr Möglichkeiten.«
Alexei sah ihn an, als wüsste der Fragesteller seine Antwort selbst. Er antwortete nicht, sah aber, wie sich drei Reihen vor ihm zwei Männer aus dem Bekannten- oder Verwandtenkreis des Kapitäns erhoben und abrupt den Vorhang zur Seite schoben. Alexei fragte sich, was jetzt dort passierte. Dann waren sie verschwunden.

Marc und Tom standen vor Ludmilla, die mit gesenktem Kopf und beiden Händen zwischen den Beinen auf dem Stuhl saß. Als sie die beiden sah, schreckte sie auf. »Gehen Sie sofort wieder auf Ihre Plätze. Sie wissen, was der Kapitän gesagt hat!«
»Das werden wir nicht, Ludmilla. Ich will wissen, was mit meiner Schwester und mit meinem Schwager ist«, sagte Marc. Tom ging bedrohlich nah auf sie zu. Sie erhob sich und richtete unvermittelt eine Waffe auf sie.

»Verschwindet auf eure Sitze, bevor hier ein weiteres Unglück passiert!«
Beide Männer blieben augenblicklich stehen. »Rückzug, Tom!«, zischte Marc. Sie erhoben sofort beschwichtigend die Arme und zogen sich zu ihren Frauen zurück.
Die Passagiere sahen die beiden Männer rückwärts zu ihren Sitzen stolpern, konnten sich den Vorfall aber nicht erklären.
»Ludmilla ist eine Komplizin, auch bewaffnet«, sagte Marc zu Jelke. »Ich frage mich, wer in diesem Flugzeug noch dazugehört.«
»Das ist doch unfassbar, eine Kollegin von Edith! Ich hatte sofort ein schlechtes Gefühl, als ich die sah«, antwortete Jelke.
»Und Edith wollte diese Dame noch zur Hochzeit einladen«, sagte Marc verbittert.

Im Cockpit hatten Darias, Maria, Edith und auch Juri die Szene über die Kamera verfolgt. »Nicht noch eine Waffe«, dachte der Kapitän. Er hatte gerade versucht, die Situation im Cockpit zu beruhigen, aber Ludmilla draußen war nun eine zusätzliche tickende Zeitbombe.
»Mach die Tür auf!«, herrschte Juri ihn an.
Juri flüsterte ein paar ukrainische Sätze zu Ludmilla und verschloss die Tür wieder.
Der Vorhang zu den Passagieren öffnete sich und Ludmilla erschien mit ihrer Pistole in der Hand. Ihre Stewardess-Jacke hatte sie gegen eine ukrainische Militärjacke eingetauscht.
Die ehemals freundliche Stewardess stand zum Entsetzen der Passagiere nun als militante Terroristin vor ihnen.
Sie sprach über die Sprechanlage. »Hören Sie genau zu. Bis eben hatten wir alles unter Kontrolle. Dann kamen diese beiden Herren hier«, sie zeigte mit der Waffe auf Marc und Tom in der ersten Reihe.
»Sie wollten ins Cockpit eindringen. Ich sage das nur einmal. Bleiben Sie angeschnallt auf den Sitzen. Ich will, dass alle die

Köpfe runternehmen und die Hände über den Nacken legen. Das werde ich jetzt kontrollieren.«
Die Passagiere nestelten hastig an ihren Gurten, um sich wieder anzuschnallen und taten wie befohlen.
Sie ging langsam den Gang entlang und überzeugte sich von der Durchführung ihres Befehls. Die Menschen zitterten vor Angst, einen Fehler zu machen. Niemand wollte jetzt auffallen. Marc überlegte, ob er sie auf dem Rückweg überwältigen sollte. Er sah hinter ihr her. Jelke stieß ihn an: »Kopf runter! Bist du verrückt geworden?«
Er hatte gesehen, dass Ludmilla den Finger am Abzug hatte. Das war nicht nur eine Stewardess, sondern eine Soldatin.
Sie kam zurück. Kurz vor dem Vorhang drehte sie sich noch einmal um und sagte: »Sie können die Hände wieder herunternehmen und sich aufrichten. Bleiben Sie angeschnallt. Keiner verlässt seinen Platz, auch nicht, um an das Bordgepäck zu gelangen!«
Eine Frau meldete sich: »Frau Entführerin. Ich muss dringend zur Toilette, darf ich?«
»Nein!«, kam die prompte Antwort.
Sie fixierte die Anderson-Familie und dann Tom und Aishe. Ihr Blick blieb bei Aishe hängen, die ebenfalls die ukrainische Militär-Jacke trug. Sie sah sie an, als wolle sie signalisieren: »Du verstehst mich. Du weißt, wofür mein Bruder und ich kämpfen.«
Aishe hielt dem Blick stand und schüttelte verneinend den Kopf. Ihr Gesicht war voller Verachtung.

KAPITEL 26

»Summerhill hier, was gibt es Kryptos, wir haben Land unter. Der 15. März ist außerdem doch erst morgen.«

»Vielleicht wird es den Umsturz gar nicht geben, Mr. President. Ein Flugzeug mit Victor an Bord wurde entführt.«

»Wie bitte? Die ganze Story bitte.«

»Er sitzt im Flug AL401 der litauischen Fluglinie. Sie wurde nach dem Take-off in Zürich von einem bewaffneten ukrainischen Geschwisterpaar entführt. Sie fordern mit Ultimatum die sofortige Freilassung des Bruders Nika Petrow. Ein ukrainischer Kriegsheld, der in russischer Gefangenschaft ist, zum Tode verurteilt wurde und dessen Hinrichtung unmittelbar bevorsteht. Das Ultimatum ist in 10 Minuten abgelaufen. Anderenfalls stirbt der erste Russe. In der Boeing 737-300 sitzen 98 Passagiere, wie gesagt darunter unser Brutus.«

»Wo befindet sich das Flugzeug aktuell?«

»Jetzt auf dem Weg nach Kiew, Mr. President.«

»Was weiß man über die Crew?«

»Das Flugzeug wird von zwei Eurofightern der deutschen Luftwaffe begleitet. Der Kapitän der AL401 meldete, dass es bisher keine Verletzten oder technische Probleme gegeben habe. Wenn die Meldungen stimmen, dann wird die Chefstewardess ebenfalls als Geisel im Cockpit gehalten.«

»Warum auch sie?«

»Sie ist die Frau des Kapitäns. Das ist zweifellos die Ausführung eines durchdachten Plans. Eine Flugzeugentführung mit höchstmöglichem emotionalen Erpressungsdruck.«

Der Präsident stützte seinen Kopf in die Hände. Da waren sie wieder, die Bilder von der Geiselnahme seiner Familie auf dem Schiff. Die Angst der Eltern um das Leben der Kinder. Die

Angst des Vaters, einen Fehler zu machen. Seine Gedanken waren bei dem Flugkapitän, der nun Außergewöhnliches leisten musste, um keinen noch so kleinen Fehler zu begehen.
»Was für eine entsetzliche Lage, Kryptos, der Ball liegt also allein beim russischen Präsidenten. Wird er sich erpressen lassen?«
»Unwahrscheinlich, ich würde sogar sagen unmöglich, Mr. President. Die wenigen Russen im Flugzeug dürften ihm ziemlich gleichgültig sein. Auch kann er demonstrieren, dass russisches Recht nicht erpressbar ist.«
»Und wenn er weiß, dass sein Oligarch Nummer Eins an Bord ist, wäre das für ihn ein Grund, diesen Nika Petrow freizulassen?«
Der CIA-Chef dachte an die Liebesbeziehung zwischen Victor und der Partnerin des russischen Präsidenten und sagte kryptisch: »Unter normalen Umständen ja. Aber Sie wissen ja, ein Krokodil kann nicht rückwärts gehen.«
»Moment mal, Kryptos ... Vielleicht hat er auch gar keine Zeit, sich um diese Sache eingehend zu kümmern. Ich bekomme gerade einen Zettel, dass der russische Präsident das Scharfmachen der Atomraketen angekündigt hat, das wäre also die 3. Stufe! Der Vorsitzende des Vereinigten Generalstabs empfiehlt als unsere Antwort sofort DEFCON 3, eventuell sogar DEFCON 2, Vorstufe zum Nuklearkrieg. Wir sehen uns in 15 Minuten im SITROOM!«

KAPITEL 27

»Er kommt«, signalisierte der Einsatzleiter der BKA-Sicherungsgruppe. Die Beamten übernahmen den Bundeskanzler Kai Schuster, als die Haustür sich öffnete. Jeder Schritt, jede Bewegung zum Auto war einstudiert. Das war auch notwendig, denn bei einem Vorfall am Flughafen hatte es ein Mann geschafft, sich mit seinem Fahrzeug in die Autokolonne einzufädeln und später den Kanzler zu umarmen. Die Beamten blieben tatenlos. Nach einer Fehleranalyse des BKA wurden mehrere Personen ausgetauscht, jedoch gegen den Willen des Kanzlers, der die Umarmung des ungefährlichen Spinners mit Humor genommen hatte. Jetzt wollte sich keiner mehr auch nur die geringste Unachtsamkeit leisten, zumal der peinliche Vorfall national und international das Ansehen dieser Sicherungsgruppe massiv beschädigt hatte.
»Guten Abend, meine Herren. Entschuldigung – auch die Dame!«, grüßte der Kanzler, während die Tür seines Mercedes-Benz S 680 Guard 4matic geöffnet wurde. Das Fahrzeug erfüllte mit der Schutzklasse VPAM VR10 die höchste ballistische Prüfstufe für Zivilfahrzeuge und war besonders widerstandsfähig gegen Sprengladungen. Der Konvoi setzte sich schnell in Bewegung.

Als Kai Schuster sein Amt als Bundeskanzler antrat, ahnte er nicht, dass das Memo »GG §15a – V-Fall« noch einmal als Top-Papier in seiner Aktentasche landen würde. Nun überflog er das Dokument auf dem Weg ins Bundeskanzleramt, da die Nachrichten bedrohlich waren. Iwan Pavlenko plante tatsächlich, seine Nuklearraketen auf die zweithöchste Alarmstufe zu setzen. Zudem befand sich ein entführtes Flugzeug mit deutschen Staatsbürgern an Bord über Ostdeutschland. Doch darüber würde er gleich mehr erfahren. Jetzt ging es um das Papier für den Verteidigungsfall. Er las:

Die Feststellung, dass das Bundesgebiet mit Waffengewalt angegriffen wird oder ein solcher Angriff unmittelbar droht (Verteidigungsfall), trifft der Bundestag mit Zustimmung des Bundesrates. Die Feststellung erfolgt auf Antrag der Bundesregierung und bedarf einer Mehrheit von zwei Dritteln der abgegebenen Stimmen, mindestens der Mehrheit der Mitglieder des Bundestages.

Als Jurist fand er die Regelung damals völlig in Ordnung. Aber nun als Bundeskanzler erschien ihm dieses Abstimmungsverfahren veraltet. Auch die nächste Möglichkeit, dass ein gemeinsamer Ausschuss von 48 Mitgliedern des Bundestages und Bundesrates über den V-Fall entscheiden konnte, war noch viel zu umständlich. Wenn ein Angriff so überraschend wäre, dass keine Feststellung mehr möglich wäre, sollte der Zeitpunkt des Angriffs als Verteidigungsfall gelten. Dies würde nachträglich über den Bundespräsidenten oder die Presse bekannt gegeben werden.

»Ein typisch deutscher Stufenplan, der bitteren Geschichte und dem Wesen des Grundgesetzes geschuldet«, dachte er. Er sah aus dem Fenster auf das Reichstagsgebäude und erinnerte sich an das kürzliche Briefing der Innenministerin. Im Falle eines nuklearen Angriffs auf Berlin würden sie alle atomisiert werden, was die Feststellung des Verteidigungsfalls obsolet machen würde. Doch was, wenn genug Zeit bliebe, um Krieg zu führen?

Man hatte ihm aufgeschrieben, was auf ihn und seine Regierung im Verteidigungsfall zukommen würde. Als jemand, der nie gedient hatte, würde er sofort das Kommando über die Streitkräfte übernehmen. Die Bundesregierung würde die Hoheitsgewalt über die Länder erhalten und bis in die untersten Ebenen hineinregieren und in den Markt eingreifen können.

»Welcher Markt?«, dachte er. »Ein industrialisiertes Land wie Deutschland würde binnen Stunden ins Chaos stürzen, selbst mit den gut gemeinten Ratschlägen zur Zehn-Tage-Bevorratung für die Bürger. Krieg in Deutschland bedeutet das Ende. Ein konventioneller Krieg würde zu einem katastrophalen Stillstand führen, ein nuklearer Krieg wäre das Armageddon. Ich muss Iwan Pavlenko erreichen! Jemand muss diesen Wahnsinnigen erreichen, und zwar heute!«
Auf dem Weg zum Lageraum in der Kanzleramtsetage raunte Wolfram Fuchs seinem Chef zu: »Nach derzeitigem Kenntnisstand befinden sich acht Deutsche in dem entführten Flugzeug, darunter der deutsche Botschafter aus Litauen, von Bornheim und ... halte dich fest Kai, Michael Wussow!«
»Na prima«, meinte der Bundeskanzler: »Vielleicht ist das ein Grund für Iwan, den inhaftierten Ukrainer freizugeben. Was liegt nach der Sitzung an?«
»Die Bundestagssitzung zur Vorbereitung auf die Maßnahmen zum Zivil- und Bevölkerungsschutz. Heute Abend die Ansprache in der ARD zur Lage der Nation.«

Sie betraten den abhörsicheren Raum, in dem der Kanzler-Krisenstab bereits versammelt war. Der Leiter des Krisenstabs, ein freigestellter Brigadegeneral, begann sofort: »Herr Bundeskanzler, ich fasse kurz zusammen. Russland eskaliert sowohl konventionell als auch atomar. Wir rechnen damit, dass Russland mit Stufe 3 seine Nuklearwaffen einsatzbereit machen wird.«
Der ansonsten immer beherrschte Bundeskanzler fuhr aus seinem Sitz hoch: »Das fehlt uns noch, aber berichten Sie weiter!«
»Europa befindet sich in der Tat in der ernstesten Sicherheitssituation seit dem Zweiten Weltkrieg. Noch nehmen wir das als Drohgebärde ohne Angriffsabsicht wahr. Allerdings meldet der BND, dass der russische Staatspräsident Vorbe-

reitungen trifft, um mit seinen wichtigsten Generälen in das Doomsday Plane zu steigen.«

»Was ist das für ein Flugzeug?«, fragte der Kanzler.

Der General projizierte das Foto einer Iljuschin Il-80 aus dem Lage- und Technikraum. »Im Falle eines Atomangriffs gegen Russland dient dieses Flugzeug als fliegende Kommandozentrale. Es ist gegen Strahlung und die Auswirkungen eines nuklearen Angriffs geschützt und kann die Koordination von Vergeltungsmaßnahmen übernehmen.

»Was heißt das, rechnet der russische Präsident tatsächlich mit einem Angriff auf sein Territorium?«, fragte Wolfram Fuchs.

»Zumindest nimmt er das in Kauf, denn dieses Flugzeug, der sogenannte *Weltuntergangsjet,* ist tatsächlich die sicherste Ressource, zumindest, solange die Position nicht erkannt ist. Möchten Sie wissen, was diese fliegende Festung ausmacht?«

Der Bundeskanzler nickte. »Ja, aber kurz!«

»Keine Außenfenster, nur eine besonders geschützte Tür, also strahlungssicher. Zwei Hilfstriebwerke zur autarken Stromerzeugung, ein leistungsstarkes Satellitenkommunikationssystem mit Verbindung zu den Raketensilos und den U-Booten. Der Weltuntergangsjet wird jährlich auf der Parade zum Tag des Sieges am 9. Mai 1945 gezeigt.«

»Ich darf annehmen, dass die Amerikaner Ähnliches haben?«

»Das ist richtig, Herr Bundeskanzler. Eine Boeing 747 E4-B Nightwatch der US Air Force, hier eine von vier auf dem Bild. Sie ist seit gestern permanent in der Luft: Die umgebaute Boeing ist so eine Art fliegendes Pentagon. Auch sie ist so konzipiert, dass sie eine nukleare Explosion überstehen soll und dient im Ernstfall dem US-Präsidenten, dem Verteidigungsminister sowie höchsten US-Beamten als Kommando- und Kontrollzentrum.«

Der Bundeskanzler wurde unruhig. »Verstanden, aber zurück zu uns. Was plant Russland? Was sagt Brüssel dazu?«

»Sollte Russland wirklich ernst machen, erwartet die NATO als Erstes einen massiven Cyberangriff auf die zivile kritische Infrastruktur und die Kommunikationssysteme der NATO unter Einsatz von Künstlicher Intelligenz. Telefon- und Computersysteme werden ausfallen, der Luft- und Schienenverkehr wird zum Erliegen kommen, Fernsehen und soziale Medien werden gehackt. Es wird eine Flut von apokalyptischen Nachrichten über bevorstehende nukleare, biologische und chemische Angriffe geben, um die Menschen in Europa in Schockstarre zu versetzen, bevor eigentliche Kriegshandlungen beginnen.«

»Die wären?«

»Der NATO-Oberbefehlshaber ist sich darüber noch unsicher. Primär erwartet man einen Angriff auf das Baltikum, da Russland besonders leistungsfähige nukleare und Langstrecken-Hyperschallwaffen in der russischen Exklave Kaliningrad stationiert hat. Außerdem wurden dort die Luftabwehrkapazitäten erheblich verstärkt. Das größte Problem sieht die NATO jedoch in der russischen Bedrohung aus dem Weltraum. Ich werde Ihnen jetzt das System der Satelliten und der im Weltraum stationierten Hyperschallraketen erläutern.«

Nach der Präsentation herrschte Stille im Lageraum. Der Kanzleramtschef Wolfram Fuchs fasste sich als erster: »Was ist das Ziel Russlands oder präziser gesagt, dieses russischen Präsidenten?«

Der General wollte gerade die mutmaßlichen Kriegsziele nennen, als Verteidigungsminister Benno Sartorius trocken bemerkte: »Ist doch klar, Iwan will unsere weiße Flagge sehen, bevor er seine Truppen schickt. Nur traut sich das keiner in Brüssel zu sagen.«

»Schwer zu glauben, Benno«, meinte der Bundeskanzler. »Für wie minderbemittelt hält er die NATO?«

»Er kennt die Schlagkraft der NATO genau«, antwortete sein Parteifreund Benno. »Pavlenko weiß, dass wir mehr Waffen haben, qualitativ besser ausgerüstet sind und besser kämpfen können. Aber sein Plan ist, diese Kompetenz durch den Cyberkrieg schon im Vorfeld zum Erliegen zu bringen. Ein Szenario, vor dem kluge Köpfe seit Jahren warnen.«
»Und wie stellt er sich den Krieg in der Ukraine vor?«, hakte der Bundeskanzler nach.
»An der Front wird vermutlich Stillstand sein. Halten, was man hat und nach dem erhofften Coup in Westeuropa aus der Position der Stärke zuschlagen.«
»Das kann und will ich nicht glauben«, sagte der Kanzler. »Bitte den Einsatzstand der Bundeswehr durch den Generalinspekteur und anschließend den Sachstand Bevölkerungsschutz durch die Innenministerin.«
Während der Unterrichtung reichte Wolfram Fuchs dem Kanzler eilige Meldungen. *Überall in der Bundesrepublik gibt es Hamsterkäufe ... Hohe Nachfrage nach Jodtabletten ... Öl- und Gasvorräte werden aufgefüllt ... Run auf Notstromaggregate ... Krankmeldungen auf Höchststand ... Medikamentenknappheit in Apotheken ... Polizei meldet Demonstrationen gegen den Krieg und für sofortigen Frieden mit Russland in allen Bundesländern ... Airlines streichen Flüge in osteuropäische EU-Länder ... Frankreich und England erhöhen die Alarmbereitschaft für ihre Nuklearstreitkräfte und stoppen die Munitionslieferung an die Ukraine ... Neueste Lage: Entführung der AL401 ...*
Der Bundeskanzler stutzte bei der letzten Meldung: »Ist es richtig, dass im Auswärtigen Amt ein Krisenstab AL401 tagt?«
»Das ist korrekt«, sagte Wolfram Fuchs.
»Dann bitte durchstellen.«
Sofort erschien das Bild aus dem legendären »Krisenkeller« des Auswärtigen Amtes, wie ihn die Mitarbeiter dort

nannten. Der Leiter des dortigen Krisenstabes kam sofort zur Sache.

»Die entführte Boeing 737-300 mit 98 Passagieren an Bord wurde inzwischen von dem Geiselnehmer nach Kiew umgeleitet. Sie wird von zwei deutschen Eurofightern aus dem Fliegerhorst Lage begleitet, die die beiden Kampfflugzeuge aus Neuburg abgelöst haben. Der litauische Kapitän der entführten Maschine, Darias Vanagas hat ein Gespräch mit den Kampfpiloten geführt. Ich spiele Ihnen das vor:

»SCRAMBLE ONE an AL401, sehen und hören Sie uns?«

»Ich sehe Sie beide links und verstehe Sie laut und klar.«

»Können Sie sprechen?«

»Ja, das ist bestätigt. Der Entführer ist an maximaler Aufmerksamkeit interessiert, solange sein Ziel dadurch nicht gefährdet wird.«

»Wer ist im Cockpit?«

»Darias Vanagas am Steuer, die Co-Pilotin ist Maria Kudirka, die Stewardess Edith Vanagas, sie ist meine zukünftige Ehefrau und der bewaffnete Geiselnehmer, dessen Namen Sie kennen.«

»Wie ist die Lage bei den Passagieren?«

»Sie werden von der Schwester des Geiselnehmers mit einer Waffe in Schach gehalten. Sie ist unberechenbar. Ich schätze, dass bei der geringsten Eskalation Panik unter den Passagieren ausbricht.«

»Verstanden, AL401. Können wir weiter hilfreich sein?«

»Ja. An Bord ist auch der litauische Botschafter Jürgen von Bornheim. Er hat uns einen Zettel mit der dringenden Bitte zukommen lassen, dass der Bundeskanzler sich direkt mit Iwan Pavlenko in Verbindung setzt, um unser aller Leben zu retten. Der Botschafter stände als Vermittler bereit. Außerdem könnten wir auch den Oligarchen und Vertrauten des Kreml-Chefs Alexei Sokolow nutzen, der ebenfalls an Bord ist.«

»Verstanden. Die Nachricht ist schon auf dem Weg. Wie geht es Ihnen?«
»Beschissen.«
»Volles Verständnis. Wir können nicht mehr machen, als Sie zu begleiten. Und auch nur bis zur ukrainischen Grenze. Gibt es sonst noch etwas, was wir für euch tun können?« »Ja, beten, dass der russische Präsident endlich den Kerl freigibt, die Zeit läuft uns davon.«
»Roger. Gehen Sie davon aus, dass Ihre Botschaften bereits an den richtigen Stellen sind.«
»Danke, SCRAMBLE ONE.«
»Good luck, AL401. SCRAMBLE ONE – OVER AND OUT.«

Der Leiter des Krisenstabes im Auswärtigen Amt fuhr fort: »Während Sie das Gespräch hörten, erreichte uns eine Stellungnahme aus Moskau an die litauische Fluggesellschaft. Ich lese vor: *Russland lehnt die erpresserische Forderung zur Freilassung eines rechtmäßig verurteilten Mörders ab und setzt sich zugleich für die Sicherheit aller Menschen an Bord des Flugzeugs ein. AL401 soll auf direktem Wege nach Moskau fliegen. Dort kann man über alles sprechen.*
Der Bundeskanzler bedankte sich für die Berichterstattung und sah zu den Menschen um ihn herum, die alle mit ihren Aufgaben der politischen und militärischen Krisenbewältigung beschäftigt waren und diese Flugzeugentführung offensichtlich als nachrangig einstuften.
Der Chef des Bundeskanzleramtes, Wolfgang Fuchs, beugte sich zum Kanzler und flüsterte: »Irgendetwas sagt mir, dass AL401 und die Weltkrise eng zusammengehören.«
Der Bundeskanzler sah ihn kritisch an. »Unsinn, was hat das eine mit dem anderen zu tun? Ich kenne dich gar nicht als Wahrsager. Die Lage ist bitterernst. Weiter gehts!«

KAPITEL 28

Ihr Treibstoff reicht bis Moskau mit einer Reserve von 30 Minuten, schrieb die Zentrale an Flug AL401. Darias entschloss sich, nicht zu antworten. Es war offensichtlich, dass Juri niemals nach Moskau fliegen würde. Dort würde er bestenfalls gemeinsam mit seiner kriminellen Schwester Zelle an Zelle mit seinem Bruder Nika einsitzen. Aber die Nachricht konnte er nicht einfach verschwinden lassen. Immerhin war der russische Präsident nun involviert. Darias wandte sich an den Geiselnehmer und sagte ruhig: »Ich habe eine gute Nachricht vom russischen Präsidenten, Juri.« Dabei hielt er die Sendetaste gedrückt, sodass die Eurofighter-Piloten mithören konnten.

Juri schob mit der Waffe Edith grob zur Seite. »Ist mein Bruder frei?«

»Noch nicht. Aber wir sollen sofort nach Moskau fliegen. Dort will er über alles sprechen.«

»Was? Nach Moskau? Glaubt er, ich sei ein Idiot? Ich will ihn sofort am Telefon haben.«

»Beruhigen Sie sich, Juri. Sie haben bereits die Hälfte erreicht. Der russische Präsident ist bereit, zu verhandeln«, versuchte Darias, ihn zu beschwichtigen.

Darias sah, wie Juris Gesicht rot anlief. Seine Augen wurden zu Schlitzen. »Du willst mich verarschen! Ihr alle wollt mich verarschen! Zum letzten Mal, ich will ihn am Telefon haben.«

Darias nickte: »Ich gebe das weiter.«

»SCRAMBLE ONE VON AL401.«

»SCRAMBLE ONE hört.«

»Der Entführer möchte sofort eine Telefonverbindung zum russischen Präsidenten.«

»Das ist verstanden, AL401.«
»Wie stehen die Chancen?«, fragte Darias
»Unsere Luftverteidigungszentrale leitet das über die Flugsicherungszentrale an die Kollegen in Moskau weiter. Die werden hoffentlich direkt den Kreml informieren.«
Darias dreht sich erneut zu Juri um. »Sie tun alles, um den Präsidenten zu erreichen.«
Beinahe hätte er hinzugefügt. »Wir können hier nicht ewig durch die Welt fliegen. Dieses Flugzeug wird bald ohne Sprit vom Himmel fallen, ob dein verdammter Bruder frei ist oder nicht.« Er verkniff sich die Äußerung. Sie hätte die Lage nur verschlimmert.
Juri schaute ihn plötzlich ganz ruhig an. »Der russische Präsident ist eine Ratte. Er will nicht mit uns sprechen. Wir sind ihm scheißegal! Noch ... Ludmilla soll reinkommen!«
Die Cockpittür öffnete sich. Juri gab ihr eine kurze Anweisung. Edith verstand sie, wurde blass und stammelte: »Nein, Ludmilla, tu das nicht.«
»Was soll sie machen, Edith?«, fragte Darias besorgt.
»Sie soll ihm eine Russin bringen.«
Darias zuckte zusammen. Da war es also, das Mogadischu-Szenario in der Lufthansa-Maschine »Landshut«. Damals traf es den Kapitän. Kaltblütig hingerichtet von einem Terroristen. Er sah zu Maria hinüber. Sie war am Ende ihrer Kräfte. Ihr Kopf flog fortwährend nach hinten zu dem Entführer und zu Edith, zu den Kampfflugzeugen, zu Darias und wieder zu den Flugdaten. Sie wagte nicht, Darias zu fragen. Solange das Wort TÖTUNG EINER GEISEL nicht ausgesprochen war, war es nicht wahr. Sie erwiderte seinen Blick mit angstvoll aufgerissenen Augen.
»Was haben Sie vor Juri? Warum wollen Sie eine Russin?«, fragte Darias.
»Haltet die Klappe! Macht euren Job, ich mache meinen!«

Ludmilla stand mit erhobener Waffe im Gang. Durch die Lautsprecheranlage sagte sie: »Ich möchte, dass jetzt alle russischen Frauen ihre Hände heben.«
Zögerlich erhoben sich die Hände. Sie trat langsam mit erhobener Waffe in den Gang. Alexei sah entsetzt, dass sie vor Yulia stehen blieb. Yulia hätte aufgrund ihrer doppelten Staatsbürgerschaft ihre Hand nicht heben müssen. Aber ihr Aussehen ließ klar erkennen, dass sie eine wohlhabende Russin war.
Ludmilla betrachtete Yulia von oben bis unten dann die beiden Kinder. Sie schien unschlüssig. Plötzlich fragte der kleine Igor in ernstem Ton auf Russisch: »Willst du Mama erschießen? Das darfst du nicht, das ist doch verboten.«
Ludmilla ließ von der Reihe ab. Alexei stöhnte erleichtert auf. »Was um Gottes willen hat sie vor?«, fragte ihn der Botschafter.
»Sie werden ein Exempel statuieren«, antwortete Alexei.
Jelke griff sich Marcs Hände: »Wir beide wissen, was das bedeutet?«
»Ja, mein Schatz, das sieht nicht gut aus.«
»Ich bin froh, dass ich keine Russin bin«, sagte sie leise und schämte sich sofort dafür. Marc und Tom sahen sich an.
»Wollen wir sie auf dem Rückweg packen?«, flüsterte Tom.
»Sie hat den Finger am Abzug und ihren Bruder im Cockpit. Das gibt eine wilde Schießerei.«
»Aber wir können doch nicht zusehen«, flüsterte Aishe.
»Vielleicht ist es doch nur eine Drohung«, antwortete Tom leise. Er wusste, dass etwas Schreckliches bevorstand. Doch Marc hatte recht, eine Eskalation hier im Flugzeug war keine Option. Er blickte zu den beiden Kampfflugzeugen. Seine Hände ballten sich zusammen, er wollte handeln, durfte es aber nicht.
Ludmilla ging weiter. Sie stand vor der Reihe von Michael und Anastasia Wussow, die ängstlich die Hand gehoben hatte.

»Sie hat auch die deutsche Staatsbürgerschaft, bitte lassen Sie meine Frau in Ruhe«, flehte Michael sie an.
»Ist sie eine gebürtige Russin?«
»Ja«, sagte Anastasia. »Und darauf bin ich stolz.«
»Halte die Klappe, Anastasia!«, herrschte ihr Mann sie an.
Ludmilla zögerte nur kurz. Dann befahl sie: »Aufstehen, Russin!«
Michael klammerte sich an ihren Arm und hielt sie fest. »Bitte tun Sie ihr nichts. Sie ist meine deutsche Frau.«
Anastasia schien den Ernst der Lage nicht zu begreifen und zwinkerte Michael zu. »Vertraue auf deinen Freund, mein Schatz.«
Ludmilla schob sie mit der Waffe im Rücken durch den Gang.
»Könnten Sie vielleicht mit der Waffe etwas rücksichtsvoller umgehen? Sie tun mir weh«, sagte sie.
Die Passagiere verfolgten, wie die beiden Richtung Vorhang gingen.
Plötzlich schien Anastasia zu begreifen.
»Nein! Du wirst mich nicht erschießen, bitte, lass mich zu meinem Mann zurückkehren.«
Sie standen genau zwischen Marcs und Toms Reihe. Ludmilla hatte den Nerv, beide warnend anzusehen und schob Anastasia zur geöffneten Cockpit-Tür.
Die Passagiere sahen, wie der Entführer Juri heraustrat. »Knie auf den Boden!«, befahl er.
»Bitte nein, ich habe doch nichts getan!«
Darias rief: »Juri, um Gottes willen nicht schießen! Die Frau ist unschuldig und wehrlos! Außerdem könnte eine Kugel das Flugzeug beschädigen!«
Juri antwortete nicht.
»Tun Sie das nicht, Juri, ich flehe Sie an! In wenigen Minuten wird es eine gute Nachricht geben!«

Der Schrei von Michael Wussow drang durch das Flugzeug, als der Schuss fiel, in Anastasias Kopf eindrang und ihr Körper zur Seite fiel.
A N A S T A S I A ! ! !
Er stürzte nach vorne und warf sich weinend über seine Frau. Ihre Augen waren staunend geöffnet, während das Blut aus ihrer Kopfwunde langsam den Gang bedeckte und in den Teppich eindrang. Ludmilla ließ den Ehemann gewähren. Sie sah regungslos zu, wie ein Mann ihn sanft von der Leiche zog und ihn zum Sitz zurückbegleitete.
»Du musst jetzt stark bleiben, Michael«, flüsterte Alexei. »Sie ist tot, wir können nichts mehr machen.«
»Sie darf nicht tot sein, Alexei. Warum sie, warum nicht ich?«
Alexei sah, dass Ludmilla ihn aufforderte, zurückzukehren. Er schob Michael behutsam auf seinen Platz und registrierte beim Weggehen, wie der Sitz nass wurde und Michael in einem Weinkrampf versank. Er stoppte bei Yulia, legte in einer kurzen Geste zärtlich seine Hand auf ihre Schulter und vermied es, sie anzuschauen.
Ludmilla hörte, wie sie aus der vordersten Reihe auf Ukrainisch angesprochen wurde. Sie drehte sich um und sah Aishe.
»Ich schlage vor, dass ich die Leiche mit meinem Partner zusammen nach hinten bringe. Ist das okay?«
Ludmilla nickte. »Ja, aber keine Dummheiten.«
Tom und Aishe trugen die Leiche durch den Gang an den entsetzten Passagieren vorbei, passierten Michael Wussow, der den Vorgang gar nicht wahrnahm, weil er am Fenster lehnte und weinte.
Darias und Maria saßen wie versteinert vor ihren Instrumenten, die mit ihrer Normalität eine surreale Welt vorgaukelten. Die digitalen Anzeigen standen dort, wo sie hingehörten. Der Geschwindigkeitsmesser zeigte 700 km/h, die Flughöhe 32.000 Fuß. Druck, Treibstoffvorrat, Funk alles normal. Der Autopilot war auf den standardisierten Instrumentenflug

der Landebahn 08 in Kiew / Zhuliany eingestellt. Der aufkommende schwarze Nachthimmel mit den ersten Sternen und die Lichter einzelner Städte unter ihnen leuchteten in ihrer universellen Schönheit wie immer.

Wären da nicht die beiden Kampfflugzeuge, die AL401 lauernd begleiteten, deren Aufgabe es üblicherweise war, einem verirrten Flugzeug den richtigen Weg zu weisen, es abzudrängen oder es bei terroristischer Gefahr abzuschießen. Doch diese beiden waren weder Pfadfinder noch Angreifer. Sie waren weder beschützend noch bedrohlich. Sie waren einfach nur anwesend und fungierten als Meldestelle für die Flugsicherung über die Vorkommnisse in einem entführten Flugzeug, in dem gerade ein Mensch erschossen worden war.
Darias fällte eine Entscheidung. Er drückte die Sendetaste, sodass alle draußen auf der Frequenz ihn hören konnten und sagte gleichzeitig zu dem Entführer: »Ich werde den Mord jetzt nach draußen berichten, ist das okay?«
»Einverstanden! Und sage dem russischen Präsidenten, dass alle Russen nach und nach erschossen werden, wenn meine Forderung nicht erfüllt wird. Das hier ist erst der Anfang!«
»Wenn ihn das auch kalt lässt, Juri?«
»Dann stürzt dieses Flugzeug in eine russische Stadt.«
Diese über den Äther getragene Aussage ließ die Controller in den Flugsicherungszentralen erneut hochschrecken. RENEGADE mit einem durch Terroristen erzwungenen Absturz in eine Stadt!
Darias fühlte, wie sich sein Hals zuschnürte. So weit also wollte dieser Kerl gehen. Er plante als letztes Mittel den erweiterten Suizid! Kein Verkehrspilot würde jemals vergessen, wie 2015 der Germanwings-Flug 9525 vom Co-Piloten absichtlich zum Absturz gebracht worden war. Der hatte sich im Cockpit, die kurze Abwesenheit des Kapitäns ausnutzend,

eingeschlossen und gezielt auf einen Berg in den französischen Alpen zugehalten, um sich umzubringen. Der ausgesperrte Kapitän hatte verzweifelt an die Tür geschlagen, doch sie blieb verschlossen. Alle 150 Menschen mussten sterben.
Darias versuchte erneut, so ruhig wie möglich zu sprechen. Wieder hielt er die Sendetaste gedrückt.
»Sie schließen also den Absturz auf eine Stadt nicht aus. Das sind Sie doch gar nicht, Juri! Sie sind jemand, der seinen geliebten Bruder retten will, aber niemand, der aus Rache unschuldige Menschen in den Tod reißt.«
»Nein, das bin ich nicht. Ich bin kein Massenmörder wie der neue Zar in Russland. Aber jetzt befinde ich mich im Krieg mit Russland. Ich werde töten, um mein Ziel zu erreichen, auch deine Braut Edith, wenn du nicht einhundertprozentig kooperierst.«
Während er das sagte, bemerkte er, wie die beiden Kampfflugzeuge ihre Positionen wechselten. Einer flog jetzt links, der andere rechts, so nah, dass er deutlich den Helm des Piloten sehen konnte. Juri hob die Hand und zeigte beiden mit ausgestrecktem Zeige- und Mittelfinger das Victory-Zeichen. Alles lief dank Ludmillas guter Vorarbeit nach Plan. Er hatte das Flugzeug unter Kontrolle, die beiden Kampfflieger nebenan würden ihnen nichts antun, und der erste Todesfall hatte den Druck erhöht. Ludmilla hatte ihm mitgeteilt, dass das Internet kontinuierlich über die Flugzeugentführung berichten und die Krisenstäbe tagen würden.
»Wann landen wir in Kiew?«, fragte Juri mit einer schneidenden Stimme.
»In dreißig Minuten«, antwortete Darias.
»Bis dahin brauchen wir die Zusage des russischen Präsidenten. Ohne einen Beweis von meinem befreiten Bruder werden wir nirgendwo landen und mit der Tötung der Russen fortfahren. Gib das an deine Freunde neben uns durch.«
Darias tat wie befohlen.

»Ich denke, wir müssen die Passagiere unterrichten, Darias«, sagte Maria, die sich wieder etwas gefasst hatte.
»Du hast recht, Maria. Danke.« Er wandte sich an Juri.
»Ist das erlaubt, eine Bordansage zu machen? Ich fürchte, wir bekommen sonst Panik unter den Passagieren.«
Juri sprach sich mit Ludmilla ab und sagte dann kurz: »Einverstanden.«
»Liebe Passagiere«, meldete sich Darias. »Sie haben miterlebt, was passiert ist. Ein unschuldiger Mensch musste sterben, weil bisher die Forderung des Entführers nicht erfüllt wurde. Wir sind entsetzt und trauern mit dem Ehemann. Ich möchte ehrlich zu Ihnen sein. Es gibt bisher leider keinen Hinweis, dass der russische Präsident auf die Forderung eingeht. Ich hoffe mit Ihnen, dass er das tun wird. Wir haben auf Anordnung des Entführers nun Kurs auf Kiew genommen, wo wir in dreißig Minuten landen werden. Beten Sie mit uns, dass dieser Horror für Sie und uns bald ein Ende hat. Ich werde mich vor der Landung wieder melden.«
Darias fragte danach den Entführer: »Darf ich jetzt mit meiner Frau sprechen?«
»Das ist erst morgen deine Frau, aber gut, du kannst mit ihr reden, und zwar so, dass ich jedes Wort verstehe.« Dabei klopfte er, seine Drohung verstärkend, mit dem Lauf der Pistole an Darias Kopf.
»Du übernimmst das Steuer, Maria.«
»Ich übernehme, Darias.«
Er drehte sich zu Edith. »Wie geht es dir Schatz? Sorry, was für eine dumme Frage.«
Sie legte die Hand auf seinen Kopf, streichelte ihn sanft. Er sah auf die geliebten Grübchen an ihrem trotzigen Mund, ihren schweren Atem, der die Brust hob und senkte, er sah die Blässe und all die furchtbare Anstrengung im Gesicht. Noch nie waren sie als Kapitän und Flugbegleiterin zusammen geflogen. Sie hatten um diesen gemeinsamen Slot ge-

kämpft, denn die Fluggesellschaft ließ grundsätzlich Paare nicht miteinander fliegen. Aus gutem Grund. Doch war es ihm gelungen, diese Ausnahme zu erwirken. Eine Ausnahme, die sie in die Katastrophe geführt hatte. Er hätte diesen Wunsch, mit ihr und ihrer Familie zur Hochzeitsfeier zu fliegen, gar nicht vorbringen dürfen, er hätte diese verdammte Cockpit-Tür nie öffnen dürfen und wusste doch auch, dass er Ediths Leben vor der Tür nie aufs Spiel gesetzt hätte.
Als hätte sie seine Gedanken gelesen, sagte sie: »Abgesehen davon, dass ich kaum noch stehen kann, mache ich mir schreckliche Vorwürfe, dass die Tür geöffnet werden konnte. Ich hätte wenigstens laut NEIN schreien müssen.«
»Nein, Schatz, du hast alles richtig gemacht. Wir haben alles richtig gemacht. Diesen Fall, dass eine zweite Stewardess Mittäterin ist und dass eine Türkamera blind gemacht wurde, gab es noch nie.«
»Es ist immer das erste Mal, Darias, leider heute bei uns. Einen Tag vor unserer Hochzeit.«
Sie konnte ihre Gefühle nicht mehr zurückhalten, schluchzte und trocknete sofort ihre Tränen ab.
»Wir werden das schaffen. Ich möchte, dass du morgen wie geplant meine Frau wirst.«
Sie sah ihn mutig an.
»Das wird geschehen, Darias. Ich werde dieses wunderbare Brautkleid tragen, du deinen neuen Smoking und der Chor wird singen, wenn wir beide gekrönt werden.«
»Das wird er. Diese Hochzeit wird viral gehen.«
»Ich möchte nicht, dass unsere Trauzeugen Marc und Jelke die schwere Krone über unserem Kopf halten, ich will sie auf dem Kopf tragen. Ich will die Last spüren in der Gewissheit, dass wir die ganze Last der Welt tragen können, wenn wir nur wollen.«
Darias schluckte. Seine Worte kamen nur brüchig aus seinem Mund: »Ich will es auch, Edith. Ich liebe dich so sehr.«

»Ich liebe dich, Darias. Und nun wieder an die Arbeit.«
Sie wandte sich an die Co-Pilotin. »Kannst du noch, Maria?«
Maria sah sie an. Was geschehen war, war einfach zu viel. Und jetzt noch zusätzlich die Androhung eines Absturzes.
»Ich habe das Fliegen gelernt, Edith, aber nicht diesen Albtraum hier«, sagte sie. »Wir haben keine Kontrolle mehr. Ich habe furchtbare Angst, dass wir sterben müssen.«
»Das werden wir nicht, Maria, wenn wir alle unseren Job so gut wie möglich machen. Hilf bitte Darias weiter maximal. Du schaffst das! Hilf ihm bitte!«
»Das tue ich. Für eine Landung in Kiew sind wir gut vorbereitet. Ich bewundere deinen Mann, wie der das alles macht. Bitte besorge mir auch so einen.«
»Ich habe noch einen Bruder«, schaltete sich Darias ein. »Der ist aber erst 16 Jahre alt.«
»Ich kann warten«, sagte Maria.
Für einen Augenblick war die Atmosphäre im Cockpit scheinbar entspannt wie immer.
Darias übernahm erneut die Flugzeugkontrolle.
Juri war bei der Unterhaltung sichtlich nervös geworden, denn er verstand nur ein paar deutsche Brocken. Die beiden hatten über ihre Hochzeit gesprochen. Es hatte ihn verwirrt, dass sie in einer russisch-orthodoxen Kirche heiraten wollten. Diese Zeremonie kannte er von Nikas Hochzeit. Er riss sich aus seinen Gefühlen heraus.

AL401 hatte die Grenze zur Ukraine überquert. »Mama, da sind zwei neue Flugzeuge«, sagte der sechsjährige Boris zu seiner Mutter.
Yulia versuchte seit der Ermordung von Anastasia verzweifelt, ihre Weinkrämpfe zu unterdrücken. Sie wagte es nicht, zu Michael zu gehen, um nicht ins Visier von Ludmilla zu geraten. Stattdessen musste sie ihre Kinder beruhigen, die nicht verstanden, was mit ihrer Tante Anastasia geschehen war.

Yulia sehnte sich danach, in Alexeis Arme zu flüchten, aber sie wusste, dass dies zu einer Katastrophe führen könnte, da alle Russen an Bord potenzielle Todesopfer waren.
Darias und Maria handelten routiniert die Checkliste für den Sinkflug ab. Geschwindigkeitsbremsen, Höhenmesser, Landelichter …
»AL401, sie haben zwei neue Begleiter. Haben Sie Kontakt?«, fragte die Flugsicherung.
»Sichtkontakt bestätigt!«
»Es sind MiG-29 der ukrainischen Luftwaffe. Man wird sie bis zur Landung begleiten.«
»Verdammt noch mal, wir werden überhaupt nicht landen, solange mein Bruder nicht frei ist!«, schrie Juri dazwischen.
Im selben Augenblick schoss am Cockpit etwas vorbei, alle duckten sich instinktiv.
»Was war das?«, rief Maria entsetzt.
»Eine Rakete«, sagte Juri. »Die Russen wollen uns abschießen.«
Plötzlich sahen sie, wie aus der rechten MiG-29 Raketen abgefeuert wurden. Die MiG drehte scharf ab, kam wieder und feuerte ein zweites Mal. Sekunden später leuchtete ein Feuerball vor ihnen. Darias verstand nicht viel von Luftkampf, aber sie waren mittendrin.
»Autopilot aus!«, sagte er ruhig. »Wir fliegen manuell weiter.«
»Kiew Radar an AL401. Kiew verweigert Landung. Der Flughafen ist unter Beschuss. Drehen Sie sofort Richtung Westen ab. Kurs und Höhe nach eigenem Ermessen!«
Darias Kopf flog nach rechts, dann nach links. Er wollte kein Flugzeug rammen. Aber die beiden MiG-29 waren so schnell verschwunden, wie sie gekommen waren.
»Festhalten!«, rief Darias und zog mit einer linken Steilkurve das Flugzeug auf westlichen Kurs, sodass Juri und Edith an die Seite rutschten und die Passagiere sich krampfhaft Halt

suchten. Yulia zog beide Jungens an sich. Tom stemmte sich an die Lehne und stoppte dabei die auf ihn rutschende Aishe. Marc hielt Jelke und Pia fest. Obwohl es wahrscheinlich nur ein dreißig Grad Querneigung war, hatte er in diesem Großraumflugzeug das Gefühl, der rechte Flügel stände senkrecht zum Himmel. Er hatte kurz einen Feuerball draußen gesehen und ahnte, was vor sich ging.

Ludmilla war vollkommen überrascht worden. Der Boden rutschte unter ihren Füssen weg, sie fiel, die Pistole glitt aus ihrer Hand, rutschte in Richtung Marc, der wie elektrisiert zupacken wollte, aber es ließ. Er stoppte die Waffe mit dem Fuß, sodass Ludmilla sie wieder fassen konnte. Sie rappelte sich hoch und sah ihn fassungslos an.

»Das wäre deine Chance gewesen«, sagte sie.

»Ich weiß, dass du keine Mörderin bist. Sag deinem Bruder sofort, er soll mit seinem Vorhaben aufhören. Russlands Präsident Iwan Pavlenko lässt sich durch nichts erpressen. Das wisst ihr doch in der Ukraine am besten.«

Ludmilla riss mit einem Ruck den Vorhang zu.

Tom sah Marc prüfend an. »Bist du sicher, dass das gerade richtig war?«

»Ja, Tom. Was wäre als Nächstes passiert? Sie hätte ihrem gestressten Bruder gesagt, dass ich ihre Pistole habe. Er wäre mit der Pistole an Ediths Kopf erschienen – und dann?«

»Scheiße, du hast ja recht, aber es tut dem Einzelkämpferherz weh, verdammt weh.«

Marc beugte sich zu seinem Freund und sagte leise: »Mir auch Tom. Das hier ist kein Platz für Waffeneinsatz. Wenn auch nur ein Schuss durch die Flugzeughülle geht, haben wir in dieser Höhe dreißig Sekunden Zeit bis zum Tod durch fehlenden Sauerstoff. Und vorher ersticken wir an unserer eigenen Flüssigkeit.«

Tom nickte. Er hatte von solchen Vorfällen gehört.

»Unser Ziel muss diese Ludmilla sein, Tom. Ich fühle, dass ihr das über den Kopf wächst. Sie muss ihrem Bruder klarmachen, dass er Nika nicht retten kann.«

Darias hatte das Flugzeug wieder stabilisiert. Plötzlich waren die beiden MiGs erneut bei ihnen.

»Sie werden euch bis zur Grenze begleiten. Was sind Ihre Absichten?«, fragte die Frauenstimme von der ukrainischen Flugsicherung.

»Moment bitte!«

Darias wandte sich an Juri. »Ich schlage vor, wir landen wie geplant in Vilnius. Das gibt Moskau weitere Zeit, auf Ihre Forderung doch noch einzugehen.«

»Wie viel Zeit?«, fragte Juri barsch.

Maria berechnete die neue Strecke und zeigte sie Darias auf dem Display.

»Sehen Sie, Juri, wir müssen um Weißrussland herumfliegen, sonst holt uns vielleicht die nächste russische Rakete vom Himmel. Das bedeutet etwa 70 Minuten Flugzeit. Ich bin sicher, diese Zeit braucht Moskau noch, um Ihre Forderung zu erfüllen.«

»Du wartest, ich spreche mit Ludmilla!«, herrschte er ihn an. Inzwischen wusste er, wo die Taste war, um die Tür freizugeben.

Während er im Türrahmen mit seiner Schwester sprach, fragte Darias Maria und Edith: »Seid ihr okay?«

»Das war meine erste Feindberührung«, meinte Edith.

»Meine auch«, sagte Maria und setzte nach: »Ich brauche die Toilette.«

»Kann ich dahin gehen?«, fragte sie den wieder zugewandten Juri. Der nickte und sagte zu dem Kapitän: »Vilnius – einverstanden. Neues Ultimatum: in dreißig Minuten der Beweis meines befreiten Bruders oder es gibt die nächste Leiche. Durchgeben!«

Darias gab das wörtlich an die Flugsicherung weiter. Die bestätigte und ergänzte: »Die russische Propaganda behauptet, ukrainische Raketen hätten auf Ihren Flug AL401 gefeuert. Wir versichern Ihnen, dass das nicht wahr ist.«
»Das glauben wir Ihnen, obwohl ich in diesem sorry, fucking Krieg nichts mehr glaube«, antwortete Darias.
»Bitte melden Sie Ihre gewünschte Reisehöhe und erwarten Sie in wenigen Minuten einen Appell des ukrainischen Präsidenten an Juri Petrow.«
Maria und Darias sahen sich erleichtert an. Der ukrainische Präsident schaltete sich ein. War das die Wendung?

Alexei spürte das Summen des Telefons in seiner Hosentasche. Er sah die Nummer von Iwan Pavlenko. Endlich!
Iwan: Wer ist die Tote an Bord?
Er: *Anastasia Wussow. Um ein Haar wäre Yulia dran gewesen. Sie dürfte die Nächste sein, wenn das Ultimatum nicht erfüllt wird.*
Iwan: *Der Entführer wird eine angemessene Antwort bekommen.*
Er: *Was heißt das?*
Iwan: *Ihr werdet sehen. Diese Unterhaltung hat nicht stattgefunden.*
Alexei ließ das sacken. Er hatte praktisch keine Information bekommen, die zum friedlichen Ende dieses Geisterfluges geführt hätte.
Der Entführer wird eine angemessene Antwort bekommen.
Was heißt das? Ja oder nein zur Forderung? Das war nicht der in Freundschaft verbundene Iwan. Das war jemand, der Bescheid wusste. Entweder über die Beziehung zu Yulia oder über die Iden des März. Oder über beides. Hier schrieb ein Feind, kein Freund.
Diese Unterhaltung hat nicht stattgefunden.

Eine klare Weisung, zu niemandem zu reden, kein tröstendes Wort an Yulia, an den Witwer Michael oder an den Entführer. Der psychopathische Iwan wollte einzig und allein wissen, ob seine Familie lebt. Und er wollte sie alle leiden sehen.
Während er seinen Gedanken nachging, beugte sich der Botschafter Jürgen von Bornheim zu ihm und fragte: »Wenn Sie gerade mit Ihrem Präsidentenfreund kommunizieren sollten, dann schreiben Sie ihm, was hier wirklich los ist. Der deutsche Bundeskanzler bietet sich sicherlich an, in diesem Entführungsdrama zu vermitteln.«
»Ach, ja? Abgesehen von Ihrer Unterstellung, dass ich mit jemandem nach außen kommuniziere, was veranlasst Sie zu dieser Annahme?«
»Lassen Sie uns doch nicht Katz und Maus spielen, Herr Sokolow. Die deutsche Regierung weiß von mir, dass Sie an Bord sind. Zusammen mit dem deutschen Bundeskanzler könnten sie ...«
»... träumen Sie weiter, werter Herr Botschafter. Hier kann Ihnen und uns nur noch Gott helfen. Und wenn Sie jemals etwas von Low Profile in einer lebensgefährlichen Situation gehört haben, dann empfehle ich Ihnen, sich jetzt ganz klein und stumm zu machen und nie wieder meinen Namen zu irgendjemandem zu erwähnen.«

»Ukrainische Flugsicherung an AL401, der ukrainische Präsident ist in der Leitung. Ist Juri Petrow bereit, mit ihm zu sprechen?«
Juri erschrak und nickte sofort. Darias stellte auf laut.
»Hier ist Bohdan Sapronoff. Spreche ich mit Juri Petrow?«
»Guten Tag, Herr Präsident, ja hier ist Juri. Geben Sie mir meinen Bruder zurück. Er ist unschuldig zum Tode verurteilt, weil er für unser Land, für Sie gekämpft hat.«
Bei den letzten Worten brach seine Stimme weg.

»Ich weiß Juri. Ihr habt eure Eltern verloren. Du, Ludmilla und Nika. Nika ist ein Held der Ukraine. Die Verurteilung ist völkerrechtswidrig und das Urteil in Luhansk sowieso. Aber deine Entführung Juri ist das allerschlechteste Mittel, Nika aus dem Gefängnis zu holen.«
»Ich habe keine andere Wahl, er wurde, wie Sie wissen, von der Austausch- Gefangenenliste gestrichen. Also bleibt mir nur Auge um Auge. Wenn er sterben muss, wollen Ludmilla und ich auch sterben.«
»Und mit euch alle die unschuldigen Menschen. Lass uns das gemeinsam verhindern, Juri. Ich habe vor einer Stunde dem russischen Präsidenten einen neuen Vorschlag gemacht. Er wird für die Freilassung von Nika fünf Kommandeure bekommen. Einer gegen fünf. Und ich habe auch die weitere Forderung übermittelt, dass alle ukrainischen Kriegsgefangenen aus dem Stahlwerk Asowstal in Mariupol freigelassen werden sollen. Dafür gebe ich 300 russische Gefangene frei. Und dass wir die Antwort noch vor eurer Landung brauchen.«
»Und, wenn die Antwort erst nach der Landung kommt?«
»Dann stehe ich im Wort. Aber ihr beiden werdet vor Gericht kommen. Es wurde ein Flugzeug entführt und ein Mensch starb.«
»Die Bestrafung ist uns egal, Herr Präsident, Hauptsache, unser Bruder kommt frei.«
»Gut. Kann ich mich darauf verlassen, dass es keine Gewalt mehr im Flugzeug gibt?«
»Das hängt ganz allein davon ab, ob Sie Iwan Pavlenko überzeugen können, Herr Präsident.«
»Ich werde alles tun, was in meinen Möglichkeiten steht. Doch dabei müssen Sie mir helfen. Sagen Sie meinen Dank an die tapfere Flugzeugbesatzung.«
»Jawohl, Herr Präsident, Ehre der Ukraine!«
Das Gespräch war beendet.

Darias hoffte, dass er das Flugzeug endlich und ohne weiteren Druck in Vilnius landen konnte und sagte: »Edith braucht dringend eine Pause. Darf sie sich hinter der Tür etwas ausruhen? Sie brauchen doch auch etwas Ruhe, nachdem Sie gehört haben, dass Ihr Präsident sich für die Freilassung Ihres Bruders und der anderen Gefangenen einsetzen wird.«
Juri strich sich nachdenklich über seinen kahl geschorenen Kopf und schob dann Edith zur Tür.
»Du kannst dich ausruhen, aber redest weder mit Ludmilla noch mit irgendeinem Passagier. Ich bleibe hier und achte auf deinen Bräutigam, dass er keine Dummheiten macht.«
Im Hinausgehen gab er Ludmilla kurze Anweisungen. Diese sagte zu Edith: »Wenn du Schwierigkeiten machst und nicht kooperierst, soll ich dich sofort töten.«
»Das würdest du tun?«
»Ja.«
»Das glaube ich dir nicht. Du bist nicht wie Juri.«
Ludmilla antwortete ernst: »Täusche dich nicht.«
»Du weißt, dass Juri mit dem ukrainischen Präsidenten gesprochen hat?«
Ludmilla nickte und antwortete: »Ja, alles nur Absichtserklärungen. Wir machen hier unser Ding und jetzt sei einfach ruhig.«
Marc glaubte, hinter dem Vorhang Bewegung erkannt zu haben. Plötzlich stand Flugkapitän Darias Vanagas im Gang. Hinter ihm der Entführer Juri Petrow mit der Pistole im Rücken des Kapitäns.
»Sag deinen Vers, keine Dummheiten.«
Darias roch den üblen Atem des Mannes und versuchte einen professionellen Eindruck zu machen. Doch jeder sah, dass das Pilotenhemd des schmalen, hochgewachsenen Piloten durchgeschwitzt war, sein blondes Haar hing wirr in der Stirn, aber seine Stimme war fest und klang zuversichtlich.

»Eine Landung in Kiew war wegen des feindlichen Raketenbeschusses nicht möglich. Wir sind jetzt auf dem Weg nach Vilnius. Es hat eben ein Gespräch des ukrainischen Präsidenten Bohdan Sapronoff mit dem Herrn hinter mir gegeben. Der Präsident steht mit dem russischen Präsidenten Iwan Pavlenko in Kontakt und hat ihm einen Gefangenenaustausch vorgeschlagen, bei dem auch der Bruder des Entführers freigelassen werden soll. Der Entführer hat zugesagt, von jeglicher Gewalt abzulassen. Sie machen das hier alle großartig. Ich bitte Sie weiterhin von Herzen um Ruhe und Mitarbeit. Ich melde mich dann wieder vor der Landung.«

Plötzlich kam von hinten ein vereinzeltes Klatschen, das immer lauter wurde, und mit einem Mal brach der gesamte emotionale Stau in einen überwältigenden Applaus aus. Darias war die personifizierte Hoffnung, die ersehnte Rettung, die Beendigung des Traumas. Er war ein Held, der Übermenschliches im Cockpit leisten musste.

»Es reicht«, zischte Juri ihn an. »Ab an die Arbeit!«

Bevor Darias sich umdrehte, warf er den Andersons einen liebevollen Blick zu und verschwand.

Zurück an seinem Arbeitsplatz fragte er Maria: »Alles okay hier?«

»Ich bin einfach nur froh, dass du wieder hier bist, Captain.«

»Okay, dann nichts wie raus aus diesem Kriegsgebiet! Ich übernehme.«

An der polnischen Grenze wurde AL101 von zwei F-16 Kampfflugzeugen der polnischen Luftwaffe übernommen. Rechts und links vom Cockpit der Boeing 737-300 fliegend, machten sie das Kabinenlicht an und grüßten die Crew militärisch. Darias empfand, dass die Begleitung sinnvoll war, da es nicht ausgeschlossen war, dass ein zweiter Angriffsversuch auf sie unternommen werden könnte, während sie nun entlang der Grenze von Weißrussland in Richtung Norden flogen. Weißrussland folgte bedingungslos den Befehlen des russischen

Zaren. Es beruhigte Darias, dass auch die beiden F-16 mit Lenkflugkörpern bewaffnet waren.
Aus der Zentrale lief die Nachricht ein, dass die Krisenstäbe in Kiew, Berlin und sogar in Washington an einer Lösung mit Moskau arbeiteten. Aber von dort käme bisher keine Rückmeldung. Sie würden mit dem Resttreibstoff sicher Vilnius erreichen. Der Geisterflug der entführten AL401 würde inzwischen Millionen von Menschen in der Welt bewegen, die für sie beteten.
Darias setzte den Kraftstoffverbrauch auf den wirtschaftlichsten Faktor. Gut zu sehen, dass sie nun starken Rückenwind mit über 60 Knoten hatten.
Ohne sich umzudrehen, spürte er den Entführer, der wieder hochnervös wirkte. Juri beugte sich zwischen beide Piloten und versuchte, das Kartenbild zu erfassen. Je mehr sie sich Litauen näherten, umso unruhiger wurde er.
»Warum meldet sich Moskau nicht? Mein Präsident hat mir das Wort gegeben.«
»Aber er hat auch gesagt, dass die Zusage erst nach der Landung kommen könnte.«
»Nach der Landung erschießen sie meinen Bruder und meine Schwester und ich kommen in den Bau. Das weißt du doch ganz genau!«
Vilnius Control meldete sich: »AL401, Willkommen bei uns. Sie haben alle Freigaben, die Sie wünschen.«
Auf einer anderen Frequenz meldete sich Andy aus Minsk.
»Hallo Darias, bist du okay, kannst du sprechen?«
»Hi Andy, abgesehen von einer Pistole in meinem Rücken geht es mir gut.«
»Bin in Gedanken und auf dem Radar bei euch.«
»Danke, mein Freund!«
Die beiden kannten sich aus der Schule und aus der Flugzeugführerausbildung. Andy war ebenfalls Pilot der Boeing 737-300, musste dann aber aus gesundheitlichen Gründen

den Flugdienst aufgeben. Er heiratete eine Weißrussin und arbeitete jetzt auf dem Tower in Minsk. Morgen Abend würde er mit seiner Frau Hochzeitsgast sein.

Darias verdrängte den Gedanken an die Hochzeit angesichts der kriegerischen Lage. Jetzt musste er die Boeing erst einmal herunterbringen. Er konzentrierte sich auf den Landeanflug, während Maria den Funkverkehr übernahm. Der gesamte Luftraum gehörte ihnen, die wenigen abfliegenden Flugzeuge warteten, anfliegende wurden in Warteschleifen gesetzt.

Ludmilla zog ihren Bruder durch die Tür und flüsterte ihm hektisch etwas zu.

Darias informierte die Passagiere über die anstehende Landung in Vilnius in wenigen Minuten. Er fuhr das Fahrwerk aus. Maria bestätigte die Landefreigabe auf der Bahn 01. Plötzlich spürte Darias den Pistolenlauf hart im Nacken.

»Durchstarten. Wir landen nicht hier!«

»Was soll das Juri? In drei Minuten sind wir unten und Ihr Bruder ist in ein paar Stunden frei!«

»Durchstarten habe ich gesagt, oder es knallt!«

Es war keine Zeit mehr für eine Diskussion. Das Flugzeug war für die Landung konfiguriert, aber die Landung sollte nicht sein. Maria rief hastig die neue Checkliste auf, Darias führte die Durchstart-Prozedur durch, das Fahrwerk fuhr ein, der Boden zog greifbar nahe unter ihnen vorbei, und sie waren wieder im Steigflug.

Vilnius Turm fragte: »AL401, Sie starten durch?«

»Ja. Landung wurde durch den Entführer abgebrochen.«

»Okay, bleiben Sie auf dem aktuellen Kurs, steigen Sie auf 5000 Fuß und melden Sie bei nächstmöglicher Gelegenheit die weiteren Absichten.«

»Die kenne ich im Augenblick auch noch nicht«, antwortete Darias und lehnte sich erschöpft zurück.

Er drehte sich um: »Warum Juri, warum?«

»Morgen ist Krieg im Baltikum, Vilnius ist dann praktisch Russland. Ich bin doch nicht bescheuert!«
»Moment mal, wir haben einen Deal! Wir haben vereinbart zusammenzuarbeiten! So geht das nicht. Wohin wünschen Sie jetzt zu fliegen? Wir haben nicht mehr viel Spielraum. Riga oder Tallin, dann müssen wir runter.«
»Nichts von beidem. Neues Ziel ist Helsinki.«
»Warum Helsinki?«
»Finnland kann mir besser helfen.«
»Ich fasse es nicht!«, stöhnte Darias. Wieder einmal riss er sich zusammen.
»Rechne das bitte durch, Maria.«
Maria gab das Ziel Helsinki ein, forderte das treibstoffgünstigste Flugprofil an und rief die Daten ab.
»Wenn wir direkt fliegen, würden wir mit einer Reserve von 25 Minuten landen.«
»Also gut, neues Ziel Flughafen Helsinki Vantaa!«
Darias informierte seinen Freund Andy über die Situation.
»Ich verfolge euch auf dem Radar, bis ich eine Landemeldung sehe«, sagte er. »Wir sehen uns morgen Abend, alter Junge!«
Darias wandte sich an Juri.
»Haben Sie immer noch nicht verstanden, dass der russische Präsident gerade mit seinem Krieg beschäftigt ist und uns hier so lange fliegen lässt, bis wir vor Helsinki im Wasser liegen? Er hat andere Sorgen als Ihren Bruder freizusetzen.«
Gleichzeitig bereute er seine Worte.
»Noch ein falsches Wort, und du bist eine fliegende Leiche«, raunte ihm Juri mit seinem beißenden Atem ins Gesicht.
Darias hob beschwichtigend die Hände. »Okay, okay, Sie sind der Chef.«
Dann überlegte er den Text für seine gestressten Passagiere.
»Liebe Passagiere. Wie Sie gesehen haben, war uns eine Landung in Vilnius nicht möglich. Nun soll es Helsinki werden. Dort wollen wir dann in einer guten halben Stunde landen.

Ich bitte Sie erneut herzlich, all Ihren Mut und Zuversicht zu bewahren. Alles wird gut.«
Der Botschafter Jürgen von Bornheim hatte schon sein Bordgepäck gerichtet, nun sah er Vilnius verschwinden. Er sah fassungslos zu seinem Nachbarn Sokolow hinüber, aber gab es auf, dessen Meinung zu hören und vertiefte sich stattdessen in das Internet.
Alexei schrieb an Iwan: *Keine Landung in Vilnius. Auf dem Weg nach Helsinki. Yulia und Kinder maximal gestresst, Michael Wussow im Sitz zusammengebrochen. Warum Iwan, warum? Schick mir einen Freiheitsbeweis von Nika Petrow, und ich beende das hier*!

KAPITEL 29

»Wir haben AL401 auf dem Radar«, meldete der Lotse im Tower von Helsinki-Vantaa dem herbeigeeilten Chef-Controller.
»Warum fliegt sie nicht auf die Bahn 22?«, wollte dieser wissen.
»Sie hat einen geringen Treibstoffvorrat und möchte die Bahn 04 nutzen.« »Nimm sie auf die 04 links, nicht rechts«, wies der Chef-Controller an. »Je weiter weg vom Terminal, desto besser.«
Neben ihnen stand ein Krisenmanager aus dem Innenministerium. Er hatte sich als Hannu Mäkinen vorgestellt, war gerade aus Brüssel kommend gelandet und von seinem Ministerium direkt hierhin beordert worden.
»Hat der Pilot schon seine weiteren Absichten geäußert?«, fragte Hannu.
»Nein, ich denke, er ist jetzt erst einmal froh, dass er endlich landen darf.«
»Was soll das ganze Blaulichtgewitter?«, fragte Mäkinen.
»Normaler Einsatz bei Notlagen plus Sondereinsatzkommando.«
»Ich möchte den Einsatzleiter sprechen.«
Der Lotse gab ihm ein Funkgerät. »Hier ist er.«
Mäkinen stellte sich als Leiter dieser Krise vor und betonte, dass er von seinem Minister die Befehlsgewalt erhalten hatte.
»Wie ist Ihr Plan?«, fragte er den Einsatzleiter.
»Wir warten nur auf Ihr Kommando, Herr Mäkinen, dann gehen wir rein.«
»Wie viele seid ihr?«
»23 Männer mit Kurz- und Langwaffen, Sprengstoff und das Übliche, Spezialisten für den Zugriff in Gebäuden.«

»Haben Ihre Männer schon einmal den Zugriff einer entführten Maschine durchgeführt?«
»Ich verstehe Ihre Frage nicht«, antwortete der Einsatzleiter etwas gereizt. »So etwas bekommt man nur einmal im Leben, und das ist heute. Wir sind trotzdem über jede Information aus der Maschine dankbar.«
»Gerne. Ein ukrainischer Entführer im Cockpit hält die Crew mit einer Pistole als Geisel. Eine Stewardess ist seine Schwester und Komplizin, ebenfalls bewaffnet. Eine weitere Stewardess, ebenfalls eine Geisel, ist die Ehefrau des Kapitäns. Es gibt 98 Passagiere, darunter Kinder und Kranke. Eine Frau wurde erschossen, ihre Leiche befindet sich an Bord. Es gibt keine gesicherten Erkenntnisse über weitere Täter, Waffen oder Sprengstoff. Haben Sie das verstanden?«
»Verstanden!«
»Gut. Sie bleiben bitte unsichtbar und warten auf meine weiteren Weisungen.«
»Verstanden.«
Inzwischen standen zwölf Personen auf dem Tower und beobachteten, wie die von zwei finnischen F-35 Kampfflugzeugen begleitete Maschine zur Landung ansetzte.
»Sie setzt spät auf«, sagte Mäkinen.
»Kein Wunder, bei dem starken Rückenwind«, antwortete der Controller. »Aber sie sind unten, Gott sei Dank, der Kapitän hat Nerven!«
»AL401 willkommen in Helsinki, rollen Sie auf Apron 6 und stellen Sie dort ab.«

****

»Ich will auch raus, Papa!«, rief Pia. Sie sah, dass andere Menschen schon im Gang standen, obwohl das Flugzeug noch rollte.

Ludmilla befahl: »Alle zurück auf die Sitze! Ich wiederhole, alle sofort zurück auf die Sitze! Dieses ist nur eine Zwischenlandung. Der Flug geht gleich weiter.«
»Nein!«, rief eine Frau hysterisch. »Bitte, lasst uns hier raus!«
»Sofort zurück auf den Sitz, sonst bist du die nächste!«, reagierte Ludmilla scharf.
Ängstlich setzten sich die Menschen wieder.
Marc flüsterte zu Tom: »Wir nehmen jede vernünftige Chance wahr.«
»Darauf kannst du dich verlassen, Bruder. Sobald das Geschwisterpärchen hier auftaucht, sind sie dran. Völlig egal, wie viele Kugeln jetzt durch die Flugzeughaut gehen.«
Darias und Maria arbeiteten routiniert die Checkliste ab. Das Geräusch der Triebwerke verstummte allmählich.
»Checkliste abgeschlossen«, informierte Maria. Sie schloss die Augen. Sie konnte kaum glauben, dass der Horrorflug vorerst vorbei war.
Juri beobachtete die sich nähernden Fahrzeuge. »Ich sehe keinen Tankwagen! Gib mir den Tower!«
Er wurde von einem Funkspruch unterbrochen.
»AL401 von Tower«
»AL401 hört«, erwiderte Darias. »Der Entführer will Sie sprechen.«
Darias nickte ihm zu.
»Hier spricht Juri Petrow. Ich möchte, dass das Flugzeug aufgetankt wird und alle anderen sofort verschwinden. Wir sind in 30 Minuten wieder in der Luft. Sollte das Flugzeug gestürmt werden, wird es hier weitere Tote geben. Die Türen sind mit Sprengstoff gesichert. Haben Sie das verstanden?«
»Das ist verstanden«, sagte der Controller.
»Sagen Sie dem ukrainischen und russischen Präsidenten, die Zeit läuft. Ich will meinen Bruder Nika Petrow freigelassen sehen.«
»Das ist auch verstanden. Hier möchte Sie jemand sprechen.«

»Guten Tag, Herr Petrow. Ich bin Hannu Mäkinen, Ihr Ansprechpartner der finnischen Regierung. Wie geht es der Crew und den Passagieren?«
»Wir haben eine Tote und werden weitere haben, wenn ihr nicht tut, was wir verlangen!«
»Herr Petrow, ich habe soeben Nachricht bekommen, dass Ihr Präsident mit dem russischen Präsidenten im Gespräch ist. Mit einem Ergebnis ist in den nächsten Stunden zu rechnen. Bleiben Sie bei uns.«
»Das dauert mir zu lange, außerdem glaube ich das nicht. Ihr wollt uns verarschen!«
»Das wollen wir keineswegs, Herr Petrow. Ihr Bruder Nika wird freikommen, das ist nur eine Frage der Zeit.«
»Ich brauche keine Vermutungen, ich will den Tankwagen!«
»Den werden Sie bekommen. Wir sind sehr besorgt um die Kranken und Kinder an Bord. Muss wirklich jeder hier leiden?«
»Ich verliere allmählich die Geduld mit diesem Gelaber!«
Jemand klopfte Hannu auf die Schulter und flüsterte: Dringend!«
»Herr Petrow, ich erhalte gerade neue Informationen. Geben Sie mir zwei Minuten, ich bin gleich wieder bei Ihnen.«
Mäkinen las den ersten Zettel.
Der Krisenstab in Berlin bietet an, die in Ämari / Estland verfügbaren Spezialkräfte der GSG 9 nach Helsinki zu schicken. Verfügbarkeit vor Ort in 45 Minuten.
Dann las er den zweiten Zettel.
Russischer Präsident rät zur Deeskalation und vor allem dringend von einer Erstürmung ab. Das Leben aller Passagiere darf nicht gefährdet werden. Die Freilassung von Nika Petrow ist zugesagt.
»Jetzt wird es schwierig«, kommentierte Mäkinen.
Ein Telefon wurde ihm gereicht. Am anderen Ende war der Ministerpräsident, sein langjähriger Freund. Sie hatten ge-

meinsam die Schule besucht. Hannu hatte Theologie und Konfliktmanagement studiert und unterstützte seinen Freund und Ministerpräsidenten als Mann für alle Fälle. Er erklärte ihm die Situation vor Ort.

»Was hältst du von der Bitte aus Moskau? Das klingt fast flehend und passt überhaupt nicht zu dem bedrohlichen Verhalten, seitdem wir der NATO beigetreten sind.«

»Schwer zu sagen, Hannu. Angesichts der militärischen Lage ist es wahrscheinlich ein Ablenkungsmanöver. Der russische Präsident hätte Nika Petrow längst nach Kiew schicken können, und alles wäre gut.«

»Das sehe ich genauso«, kommentierte Hannu. »Was schlägst du vor?«

»Wir machen unsere Arbeit und spielen auf Zeit. Das Flugzeug sollte so lange wie möglich am Boden bleiben. Wir werden das Angebot der GSG 9 annehmen. Die Deutschen haben mehr Erfahrung mit der Befreiung von Geiseln aus einem Flugzeug.«

»Schwer vorstellbar, dass dieser Juri sich hier eine Nacht aufhalten möchte. Ich muss ihm etwas anbieten.«

Er erläuterte dem Ministerpräsidenten seinen Plan.

»Du hast uneingeschränkte Vollmacht, Hannu. Tu, was du für richtig hältst. Ich bleibe durchgehend für dich ansprechbar.«

Die Boeing 737-300 stand allein auf dem Apron. Die Feuerwehrleute beobachteten das Geschehen an Bord aus etwa fünfzig Metern Entfernung. Sie erahnten im spärlichen Licht des Cockpits einen bewaffneten Mann hinter der Crew. Aus der erleuchteten Passagierkabine winkten einige Menschen mit dem Licht ihrer Smartphones. Um das Flugzeug herum war die Beleuchtung ausgeschaltet, sodass es nur durch die Navigationslichter zu erkennen war. Die Feuerwehrmänner warteten darauf, abgezogen zu werden, da es keine Probleme

an dem entführten Flugzeug gab, die ihren Einsatz erforderlich machten.
Die Landung der entführten Maschine hatte sich wie ein Lauffeuer herumgesprochen. Medien stürmten in das Flughafengebäude und verlangten Informationen. Ein Reporter der größten Boulevardzeitung *Finland Daily*, hatte die Frequenzen gescannt und schnell herausgefunden, dass der Tower auf der üblichen Helsinki Ground Frequenz 121.800 mit AL401 sprach. Der Reporter war regelrecht entzückt, als er die Stimme des Entführers hörte. Von da an ging jedes gesprochene Wort zwischen Tower und Maschine direkt in die Redaktion und wurde als Verkaufsschlager in die weltweiten Ticker der Nachrichtenagenturen weitergeleitet.

****

»Darf ich wieder zu meinem Mann in die Kabine, Ludmilla?«, fragte Edith. »Bitte, Ludmilla, ich sterbe vor Angst um ihn.«
Ludmilla war unsicher. Ihr Bruder verhandelte im Cockpit und hasste Störungen. Andererseits verstand sie Edith und gewährte ihr schließlich den Einlass. Edith drückte sich an Juri vorbei. Ihr Mann und auch Maria waren unverletzt. Sie stöhnte erleichtert auf.
»Hannu Mäkinen an Juri Petrow.«
»Er hört«, antwortete Darias und drückte gleichzeitig liebevoll die Hand von Edith.
»Ich habe gerade mit meinem Ministerpräsidenten gesprochen. Er hat die definitive Zusage vom russischen Präsidenten, dass Ihr Bruder freigelassen wird.«
»Wann? Ich will Taten sehen.«
»Das verstehe ich, und ich würde in Ihrer Situation genau so denken, Herr Petrow. Aber wir müssen jetzt zusammenarbeiten. Lassen Sie uns ein Geschäft machen.«

»Du bist nicht mein Geschäftspartner. Ich bin hier, um aufzutanken und wieder abzuhauen. Meine Geschäfte mache ich mit Iwan in der Luft!«
»Trotzdem sind Sie nun einmal hier und darauf angewiesen, dass wir mit Ihnen kooperieren. Sie möchten Sprit und wieder weg, richtig?«
»Genau das, und zwar den Sprit umgehend.«
»Gut, aber das läuft nur über einen Deal. Sie lassen alle Kinder und gebrechlichen Leute frei und als Gegenleistung garantiere ich Ihnen, dass wir das Flugzeug betanken.«
»Hör mal zu, Du bist auf dem Tower in einer schlechten Position, das weißt du. Eine zweite Leiche, und ich bekomme alles, was ich will.«
»Ich gebe Ihnen mein Ehrenwort, Juri.«
»Darauf pfeife ich!«
»Sie glauben mir nicht, Juri? Dann biete ich an, dass ich an Bord komme und die Kinder selbst abhole. Sie können dann über mich verfügen. Mein Leben gegen das der Kinder und Kranken.«
Edith fasste zaghaft Juri an. »Bitte tun Sie das, Juri. Die Kinder weinen und mindestens drei Erwachsene sind kollabiert. Zeigen Sie Menschlichkeit. Ich bitte Sie im Namen der Menschlichkeit.«
Juri sah Ediths verzweifeltes Gesicht. Er wusste nicht, warum, aber ihre Augen und der Mund mit den Grübchen erinnerten ihn an seine Mutter. Außerdem imponierte ihm die Bereitschaft dieses Finnen, sich selber im Austausch anzubieten.
»Und, wenn ich das nicht erlaube?«, sagte er höhnisch über Funk.
Hannu fasste sich ein Herz. Er wusste, dass die Brücke, über die er gerade ging, sehr schmal war. Der Mann hatte zwar zwei Pistolen an Bord, aber die Sprengladung war vermutlich nur ein Bluff, daher war seine Verteidigungsmöglichkeit im Falle eines Zugriffs begrenzt. Es würde vielleicht Tote geben,

aber insgesamt wäre ein Zugriff eine realistische Option, wenn er richtig durchgeführt würde ...

»Dann bekommen Sie keinen Treibstoff und dürfen damit rechnen, dass wir die Maschine stürmen. Der Kommandeur der Eliteeinheit steht neben mir und wartet nur auf meinen Befehl. Als Soldat wissen Sie, was das bedeutet.«

Der Flugkapitän konnte spüren, wie es in Juris Kopf arbeitete. Juri sprach durch die offene Tür mit Ludmilla. Es dauerte gefühlt endlose Minuten.

»Gib mir den Finnen!«, befahl er Darias.

»Also gut, ich bin kein Unmensch. Wir bereiten die Freilassung der Kinder und Kranken vor. Falls ihr mich reinlegt, fällt eine Leiche aus der Tür. Ich möchte, dass du selbst als Erster erscheinst.«

»Danke schön, Herr Petrow. Sie haben mein Wort.«

Die Passagiere wussten nicht, was im Cockpit vor sich ging. Sie schwankten zwischen Hoffnung und der Angst vor einem Weiterflug.

Ludmilla erschien im Gang und trat zuerst zur Familie Anderson. »Bevor wir weiterfliegen, habt ihr die Chance, eure Tochter hier in Helsinki zurückzulassen. Ja oder nein?«

Jelke blickte entsetzt auf. Marc legte den Arm um seine zitternde Frau. Er überlegte. Pia hatte bereits als Baby eine Entführung erlebt. Damals wurde ihm das Kind entrissen. Jetzt sollte er es freiwillig hergeben? Aber die Lage hier war anders. Sie alle waren in höchster Lebensgefahr. Niemand wusste, was die kommende Nacht bringen würde. Nur wer hier rauskam, war sicher.

»Jelke, Schatz, beruhige dich. Sie werden in Helsinki alles tun, um Pia sicher zu bewahren, bis wir sie wiederhaben.«

»Oder auch nicht«, flüsterte Jelke. Doch Marc hatte nur gesagt, was sie selbst dachte. Sie nahm Pia in den Arm: »Hör zu mein Schatz. Mami und Papi müssen allein weiterfliegen. Du

musst in Helsinki ein bisschen schlafen und auf uns warten. Wirst du das machen?«
Pia nickte. »Ich will aber meinen Piloten-Teddy mitnehmen.«
»Wie heißt das Kind?«, fragte Ludmilla.
»Pia, Pia Marie Anderson«, sagte Jelke leise.
Ludmilla notierte den Namen und ging weiter zu der reichen Russin. Yulia war mit dem Angebot nicht einverstanden. Sie wollte ihre Kinder bei sich behalten. Michael Wussow setzte sich zu ihr. Er sah furchtbar aus, verweint und zerzaust.
»Mach jetzt bitte keinen Fehler, Yulia, du siehst doch, was Anastasia passiert ist.«
Er zitterte so stark, dass Yulia seine Hand griff, aber nicht fähig war, irgendetwas zu sagen.
»Yulia, wenn wir den Flug nicht überleben, dann überleben wenigstens deine Kinder. Denke an deinen Mann.«
Er hatte sich noch so weit unter Kontrolle, dass ihm der Name *Iwan* nicht über die Lippen kam. Die Entführer durften auf gar keinen Fall wissen, dass Iwans Familie an Bord war, sonst wären Yulia und die beiden Kinder die nächsten Opfer. Es war das Einzige, was er jetzt noch für Iwan und seine Familie tun konnte.
Er fing wieder an zu weinen. Yulia überlegte, zu Alexei zu gehen, entschied sich dann aber dagegen. Es waren Iwans und ihre Kinder und Michael hatte gesagt, was auch Alexei denken würde.
Sie drückte ihr beiden Söhne fest an sich.
»Ich möchte, dass ihr beiden auf mich in Helsinki wartet. Werdet ihr das tun?«
Boris und Igor nickten stumm. Sie waren alt genug, um die Situation zu erkennen und fragten nicht. Igor schlang beide Arme um den Hals seiner Mutter, stand auf und zog seinen älteren Bruder Boris hinter sich her.

Ludmilla notierte die beiden Namen und wandte sich an Wussow. »Ich werde mich dafür einsetzen, dass Sie das Flugzeug verlassen können, zusammen mit Ihrer toten Frau.«
Wussow richtete sich drohend auf und wich auch nicht zurück, als Ludmilla kühl die Pistole auf seine Brust richtete. »Setzen Sie sich sofort hin, sonst liegen Sie als Leiche neben Ihrer Frau!«
Wussow blieb stehen: »Jetzt hör mir mal gut zu, du Flittchen. Ich bleibe hier und meine Frau bleibt auch hier.«
Ludmilla sah ihn verdutzt an. Wahrscheinlich hatte der Mann seinen Verstand verloren, denn dieses Angebot hätte jeder normale Mensch angenommen. Sie schubste ihn mit der Pistole in den Sitz zurück und ging zu den anderen Personen mit Kindern.
Wenig später trat sie mit einer Namensliste ins Cockpit. Sechs Kinder und vier ältere Personen, die im Gegensatz zu einigen anderen keine Simulanten waren.
Juri gab seine Befehle an Hannu Mäkinen durch.
»Wenn die Betankung abgeschlossen ist, wirst du persönlich einen Kleinbus mit zehn Plätzen zum Flugzeug fahren. Keinen Bus, einen Kleinbus. Du wirst die Gangway allein hochkommen. Verstanden?«
»Das habe ich verstanden, Herr Petrow. Darf ich Lebensmittel oder Getränke mitbringen. Süßigkeiten?«
»Nein! Ich will jetzt den Tankwagen sehen! Und alle Lichter auf dem Vorfeld. Sobald ich hier auch nur eine Person erkenne, die hier nicht hingehört, ist der Deal geplatzt.«
»Sie sind der Boss!«, sagte Hannu.

Alexei starrte regungslos durch das Fenster auf die erleuchtete, regennasse Fläche. Mit jeder Stunde schwand seine Hoffnung, Russland zu befreien. Die Wahrscheinlichkeit, morgen in Moskau zu sein, tendierte gegen null. Hingegen

war die Wahrscheinlichkeit, diese Entführung nicht zu überleben, hoch.
Warum sollte er den Tyrannenmord nicht einfach aufgeben und die Situation an Bord klären? Die Stewardess könnte mit einem Schlag k. o. sein, die Pistole würde ihr aus der Hand fliegen. Er könnte sie mit ihrer eigenen Waffe erschießen, nach vorne stürmen und den Entführer angreifen. Doch der Entführer befand sich hinter der verschlossenen Tür. Kein guter Plan. Er würde den Schuss hören und dann?
Oder er könnte sich dem Entführer als Freund von Iwan offenbaren. Dafür müsste er jedoch mithilfe der Stewardess ins Cockpit gelangen, um den Entführer dort mit dem Nervengift außer Gefecht zu setzen. Die Verwendung von giftigem Gas im engen Cockpit könnte auch ein Bumerang für ihn werden. Alles stand auf dem Spiel. Das Gift für Iwan oder für den Entführer.
Egal was er tun würde, er brauchte eine dritte Hand. Wer in diesem Flugzeug konnte ihm helfen? Wussow war am Ende. Der Botschafter? Nein. Vielleicht die beiden Männer in Reihe 1? Alexei fand keine Lösung. Er wusste, dass es nur eine Chance gab, die Entführung erfolgreich zu beenden, solange die Maschine stand. Er beschloss, noch abzuwarten und die Lage sich entwickeln zu lassen.
Er warf einen kurzen Blick auf den Botschafter, um sicherzustellen, dass er nicht beobachtet wurde, doch von Bornheim war ununterbrochen mit seinem Smartphone beschäftigt. Alexei schickte eine Kurznachricht an die Oligarchenrunde. »Sitze in einem entführten Flugzeug in Helsinki fest. Falls ich ausfalle oder morgen nicht vor Ort bin – Aktion abblasen und alles vernichten.«
Draußen bemerkte er ein großes Fahrzeug, das sich mit eingeschalteten Warnblinklichtern näherte. Ein Ablenkungsmanöver für einen Zugriff? Alles war möglich.

Er schrieb an Kryptos: *Ausgang Flugzeug-Entführung ungewiss. Iden des März auf der Kippe. Wir haben es wenigstens versucht.*

Hannu steuerte den Wagen über die Bahn 04 Rechts und den Taxiway Golf zum Apron 6. Dort wartete er, bis das Flugzeug betankt war. Auf der nördlichen Seite der Runway 04 Links und außer Sichtweite des Flugzeugs lag das Sondereinsatzkommando bereit, falls der Entführer unmittelbar nach dem Betanken und ohne Freilassung der zehn Personen erneut starten wollte.
»Sind Sie und Ihre Leute in Position?«, fragte Hannu den Einsatzleiter.
»In Position«, meldete der zurück.
»Gut, ich wiederhole unseren Plan. Falls der Entführer nicht kooperiert, werden Sie die Maschine durch zwei Fahrzeuge blockieren. Ihr schießt notfalls auf die Reifen und kapert dann das Flugzeug mit Sprengladungen durch den hinteren und vorderen Eingang.«
»Wir sind vorbereitet und warten auf Ihren Befehl«, bestätigte der Einsatzleiter. Er hörte, wie die Triebwerke angelassen wurden.

»Die Gangway kann herangeschoben werden!«, befahl Juri. Ludmilla hörte draußen das Andockgeräusch. Jetzt war der kritische Augenblick gekommen, auf den Juri sie vorbereitet hatte. Unter dem Flugzeug könnten Soldaten sein, um durch die offene Tür einzudringen. Ludmilla soll sofort schießen und die Tür schließen. Das Flugzeug würde starten, zur Not auf dem Taxiway.
Sie stand mit der Waffe hinter Edith.
»Öffne die Tür!«, befahl sie.
Langsam glitt die Tür zur Seite. Ein kühler, frischer Luftzug strömte in die Kabine, in der sich die sechs Kinder und die

vier Erwachsenen im Gang aufgestellt hatten. Ludmilla sah einen Mann unten an der Gangway stehen, der freundlich hochschaute. Er war kein Soldat, eher ein Diplomat in einem dunklen Mantel mit Regenschirm.
»Wer sind Sie?«, fragte Ludmilla.
»Hannu Mäkinen.«
»Legen Sie Ihren Regenschirm weg und kommen Sie mit erhobenen Händen hoch.«
Darias beobachtete gespannt aus dem Seitenfenster, wie der Mann die Gangway hinaufkam.
»Sie bleiben hier«, sagte Ludmilla zu Mäkinen, nachdem sie ihn auf Waffen untersucht hatte.
»Edith, du schickst die zehn Personen jetzt raus!«
Pia drehte sich als Letzte in der Reihe der Befreiten zu ihren Eltern um, winkte mit dem Teddy und verschwand.
Hannu Mäkinen verschaffte sich schnell einen Überblick, konnte aber nicht viel mehr als die flehenden Gesichter der Menschen wahrnehmen. Die Tür zum Cockpit war verschlossen. Die zehn Befreiten saßen inzwischen im Auto. Hannu Mäkinen sah Ludmilla an. Er erkannte ein erschöpftes, aber entschlossenes Gesicht. Diese Frau hatte ein Ziel, egal zu welchem Preis.
»Stoppen Sie das Ganze, Ludmilla. Kommen Sie mit Ihrem Bruder zu uns. Ruhen Sie sich bei uns im Flughafen erst einmal aus. Dann warten wir gemeinsam ohne Polizei und Stress auf die Freilassung von Nika. Das ist doch viel besser als die nächste Odyssee in der Luft. Finden Sie nicht auch?«, sagte Hannu.
In Ludmillas Gesicht war ein kurzes Zucken erkennbar.
»Sie wollen mit uns fliegen?«, fragte sie skeptisch.
Hannu zögerte keinen Augenblick.
»Ja, wenn Sie alle nicht-russischen Passagiere freilassen. Die Russen sind Ihnen doch wichtig, nicht wahr?«

»Wichtig ist uns nur Nika und dafür brauchen wir alle Menschen hier. Sie dürfen jetzt gehen, weil Sie Ihr Wort gehalten haben«, erwiderte Ludmilla bestimmt.
Hannu blickte kurz zu Edith. »Viel Glück Edith. Ich bete für Sie alle, auch für Sie, Ludmilla und für Ihren Bruder.«
Er trat durch die Flugzeugtür auf die Gangway. Edith sah ihm hinterher. Es wäre nur ein Sprung in die Freiheit. Hannu blickte noch einmal zu ihr.
Dann verschloss Ludmilla die Flugzeugtür.
Alexei sah, dass die Stewardessen wieder vorne hinter dem Vorhang verschwunden waren. Wussow war nach hinten zu seiner toten Frau gegangen. Es hatte nicht einen einzigen Augenblick für eine erfolgreiche Ausschaltung der getrennt operierenden Entführer gegeben.
Er beschloss, das »ICH-KENNE-DICH-NICHT«-Spiel mit Yulia aufzugeben und setzte sich zu ihr. Er nahm ihre Hand.
Sie fragte leise: »Hast du Kontakt mit ihm?«
»Ja, Schatz. Er weiß, dass Anastasia ermordet wurde. Er hat gefragt, wie es dir geht.«
»Warum lässt er diesen Nika nicht einfach frei, jetzt, sofort? Ich kenne diesen Sadismus nur, wenn es um seine Feinde geht, aber nicht innerhalb der Familie.«
»Ich weiß Yulia, ich habe nur eine einzige Erklärung.«
Sie schaute ihn jetzt an. »Die Wanze ... er weiß von uns, nicht wahr?«
Alexei nickte. »Vermutlich ja. Eine andere überzeugende Erklärung finde ich auch nicht.«
Er log. Denn möglicherweise kannte Iwan auch den Plan, ihn zu ermorden.
»Es sieht nach einer Art Folter aus, nicht wahr, Alexei?« Sie lächelte ihn mit einem Anflug von Zärtlichkeit an, als sie sich an die wundervolle gemeinsame Nacht in jenem italienischen Zimmer erinnerte, in dem sie von Maria im Holzrahmen fast

erschlagen worden war. Sie hätte das Zeichen erkennen müssen und wäre besser in Monaco geblieben.
Als ob er ihre Gedanken lesen könnte, sprach er leise in ihr Ohr: »Wenn es so ist, dann sage ihm, dass es nur eine Affäre war, ein schlimmer Fehler, der vorbei ist. Du wolltest nur mit ihm alt werden.«
»Will ich aber nicht! Außerdem ist es nicht vorbei. Ich liebe dich, und ich weiß, dass du mich für immer und ewig liebst.«
Sie sah ihn prüfend an: »Oder willst du unsere Beziehung beenden?«
»Nein Yulia, natürlich nicht. Wir gehören zusammen, jetzt erst recht.«
Er küsste ihre Hand und fuhr fort: »Trotzdem hoffe ich, dass unsere Angst vor Iwan unbegründet ist. Er hat vielleicht ganz andere Prioritäten. Russland befindet sich in Kriegsvorbereitungen gegen die NATO und ...«
»... was sagst du da?«
»Ja, Yulia, und deswegen muss ich morgen in Moskau sein, um den Wahnsinn zu stoppen.«
»Du meinst, er kann sich vielleicht gar nicht um unser Flugzeug kümmern?«
»Ich bin sicher, er wird etwas für uns tun. Es kann nicht in seinem Interesse sein, dass du umkommst.«
Yulia war plötzlich wie elektrisiert: »Vielleicht doch, gerade jetzt, wo seine Kinder nicht mehr an Bord sind. Deswegen wollte ich sie auch nicht gehen lassen!«
»Deine Entscheidung war absolut richtig, Yulia.«
»Vielleicht. Aber du weißt auch, was die russischen Zaren mit untreuen Ehefrauen gemacht haben. Eine Verbannung in Sibirien war noch die harmloseste Variante.«
»Dann komme ich mit dir und wärme dich«, sagte er, küsste noch einmal ihre Hand und stand auf. Sie wollte ihn festhalten, aber er fühlte, dass er zu seinem Sitz zurückmusste. Irgendetwas passierte mit ihm.

Er schloss die Augen. Die Bilder der letzten Tage glitten vorbei. Die Ferien auf der *Heavens Gate*, Sonne und Gewitter auf dem Flug, die Nacht in Italien. Yulias Gesicht vermischte sich mit dem Anblick seiner Frau. Yulia – das pulsierende Leben. Seine Frau – die Bewahrerin, sein Gewissen, seine Mahnerin. »Macht und Einfluss anzuhäufen, ist ein gefährlicher Teil von dir«, hatte sie ihm wenige Wochen vor ihrem Tod mit schwacher Stimme zugeflüstert. »Alexei, versprich mir, dass du auf dich aufpasst. Du bist in Gefahr. Geld, Politik und Liebe vertragen sich auf Dauer nicht. Erkenne, wann du aussteigen musst, wann du auf das eine oder andere verzichten musst, sonst wirst du in einen Abgrund stürzen.« Wie recht sie hatte. Sein Problem war nicht das Geld, nicht der Umsturzplan. Es war die Leichtsinnigkeit, mit Iwans Frau eine tiefe Liebesbeziehung einzugehen und zu glauben, dass er auch diese Situation beherrschen könnte. Ja, es gab Momente des Aussteigens. Aber je konkreter der Mordplan wurde, desto sicherer hatte er sich in seiner Zukunft mit Yulia gewähnt.
»Sonst wirst du in den Abgrund stürzen ...« War das hier der Abgrund? Er öffnete die Augen und starrte wieder über den nassen Asphalt des leeren Flughafens. Es gab keinen Weg mehr zurück. Er hatte den Umkehrpunkt für sein Leben verpasst und musste springen, ohne den Rand des Abgrundes zu kennen.
Tom und Marc fixierten die Tür zum Cockpit. »Dieser verdammte Juri hat bisher nicht ein einziges Mal das Cockpit verlassen. Der muss doch einmal zum Scheißen gehen«, flüsterte Tom und setzte nach: »Glaubst du an einen Zugriff von Spezialkräften, Marc?«
»Ich hoffe nicht. Dann würde Juri als Erstes die Crew und Edith erledigen, vermutlich dann sich selbst. Bei Ludmilla bin ich mir nicht sicher.«

Jelke scrollte durch die Breaking News. »Die Nachrichten kennen nur ein Thema: Krieg, Krieg, Krieg und unsere Entführung.«
»Was schreiben sie über uns?«, fragte Aishe.
»Über uns nichts, aber über Darias und Edith und über den Kriegshelden Nika. In England laufen wie bei einem Pferderennen Wetten, ob Iwan den ukrainischen Kriegshelden Nika freilassen wird.«
Sie scrollte weiter. »Auf dem Maidan in Kiew wird für seine Freilassung demonstriert.« Dann sah sie auf die Uhr. »Wir sind erst seit vier Stunden in diesem entsetzlichen Flugzeug. Es kommt mir vor wie vierzig. Hoffentlich geht es Pia und den anderen Kindern in Helsinki gut.«
Sie erwartete keine Antwort von Marc und war froh, dass sie einfach nur dem Kopf auf seine Schulter legen konnte. Was sollte er auch sagen? In diesem Flugzeug hatte niemand irgendeine Antwort.
Warten, hoffen und sich immer wieder zusammenreißen, um nicht loszuschreien. »Was macht ihr mit mir? Was habe ich mit eurem Problem zu tun? Was interessiert mich euer verdammter Bruder Nika? Was maßt ihr euch an, mit meinem Leben zu spielen? Verschwindet doch einfach und klärt euer Problem am Boden! Lasst uns raus und fliegt allein in die Hölle!«
Sie erschrak über die letzten Gedanken, denn wer sollte in die Hölle fliegen außer Darias und Maria.
Die Feuerwehr und der Tankwagen hatten sich entfernt. Sie waren voll aufgetankt. Juri stieß mit der Pistole an Darias Schulter. »Sind wir bereit?«
»Ja. Wohin geht es?«
»Nach Kiew.«
»Kiew? Unmöglich! Ich kann die Maschine nicht noch einmal ins Feuer fliegen!«
»Du weißt gar nicht, was du noch alles kannst. Roll los!«

»Dafür muss ich erst den Tower fragen.«
»Du fragst gar nichts, sondern rollst zurück auf die Startbahn.«
Darias gab die Kommunikation mit ihm auf. Er war froh, dass es keine Erstürmung seines Flugzeuges gegeben hatte. Den Rest würde er auch noch schaffen. Irgendwie, denn es hatte sich gezeigt, dass man mit dem Entführer immerhin reden konnte.
»Maria, Kiew eingeben und bitte die Checkliste.«
Danach sagte er: »Liebe Passagiere. Wir müssen leider unseren Flug fortsetzen. Herr Petrow möchte erneut nach Kiew und hofft, dort seinen Bruder zu treffen. Und wir alle hoffen das auch.«
Danach wandte er sich an Juri.
»Während des Starts müssen die beiden Stewardessen auf ihre Sitze!«
Zu seiner Überraschung stimmte Juri zu.
Langsam rollte das Flugzeug an.
»AL401 stoppen Sie, Sie haben keine Rollerlaubnis!«
»Mit einer Pistole im Nacken habe ich leider keine Wahl.«
»Was ist Ihr Ziel?«
»Kiew.«
»Hannu Mäkinen an Juri Petrow mit einer wichtigen Nachricht!«
»Er hört«, sagte Darias und trat auf die Bremse.
»Der russische Präsident hat angekündigt, dass die Freilassung von Nika Petrow in 15 Minuten erfolgen wird. Ich wiederhole, in nur 15 Minuten! Warten Sie noch diese 15 Minuten ab.«
Juri antwortete: »Weißt du, was russisch Roulette ist, Finne? Genau das hier! Iwan spielt mit uns. Wir fliegen nach Kiew und nehmen dort unseren Bruder in Empfang. Sag ihm, dass es in 15 Minuten eine zweite Leiche geben wird, wenn Nika nicht freikommt.«

»Wir werden das sofort weitergeben. Trotzdem verstehe ich nicht, warum Sie diese 15 Minuten nicht warten können. Ihr Bruder wird frei sein und Sie könnten seine Rettung hier bei uns vor dem Fernseher erleben.«
Im Tower sahen sie, wie die Maschine wieder anrollte. Hannu funkte: »Für den Kapitän: Sie werden auf dem Weg von zwei F-35 der finnischen Luftwaffe begleitet. Wir wünschen Ihnen trotz alledem einen sicheren Flug und Gottes Segen.«
»Den können wir gebrauchen«, sagte Darias zu Maria.
Darias drehte die Maschine um 180 Grad und rollte langsam auf die Bahn 22 Rechts. Maria programmierte die Abflugdaten.
»Helsinki Turm an AL401«
»AL401 hört.«
»Wir haben eine schwere Wetterwarnung mit Starkregen und Gewitterböen von über 70 Knoten direkt am Platz.«
Darias sah sofort, dass diese Warnung mehr als berechtigt war. Vor ihm lag ein dunkles Schwarz, aus dem vereinzelte Blitze schossen. Er wagte einen letzten Versuch: »Juri, sehen Sie das Gewitter. Da geht es genau rein. Wir bekommen schwere Orkanböen, lassen Sie uns dreißig Minuten warten und dann starten.«
»Wir starten jetzt!«, befahl Juri.
»Ich übernehme, Maria«, sagte Darias.
»Du hast die Kontrolle«, antwortete sie.
Die Maschine nahm Fahrt auf. Langsam hob sich das Bugrad, das Hauptfahrwerk löste sich vom Boden. Zwischen Rollen und Fliegen krachte die erste Bö seitlich an den Rumpf und schob das Flugzeug für einen Moment von der Startrichtung weg. Juri hielt sich krampfhaft am Pilotensitz fest. Darias zerrte das Flugzeug wieder in Flugrichtung, drückte das Steuerrad und zog es, steuerte gegen die Schläge und ließ wieder nach. Er ruderte das Flugzeug wie ein Schiff im Sturm und stöhnte vor Anstrengung. Erst in einer Flughöhe von 8000 Fuß

reagierte die 737 besser und erforderte weniger Korrekturen. Er atmete tief ein und aus. Hagel prasselte an die Scheiben, sodass die Scheibenwischer nicht mehr hinterherkamen. Die nächste Bö schlug zu, heftiger als die ersten, doch die zunehmende Geschwindigkeit legte sich wie ein Rettungsring um das 55 Tonnen schwere Flugzeug. Maria las ihm ruhig wie im Simulator die Höhen- und Geschwindigkeitsdaten vor. Er lächelte kurz zu ihr rüber, während er versuchte, die vollbetankte Boeing 737-300 im Instrumentenflug stabil zu halten. »Schlimmer geht immer«, dachte er.
Er sollte recht behalten.

KAPITEL 30

Das Zentralgefängnis Vladimir lag im morgendlichen Frühnebel, als der Gefängnisleiter drei Stunden vor normalem Dienstantritt die Anlage mit den lebenslänglich inhaftierten Schwerverbrechern, Terroristen, Kannibalen und Massenmördern betrat. Er hatte sich in den zwanzig Dienstjahren vom Gefreiten zum Major hochgedient und kannte jeden Stein und jedes Szenario. Doch in der Nacht war etwas Außergewöhnliches geschehen. Auf höchstpersönliche Anweisung vom russischen Präsidenten sollte Nika Petrow, dessen Erschießung heute in Luhansk geplant war, vor der Verladung fotografiert werden. Dieses war seltsam genug. Noch seltsamer war, dass Nika in einer Gruppe von Mithäftlingen fotografiert werden sollte, die wie Nika plötzlich auf der Gefangenaustauschliste standen. Der Gefängnisleiter fragte nicht. Er war Soldat und befolgte Befehle.
»Genosse Major, es gibt keine besonderen Vorfälle!«, meldete ihm der diensthabende Feldwebel. »Die Gruppe steht bereit!«

Die Hinrichtung durch Erschießung in Luhansk war Nika für den Folgetag angekündigt worden. Der Pater des Gefängnisses hatte ihm Gespräche angeboten, aber Nika hatte abgelehnt. Im Gebetsraum des Hochsicherheitsgefängnisses war er ganz für sich. Nika fühlte sich jung und nicht bereit zum Sterben, aber sein Schicksal war besiegelt. Er hatte über seine Liebe zur Ukraine, über die Begegnung mit so vielen wertvollen Menschen und über seine Frau und sein Kind nachgedacht und wusste sich sicher in ihren Herzen. Er war mit sich im Reinen. Seine Mithäftlinge hatten sich in Kenntnis der anstehenden Vollstreckung verändert. Sie behandelten ihn nicht mehr brutal, sondern mit Respekt.

Gegen drei Uhr morgens wurde er von dem, den sie „Milchgesicht" nannten, geweckt. Dieser hatte ihm leise mitgeteilt: »Dein Bruder hat zusammen mit deiner Schwester ein Flugzeug entführt. Iwan gibt dich frei, zusammen mit 15 anderen Ukrainern. Du darfst das nicht wissen.«
Nika hatte ihn spontan umarmt. »Du hast meinen Zettel gelesen?«
»Ja. Ich habe über einen anderen Gefangenen sichergestellt, dass die Nachricht zu deinem Bruder kam. Es hat anscheinend geklappt.«
»Danke, Milchgesicht, du bist mein Rettungsengel«.
Ein anderer Wärter schlug gegen die Tür.
»In die Ausgangsposition, an die Wand!«
Zum hoffentlich letzten Mal hörte er das Rasseln der verschiedenen Schlösser. Der Wärter öffnete die Stahltür, dann das erste Gitter und schließlich das zweite. Nika nahm die Ausgangsposition ein, saß auf dem Stuhl mit erhobenen Armen und dem Rücken zum Wärter.
»Rückwärts an das Gitter!«, befahl dieser.
Nika streckte die Hände durch das Gitter und empfing seine Handschellen. Der Wärter öffnete die Tür, Nika blieb in gebückter Haltung mit den nach hinten gestreckten und gefesselten Armen in der Zelle. Ein anderer Wärter mit Schäferhund betrat die Zelle und beobachtete, wie Nikas Kleidung von den Kollegen mit einem Detektor auf eventuell versteckte Gegenstände untersucht wurde.
»Fußsohle ... Mund auf!« So ging es jeden Morgen. Die meisten Wärter waren brutal, stießen ihn, sodass er aus der befohlenen gebückten Haltung auf den Boden fiel und sich unter Tritten wieder hochrappeln musste. Keine Widerrede,

Demut, Angst und absolute Kooperation waren nötig, um den Tag zu überleben.
Doch heute war alles anders. Er wurde mit neuer Seife und Rasierzeug ausgestattet. Sogar seine ukrainische Uniformjacke war gereinigt worden. Zum Frühstück gab es nicht das übliche fade schmeckende Brot, den fettigen Brei und den zuckerlosen Tee, sondern frische Brötchen mit Butter und zusätzlich Marmelade, Obst und Kaffee. Er aß langsam und genussvoll. Die Mithäftlinge glaubten, dass es sich um eine neue Art der Henkersmahlzeit handelte.
Nach dem Frühstück wurden ihm wieder die Handfesseln angelegt. Automatisch bückte er sich zum Entengang. Aber der Wärter gab ihm ein Zeichen, aufrecht zu gehen. Allmählich glaubte er, nicht in einem Traum zu sein.

Den Gefängnisleiter sah er zum ersten Mal. »Fesseln ab!«, befahl der dem anwesenden Wärter.
»Setzen! Wie ist dein Name?«
»Nika Petrow.«
»Nika Petrow, du bist zum Tode verurteilt, weil du ein ukrainischer Massenmörder bist, der Hunderte von Russen umgebracht hat.«
Nika schwieg und schien zu lächeln.
»Warum grinst du?«
»Ich bin ein ukrainischer Soldat, der sein Land vor der russischen Mörderbande verteidigt hat«, sagte er ruhig und setzte nach: »Ehre der Ukraine!«
Der Wärter wollte zuschlagen, doch der Gefängnisleiter hob die Hand. Allein diese Aussage hätte dem Gefängnisinsassen weitere Jahre unter verschärften Bedingungen eingebracht. Eine Einzelhaft in einer winzigen Zelle war ohne Gerichtsbescheid für ein halbes Jahr möglich. Alles war möglich. Doch dieser Nika hier war eine andere Kategorie.

»Du bist eine erbärmliche Kreatur, die immer noch nicht begriffen hat, dass wir euch vor den Nazis retten wollen«, sagte er verächtlich nah an seinem Gesicht.
»Ihr rettet uns, indem ihr mein Land besetzt, unsere Städte anzündet, unsere Frauen vergewaltigt und unsere Kinder tötet. Unter normalen Umständen säße ich vor dem Schreibtisch und du würdest hier um Gnade bitten. Aber ich bitte nicht um Gnade.«
Der Gefängnisleiter tobte innerlich. So etwas hatte er in seiner Dienstzeit noch nicht erlebt. Er kannte den Lebenslauf von Nika bis ins Detail. Militärisch war der eine Ausnahmeerscheinung, sogar seine Gegner sprachen voller Hochachtung von ihm. In den Gefängnissen hatte er keine Reue gezeigt, der Mann ging aufrecht in seinen Tod.
»Du bist weniger als eine Kanalratte, jedes Bröckchen, das wir dir gegeben haben, war eines zu viel. Du bist es nicht wert, die Luft unserer sauberen Anstalt zu atmen.«
»Und warum habt ihr die Kanalratte jetzt in eine saubere Jacke gesteckt?«
Der Gefängnisleiter erhob sich. »Weil du mehr Glück als Verstand hast! Jemand ganz oben hat sich für dich eingesetzt. Du wirst in dein Nazi-Land zurückgebracht. Andere anständige russische Menschen werden dafür zu uns kommen.«
Er ging um Nika herum und erwartete einen Freudenschrei. Doch nicht einmal ein dankbares Lächeln war auf dessen Gesicht zu sehen.
Der Gefängnisleiter schüttelte irritiert den Kopf.
»Das macht dir keine Freude?«
»Ich freue mich erst, wenn es wieder in den Befreiungskampf geht.«
Sein Gegenüber ging darauf nicht ein. Sollten die sich in Moskau mit dem Dreckskerl abgeben. Er zog ein Formblatt hervor und begann mit den Fragen.
»Wurdest du in Vladimir ordentlich behandelt?«

Nika beschloss, weniger aggressiv zu sein. Formblätter waren wichtig.
»Ja.«
»Hattest du am Essen etwas auszusetzen?«
»Nein.«
»Bist du gesund?«
»Ja.«
So ging das insgesamt 28 Fragen weiter. Der Gefängnisleiter übergab den Zettel an den Wärter, der legte ihn Nika zur Unterschrift hin, Nika unterschrieb, der Gefängnisleiter nickte zufrieden.
Danach wurde Nika in einen großen Raum geführt, in dem die 15 anderen Ukrainer vor einem Kamerateam versammelt waren. Ein Reporter kam auf ihn zu und sagte: »Nika Petrow, Sie gehören zu den glücklichen Menschen, die im Gefangenaustausch freigelassen werden. Sie dürfen sich darauf freuen, noch heute Ihren Bruder Juri wiederzusehen. Möchten Sie ihm etwas sagen?«
Nika sagte nichts. Irgendetwas stimmte hier nicht. Schlagartig wurde es ihm klar. Zwei der 15 freigelassenen Ukrainer hatte er als russische Straftäter erkannt. Sie zählten zu der Gefängniskaste der Spitzel. Sie galten den anderen als Abschaum und taten alles für die Leitung, um einen Vorteil zu ergattern. Was hier ablief, war ein Fake.
Nika sah versteinert in die Kamera und sagte leise: »Juri und Ludmilla, danke. Ich liebe euch. Ich liebe meine Familie. Ich liebe mein Land.«
Er wusste, dass er endgültig verloren war.

KAPITEL 31

AL401 hatte die Gewitterfront durchquert und erreichte nun die Rückseite des Wetters. In der klaren Nacht sahen Darias und Maria vereinzelte Lichter von Estland. Die beiden finnischen F-35 Stealth-Kampfflugzeuge, die links und rechts von ihnen flogen, verließen das Fluginformationsgebiet Tallin bereits nach 13 Minuten. Dort erwarteten sie zwei deutsche Eurofighter, die für die Luftraumsicherung im Baltikum zuständig waren. In dieser ruhigen Phase nach dem Sturm bemerkte Darias plötzlich, dass sein Körper nicht mehr richtig funktionierte. Er schwitzte und fühlte leichten Schwindel. Er nahm den Kopfhörer ab, berührte seine Stirn und drehte den Kopf, als würde er eine Verspannung lösen.

»Alles in Ordnung?«, fragte Maria.

»Ich müsste mal zur Toilette«, sagte er zu Juri.

»Du bleibst hier. Ich habe etwas zu erledigen, das 15-Minuten-Ultimatum ist abgelaufen.«

Darias sah ihn entsetzt an. »Sie wollen doch nicht wieder …?«

»Ja, ich will. Halte deinen Mund!«

»Du verdammter Dreckskerl!«, schrie Darias unkontrolliert. »Es wird in diesem Flugzeug keine weiteren Opfer geben!«

»Bitte beruhig dich, Darias«, sagte Maria beschwichtigend. »Willst du, dass ich übernehme?«

Darias keuchte.

»Ja, du hast das Flugzeug.«

Juri nahm Darias' Wutausbruch ohne Kommentar zur Kenntnis und sprach mit Ludmilla. Die Crew hörte einen kurzen Streit hinter sich. Juri schrie seine Schwester an. Die Passagiere sahen, wie Ludmilla mit einer Waffe in der Hand im Gang auftauchte. Sie ging zügig an Marc und Tom in der

ersten Reihe vorbei. Sie wollte es hinter sich bringen. Alexei in Reihe 4 wusste, dass jetzt Zeit war zu handeln. Er zog sich langsam aus dem Sitz, öffnete das Gepäckfach und griff nach dem Bordgepäck, um die Gaswaffen zu entnehmen. Ludmilla hörte ein Geräusch hinter sich.
»Umdrehen!«, herrschte sie ihn an. Er fiel konsterniert zurück in den Sitz.
»Anschnallen, Kopf runter!« Alexei fügte sich. Yulia fragte sich, was Alexei vorhatte.
Ludmilla blickte durch alle Reihen.
»Alle Köpfe sind unten! Hände hoch in den Nacken!«
Augenblicklich sah sie nur noch Passagiere mit gesenkten Köpfen. Sie fixierte ihr Ziel und ging langsam auf die Frau in Reihe 8 zu. Dort blieb sie stehen und senkte die Waffe.
Yulia blickte in den Lauf der Pistole.
»Es ist also so weit. Ich werde die Nächste sein.«
»Bitte tun Sie ihr nichts«, hörte Ludmilla aus der Nachbarreihe. »Sie machen einen schweren Fehler. Das ist Yulia Smirnoff, die Frau von Iwan Pavlenko und die Mutter seiner Kinder.«
Ludmilla blickte Wussow an, als wäre er verrückt geworden, was nach dem Tod seiner Frau nachvollziehbar wäre.
»Ich werde es Ihnen beweisen. Er griff zu seinem Portemonnaie und zog mit zittriger Hand ein Bild hervor.
»Bitte, bitte sehen Sie«, stammelte er.
Ludmilla griff das Bild. Sie sah Iwan Pavlenko mit dieser Yulia, den beiden Kindern und Wussow mit seiner Frau Anastasia. Ludmilla blickte abwechselnd auf Yulia Smirnoff und auf das Bild. Plötzlich erinnerte sie sich. Über diese Frau wurde doch immer wieder berichtet, dass Iwan seiner langjährigen Geliebten ein Luxusleben in Monaco gönnt. Ein Geschenk des Himmels!

Wussow flehte sie an: »Verschonen Sie die Frau, ihr Mann weiß vielleicht gar nicht, dass seine Frau an Bord ist, sonst hätte er doch längst reagiert.«
»Du bist also tatsächlich die Frau dieses Bastards?«, fragte Ludmilla.
Yulia nickte.
»Weiß er, dass du hier an Bord bist?«
»Nein, er weiß es nicht«, schrie Wussow dazwischen.
Ludmilla überhörte das.
»Weiß er es?«, fragte sie die Frau erneut.
»Er hat diesen Flug gebucht«, sagte Yulia leise.
»Trotzdem lässt er dich hier im Stich?«
Yulia konnte sich nicht mehr zusammenreißen. Die Flucht aus Monaco, die Tarnung der letzten Stunden, ihre Kinder in Helsinki, der Mann ein paar Reihen vorne, den sie liebte, Iwan, der sie offensichtlich fallen gelassen hatte, alle Verzweiflung brach aus ihr heraus. Sie schluchzte und sagte leise mit aufgerissenen Augen zu Ludmilla: »Ich weiß es nicht. Vielleicht hat er euren Bruder längst freigelassen und ihr wisst es nicht.«
Ludmilla hörte Edith rufen: »Ludmilla, du sollst bitte sofort zu deinem Bruder kommen.«
Juri erwartete seine Schwester in der Tür.
»Die Kampfflieger sagen, die Frau von Iwan soll an Bord sein. Hörst du? Iwans Frau in der Maschine! Ich kann das nicht glauben! Ist das vielleicht diese pelzbehangene reiche Russin in Reihe 8?«
»Ja, sie ist es, Juri, das ist der Beweis!«, antwortete Ludmilla und zeigte ihm das Foto.
Er sah sich fassungslos das Bild an. »Träume ich? Wir fliegen hier stundenlang durch die Gegend, ich erschieße eine Frau und Iwans Tussi ist unter uns! Weiß er das etwa nicht? Was sagt die schöne Oligarchin?«

»Er weiß es, Juri. Iwan hat ihren Flug selbst gebucht. Was machen wir jetzt?«
Juri drehte sich abrupt zum Kapitän um: »Ich will SCRAMBLE sprechen!«
Darias hatte die Entwicklung erregt mitverfolgt. Plötzlich hatte er Hoffnung, dass die Lösung nahte. »Niemals wird ein normal denkender Mensch seine Frau opfern.«
Er stellte die Funkverbindung her.
»SCRAMBLE ONE hört.«
»Hier spricht Juri Petrow. Sagen Sie dem russischen Präsidenten, die nächste Leiche ist seine Frau Yulia Smirnoff. Das Ultimatum ist um weitere fünfzehn Minuten verlängert.«
»Weitere fünfzehn Minuten«, registrierte Darias. Inzwischen konnte er den Druck in der Blase nicht mehr halten.
»Wäre die Toilette jetzt okay?«
Diesmal war Juri einverstanden. Ludmilla begleitete ihn heraus, wachte vor der Toilettentür und stellte sicher, dass die Passagiere die Köpfe unten und die Hände in den Nacken hielten.
Als Darias zurückkam, gab sie ihm zwei Flaschen Wasser. Er sah sie dankbar und hilfesuchend an und schämte sich sofort dafür. Denn er wusste, dass das ein Vorläufer vom Stockholm-Syndrom war. Die Verbrüderung des Opfers mit den Tätern. Er wollte das nicht zulassen. Er trank die Flasche fast leer, küsste Edith auf die Wange, die ebenfalls mit Wasser versorgt war, gab die andere Flasche Maria und sagte: »Danke Maria, ich übernehme das Flugzeug. Du bist der beste Co-Pilot, den ich je hatte.«

Mit jeder Meile, die die Boeing durch Estland in Richtung Kiew flog, wuchs die Spannung. Edith betete leise: »Iwan, melde dich, es geht um deine Frau ...«
Auch Maria durfte zur Toilette gehen. Sie schloss die Tür, sah ihr erschöpftes Gesicht im Spiegel und schwor sich, durch-

zuhalten, egal, was geschehen würde. Sie blieb nur wenige Minuten, strich ihr Haar zurecht und verließ, ohne Ludmilla eines Blickes zu würdigen, die Toilette. Ludmilla glaubte gesehen zu haben, dass Maria ihre Lippen nachgeschminkt hatte. Plötzlich sah sie diesen Mann im Gang, der immer wieder Probleme machte. Er ging mit erhobenen Händen langsam auf sie zu.

»Zurück zu Ihrem Sitz!«, befahl sie, die Pistole auf ihn richtend.

»Nein, es ist dringend! Ich habe ein Freilassungsvideo von Ihrem Bruder!«

»Und ich habe eine Kugel für Sie! Zurück!«

Durch die offene Tür hörte sie gleichzeitig: »SCRAMBLE ONE für AL401. Nika Petrow ist frei! Sehen Sie im Internet Breaking News von NTV oder CNN!«

Ludmilla vergaß den Mann und beobachtete, wie Ediths Finger über die Tasten des Smartphones rasten: »Hier ist es! Es stimmt!«

Die Crew erhielt eine Meldung aus der Zentrale: *Nika Petrow wurde freigelassen. Er ist auf dem Weg nach Kiew.*

Juri starrte auf das Video. Er sah eine Gruppe ukrainischer Soldaten. In der Mitte war sein Bruder Nika, der zu sprechen begann.

»Ich kann das nicht verstehen, lauter!«

Edith stellte das Smartphone auf volle Lautstärke. Er riss es sich ans Ohr und hörte:

»Juri und Ludmilla, danke. Ich liebe euch. Ich liebe meine Familie. Ich liebe mein Land.«

Juri schluchzte. Sein Bruder Nika war frei! Endlich frei. Er sah noch einmal, zoomte die Hände seines Bruders heran – und starrte entsetzt Ludmilla an.

»Siehe auf die Finger seiner Hände!«

Zeige- und Mittelfinger waren zu einem V-geformt, doch die Finger wiesen nach unten. Es war das Zeichen für Verrat!

Er schleuderte das Handy gegen die Cockpitscheibe. »Wir sind reingelegt worden, Schwester. Die spielen mit uns!«
Juri fuchtelte mit der Waffe herum, zielte zuerst auf Darias, dann auf Maria, dann auf Edith.
»Beruhigen Sie sich bitte«, sagte Maria, »Wir müssen reden, Herr Petrow. Vielleicht ist Ihre Interpretation ein furchtbarer Irrtum.«
»Nein«, sagte Ludmilla mit fahlem Gesicht. »In unserer Familie ist das ein vereinbartes Zeichen. Nika ist nicht in Freiheit. Er hat sich von uns verabschiedet. Iwan spielt mit uns, sie spielen alle mit uns.«
Sie lehnte sich an die Brust ihres Bruders und weinte, denn sie wusste, was jetzt kommen würde.
Die Geschwister hatten alle Variationen durchgespielt. Schein-Erschießungen, das Verhalten bei einer Zwischenlandung, ein Zugriff durch Spezialkräfte, ein Meutern der Crew. Doch alles war vergebens gewesen. Juri streichelte ihr Haar. Sie blickte zu ihm hoch.
»Plan B?«, flüsterte sie.
Ihr Bruder nickte.
Er sagte ruhig zur Crew: »Kursänderung!«
Darias' Herz schlug derart, dass er den Hemdkragen öffnen musste. Er fühlte Panik aufsteigen. Der Bastard hinter ihm hatte angedroht, das Flugzeug bei Ablehnung seiner Forderung in eine russische Stadt zu stürzen. Darias sah auf die Karte. Die nächste große russische Stadt, Sankt Petersburg war nur wenige Flugminuten links von ihm entfernt.
»Wohin fliegen wir?«, fragte Maria, sich zur Ruhe zwingend.
»Nach Berlin«, antwortete Juri ruhig. »Wir lassen das Flugzeug in den Reichstag von Berlin stürzen.«
Darias konnte sich nicht mehr beherrschen.
»Du willst uns alle umbringen? Du willst das wirklich?«
»Provozier ihn nicht Darias, um Himmels willen, bleib ruhig!«, schrie Edith.

Juri stieß den Kapitän mit der Pistole in den Rücken.
»Du bist schon lange so gut wie tot, aber vorher zeigst du mir noch die Lichter von Berlin.«
Darias riss sich zusammen.
»Warum Berlin?«
»Ich will, dass dein Bundeskanzler mit Iwan spricht. Das ist die letzte Chance. Auch eure!«
Darias überlegte. »Eine letzte Chance! Vielleicht war es tatsächlich so. Die Beziehungen zwischen Deutschland und Russland waren vor dem Ukraine-Krieg gut. Iwan war ein Bewunderer Deutschlands ...«
»SCRAMBLE ONE von AL401. Der Entführer fordert vom deutschen Bundeskanzler, die Freilassung seines Bruders zu erwirken. Sollte das nicht geschehen, plant er den kontrollierten Absturz in Berlin. Absturzort ist der Reichstag.«
Im Äther war eine Pause. Es schien, dass die unfassbare Nachricht auch die Kampfpiloten Joe und Freddy gelähmt hatte. Dann hörte die Crew: »AL401, das ist verstanden. Ich melde mich mit der Antwort. Haltet durch. Wir bleiben bei euch!«
AL401 drehte nach Südwest und nahm mit den ahnungslosen Passagieren Kurs auf die deutsche Bundeshauptstadt Berlin. Genau gesagt auf die Koordinaten mit dem Breitengrad 52.518620 N und dem Längengrad 13.376187 E, die Kuppel des Reichstagsgebäudes.

KAPITEL 32

Seit dem Start der AL401 saßen die Vertreter der Ressorts Verteidigung, Inneres, Justiz und Auswärtiges im Lageraum des Bundeskanzlers. Der Krisenstab des Auswärtigen Amtes war parallel geschaltet.

»Wann wird das Flugzeug über Berlin sein?«, fragte der Bundeskanzler Kai Schuster in seiner bekannten ruhigen Art. Wer den Kanzler wirklich kannte, wusste, dass jetzt keine Zeit für unnötiges Gerede, sondern Präzision gefragt war.

»Erwartete Ankunft in 80 Minuten«, kam die Antwort. »Wir schalten das Bild zu Ihnen auf.«

Die Menschen im Lageraum sahen drei Punkte auf Berlin zufliegen. Oben rechts wurden die Flugdaten eingeblendet.

»Der Pilot hat gerade die Geschwindigkeit etwas reduziert. Er will vermutlich Zeit gewinnen«, erklärte der Leiter Krisenstab im Auswärtigen Amt.

»Ex-Bundeskanzler Gert Schreiber für dich«, sagte der Chef des Bundeskanzleramtes, Wolfram Fuchs.

»Jetzt wird es spannend, stell auf laut.«

»Hast du Kontakt mit Iwan gehabt, Gert?«, fragte der Bundeskanzler.

»Schon vor einer Stunde. Er weiß, dass seine Frau an Bord ist und hat mir persönlich versichert, dass Nika Petrow längst freigelassen wurde. Er verstände das ganze Theater nicht.«

»Das war alles? Hat er etwas zur internationalen Lage gesagt?«

»Nein, er war extrem kurz angebunden.«

»Du weißt, dass der Entführer plant, das Flugzeug in den Reichstag stürzen zu lassen?« »Um Gottes willen, hat er denn nicht die aktuellen Informationen?«

»Offensichtlich nicht, oder er glaubt sie nicht«, sagte der Bundeskanzler. »Keine Ahnung!«
»Dann Gnade euch Gott, ich möchte jetzt nicht in deiner Haut stecken.«
»Was würdest du raten?«
Gerts Antwort erfolgte nach kurzem Zögern.
»Erstens direkt mit dem Entführer sprechen, zweitens den Abschuss der Maschine einkalkulieren, drittens in den Keller gehen und beten.«
»Danke und tschüss. Bitte um Verständnis, hier zählt jede Sekunde.«
Der Bundeskanzler wandte sich an den Generalinspekteur.
»Sind das zwei deutsche begleitende Eurofighter?«
»Ja, Herr Bundeskanzler, sie stammen aus Wittmund und sind derzeit auf der Airbase Ämari stationiert.«
»Sind sie für einen Abschuss ausgestattet und wenn ja, womit?«
»Mit 140 Schuss in der 27 Millimeter Bordkanone sowie zwei abschussbereiten IRIS-T-Luftraketen.«
»Wie ist die rechtliche Lage?«
Der Verteidigungsminister Benno Sartorius schaltete sich ein: »Für den Fall einer Flugzeugentführung greift das Luftsicherheitsgesetz von 2005. Der Paragraf 14 Abs. 3 gibt dem Bundesverteidigungsminister gem. Artikel 35 des Grundgesetzes das Recht, ein entführtes Flugzeug abschießen zu lassen, wenn dies das einzige Mittel zur Abwehr der gegenwärtigen Gefahr ist.«
»Besteht die Abschussbefugnis auch, wenn sich an Bord des Flugzeuges entführte Menschen befinden?«
»Grundsätzlich ja. Das Leben der Unbeteiligten an Bord kann zugunsten des Lebens anderer Menschen, also zum Beispiel der Menschen in Berlin, geopfert werden.«
Der Bundeskanzler war Jurist. Vor dem Wort *grundsätzlich* grauste es ihm, denn das bedeutete Ausnahmen.

»Wo ist der Haken, Benno?«
»Das Bundesverfassungsgericht hat 2006 diese Abschussmöglichkeit mit Bezug auf die Menschenwürde und das Grundrecht auf Leben als unvereinbar mit dem Grundgesetz und damit für nichtig erklärt.«
»Klare Ansage. Und das heißt?«
»Der Abschuss der AL401 ist rechtlich nicht möglich.«
Der Kanzler sah in die Runde. »Wird diese Bewertung von den Ressorts Justiz und Inneres getragen?«
Beide Minister bestätigten laut und vernehmlich.
»Dürfte ein Flugzeug einer anderen Nation diesen Abschuss über Deutschland durchführen?«, wollte er von Benno wissen.
»Nein Kai, *Renegade*, also eine Flugzeugentführung, ist eine Angelegenheit ausschließlich der betroffenen Nation.«
Die Außenministerin schaltete sich ein: »Das Flugzeug kann überall in der City einschlagen, selbst hier im Bundeskanzleramt. Es kann doch nicht sein, dass das Leben vieler Berliner weniger wert ist, als das von etwa einhundert Menschen an Bord.«
»Leider ist das die Rechtslage«, antwortete die Justizministerin.
»Und wenn der Verteidigungsminister den Abschussbefehl im Rahmen der Güterabwägung trotzdem gibt?«, setzte die Außenministerin nach.
»Dann dürfen Sie ihn im Gefängnis besuchen, Frau Kollegin. Das ist rechtlich eine glasklare Angelegenheit.«
»Und wenn der Bundeswehrpilot trotzdem schießt?«
»Die Frage nach der strafrechtlichen Verantwortlichkeit eines Bundeswehrpiloten, der ein entführtes Luftfahrzeug abschießt, hat unser Bundesverfassungsgericht ausdrücklich offengelassen«, antwortete die Justizministerin.

»Das ist doch eine unfassbare, kranke Situation. Wenn das hier überstanden ist, werde ich tätig werden!«, zürnte die Außenministerin mit hochrotem Kopf.

Inzwischen war AL401 nur noch vierzig Flugminuten von Berlin entfernt.
»Wir haben jetzt die Verbindung zum Cockpit«, kam durch den Lautsprecher die Ansage der Technik.
»Guten Tag, Herr Petrow, hier ist Bundeskanzler Kai Schuster, können Sie mich verstehen?«
Es folgten ein paar technische Geräusche und Stimmen aus dem Cockpit. Die Menschen im Lageraum hielten den Atem an. Jeder versuchte, sich vorzustellen, was dort oben gerade geschah.
Die Stimme des Entführers war laut und hektisch: »Haben Sie die Freilassung meines Bruders erwirkt?«
»Das war gar nicht nötig, Herr Petrow. Ihr Bruder ist längst frei. Die Bestätigung hat der russische Präsident persönlich gegeben.«
»Das war ein Fake. Mein Bruder hat mir das Negativzeichen per Hand gegeben. Iwan hat mich und euch alle reingelegt. Wir sind im Anflug auf Berlin. Bis dahin will ich meinen freigelassenen Bruder in einem Video sehen. Ende.«
Die Leitung brach ab.
Der Bundeskanzler erhob sich. »Sofort den Berliner Bürgermeister alarmieren. Alles im und um den Reichstag muss evakuiert werden. Die Sitzung ist beendet. Das gilt auch für uns!«
Nachdem alle den Raum fast fluchtartig verlassen hatten, fragte der Bundeskanzler seinen Freund und Verteidigungsminister Benno: »Benno, was wirst du entscheiden?«
»Ist doch klar. Ich lasse den Flieger abschießen, bevor er den Großraum Berlin erreicht, nehme ich auf meine Kappe.«
»Wird der Generalinspekteur mitmachen?«

»Ja, definitiv.«
»Und die Piloten? Das hoffe ich, denn sie müssten einen rechtswidrigen Befehl befolgen. Die letzte Entscheidung liegt also bei denen.«
Der Bundeskanzler sah ihn lange an. Er war kein Mann der Emotionen. Jetzt umarmte er seinen Weggefährten.
»Weil du bist, wie du bist, Benno, habe ich dich zum Verteidigungsminister gemacht.«
Der nickte und sagte: »Das Gespräch hat nicht stattgefunden, Herr Bundeskanzler.«

KAPITEL 33

»Bitte um konkrete Renegade-Weisungen für den weiteren Verlauf«, bat SCRAMBLE ONE die Leitstelle.

Die Leitstelle, bisher schnell mit einer Antwort sagte: »SCRAMBLE ONE – wir melden uns in Kürze.«

Indessen flog die Boeing auf Berlin zu, elf Kilometer in einer Minute.

Joe, der Rottenführer von SCRAMBLE ONE erinnerte sich an das Theaterstück »Terror« von Ferdinand von Schirach. Sollte er tatsächlich in diese grauenhafte Entscheidungssituation geraten?

In dem fiktiven Stück ging es um den angedrohten Absturz einer voll besetzten Passagiermaschine in die mit 70.000 Menschen gefüllte Allianz-Arena von München. 15 Kilometer vor der Arena entschied sich der Eurofighter-Pilot, das Flugzeug eigenmächtig abzuschießen, um damit die Leben der Menschen im Stadion zu retten. Die Passagiere des abgeschossenen Flugzeuges kamen in diesem Stück alle ums Leben. Die Ehefrau eines getöteten Passagiers verklagte den Kampfpiloten, ihren Mann vorsätzlich getötet zu haben.

Joe spürte, wie sein Atem unter der Sauerstoffmaske schneller wurde. Hier gab es zwar kein Stadion mit 70.000 Menschen, aber eine dicht besiedelte Millionenstadt und eine Familie, die in Berlin-Mitte wohnte, seine Frau mit drei Kindern. Joe war fromm und glaubte an die Gerechtigkeit Gottes. Er betete, dass dieser Kelch an ihm vorüberginge.

Die Meldung traf ihn mit voller Wucht: »SCRAMBLE ONE – Handeln Sie nach eigenem Ermessen im Rahmen der Vorschriften.«

Er fluchte in sich hinein. »Als hätte ich es geahnt. Ich bin die arme Sau am Ende der Befehlskette.«
»Freddy«, funkte er auf einer separaten Frequenz zu SCRAMBLE TWO. »Du weißt, was das hier wird?«
»Ja, Joe. Und wenn es dir damit besser geht, ich schieße ebenfalls. Wir tragen das gemeinsam.«
»Es reicht, wenn einer die Last trägt, Freddy. Komme zu mir auf die linke Seite und halte Abstand von der Boeing.«
»Bist du sicher? Überleg dir das, du musst dich nicht allein in den Kampf werfen.«
»Ja, ich bin sicher, komm rüber, das ist ein Befehl.«
»Okay, bin schon unterwegs.«
Joe sah ihn kommen, flog unter der Boeing durch und setzte sich hinter sie. Noch war Zeit bis zum tödlichen Moment. Er sah auf die Karte, um einen möglichst unbesiedelten Absturzort zu finden. Die Trümmerteile einer mit 700 Stundenkilometer fliegenden Maschine würden sich über mindestens zwanzig Kilometer verteilen. Er wählte das Gebiet östlich von Treptow-Köpenick aus, das Gebiet um den Großen Müggelsee, etwa 20 Kilometer vom Reichstagsgebäude entfernt.
Darias bemerkte sofort, dass sie nur noch von einem Fighter begleitet wurden, der zudem den seitlichen Abstand stark vergrößert hatte. Die Navigationslichter waren kaum noch erkennbar. Er ahnte, was um ihn herum geschah. Was musste noch geschehen? Ein Entführer, wild entschlossen zum Suizid und zwei Kampfflugzeuge in Abschussposition. Er fühlte sich ratlos. Die Passagiere hatten keine Ahnung, dass dieses Flugzeug dem Untergang geweiht war. Er schaute zu Maria. Ihre Hände zitterten. Er blickte zu Edith, die ihn verzweifelt ansah. Das Undenkbare durfte einfach nicht geschehen!
»AL401 an SCRAMBLE FLIGHT. Ich warne euch! Macht keinen Fehler! In diesem Flugzeug sitzen 87 Passagiere und eine Besatzung, die darum kämpft, deren Leben zu erhalten. Ihr wisst, dass der Abschuss eines Passagierflugzeuges mit

unschuldigen Passagieren an Bord rechtswidrig ist. Kommt wieder auf unsere Seite und lasst uns reden!«
Joe zerriss es das Herz. Was sollte er dem verzweifelten Kapitän sagen? Dass er schießen musste, um halb Berlin zu retten? Dass der Kapitän ihm verzeihen möge? Dass ihm alle Menschen an Bord verzeihen mögen? Dass Gott ihm vergeben würde. Er schaltete den Autopiloten ein und betete das Vaterunser ... *und vergib uns unsere Schuld*.
Dann machte er die Iris-T-Rakete scharf.
Darias wusste, was das Schweigen zu bedeuten hatte. Die Botschaft war klar. Der Abschuss ihres Passagierflugzeugs stand fest, ob durch eine Rakete oder die Bordkanone. Wie würde es sich anfühlen? Eine Explosion, ein schneller oder langsamer Tod?
Er blickte aus dem Cockpitfenster in den schwarzen Himmel. Aussichtslosigkeit. Er vermied es, Maria anzuschauen. Er vermied es, sich von Edith zu verabschieden. Warten auf das Undenkbare. Oder? Nein!
»Wie viele Minuten bis Berlin?«, fragte Juri im scharfen Ton.
»Nur noch wenige«, antwortete er und löste unbemerkt seinen Gurt.
»Runter mit dem Flieger!«, schrie Juri.
Mit einem gewaltigen Sprung schoss Darias aus dem Sitz und schlug mit aller Kraft seines rechten Armes Juri direkt in das Gesicht. Juri stürzte rückwärts in Ludmilla hinein, schoss im Fallen auf Darias, die Kugel traf Darias Schulter, der schrie auf, versuchte, noch einmal zuzuschlagen, aber kippte kraftlos über dem Pilotensitz zusammen. Juri glaubte, ihn tödlich getroffen zu haben, rappelte sich hoch, feuerte auf Maria, Edith schlug zuvor auf seinen Arm, Maria brach von einem Schuss in der Hüfte getroffen im Co-Pilotensitz zusammen.

»Freddy an Joe. Ich sehe einen Kampf im Cockpit!« Joe schloss wieder auf. Er sah zwei leblose Personen in den Sitzen, drei Personen hinter ihnen.
»SCRAMBLE ONE an AL401, was ist bei Ihnen los?«
»Hilfe«, schrie Edith. »Mein Mann und die Co-Pilotin wurden angeschossen! Der Entführer versucht, das Flugzeug abzustürzen!«
Juri hatte Darias beiseite geschoben und drückte das Steuerhorn nach unten in den Boden. Doch er kämpfte gegen den eingeschalteten Autopiloten, der die Boeing fest auf Höhe hielt.
»SCRAMBLE ONE an AL401, ich bekomme gerade ein neues Video. Nika Petrow ist definitiv frei in Kiew. Bleiben Sie ruhig und sehen Sie sich das an. Ich wiederhole: Nika Petrow ist frei!«
Edith suchte hektisch auf dem Handy herum, fand sofort das Video, sah den sprechenden Nika und riss an Juris Schulter.
»Es ist Nika, dein Bruder, hier, hör auf, wie wahnsinnig an den Geräten herumzureißen!«
Er stierte sie an, packte das Handy.
»Bruder, ich bin in Kiew! Es ist jetzt alles okay! Diesmal kein Fake der Russen! Ihr habt es geschafft! Unser Präsident hat es geschafft!« Nika streckte dabei mit beiden Händen das Victory-Zeichen nach oben. Die Kamera schwenkte auf den Mann neben ihn, es war der ukrainische Präsident Bohdan Sapronoff. Beide strahlten. Sie hatten keine Ahnung von der neuerlichen Katastrophe am Himmel.
Juri sah fassungslos auf die Botschaft. Nika war tatsächlich frei! Er sah hektisch auf die handlungsunfähige Crew und begriff, dass sein Ziel erreicht, aber die Verkehrsmaschine führerlos war. Er rüttelte an Darias, doch der reagierte nicht, ebenso nicht Maria, die nur laut stöhnte.
»Was sind eure Absichten?«, fragte Joe. »Ist der Kapitän flugfähig?«

»Nein!«, schrie Edith in Panik. »Auch nicht die Co-Pilotin. Beide sind schwer verletzt!« Sie weinte, schluchzte und wurde einen Augenblick von ihrer Todesangst überwältigt. Juri nahm das alles wie in einer Trance wahr. Er sah, wie Edith und Ludmilla die Crew in die Passagierkabine zogen.
»Ist ein Arzt da?«, schrie Edith in die Kabine. »Wir brauchen einen Arzt!«
Aishe sprang auf und eilte zu den Verletzten. Sie riss Darias den Gürtel aus der Hose und stoppte die Blutung. Tom half ihr. Bei Maria war das nicht möglich. Sie benötigte Verbandsmaterial.
»Edith, wo ist der Sanitätskasten?«
»Dort oben im ersten Fach!«
Darias sah Edith kurz an und kippte wieder weg. Maria atmete schwach, sie schien nahezu bewusstlos. Marc war bei ihr.
Juri stand allein im Cockpit. Die Angst kroch über seinen Rücken, die Schulter, den Nacken, in seinen Kopf. Wenn er einfach den Gashebel zurückziehen würde, dann würde das Flugzeug mit Sicherheit abstürzen. Er fasste die beiden Gashebel an. Aber er zog nicht. Eben wollte er sterben, doch jetzt wollte er leben! Er rannte in den Gang. »Wir brauchen einen Piloten. Wer kann fliegen?«
Die Passagiere sahen entsetzt auf den hilflosen Entführer und begriffen, dass sie sich in einem führerlosen Flugzeug befanden.

Die Bodenstation berechnete, wie lange AL401 mit dem vorhandenen Treibstoff noch fliegen konnte. Es wäre nicht das erste Flugzeug in der Geschichte der Luftfahrt, das führerlos ohne Treibstoff abstürzen würde. Zuerst würde ein Triebwerk ausfallen, kurz darauf das zweite. Das Flugzeug würde zur Seite kippen und dann trudelnd oder senkrecht zur Erde oder ins Wasser stürzen. Falls die Passagiere diese Absturzphase

noch überleben würden, würden sie schreckliche Minuten erleben. Als Vorsichtsmaßnahme wurden die Beneluxländer, Frankreich, Spanien und Portugal gewarnt. Vermutlich jedoch würde der Aufprall im Atlantik erfolgen.
Juri wiederholte nun beinahe flehend: »Wer kann fliegen?«
Niemand meldete sich. Die Passagiere sahen, wie sich langsam eine Hand hob. Alexei Sokolow. Juri eilte zu ihm. »Ich bin ein Helikopterpilot, eine Boeing kann ich nicht fliegen, aber ich könnte es versuchen.«
»Komm mit, wenn du überleben willst.«
»Augenblick«, erwiderte Alexei. Er ging zu Yulia, küsste ihre Stirn.
»Ich liebe dich, Yulia.«
»Rette uns Alexei, rette uns! Ich will nur noch leben.«
Er ging mit Juri nach vorne, die Waffe im Rücken.

Marc war bei der Frage des hilflosen Entführers zusammengezuckt. Er fragte sich, was gerade mit ihm geschah, mit ihm, dem Mann der Tat. Er hoffte inständig, dass sich jemand melden würde, hoffentlich ein Verkehrspilot, der er nicht war. Er fühlte, wie sein Herz schnell schlug, registrierte seinen wahnsinnigen Stress, den er so nicht kannte und die Angst, eine Verantwortung übernehmen zu müssen, der er nicht gewachsen war. Er war stark bei allem, was er gelernt hatte. Im Cockpit dieses Flugzeuges gab es mit Sicherheit gefühlt eintausend Dinge, die er nicht kannte. Er konnte sich nicht einmal erinnern, wann er zum letzten Mal aus der Passagierkabine in das Cockpit einer Verkehrsmaschine geschaut hatte. Flugsimulatoren von Verkehrsmaschinen hatten ihn nie interessiert. Er sah, wie der Freiwillige sich noch einmal nach Unterstützung suchend umschaute und dann im Cockpit verschwand.
Alles in ihm drängte, nun endlich aufzustehen und diesem Mann zu helfen. Aber er fühlte sich schwach, unsicher, hilflos.

Er hätte schreien können: »Bitte verlangt das nicht von mir! Ich würde euch in den sicheren Tod fliegen!«

Edith erfuhr, dass der Russe nur ein Helikopterpilot war. Sie stürzte zu ihrem Bruder.
»Marc, du musst das Steuer übernehmen! Der kann das nicht allein!«
Sie sah sein ängstliches Gesicht, das sie so nicht kannte, den hilflosen Blick zu Tom und dann zu Jelke.
»Bruderherz, ohne dich haben wir keine Chance! Ich flehe dich an, komm nach vorne!«
Jelke nahm seine zitternde Hand. »Du bist der beste Hobbyflieger unter der Sonne. Ich weiß, dass du das schaffst. Ich glaube an dich. Bitte glaube auch du an dich.«
Normalerweise trug er sie in schwierigen Situationen. Jetzt war sie es, die ihn trug, und mit welcher Kraft. Er schloss die Augen, atmete ein paarmal tief durch, blickte zu Tom, der ihm den Finger in das Cockpit wies und traf seine Entscheidung.

Die beiden Männer standen im Cockpit. Nachthimmel, Instrumente wie ein überbordender Weihnachtsbaum, leere Pilotensitze, Funk von Warschau Control. Rechts und links ein Jagdflugzeug.
Die zwei gaben sich unsicher die Hand. Sie standen dort wie falsch abgestellt.
»Marc.«
»Alexei.«
»Was fliegst du, Alexei?«
»Einen Helikopter, Flächenflugzeuge nicht.«
»Ich fliege kleine Sportflugzeuge.«
»Gott sei Dank ... Captain.«
»Du meinst, ich auf dem linken Sitz?«
Marc wäre am liebsten wieder zurückgegangen.

»Da, wo du hingehörst«, sagte Alexei und setzte sich auf Marias Sitz. Er verzichtete darauf, das nasse Blut vom Leder abzuwischen.
Marc setzte sich langsam auf den Kapitänssitz und zog behutsam den Kopfhörer über. Er versuchte, sich einen Überblick zu verschaffen. Er legte die Hände auf die Knie, berührte keinen Schalter, prägte sich ein, was er sah, was ihm wichtig erschien.
Das Steuerhorn wie in seiner Grumman Tiger ...
Der Höhenmesser zeigte 29.000 Fuß ...
Geschwindigkeit 380 Knoten ...
Hier das Licht und der Schalter für den Autopiloten! Das war wichtig!
Die Gashebel ...
Die Taste zum Funken ...
»Wo stellt man die Frequenzen ein?« Alexei deutete zielsicher auf die Box.
Marc berührte immer noch nichts, aus Angst, das Flugzeug könnte sich selbstständig machen.
Er hörte: »SCRAMBLE ONE an AL401, hören Sie mich?«
Marc sah nach links zu dem Jagdflieger, der zum Anfassen nah war und mit der Hand auf seine Ohrmuschel zeigte.
Marc wundert sich selbst über seine feste Stimme: »Ich höre Sie. Die Crew ist schwer verletzt, flugunfähig. Im Cockpit sitzen zwei Passagiere. Ich bin Marc, Hobbypilot, neben mir rechts Alexei, Hobby-Hubschrauberpilot. Wir versuchen, das Ding runterzubringen. Ich fliege, Alexei macht den Funk.«
»Ich heiße Joe. Seid ihr noch in der Gewalt des Entführers?«
»Ja, bestätigt« funkte Alexei.
»Ihr seid unverändert auf Kurs nach Berlin. Ist die Gefahr eines Absturzes dort noch aktuell?«
»Nein, das hat sich erledigt. Der Typ mit der Pistole in unserem Rücken will jetzt nach Kiew.«

»Kiew. Das ist verstanden. Braucht ihr Navigationsunterstützung?«
»Ja, den direkten Kurs nach Kiew.«
Marc bereitete sich auf seine erste Handlung im Cockpit vor. Er musste die Flugrichtung verändern.
»SCRAMBLE ONE an AL401. Drehen Sie auf Steuerkurs 130 Grad, ich wiederhole 130 Grad.«
Marc atmete tief durch. Er fühlte, wie ihm die wenigen vertrauten Instrumente ein wenig Sicherheit gaben und ihn zunehmend aus seinem psychischen Loch zogen. Sein einsetzender Verstand half, den Anfangsschock zu überwinden. Aber er fühlte sich weit weg von seinem Grundvertrauen.
»Jetzt wird es spannend, Alexei.«
Marc drehte den Kursknopf auf 130 Grad, das Flugzeug bewegte sich wie von Geisterhand in einer Kurve nach links. Er sah fasziniert auf den künstlichen Horizont, wie der die Kurve mit 10 Grad Querneigung flog. Seine Begleiter flogen die Linkskurve in Formation mit.
Die Boeing 737 nahm Kurs auf Kiew. Marc sah Alexei erleichtert an.
»Wie weit ist es bis Kiew?«, fragte Alexei seine Begleiter.
»610 Nautische Meilen.«
Alexei rechnete: »Das ist weit, sehr weit. Mehr als 90 Minuten Flugzeit bei dieser Geschwindigkeit.«
Joe fragte: »Kennst du dich im Cockpit einer Boeing 737-300 aus, Marc?«
»Nein, wir müssen hier alles erahnen.«
»Es gibt eine gute Nachricht. Wir haben eine Meldung von eurer Zentrale erhalten. Im Tower von Minsk sitzt ein früherer 737-Pilot, ein Freund von Kapitän Darias. Er bietet an, euch zu unterstützen.«
Marc stöhnte erleichtert.
»Das wäre fantastisch! Wie ist die Frequenz?«

»Minsk Radar 125.250. Er heißt Andy. Für den Frequenzwechsel ist es noch etwas zu früh. Wir bleiben bei euch. Ihr macht das übrigens großartig!«

Alexei drehte die Frequenz ein. Er wartete mit dem Umschalten bis zur Freigabe durch Joe.

»Okay, AL401. Andy wartet auf euch!«

»Minsk 2, hier AL401, Mayday!«

»Guten Abend, AL401, ich bin Andy, euer Mädchen für alle Fälle. Ich bin informiert.«

»Gott sei Dank, Andy. Dich schickt der Himmel! Von diesem Flugzeug haben wir beide keine Ahnung.«

»Wir kriegen das zusammen hin. Ich bete vor, ihr macht es nach. Ist ganz einfach.«

»Wenn du es sagst«, antwortete Alexei.

»Ich bin zu einhundert Prozent sicher, dass ihr die Mühle sicher landen werdet. Sie wird gar nicht merken, dass die Crew gewechselt hat. Wie geht es meinem Freund Darias?«

»Er hat einen Schulterdurchschuss, verliert Blut, die Co-Pilotin Maria wurde in der Hüfte getroffen, beide werden notversorgt. Eine sofortige Landung wurde abgelehnt. Der Entführer will definitiv in die Ukraine.«

»Verstanden, ihr habt Durchfluggenehmigung zur Ukraine. Ich versorge euch bis zur Landung in Kiew. Ist schon mit denen abgesprochen.«

»Danke Andy. Ich hatte schon befürchtet, dass du uns vorher verlassen wirst.«

»Wollen wir mit den wichtigsten Instrumenten und Schaltern in eurem neuen Zuhause anfangen?«

»Ja, los geht es.«

»Okay ihr beiden. Die Boeing 737-300 ist ein alter, zuverlässiger Trecker mit ein bisschen Elektronik. Fangen wir mit dem Autopiloten an.«

»Haben wir schon drauf«, sagte Alexei. »Auch Steuerkurs und Höhe.«

»Hervorragend. Seht ihr die Geschwindigkeitsanzeige?«
»Ja, wir fliegen 390 Knoten.«
»Prima. Mehr braucht ihr im Augenblick nicht. Für die Landung rechnet mit etwa 150 Knoten.«
»Nur so wenig?«, fragte Marc dazwischen. »Gerade doppelt so schnell wie mein kleiner Flieger.«
»Sage ich ja, aber ein paar Dinge sind gut zu wissen.«
Er erklärte ihnen, wie die Geschwindigkeitsbremsen, Störklappen, Landeklappen, das Fahrwerk, die Trimmung, die Landelichter, der Umkehrschub und die Bremsen zu betätigen waren.
»Könnt ihr euch das merken, oder wollen wir das noch einmal Stück für Stück durchgehen?«
Alexei deutete auf die kleine Kiste mit den vielen grünen Zahlen und sah fragend zu Marc. Der schüttelte verneinend den Kopf.
»Das Flight Management System können wir nicht, absolut keine Ahnung!«, sagte Alexei.
»Kein Problem, ihr habt Sichtflugwetter bis Kiew. Vielleicht ein paar Wolkenfetzen. Kommt ihr damit zurecht?«
Marc funkte ein: »Ich fliege nie durch Wolken, schon gar nicht nachts. Bitte keine Wolken oder nur mit Autopilot.«
»So machen wir es. Ihr werdet die paar Wolkenfetzen gar nicht merken.«
Edith kam, beugte sich an Juri vorbei über ihren Bruder und sagte ihm etwas. Ihr Gesicht war panisch. Marc streichelte kurz seine Schwester und funkte an Andy: »Wir haben große Sorgen um Darias und Maria.«
»Wie ist der aktuelle Stand?«
»Sie werden von einer ukrainischen Rettungssanitäterin versorgt. Wir beten, dass sie bis Kiew durchhalten.«
»Kiew ist informiert, ein Notarzt ist vor Ort, das ganze Programm.«

Ludmilla trat ins Cockpit. Sie zog Juri in den Türrahmen und sagte in scharfer, unmissverständlicher Weise: »So mein Lieber! Wir haben alles, was wir wollten. Und eine Leiche zu viel. Ich bin raus, ich muss Edith helfen.«
Er lief rot an. »Noch sind wir nicht bei unserem Bruder. Reiß dich zusammen, Schwester!«
»Hast du nicht verstanden? Ich bin raus aus der Rolle! Es ist genug passiert!«
»Gib mir deine Waffe, bevor etwas schiefläuft!«, sagte er und zischte ihr etwas ins Ohr.
Sie ging zurück in die Kabine, zog ihre Uniformjacke aus und legte sie über die Co-Pilotin Maria Kudirka, die am meisten zitterte.
Alexei sah, wie der Kerl wieder mit der Pistole hinter ihnen stand.
»Möchtest du weiterfliegen?«, fragte Alexei ihn auf Russisch.
»Was soll der Quatsch? Ich kann Lastwagen fahren ...«
»Dann nimm verdammt noch einmal endlich die Knarre runter. Sonst gehen wir zu den Passagieren und lassen die Kiste allein fliegen, bis der Tank leer ist. Dann war die Rettung deines Bruders für dich umsonst.«
Marc verstand nicht, was zwischen den beiden abging, aber Juri hatte die Waffe eingesteckt und suchte sich Halt zum Sitzen.
»In fünfzehn Minuten erreicht ihr die Grenze von Belarus und fliegt dann ziemlich genau über meinen Turm in Minsk nach Kiew. Könnt ihr mir euren Treibstoffstand sagen?«
Alexei sucht das Instrument und gab die gelesenen Tonnen durch.
»Das kann nicht sein! Schau noch mal, ihr hattet eben noch dreiviertel voll, jetzt nur noch ein Viertel?«
Im selben Augenblick blinkten die beiden MASTER CAUTION-Lichter.
ALARM-TON!

NEBEL IM COCKPIT!
ATEMNOT!
»Was ist los bei euch?«
Alexei schüttelte sich, drückte unter dem Kopfhörer auf die Ohren.
»Keine Ahnung, meine Ohren, irgendwas stimmt mit dem Druck nicht!«
»Kannst du ihn ablesen?«
»Wo, ah … hier, Kabinenhöhe über 10.000 Fuß.«
»Sofort Sauerstoff-Masken überziehen, sind am Sitz! Ihr habt einen Druckabfall und nur wenige Sekunden Zeit!«
Die beiden griffen hektisch zu den Masken, zogen sie über den Mund, bis sie endlich unter Sauerstoff waren.
»Und jetzt?«
»Autopilot aus! Nase runter! Sturzflug auf 10.000 Fuß! Steuerkurs halten!«
Marc tat das, drückte gegen das Steuerhorn, sah, wie die Geschwindigkeit rapide zunahm, zog intuitiv die Gashebel nach hinten. Die Zeiger des Höhenmesser rasten nach unten.
»Wie ist die Sinkrate?«
Keine Antwort.
»Wie ist die Sinkrate?«
»6.000 Fuß!«, keuchte Alexei.
Marc nahm nur am Rande wahr, wie Juri regungslos zwischen die Sitze sackte. Er merkte, wie ihn selbst ein Schwindel erfasste, hechelte gierig nach Sauerstoff unter der Maske. Alexei starrte keuchend und mit leeren Blick auf die Instrumente.
»SCRAMBLE ONE an Minsk Control, AL401 fliegt steil nach unten, Crew reagiert nicht!«
»Minsk Radar an AL401. Könnt ihr mich hören? Minsk Radar …«

AL401 fiel durch die Nacht, Richtung Boden.

KAPITEL 34

Im Bundeskanzleramt überstürzten sich die Meldungen.
»Der ukrainische Präsident für Sie, Herr Bundeskanzler!«, meldete die Vorzimmerdame.
Bohdan Sapronoff ergriff sofort das Wort: »Kai, ich bin erleichtert, dass Berlin von dieser Tragödie verschont geblieben ist.«
»Und wir! Die Warnung an die Bevölkerung konnte gerade noch rechtzeitig gestoppt werden.«
»Hättet ihr das Flugzeug vorher abgeschossen?«
»Das ist bei uns ein großes juristisches Problem, um das ich mich kümmern werde. Zurzeit müssen jedenfalls Flugzeugentführer nicht befürchten, über Deutschland abgeschossen zu werden.«
»Unfassbar, was für eine absurde Lage!«
»Die einem wunderbaren Grundgesetz geschuldet ist. Das Recht auf Menschenwürde tasten wir nur ungern an.«
»Zur Lage bei uns, Kai. AL401 ist nach meinen Informationen auf dem Weg nach Kiew. Wir haben mit Moskau eine Vereinbarung getroffen. Die Russen werden die Landung nicht stören und den Flughafen nicht angreifen. Im Gegenzug werden Yulia Smirnoff und die anderen Russen umgehend an der Grenze zu Belarus abgesetzt und an Russland übergeben.«
»Das ist doch ein positives Signal aus Moskau in dieser Lage, Bohdan.«
»Ja, leider das Einzige. Ansonsten herrscht absolute Funkstille. Ich werde am Flughafen zusammen mit dem Bruder des Entführers, Nika Petrow sein. Seine beiden Geschwister werden nach der Begrüßung festgenommen. Aber zuerst

muss das Flugzeug hier sicher landen. Du kennst die Einzelheiten an Bord?«

»Ich weiß von unseren Eurofighter-Piloten, dass die Maschine nach einem Schusswechsel von zwei halb flugerfahrenen Passagieren geflogen wird.«

»Richtig, Kai. Der eine ist Marc Anderson, der bei uns die Befreiungsaktion gemacht hat, in der Nika leider nicht gefunden wurde.«

Der Bundeskanzler überlegte: »Ah, der Anderson also! Derselbe, der bereits die Familie des US-Präsidenten gerettet hat. Ich erinnere mich an den Namen auf der Passagierliste.«

»Ja, diese Geschichte ist uns natürlich auch bekannt. Anderson wollte mit seiner Frau und Tochter zur Hochzeitsfeier seiner Schwester nach Vilnius fliegen. Die Schwester arbeitet als Stewardess an Bord, und ihr zukünftiger Ehemann ist der verletzte Pilot.«

»Was für ein Drama! Kennt ihr die beiden Entführer?«

»Juri Petrow gilt bei uns als erfahrener Soldat, ein Patriot, der wie die gesamte Familie Petrow für unser Land brennt. Er und seine Schwester Ludmilla sind bisher kriminell nicht in Erscheinung getreten.«

»Und warum wollten die beiden den Tod von unschuldigen Menschen durch einen erzwungenen Absturz in Kauf nehmen?«

»Das weiß ich nicht, Kai, vermutlich eine reine Verzweiflungstat. So etwas wie ein letztes Zeichen. Aber es geht noch weiter. Der zweite Amateurpilot ist einer von Iwans engsten Freunden, der Oligarch Alexei Sokolow. Er sollte Iwans Partnerin Yulia Smirnoff und die beiden Kinder nach Moskau bringen.«

»Was für ein Glück im Unglück, dass der und Iwans Familie an Bord sind. Das erklärt einiges, allerdings nicht das späte Einlenken des russischen Präsidenten«, meinte der Bundeskanzler.

»Du kennst den Mann, dessen russische Frau an Bord erschossen wurde?«
»Natürlich ist uns Michael Wussow als Intimus von Iwan bekannt.«
Der Bundeskanzler schwieg zu dem Mandat, das Wussow vom Kanzleramt erhalten hatte. Der Vermittlungsauftrag war noch nicht verloren.
»Wir werden Wussow und die Leiche seiner Frau Anastasia ebenfalls an die Russen übergeben. Oder habt ihr ein Interesse, mit Wussow zu sprechen?«
Der Bundeskanzler glaubte in dieser Nachfrage einen leisen Verdacht zu spüren, dass Berlin mit Wussow kooperierte.
»Kein Interesse. Er ist ein bei uns unbelasteter Mann mit doppelter Staatsbürgerschaft, der offensichtlich mit seiner Frau nach Moskau wollte.«
»Aber wir in der Ukraine haben sowohl an ihn und besonders auch an diesen Alexei Sokolow einige Fragen.«
»Ihr wollt sie nach diesem Drama tatsächlich verhören, Bohdan?«
»Nicht verhören Kai, sondern nur die Bestätigung, dass morgen ein Treffen mit dem russischen Präsidenten und wichtigen Oligarchen stattfinden soll, in dem Iwan Pavlenko die Zukunft des Landes präsentieren und die Oligarchen in die Pflicht nehmen wird.«
»Das ist eine sehr interessante Neuigkeit, Bohdan, die sicherlich auch wichtig für die USA ist.«
»Die CIA weiß es seit wenigen Minuten und jetzt du.«
»Danke Bohdan. Solange Iwan in Konferenzen ist, dürfte er keinen Krieg starten. Allerdings soll er zurzeit in der Luft sein, melden die Dienste.«
»Hoffentlich nicht in seinem fliegenden Gefechtsstand, dieser Iljuschin Il-80.«
»Hoffentlich nicht, Bohdan. Gib uns Bescheid, wenn die Boeing bei euch gelandet ist.«

KAPITEL 35

Alexei funkte weiterhin keuchend die Werte des Höhenmessers: »25.000, 20.000, 15.000.«
»Jetzt auf 4000 Fuß Sinkgeschwindigkeit reduzieren«, sprach Andy ruhig. »Und nun langsam das Steuerhorn ziehen.«
»Okay«, stöhnte Marc. Er war fast bewusstlos geworden.
»Ich sehe euch bei 9.800 Fuß. Bitte bestätigen!«
»Bestätigt«, meldete Alexei zurück.
»Autopilot an!«, funkte Andy.
Mit zitterndem Finger aktivierte Marc den Autopiloten. Er atmete tief durch, blickte zu Alexei. Sie waren beide wieder fast klar im Kopf.
»Mein Gott, ihr habt etwas gestemmt, was ich bisher nur im Simulator geübt habe. Bin verdammt stolz auf euch!«, hörten sie Andy funken.
Die Kampfpiloten links und rechts hoben anerkennend den Daumen.
Edith riss die Tür auf. »Gott sei Dank! Ihr seid okay. Was war das für eine Panik, als der Sturzflug kam. Ich dachte, es wäre vorbei!«
»Was ist mit Darias und Maria?«, fragte ihr Bruder Marc.
»Sind mit Sauerstoff versorgt!«
»Die Passagiere?«
»Kann ich noch nicht sagen, aber bei allen baumelte die Maske.«
»Ist Jelke okay?«
»Sie ist fantastisch, denkt nur an die anderen.«
Marc sah auf den am Boden liegenden Juri. Er blutete leicht am Kopf und schien bewusstlos zu sein.

»Tom soll kommen, Juri entwaffnen, fixieren und in der Toilette einsperren. Gebt ihm Sauerstoff.«
»Oder auch nicht«, setze Alexei nach. »Ich möchte ihm zu gern den Hals umdrehen.«
Andy funkte: »Ihr habt wahrscheinlich durch die Schießerei an Bord ein Treibstoffleck. Wie ist der Stand?«
Alexei las ihm die Zahlen vor.
»Das reicht vielleicht noch für eine halbe Stunde, aber auf keinen Fall mehr bis nach Kiew.«
»Und jetzt, was bedeutet das?«, fragte Marc.
»Einzige Chance, zu mir nach Minsk!«
Marc und Alexei sahen sich kurz an.
»Wir fliegen nach Minsk«, funkte Alexei. »Ich kenne den Platz von ganz viel früher.«
Gleichzeitig dachte er, dass Minsk auch für sein morgiges Vorhaben in Moskau die bessere Wahl wäre als Kiew. Wenn es überhaupt ein Morgen gab. Alles hing davon ab, ob Marc das Flugzeug landen konnte. Er musste ihm vertrauen, trotz der unruhigen Finger, die immer wieder etwas anfassen wollten, aber sich dann doch nicht trauten. Ihm ging es genauso.
»Okay, ihr beiden. Bleibt auf maximal 10.000 Fuß. Die Sauerstoffmasken könnt ihr ablegen, wenn ihr euch wieder gut fühlt. Das Gelände vor euch ist flach, maximale Erhebungen auf eurem Flugweg 1.500 Fuß. Ich werde euch direkt zur Landebahn 13 Rechts bringen. Verstanden?«
»Ja, verstanden.«
»Ihr könnt auf dieser Frequenz bleiben. Es gibt keine anderen Flugbewegungen.«
Alexeis Augen flogen über die Basis-Instrumente. »Wie ist die Einstellung für den Höhenmesser?«
»Großartige Frage, Alexei! Der Luftdruck ist 1024, Platzhöhe in Minsk 2 ist 681 Fuß.«
»Sollen wir den Luftdruck jetzt schon einstellen?«, fragte Alexei.

»Ja, stell ihn ein«, antwortete Andy und fragte: »Ich möchte mit euch noch eine kleine Übung machen, die wir für die Landung ohne Autopiloten brauchen. Seid ihr einverstanden?«
»Ja«, antwortete Marc. Er wusste, dass er jetzt lernen musste, die Boeing händisch zu fliegen.
»Schalte den Autopiloten noch einmal aus, Marc und fliege manuell das Flugzeug 10 Grad nach links, aber halte die Höhe.«
»Okay, ich schalte aus.«
Marc bemerkte, dass die Reaktionen der Boeing viel langsamer erfolgten, als er es erwartet hatte. Wenn das Flugzeug überdrehen wollte, lenkte er dagegen. Aber viel zu spät.
»Das schaffe ich nie«, dachte er.
»Okay, jetzt wieder zurück auf den Kurs.«
Zurück klappte es etwas besser. Er schaltete den Autopiloten wieder an.
»Das sah von hier unten schon ordentlich aus, Marc. Brauchst du noch eine Übung?«
»Nein, es muss so klappen, keinen Treibstoff mehr vergeuden.«
»Gut. Bevor es gleich heruntergeht, macht es euch ein bisschen gemütlich.«

Edith und Aishe hatten die beiden Schwerverletzten auf die beiden ersten Sitzreihen gelegt. Aishe hatte Darias Blutverlust stoppen können, aber der Durchschuss hatte eine Arterie getroffen. Der Blutverlust war kritisch, der Blutdruck gefährlich niedrig und der Puls flach. Edith hob Darias Oberkörper an und legte den Kopf auf ein Kissen. Er sah sie kurz mit matten Augen an. Sie flüsterte: »Halte durch Schatz, bitte, halte durch.«
Dann kippt er wieder weg.
Der Schuss in Marias Hüfte hatte ebenfalls eine Arterie getroffen. Ihre Hose war blutdurchtränkt. Sie war in einem

kritischen Zustand, wie Darias. Immerhin trank sie etwas. Es gab nichts mehr, was die beiden Frauen jetzt tun konnten. Ludmilla war in ihrer Rolle zwischen Terroristin und Stewardess überfordert. Sie wollte den Passagieren helfen, wurde aber abgewiesen und sogar angegriffen. Jemand schlug sie weg, als sie Hilfe anbot. Edith und Aishe ignorierten sie ebenfalls. Sie hatte inzwischen gestanden, die zwei Waffen mit fremder Hilfe an Bord geschmuggelt zu haben.

Ludmilla setzte sich resigniert auf ihren Klappsitz. Als sie aus ihrer Entführer-Rolle ausgestiegen war, hatte Juri noch gezischt: »Darüber reden wir noch.«

Es war ihr jedoch gleichgültig. Ihr einziges Ziel war es, Nika zu befreien, und das hatten sie erreicht. Aber zu welchem Preis? Die Waffe sollte nur ein Druckmittel sein, das hatte Juri ihr versprochen. Gegen ihren Willen hatte er diese unschuldige Frau feige getötet. Sie würde den ängstlichen und erstaunten Blick dieser Frau niemals vergessen können. Worauf hatte sie sich nur eingelassen?

Sie stellte sich vor, wie Nika jetzt bei seiner eigenen Familie war. Er war frei, dafür war ein anderer Mensch tot und zwei weitere in akuter Lebensgefahr. Und sie alle auch.

Sie schrak auf. Was war das gerade für ein Geräusch? War das normal?

Edith hatte ihr einmal von ihrem Bruder Marc erzählt, dass er ein außergewöhnlicher Mensch sei. In den Augen amerikanischer und ukrainischer Elitesoldaten galt er sogar als Held. Sein Hobby war die Fliegerei mit kleinen Flugzeugen. Jetzt war dieser Marc Pilot in Command auf einer Boeing 737-300. Sie selbst hatte den Weihnachtsbaum im Cockpit immer nur mit Respekt bestaunt. Wie sollte dieser Mann in dem für ihn fremden Passagierflugzeug jemals die richtigen Schalter finden? Von dem Russen auf dem Co-Pilotensitz

wusste sie gar nichts, aber er schien keine so große Angst vor dem Cockpit zu haben. Oder tat er vielleicht nur so?
Sie hörte noch einmal auf die Geräusche im Flugzeug. Die Triebwerke liefen normal, kein Schütteln, gar nichts, nichts, was auf irgendeine Gefahr hindeutete. Doch sie wusste, dass jederzeit ein weiterer technischer Ausfall eintreten konnte. Die erste Kugel hatte Juri bewusst so verschossen, dass sie vermutlich im Körper der armen Frau steckte. Die beiden anderen Kugeln waren bei der wilden Schießerei im Cockpit in das Flugzeug eingedrungen. Wohin auch sonst? Jetzt flogen sie in niedriger Höhe ohne Druckkabine. Was sie vor jedem Flug demonstrierte, war zum ersten Mal Realität für sie geworden. Überleben mit Sauerstoff aus der Maske. Abgesehen vom Schrecken war es fast Routine, wenn da nicht dieser minutenlange, endlose Sturzflug gewesen wäre. Während des Festhaltens hatte sie bemerkt, dass viele Passagiere mit den Masken kämpften und die meisten sie in ihrer Panik nicht richtig über Mund und Nase platzierten.
Was könnte jetzt noch passieren? Jederzeit konnte die Elektrik oder Hydraulik ausfallen. Sie sehnte sich nach den Geräuschen, wenn die Landeklappen und das Fahrwerk ausfahren würden und der Kapitän sich von seinen Passagieren verabschieden würde. Marc hatte sich nicht ein einziges Mal gemeldet. Niemand in der Kabine wusste, was da drinnen vor sich ging. Sie selbst hatte Zutrittsverbot. Ihr Bruder Juri lag kampfunfähig auf der Toilette. Immerhin hatte sie sich überzeugen können, dass er nicht mehr bewusstlos war.
»Heilige Maria, Mutter Gottes«, betete sie. »Lass dieses Flugzeug sicher in Kiew landen und rette Darias und Maria. Hilf, dass Juri die Dekompression übersteht. Bestrafe mich für meine Schuld, aber hilf allen Menschen in diesem Flugzeug.«

»Da sind zwei neue Flugzeuge neben uns, wer sind die?«, fragte Alexei.

»Zwei MiG -29. Willkommen bei uns in Belarus!«, antwortete Andy.
Marc und Alexei nahmen diese Information nur nebenbei wahr, denn die Treibstoffanzeige näherte sich kontinuierlich dem kritischen Bereich. Sie verloren ununterbrochen Treibstoff. Marc wollte gerade die beiden MiG-Flugzeuge warnen. Sie durften keinesfalls unter oder hinter der Boeing fliegen. Ihre Flugzeuge könnten in den Treibstoffausstoß geraten und explodieren. Aber er verzichtete darauf, denn es gab bereits genug zu tun. Andy würde sich darum kümmern.
Der funkte: »Wir haben hier zwei parallele Bahnen. Ihr seid freigegeben für den Landeanflug auf 13 Rechts.«
»Freigegeben für Landebahn 13 Rechts«, antwortete Alexei.
»Seid ihr bereit für den Sinkflug?«, fragte er zurück.
Marc atmetet tief durch. Es war soweit. Alles oder nichts. Pilot in einer völlig unbekannten und zudem beschädigten Maschine. Verantwortlich für die Passagiere einschließlich seiner Frau und zwei schwer verletzten Menschen an Bord. Und dann noch nachts in Weißrussland. Er wusste, dass sie beide nur diese eine Chance hatten. Durchstarten und einen neuen Anflug machen waren keine Option mehr, denn gerade war der Treibstoff-Alarm *Low on Fuel* angegangen.

KAPITEL 36

Der russische Verteidigungsminister Konstantin Sorokin sah missmutig in die Runde seiner Militärs und hatte gute Gründe dafür. Wochenlang hatten sie sich auf diese Nacht vom 14. auf den 15. März vorbereitet, um die Befehle des Oberbefehlshabers auszuführen. Doch dieser war bisher nicht in der fliegenden Kommandozentrale Iljuschin Il-80 erschienen, die von den Amerikanern Doomsday-Plane genannt wurde. Das High-Tech-Flugzeug auf dem Militärflugplatz Tschkalowski, 31 km nordöstlich von Moskau, zeigte das vollständige Lagebild für den Angriff gegen die östlichen NATO-Staaten. Man hielt einen nuklearen Gegenangriff der NATO nach Beginn der russischen Offensive zwar für unwahrscheinlich, aber Iwan Pavlenko wollte sichergehen.
Eine große Uhr zeigte x+15. In 15 Stunden mussten alle Truppenteile in den Militärregionen voll kampfbereit sein und mit dem sofortigen Einsatzbefehl rechnen. Die Nordflotte verharrte vor dem Nordkap in einem scheinbaren Manöver. Die russische Marineinfanterie lag vor Kirkenes an der russisch-finnischen Grenze in nie da gewesener Stärke bereit. Russische Spezialeinheiten operierten bereits verdeckt in Finnland und Norwegen und bereiteten die Sicherung der Aufmarschwege vor. Vor den Grenzen von Estland, Lettland und Litauen hielten sich russische Fallschirmjäger bereit. Sie waren bestens ausgerüstet, motiviert und vom Krieg in der Ukraine für diese Aufgabe verschont geblieben. Wegen ihrer strategischen Bedeutung war jedem Fallschirmjäger eine Einmalzahlung von 6.000 $ angeboten worden.
Am Dreiländereck Litauen, Belarus und Polen lauerten russische Panzerkräfte mit T-14 Panzern der neuesten Generation,

um zusammen mit den Brigaden von Weißrussland in einem Handstreich die sogenannte und nur 65 Kilometer schmale Suwalki-Lücke zur Oblast Kaliningrad zu schließen. Diese russische Exklave verfügte inzwischen über fünfhunderttausend Soldaten und damit über mehr Menschen, als in der Stadt Kaliningrad lebten. Durch die konventionellen und taktischen Nuklearwaffen war sie aus Sicht der NATO längst eine hochgerüstete Festung geworden, die stetig über die in Baltijsk beheimatete Baltische Flotte mit Waffen, Gerät und Personal aufgestockt wurde.
Inzwischen stand auch die 46 Kilometer lange russische Kurische Nehrung südlich des litauischen Städtchens Neringa voller Waffen und Gerät. Der schmale Streifen, von den Einheimischen liebevoll *Perle der Ostsee* genannt, beherbergte sogar russische Artilleriegeschütze. Kriegsschiffe beider Seiten belauerten sich an der litauischen-russischen Grenze auf wenige Kilometer Entfernung. Die frühzeitige Verlegung eines britischen Fallschirmjäger-Bataillons und einer finnischen Drohneneinheit auf den kleinen zivilen Flugplatz Nida an dieser kritischen Grenze, war ein weiteres Signal an Russland, dass die NATO jeden Zentimeter des eigenen Territoriums verteidigen würde.
Das Satellitenbild in der Doomsday zeigte die Bewegungen der eilig verstärkten NATO-Battlegroups, die jedoch aufgrund ihrer zahlenmäßigen Unterlegenheit kaum eine Abwehrchance hatten. Konstantin Sorokin maß diesen Kräften ohnehin keine größere Bedeutung bei, denn das neue Satellitensystem mit den atomar und konventionell bestückten Hyperschall-Raketen stand bereit, jeden Punkt der Erde zu erreichen.
Der für den Cyberkrieg und KI-Angriffe zuständige General in der Doomsday wusste, dass alle Aufmerksamkeit auf ihn gerichtet war. Sein Lagebild zeigte die Industriezentren, die Verkehrsknotenpunkte und die Hauptstädte des Westens, die

mit einem Druck auf die Enter-Tasten seiner Cyber-Krieger lahmgelegt würden.
Er zoomte sich in das Supreme Headquarters Allied Powers Europe (SHAPE) in Casteau, Mons, Belgien ein, das bei X+15 stumm und blind sein würde. Falls dennoch wenige Kommunikationswege offenblieben, war er in der Lage, die anrückenden NATO-Verbände zu Land, Luft und Wasser durch gezielte Cyber-Angriffe wirkungslos zu machen. Sie würden mangels Verbindung zu den vorgesetzten Stellen hilflos stehen bleiben oder in der Ostsee dümpeln und ein perfektes Ziel für die in der Oblast Kaliningrad gestarteten Drohnenschwärme sein.
Konstantin Sorokin versuchte, seine innere Unruhe zu verbergen. Die russischen Kommandeure an allen Fronten und am Weltraumbahnhof Kosmodrom Wostotschny warteten sehnlichst auf das grüne Licht aus der Doomsday. Die Soldaten und auch die Cyberarmee an den Laptops konnten nicht endlos in höchster Alarmbereitschaft ausharren, denn besonders für diese wertvollsten Kräfte gab es keine Reserven. Aber das grüne Licht für den Zeitpunkt des Angriffes konnte ohne den Oberbefehlshaber nicht gegeben werden. Iwan Pavlenko, hatte kurzfristig angekündigt, nach einer wichtigen Besprechung mit den nach Moskau berufenen Oligarchen um 11:30 Uhr dazuzustoßen. Er wollte sie auf das neue Russland einschwören, hieß es. Bis dahin erwartete er Lageberichte aus dem fliegenden Gefechtsstand, für den er keine Starterlaubnis erteilt hatte. Doch nun war er selbst dafür nicht erreichbar.
Der Verteidigungsminister sah das Unverständnis in den Gesichtern der Generale. Nicht einmal er hatte die leiseste Ahnung, was in Iwan gefahren war. Dabei glaubte er, als dessen langjähriger Weggefährte eine Sonderstellung zu haben. Was konnte wichtiger sein als der D-Day der russischen Streitkräfte?

War Iwan plötzlich krank geworden? Oder hatte er sich im Kreml verbunkert, wo er seit Tagen das Treffen mit den Oligarchen vorbereitete? Stand er vielleicht gar nicht hinter dem großen Angriff und wollte die Streitkräfte nur testen? Oder beschäftigte er sich mit dem entführten Flugzeug, in dem seine Lebensgefährtin und Mutter seiner beiden Kinder saß? Das wäre bei aller Liebe nicht nachvollziehbar. Schlimmstenfalls würde das Flugzeug in der Ukraine landen. Doch auch dafür war gesorgt worden. Yulia Smirnoff würde Stunden später in Russland sein.
Konstantin spürte, wie von Stunde zu Stunde mehr Wut in ihm aufstieg. Diese Frau hatte ohnehin zu viel Einfluss auf Iwan. Während Iwan sich in Moskau für das Land aufopferte, führte sie ein Luxusleben im Westen. Inzwischen wurden ihre Aufenthalte dort immer häufiger und auch immer länger. Von den Oligarchen hofiert, reiste sie zwischen Monaco, Paris und New York hin und her und schmückte sich und die Kinder mit Pelzen und Juwelen. Der über dreißig Jahre ältere Iwan war ihr ohne Zweifel hörig, wo immer sie sich befand. Zu Hause in den luxuriösen Datschen oder in endlosen Telefongesprächen nach Monaco, wo Alexei Sokolow, der reichste Mann unter den Reichen, ihr seine Villa überlassen hatte.
Sein Freund war als beratungsresistent bekannt und konnte vor allem keine Kritik vertragen. Wer auch nur ein schlechtes Wort über Yulia verlor, landete am nächsten Tag in Sibirien. Also schmeichelten ihm die zahlreichen Speichellecker. Längst war Iwan von zu vielen einflussreichen Ja-Sagern umgeben, die unangenehme Wahrheiten von ihm fernhielten, Geheimdienste eingeschlossen.
Der Verteidigungsminister verließ die fensterlose Maschine für eine Zigarettenpause und sah auf die vielen Antonov-Transportflugzeuge und die Flotte der elektronischen Aufklärer. Er hatte diesen Krieg nie gewollt, sogar vor ihm gewarnt, aber er war Iwan treu ergeben.

Während er in den nächtlichen Himmel blickte, überlegte er, warum in letzter Zeit die Kontakte zum Premierminister und zum Inlandsgeheimdienst FSB nahezu abgerissen waren. Sein Telefon summte. Iwan, endlich! »Bin für einige Stunden abwesend. Halte bis dahin die Stellung.«
Konstantin griff in die Manteltasche und leerte den Flachmann in wenigen Zügen. Seine Fahne war ihm egal. Er war in guter Gesellschaft. Noch nie wurde im Militär so viel getrunken, wie seit Beginn der erfolglosen Spezialoperation.

KAPITEL 37

Die Boeing glitt ruhig durch die Luft. Alles sah auf Andys Radarschirm in Minsk normal aus, wenn nicht aus dem Flugzeug unkontrolliert Kerosin ausströmen würde. Der Treibstoffverlust war so stark wie bei einem kontrollierten Treibstoffschnellablass, wenn die Besatzung das Gewicht des Flugzeuges für eine Notlandung reduzieren musste. Aber hier war die Situation anders. Das Treibstoffsystem war durch eine Schießerei an Bord leckgeschlagen und das Ausmaß des Lecks völlig unbekannt. Andy fürchtete, dass ein Triebwerk in Brand geraten könnte, doch darüber sagte er den beiden Männern, die im Cockpit ihr Bestes gaben, nichts. Wenn er ehrlich war, lag die Chance für eine sichere Landung bei 50:50. Mit der nächsten technischen Notlage an Maschine oder Steuersystem war es das Aus.

Marc saß in angespannter Haltung vor den zahlreichen Instrumenten, von denen er die wichtigsten mittlerweile beurteilen konnte.
»Alexei, sollen wir die Passagiere kurz unterrichten? Die haben keine Ahnung, was hier passiert?«
»Ja, wir sollten ehrlich sein«, antwortete Alexei.
»Du oder ich?«
»Du bist der Kapitän.«
Marc holte tief Luft. Er wusste nicht, was er sagen sollte, also entschied er sich, frei aus dem Herzen zu sprechen.
»Liebe Passagiere, hier spricht ihr Ersatz-Kapitän.«
Die Passagiere fuhren aus den Sitzen. Endlich gab es Neuigkeiten!

»Mein Name ist Marc Anderson, neben mir sitzt Alexei Sokolow. Wir kennen dieses Flugzeug nicht, aber wir verfügen über Flugerfahrung mit kleinen Luftfahrzeugen und trauen uns zu, diese Boeing zu landen.«
»Gott sei Dank«, murmelte der Botschafter Jürgen von Bornheim, der völlig überrascht war, als sein Sitznachbar Sokolow ins Cockpit verschwand.
»Außerdem werden wir von einem erfahrenen Boeing-737-Piloten über Funk mit Informationen versorgt. Das hat uns eben sehr geholfen, als wir wegen des Druckabfalls in einen Sinkflug übergehen mussten. Hoffentlich haben Sie das alles gut überstanden. Leider verlieren wir auch Treibstoff und können deswegen nicht in Kiew landen. Wir haben nun Landeerlaubnis in Minsk. Dabei bleibt es auch, denn den Entführer haben wir entwaffnet und auf der Toilette eingesperrt. Die Komplizin Ludmilla hat aufgegeben, sodass von der Seite keine Gefahr mehr droht.«
In der Kabine brach Applaus mit Bravo-Rufen aus.
»Nun drücken Sie uns die Daumen. Wir geben unser Bestes. Gott sei mit uns allen.«
Jelke stand plötzlich hinter ihm und streichelte sein Haar.
»Ich liebe dich so sehr, Marc. Du schaffst das.«
Sie nahm die Kette mit dem Kreuz von ihrem Hals und legte sie um seinen Nacken. Er berührte ihr Gesicht und streichelte sanft ihre Wange.
Edith drängte ins Cockpit. »Die Frau von Iwan Pavlenko möchte herein.«
»Das fehlt uns jetzt noch«, sagte Marc. »Was will sie?«
»Sie möchte unbedingt und nur ganz kurz zu Alexei.«
Marc sah ihn erstaunt an. »Zu dir? Bist du ein Freund des Zaren?«
Alexei überlegte kurz. Er hatte bisher Distanz gewahrt, aber jetzt spielte das ohnehin keine Rolle mehr. »Sie kann reinkommen, Edith«, sagte er.

Yulia betrat das Cockpit und erschrak über die nächtliche Szenerie. Sie beugte sich zu Alexei, schob seinen Kopfhörer zur Seite und flüsterte ihm ins Ohr: »Ich bin stolz auf dich. Ich liebe dich von hier bis ans Ende der Welt.«
Er streckte beide Hände nach hinten und hielt ihren Kopf in einer liebevollen Geste fest.
Niemand sonst hatte das gehört, aber die Wellen zwischen den beiden sagten Edith und Marc alles. Doch jetzt gab es keine Zeit mehr, um zu verstehen, warum Alexei eine Beziehung zur Lebensgefährtin des russischen Präsidenten hatte.
»Seid ihr bereit für den Sinkflug?«, erklang Andys ruhige Stimme.
Die beiden Frauen verließen das Cockpit. Edith warf einen letzten Blick auf die beiden Männer und lehnte die Tür an.
»Okay, Marc, Autopilot aus«, dirigierte Andy ihn.
»Ist aus.«
»Ziehe das Gas etwas zurück. Nase runter, aber nicht so steil, versuche eine Sinkrate von 500 Fuß in der Minute.«
Alexei zeigte helfend auf das entsprechende Instrument. Das Variometer gehörte neben dem Geschwindigkeitsmesser, dem Höhenmesser und dem Steuerkurs zu den Instrumenten, die Marc vertraut waren.
Marc drückte das Flugzeug nach unten und bewegte den Gashebel zurück.
»Ich bekomme die Geschwindigkeit nicht reduziert!«
»Ziehe das Gas weiter zurück, bis du etwa 250 Knoten siehst.«
Marc versuchte, die Balance zwischen Sinkflug, Geschwindigkeit und Flugrichtung hinzubekommen. Jetzt klappte es mit der Geschwindigkeit. Aber wohin flog er? Die Anzeige stand nicht mehr auf 130 Grad! Alexei wies mit dem Finger auf den Steuerkurs. Marc korrigierte langsam zurück. Er atmete schwer, weil nun schon wieder die Geschwindigkeit zu hoch wurde.

Er sah kurz hinaus, suchte hilfesuchend eine Referenz, doch es gab keine. Die Boeing schoss durch ein paar Wolkenfetzen. Sofort konzentrierte er sich auf den künstlichen Horizont, die Sinkrate und den Kurs.
Nase runter mit 500 Fuß Sinkrate ...
Geschwindigkeit bei 250 Knoten halten ...
Steuerkurs ... verdammt, der läuft schon wieder weg ...
Alexei gab ihm Hinweise, wenn die Abweichungen zu groß wurden. Ganz allmählich stimmten die Werte. Die Boeing flog in einem ruhigen Sinkflug dem Ziel entgegen. Zum ersten Mal fasste Marc etwas Selbstvertrauen, dass es vielleicht doch klappen könnte.
»Ich sehe dich in einer Höhe von 5.000 Fuß, hervorragend Marc! Landescheinwerfer an!«
»Landescheinwerfer sind an«, meldete Alexei.
»Landeklappen raus!«
»Sind draußen.«
Marc sah in der Ferne eine blinkende Perlenkette. »Ich sehe den Flughafen!«
»Genau, das sind wir! Wir sehen euch jetzt auch. Du bist leicht versetzt, Marc. Bekommst du die Korrektur alleine hin?«
»Passiert schon!«, sagte Alexei die kleinen Steuerbewegungen von Marc beobachtend.
»Und nun das Fahrwerk raus!«
Alexei zog den Hebel nach unten. Marc und Alexei starrten auf die Anzeige.
»Fahrwerk ist draußen!«, sagten sie gleichzeitig erleichtert.
Andy fiel ein Stein vom Herzen. Die Hydraulik funktionierte.
»Prima Jungs, Landeklappen weiter raus. Geschwindigkeit nicht unter 150 Knoten.«
Marc versuchte, das Flugzeug mit leichten Bewegungen stabil zu halten, aber anders als zuvor kam es ihm nun vor, als säße er in einer Schiffsschaukel.

»So funktioniert das nie!«, dachte er.
Die Landebahn wurde deutlicher. Er sah die weißen Lichtbalken rechts und links, die ihm zeigten, dass er zu hoch war. Viel zu hoch!
»Geschwindigkeitsbremsen!«, kam von Andy. Alexei reagierte sofort.
Die Landebahn näherte sich jetzt schnell.
»Du bist noch etwas zu hoch, Gas weiter raus!«, sagte Andy.
Die Bahn 13 Rechts glitt unter ihnen hinweg.
Die Computerstimme sagte: »50 – 40 – 30 – 20.«
»Runter mit dir!«, fluchte Marc.
»Nicht so steil, Marc! Achte auf das Bugrad!«, funkte Andy.
Die seitlichen Begrenzungslichter der Bahn rasten an ihnen vorbei, aber sie waren immer noch in der Luft.
»Gas ganz zurück, Nase etwas anziehen, Marc!«
Endlich, in der Mitte der Bahn setzte die Boeing mit dem Hauptfahrwerk und dem Bugrad gleichzeitig hart auf, viel zu spät, zu weit rechts und viel zu schnell. Marc überlegte kurz, durchzustarten, aber nein, der Kraftstoff!
»Ich muss unten bleiben, wenn nicht auf der Bahn, dann in dem Dunkel dahinter...«
»Umkehrschub!«, sagte Andy ruhig. Alexei übernahm das, Marc hatte beide Hände am Steuer. Das Bahnende schoss auf die Boeing zu.
»Rein in die Bremsen, Marc!«
Die Boeing quietschte, polterte, schüttelte sich, die Zebrastreifen am Ende der Runway näherten sich bedrohlich. Marc gab alle Kraft in seine Beine, die Reifen des Hauptfahrwerks zerlegten sich, die nackten Felgen rissen sich durch den Asphalt, vor ihm Dunkelheit, der Asphalt unter ihm verschwand – und die Boeing stand, mit dem Bugrad im Gras.

Sie hockten beide restlos fertig in ihren Sitzen. Alexei drehte sich zu Marc, befreite sich vom Gurt und umarmte ihn.

»Was für eine Scheiß-Landung!«, sagte Marc trocken. Am liebsten hätte er geheult.
»Ihr seid meine Helden!«, hörten sie Andy.
Er erklärte ihnen, wie die Triebwerke abgeschaltet werden und sagte: »Bleibt bitte so lange, bis ich komme!«
Edith, Jelke, Aishe und Tom brachen fast zeitgleich durch die Tür. Von hinten hörten sie den unbeschreiblichen Jubel der Passagiere. Seitlich am Flugzeug trafen Feuerwehr, Rettungswagen und Polizeifahrzeuge ein.
Marc Zittern ließ nach und er dachte, dass man sich als Kapitän von den Passagieren verabschieden müsste, aber ihm fehlten die Worte. Was sollte er auch sagen? »Willkommen in Minsk?« Er sagte nichts, griff zu dem kleinen Kreuz an seinem Hals und küsste es.

Edith sprach zu den Gästen: »Bitte bleiben Sie noch alle auf Ihren Plätzen. Zuerst müssen wir uns um die Verletzten kümmern!«
Sie öffnete die Flugzeugtür. Mit dem Luftzug durch die Kabine erschien ein großgewachsener, blonder, uniformierter Mann mit lächelndem Gesicht, begrüßte Edith und bat um Einlass in das Cockpit.
Die beiden Piloten in Touristenkleidung drehten sich zu ihm um. Sie wussten, wer er war. Ihr Retter.
»Hallo Marc, hallo Alexei. Ihr habt heute Luftfahrtgeschichte geschrieben.«
Die beiden Hobbypiloten standen auf und umarmten Andy.
»Wo sind die Verletzten?«, fragte der Notarzt. Edith spurtete mit dem Arzt und zwei Sanitätern zu Aishe, die an der Seite von Darias und Maria hockte und ihnen zusprach. Der Arzt und zwei Sanitäter begannen ihre Arbeit. EKG, Puls, Blutdruck, Augen.
Edith sah den Arzt angstvoll an. Der warf einen Blick auf den Druckverband an Darias Schulter, dann auf die Hüfte von

Maria. Er sah zu der Rettungssanitäterin Aishe: »Ohne Ihre Maßnahmen hätten beide es nicht geschafft. Wir bringen sie wieder auf die Beine.«
Die Sanitäter legten sie auf die Tragen und verließen, an den diszipliniert sitzenden Passagieren vorbei, das Flugzeug. Edith und Aishe folgten ihnen.
»Tom, sag bitte Marc, dass wir beide bei Darias und Maria bleiben wollen. Wir sehen uns später!«, rief Edith ihm im Hinausgehen zu.
Andy sprach laut zu den Passagieren: »Ich weiß, dass Sie jetzt alle nur noch hinauswollen. Das wird auch gleich geschehen. Bleiben Sie bitte noch so lange sitzen, bis die beiden Busse bereitstehen.«
Drei Uniformierte standen jetzt bei Andy und sprachen mit ihm. Der zeigte auf Ludmilla. Sie streckte bereitwillig ihre beiden Hände vor, um die sofort die Handschellen klickten. Tom öffnete die Toilettentür und zog den gefesselten Juri heraus. Aus Juris Nase floss Blut. »Er muss zum Arzt«, sagte Ludmilla. »Er hatte keinen Sauerstoff!«
Im Hinausgehen sah sie Tom an. »Danke«, sagte sie. Tom schaute ihr kopfschüttelnd nach und konnte plötzlich keinen Groll mehr gegen sie empfinden. Die Waffen der beiden hatte er eingesteckt, um sie später der Polizei zu übergeben.

»Alle Passagiere außer den russischen und Herrn Michael Wussow dürfen jetzt das Flugzeug verlassen«, sagte Andy. »Achten Sie darauf, dass Sie Ihr Bordgepäck bei sich haben. Im Flughafengebäude werden wir Ihre Personalien aufnehmen. Es wird nicht lange dauern. Danach werden Sie mit Bussen nach Vilnius zu Ihrem ursprünglichen Ziel gebracht. Sie werden dort gegen Mitternacht eintreffen.«
In wenigen Minuten war das Flugzeug von den nicht-russischen Passagieren geräumt.

Andy wandte sich an Marc, Alexei und Tom. »Seht ihr die drei Hubschrauber dort? Was denkt ihr, wer dort steht?«
»Militär oder Polizei«, sagte Tom.
»Dort drüben wartet der Präsident der Russischen Föderation auf seine Frau, auf dich, Alexei, und auf Herrn Wussow.«
Tom und Marc blickten sich an. Einer wusste, was der andere dachte: »Dort drüben, 200 Meter entfernt, dieser Bastard? Nicht zu fassen!«
Alexei sah durch das Cockpitfenster auf die Hubschrauber. Iwan vor Ort! Mit allem hatte er gerechnet, doch nicht damit!
Zu Marc und Tom gewandt, sagte er: »Bleibt bitte noch hier. Ich möchte dem Präsidenten die beiden Männer vorstellen, die unser Leben gerettet haben.«
Dann ging er in die Kabine zu Yulia und Michael Wussow und sprach mit beiden.
»Ich brauche keine Audienz bei diesem Verbrecher«, sagte Marc zu Andy.
»Das könnt ihr euch ja draußen noch überlegen, aber jetzt sollten wir schnell aus dem Flieger verschwinden. Es riecht mir zu stark nach Sprit.«

Die Dreiergruppe Yulia, Alexei und Michael näherte sich den drei Hubschraubern, deren Navigationslichter abflugbereit blinkten. Vor jedem Hubschrauber standen zwei Sicherheitsleute, Iwans Bodyguards. Der Platz um das Empfangskomitee war menschenleer. Andy hatte Alexei berichtet, dass der Flugplatz wegen der Präsenz des russischen Präsidenten großräumig gesperrt worden war und auf den Zufahrtsstraßen russische Soldaten patrouillierten. Seitdem der Präsident von Belarus angeblich krankheitsbedingt gestorben war und Russland einen neuen Mann auf den Stuhl gesetzt hatte, war Belarus zu einem Satellitenstaat im Stil der früheren Sowjetunion geworden.

Alexei vermied es, Yulia anzusehen. Sie dachten beide dasselbe. Wie würde ER sie begrüßen? Wie würde ER sie beide anschauen? Was würde ER sagen?
Alexei nahm sich vor, vollkommen ungezwungen, einfach nur erleichtert zu sein und ihm zu danken, dass er persönlich gekommen war, um sie abzuholen.
Yulia überlegte, auf Iwan zuzulaufen und ihn in die Arme zu nehmen. Sie überlegte sich ihre Worte genau. Sie sollten zärtlich und verlangend sein. Sie wollte, dass er spontan Lust auf sie bekam. So wie immer.
»Da steht Iwan, vor dem Hubschrauber in der Mitte!«, sagte Michael, der mit seinen Kräften am Ende war.
Iwan bewegte sich nicht. Er hatte die Hände im Regenmantel versenkt und blickte die drei Ankommenden ohne erkennbare Regung an. Yulia wollte gerade auf ihn zueilen, als er sich zu Michael wandte. Er nahm ihn in die Arme und sprach leise mit ihm. Michael schluchzte und musste von dem viel kleineren und schmächtigeren Iwan gestützt werden. Die Szene schien ewig zu dauern, während Yulia und Alexei wie abgestellt einige Meter entfernt standen.
»Was soll die Show?«, fragte sich Alexei. Iwan hatte Yulia und ihn bisher nicht eines einzigen Blickes gewürdigt. Nun wies Iwan auf einen Hubschrauber, der für Michael Wussow und seine tote Frau bereitstand. Er begleitete Michael langsam dahin, umarmte ihn noch einmal und wartete, bis der Hubschrauber mit den beiden abhob.
Die Minuten vergingen und noch immer hatte Iwan kein sichtbares Interesse an Yulia und Alexei gezeigt.
Ein Kleinbus mit den russischen Staatsbürgern hielt vor dem zweiten Hubschrauber. Auch die begrüßte Iwan, beglückwünschte jeden Einzelnen zu der Rettung und lud sie zu einem Empfang im Kreml ein. Während auch dieser Hubschrauber endlich abhob, kam Iwan zurück. Es waren fast zehn Minuten vergangen.

Yulia war so frustriert, dass ihr alle Worte für eine herzliche Begrüßung im Munde stecken blieben.
»Entschuldige bitte, Yulia. Das war mir sehr wichtig. Schön, dass du all das überstanden hast. Komm, mach es dir bequem.«
Er half ihr beim Einsteigen in den Präsidentenhubschrauber. Sie setzte sich auf einen der vier ledernen beigen Sesseln. Sie war verwirrt. Iwan war einerseits höflich, aber auch unnahbar. Kein Begrüßungskuss, keine einzige kleine emotionale Geste.
»Alexei Sokolow. Ich habe gehört, du hast Heldenhaftes geleistet. Danke, dass auch du deinen Beitrag geleistet hast, meine Familie zu retten.«
Er reichte ihm die langgestreckte Hand. Keine Umarmung. Alexei wollte ihn zu sich ziehen, aber als er das zynische Lächeln und Iwans eiskalte Augen sah, ließ er es bleiben. Sie musterten sich für einige Sekunden.
»Jetzt bring mir die beiden Deutschen. Ich will sie dafür belohnen, dass sie mir das Liebste in meinem Leben gerettet haben.«
Alexei war sprachlos. Er stand dort wie ein Laufbursche zwischen den beiden Bodyguards mit einem Auftrag des großen Meisters. So etwas machte Iwan mit Bediensteten, aber nicht mit einem Top-Oligarchen und schon gar nicht mit ihm, den er als seinen Ziehsohn betrachtete.
Iwan sah seine Sprachlosigkeit und meinte gönnerhaft: »Mach dir keine Sorgen. Auch du wirst belohnt werden, Alexei Sokolow.«
Die erneute Ansprache mit vollem Namen und das leichte Zucken in Iwans Mundwinkeln, es geschah bei Iwan selten – nur bei tödlichen Befehlen.
Alexei begriff, dass er verloren hatte. Es spielte keine Rolle mehr, ob es wegen Yulia oder wegen des geplanten Umsturzes war oder vielleicht beides. Iwan wusste Bescheid!

Alexei drehte sich um und ging. Für einen Moment dachte er, Iwan könnte ihm in den Rücken schießen. Doch das geschah zu seinem Erstaunen nicht.
Auf dem Weg zur Boeing überlegte er sich, was Iwans Plan sein könnte. Würde er ihn gleich vor Yulias Augen erschießen? Oder ihn nach der Landung direkt der Justiz übergeben? Der Iwan-Justiz. Oder während der Oligarchen-Runde morgen den Spieß umdrehen und ihn umbringen lassen?
Er war so nah an seinem Ziel und weiter weg von den Iden des März als je zuvor. Die Oligarchen in Moskau würden vergeblich auf sein Erscheinen warten. Es gab niemanden, der in Moskau den Job des Brutus übernehmen würde. Er war der Kopf und der Ausführende. Niemand sonst war bereit gewesen, das Attentat zu übernehmen. Jetzt saß er in der Falle. Das Erscheinen von Iwan hier in Minsk hatte ihn vollkommen überrascht.
Und das Schlimmste war, das Gift befand sich im Handgepäck beim Hubschrauber!
Er verfluchte diesen verhängnisvollen Fehler. Seine Gedanken rasten, während er, seinen Auftrag ausführend, zu den beiden wartenden Deutschen an die Gangway ging.
Er blickte nur kurz zu Andy hinüber, der mit Technikern die Außenhaut des Flugzeuges inspizierte und ihm signalisierte, dass sie bereits ein Loch im Bugbereich des Flugzeuges gefunden hatten. Doch Alexei nahm das nur nickend zur Kenntnis. Andy blickte ihm verwundert hinterher.

****

Iwan musterte Yulia mit gespielter Freundlichkeit und sagte: »Die Kinder sind wohlauf in Helsinki, falls es dich überhaupt interessiert.«
»Was sagst du da, Iwan? Natürlich interessiert mich das. Sie aus dem Flugzeug zu lassen, war der schwerste Schritt

in meinem Leben. Ich hatte Angst, dass es ein Abschied für immer wird.« Es gelang ihr, etwas zu weinen.
»Andere Schritte scheinen dir erheblich leichter zu fallen.«
Sie zuckte zusammen. »Was willst du mir damit sagen?«
Er schien sich an ihrer Unsicherheit zu weiden. Je mehr er damit spielte, umso größer wurde ihre Angst.
Plötzlich sagte er unvermittelt und mit einer unfassbaren Kälte: »Ich weiß, dass du mit Alexei ein Verhältnis hast, du Schlampe!«
Er wusste also Bescheid! Alles, was in den letzten Stunden passiert war, machte plötzlich Sinn. Ihre Tränen waren nun echt.
»Seit wann geht das schon mit euch?«, fragte er.
»Über ein Jahr«, flüsterte sie.
»Ein Jahr, so, so. So lange vögelst du also mit ihm. Und abends telefonierst du dann mit mir und spielst die treue Frau an meiner Seite.«
»Es ist einfach so passiert, Iwan. Du warst doch kaum noch für mich da.«
Der Schlag an ihren Hals traf sie unverhofft. Er war kurz, gezielt und schmerzhaft. Sie schrie auf und brach zusammen. Die beiden Bodyguards sahen dezent zur Seite.
Es dauerte, bis sie sich wieder sammeln konnte. Er beobachtete sie zufrieden. Ihre erste Lektion hatte sie erhalten. Man muss Menschen brechen, um sie gefügig zu machen.
Sie spürte bei allem Schmerz eine aufkommende Wut. »Wie kann dieser alte Kerl, der mein Vater sein könnte, der nur noch mit Botox und Medikamenten am Leben gehalten wird und ohne eine Schar von Leibärzten nicht überlebensfähig ist, wie kann er es wagen?«
Sie richtete sich auf, sah ihm nah ins Gesicht, versuchte zu sprechen, aber die Worte brachen nur stoßweise heraus. »Deswegen bist du also hergekommen, du Mistkerl, nicht um Gott zu danken, dass ich überlebt habe, sondern um

deine entführte Lebensgefährtin und Mutter deiner beiden Söhne zu schlagen. Du bist schlimmer als Iwan der Schreckliche. Mach, was du willst mit mir. Mich hast du mit diesem Schlag endgültig verloren.«

Iwan musterte sie eingehend. Da war sie wieder, ihre Stärke, ihr Mut, ihre Klasse – die Gründe, warum er diese Frau zu seiner gemacht und ihr ein Paradies geboten hatte. Aber hier hatte diese Betrügerin Demut zu zeigen, sie hatte vor ihm auf den Knien um Gnade zu betteln. Stattdessen sah sie ihn selbstbewusst auf Augenhöhe an und besaß auch noch die Unverschämtheit, die Spielregeln für die Zukunft zu definieren.

»Du verwechselst etwas, meine Liebe. Ich habe keine Lebensgefährtin verloren, sondern eine Hure. Ich wollte dich und deinen Lover bereits im Flugzeug verrecken lassen, doch erst mussten die Kinder überleben.«

»Was bist du nur für ein grausamer Freak ...«

Hatte er gerade richtig gehört? »Freak«, hatte sie gesagt. Das hatte bisher niemand gewagt. Nur jene Person, die auf dem Grab seiner Eltern in Sankt Petersburg einen Zettel abgelegt hatte, mit Zeilen, die ihm ins Gedächtnis gebrannt waren. In den internationalen Medien wurde er täglich beschimpft und beleidigt. Das glitt an ihm ab. Aber diese Frau hatte eine Grabschändung vorgenommen, am Grab seiner Eltern! Sie hatte quasi mit den Zeilen um ihr Todesurteil gebeten. Nun saß Yulia vor ihm und titulierte ihn genauso. FREAK! Doch für sie hatte er seine eigene Gerichtsbarkeit. Er musste von der physischen Bestrafung auf die psychische gehen. Ein Leichtes für einen geschulten KGB-Offizier. Alles nur eine Frage der Zeit.

Yulia strich sich über die schmerzende Stelle am Hals. »Warum tötest du mich nicht gleich hier? Das wäre doch am einfachsten. Moskau ist weit weg.«

»Das wäre wirklich zu einfach. Ich habe entschieden, dass du überlebst, aber anders, als du es dir vorstellst.«
Die Angst kehrte in ihren Augen zurück. Sie kannte die Geschichten von den verfemten und brutal gequälten Frauen russischer Zaren.
Er genoss ihre Angst. Es funktionierte.
»Du denkst richtig. Während ich morgen die Welt verändere, wirst du in einem Flugzeug nach Sibirien sitzen und viel Zeit zum Nachdenken haben.«
»Das meinst du doch nicht im Ernst, Iwan?«, fragte sie fassungslos.
»Sehr ernst, meine Liebe. Kein Gucci, keine goldenen Wasserhähne, nicht einmal warmes Wasser. Du wirst mit ungepflegten, zottigen Haaren im Wald Beeren suchen und an den Rinden der Bäume nagen, sofern Wölfe und Bären sich nicht dich als Nahrung nehmen.«
Sie konnte nicht glauben, was Iwan von sich gab.
»Du wirst frierend auf Holzbrettern schlafen, von Mücken zerstochen sein und keinen Kontakt zur Außenwelt haben.«
»Bist du vollends verrückt geworden, Iwan?«
»Du wirst jeden Tag bereuen, was du getan hast, und niemand wird dich hören. Irgendwann werden deine Söhne von deinem Tod erfahren, und es wird sie nicht mehr interessieren, denn sie werden längst mit ihren Familien in einer meiner Datschen leben.«
»Mein Gott, wie tief musst du gesunken sein, dass du derartige Grausamkeiten überhaupt aussprechen kannst.«
»Ich kann noch ganz andere Dinge, von denen du nichts ahnst, Yulia Smirnoff.«
Ein zynisches Lächeln verzog seinen Mund.
Sie schüttelte fassungslos den Kopf und hatte nur noch den einen Wunsch: »Raus hier!«
Er spürte das und hielt sie mit harter Hand fest.

Nun kam die nächste Phase. War ein Verräter gebrochen, musste man ihm ein Angebot machen.
»Vielleicht kannst du deine Leiden in der sibirischen Wildnis etwas mildern, wenn du jetzt ein einziges Mal ehrlich zu mir bist.«
»Ich bin immer ehrlich zu dir gewesen – außer bei diesem Ehebruch«, schluchzte sie. »Du warst doch auch einmal verheiratet, Iwan, und hast die Ehe meinetwegen beendet. Du hast genauso betrogen wie ich. Also tu nicht so, als wäre dir mein Verhalten fremd.«
Er musste sich zusammenreißen, um sie nicht wieder durch seinen beim KGB erlernten Halsschlag zur Vernunft zu bringen.
»In der Sache hast du recht, mein Täubchen, aber der Unterschied ist, dass ich ein Mann bin und glücklicherweise der mächtigste in ganz Russland. Und jetzt beantworte mir meine Frage. »Wer war der Mann, mit dem Alexei in der Türkei im U-Boot war? Ein Amerikaner?«
Sie fasste erneut auf den furchtbar schmerzenden Hals und antwortete: »Ich würde dir das sagen, aber ich kann es nicht. Den Mann habe ich nie zu Gesicht bekommen.«
»Du lügst schon wieder!«
Angstvoll wich sie zurück.
»Nein! Wirklich nicht. Alexei sagte mir nach dem Besuch, dass es jemand von der Hafenbehörde sei, den er bei Laune halten musste.«
Er sah sie prüfend an. Wenigstens hier schien sie die Wahrheit zu sagen.
»Wissen Boris und Igor von eurem Verhältnis?«
»Natürlich nicht. Für sie ist er Onkel Alexei.«
Wieder sah sie ihn angsterfüllt an. »Iwan, was wirst du mit ihm machen?«
Iwan sah sie prüfend an. Ihre Angst und Ergebenheit waren noch ungenügend. Er sah seinen früheren Freund, der ihm

alles bedeutet hatte, der sein Nachfolger werden sollte, der ihn mit seiner Frau betrogen hatte, mit den beiden Deutschen kommen.

»Nun, Onkel Alexei wird gleich fliegen lernen – ohne Fallschirm. Seine Schreie werden am Himmel von Belarus verhallen und ein Leben lang in deiner Seele brennen. Du hast es so gewollt. Und jetzt zeige den Herren, wie sehr wir miteinander verbunden sind.«

KAPITEL 38

Kryptos wollte gerade sein Büro beim Auslandsgeheimdienst der CIA in Langley, Virginia, verlassen, als er die neuesten Nachrichten sah. Enttäuscht ließ er sich wieder auf den Stuhl fallen. Während die Welt am Rande eines großen Krieges stand, war der große Hoffnungsträger Alexei Sokolow alias Victor, offensichtlich mit seiner Mission gescheitert. Kryptos fluchte: »Wegen einer Flugzeugentführung durch einen verrückten Ukrainer haben wir unser Ziel nicht erreicht! Das kann doch nicht wahr sein!«

Wo mochte sich Victor jetzt aufhalten? Nicht in Moskau, sondern vermutlich in Minsk. Diese Aussage war genauso ungesichert wie die Information, dass der russische Präsident nicht in seiner fliegenden Festung war, sondern nach Minsk abgereist war. Aber was hatte den Präsidenten dazu bewogen? Wollte er seinen Zögling so schnell wie möglich in den Kreml holen und die verlorene Zeit durch ein persönliches Treffen aufholen? Oder hatte er einen Verdacht geschöpft und wollte die Sache selber klären? Welche Sache? Das geheime Liebesleben seiner Liebsten oder das Attentat?

Das Erste war gewiss, denn der 1. Offizier Leonid hatte sich als Doppelagent erwiesen. Er kassierte von Washington und Moskau. Bevor die CIA ihn dazu vernehmen konnte, wurde seine Leiche im Hafen von Göcek angespült. Alexeis Sicherheitsleute hatten das erledigt. Er musste ihnen den Auftrag vor seinem Abflug gegeben haben. Es war also stark anzunehmen, dass Iwan von dem Betrugsverhältnis wusste.

Das Fremdgehen eines Partners war schmerzlich, aber zu überstehen. Der Betrug durch einen Freund hingegen eine doppelte Enttäuschung. Zu einer Katastrophe würde es kommen, wenn er sich das Persönlichkeitsbild von Iwan verinnerlichte. Dieser Mann konnte vielleicht verkraften, einen Krieg zu verlieren, aber keinen Beziehungsbetrug in dieser Dimension. Sein Verletzungspotenzial war so extrem hoch, dass er durchdrehen musste. Er würde es auch nicht aushalten, auf die Beschuldigten zu warten, sondern musste sie sofort haben. Passierte das gerade? Und dann? Kryptos fragte sich, was Alexei in Iwans Folterkammer auspacken würde. Würde er durchhalten oder zugeben, mit der CIA zu kooperieren? Auch die Rolle seiner Geliebten war vollkommen unklar. Was wusste diese Yulia? Wenn es auch nur ein einziges Foto von dem konspirativen Treffen auf dem Schiff gab oder gar einen Video- oder Tonmitschnitt, und wenn das morgen zusammen mit den Angriffserklärungen von Moskau verbreitet werden würde, dann bräuchte er nie wieder in dieses Büro zurückzukehren. Er wäre für immer erledigt. POTUS müsste beweisen, dass er nichts von der Operation Victor wusste, was jedoch ganz und gar nicht der Fall war. Die Republikaner würden so lange nachforschen, bis die Wahrheit ans Licht käme. Ein Krieg gegen Europa mit dem Beweis in der Hand, dass die USA den russischen Präsidenten stürzen wollten – Iwan konnte sich nichts Besseres wünschen. Das ganze Gerede von seinem territorialen Wiederherstellungswahn würde gegen die sensationelle Nachricht verblassen, dass allein die USA für diesen Krieg verantwortlich waren. Das würde zwar die militärischen Maßnahmen Moskaus nicht rechtfertigen, aber China, Indien, Afrika und Südamerika und sogar einige Länder in der NATO würden an der Aufrichtigkeit Washingtons endgültig zweifeln. Die Argumentationskette der USA und NATO-Kritiker schloss sich plötzlich mit diesem gescheiterten Attentat. Der Westen hatte Russland durch das Heranrücken an die russischen Grenzen über Jahrzehnte provoziert, führte über die Ukraine einen indirekten Krieg mit Russland, um es zu schwächen und wollte nun den russischen Präsidenten

stürzen, um Russland in kleine Völkerstaaten zu zersplittern und wirtschaftlich auszubeuten. Allen voran die USA.
Kryptos versuchte seine Gedanken zu ordnen. Die USA standen vor einem massiven Problem, das allein die CIA verursacht hatte. In der Vergangenheit hatte man solche Probleme dadurch gelöst, indem man die Akteure einfach verschwinden ließ. Alexei und Yulia durften keinesfalls in Iwans Hände gelangen. Sofortiges Handeln war angesagt. Sie mussten in Minsk beseitigt werden. Einen Oligarchen von der Bildfläche verschwinden zu lassen, würde die Welt nicht mehr erschüttern. Aber die Lebenspartnerin von Iwan? Er stellte sich vor, was in den USA passieren würde, wenn auf die Präsidentengattin ein Drohnenangriff erfolgen würde.
Kryptos blickte auf das Satellitenbild von Belarus. Er musste POTUS informieren. Kein bedeutender Drohneneinsatz durfte ohne seine Genehmigung stattfinden. Doch Kryptos hatte bereits mit dem Besuch auf Victors Schiff einen schweren Fehler begangen, indem er dort von anderen möglicherweise als Chef der CIA identifiziert worden war. Auf einen möglichen zweiten Fehler kam es nun auch nicht mehr an. Blieb nur noch zu hoffen, dass die Nation hinter der Kampfdrohne so mysteriös bleiben würde, wie die für die Sprengung der Ostsee-Pipeline verantwortliche Nation.
Kryptos zoomte sich in den Internationalen Flughafen von Minsk hinein. Das Satellitenbild zeigte die entführte Maschine am Ende der Landebahn. Dreihundert Meter entfernt sah er drei Hubschrauber. Alexei Sokolow und Yulia Smirnoff mussten hier sein. Er griff zum Telefonhörer und übermittelte die Koordinaten an das CIA-Drohnen-Zentrum im Keller.
In Sekundenschnelle wurde die Verbindung von Langley zum Drohnenauswertungszentrum *Distributed Common Ground System 4* in Ramstein, Rheinland-Pfalz hergestellt. Von dort aus wurden die Zielinformationen an einen Drohnen-Operator auf der Creech Air Force Base bei Las Vegas weitergeleitet,

der den Auftrag erhielt, zwei Personen zu eliminieren. Seine MQ-9 Reaper-Drohne, eine der gefährlichsten Drohnen der Welt, befand sich im Luftraum über dem Baltikum. Sie war mit Hellfire-Lenkflugkörpern bewaffnet, die es ermöglichten, die beiden Zielpersonen in Minsk aus dem NATO-Gebiet heraus zu identifizieren und zu töten. Auf einem zweiten Bildschirm waren die Gesichter und Körper von Alexei Sokolow und Yulia Smirnoff zu sehen. Der Drohnenpilot füllte seine Kaffeetasse auf und suchte im Zielbereich nach den zwei Personen. Sollten sie nicht auftauchen, hatte er Befehl, die Hubschrauber zu zerstören. Für die Autorisierung war der Befehl von Kryptos persönlich erforderlich, der die Suche mitverfolgte.

KAPITEL 39

Iwan winkte die beiden Bodyguards beiseite und stieg aus dem Hubschrauber. »Sie sind Marc Anderson und das ist Ihr Freund Tom?«, begrüßte er die beiden in exzellentem Deutsch, ohne ihnen die Hand zu geben.

»Ich möchte mich bei Ihnen für Ihren großartigen Einsatz bedanken. Sie haben meine Frau und meine Landsleute gerettet. Leider musste die Frau meines besten Freundes sterben.«

Sie standen sich schweigend gegenüber. Marc fand, dass der mächtige Zar noch kleiner und unscheinbarer wirkte als auf den Fotos. Erstaunlicherweise wirkte er auf ihn nicht wie ein Verbrecher, sondern eher wie ein bedächtiger Opa. Unfassbar, dass dies die Person war, vor der sich so viele fürchteten.

»Wo haben Sie gelernt, eine Boeing 737 zu fliegen?«, fragte der russische Präsident.

»Ich habe es in der Luft gelernt, Herr Präsident, zusammen mit Alexei«, antwortete Marc höflich.

»Ich nehme an, Sie kannten sich noch nicht vorher?«

»Nein, Herr Präsident, wir kannten uns vorher nicht.«

Alexei sah zu Yulia im Hubschrauber. Sie schien ihm stark verändert, etwas stimmte mit ihrem Gesicht nicht. Sie hielt ihre Hand an ihren Hals und schien ihn zu warnen. Der Präsident sprach zu Marc und Tom: »Ich möchte Sie beide gern nach Moskau einladen. Sie sollen dort mit einem speziellen Orden ausgezeichnet werden.«

Marc dachte unwillkürlich an das Wort *Spezialoperation* und blickte zu Tom. Natürlich würden sie niemals nach Moskau fahren, um einen Orden von einem Diktator entgegenzunehmen.

»Das ist sehr freundlich von Ihnen«, sagte Tom in einer devoten Art, die Marc an ihm nicht kannte.
»Dem schließe ich mich gern an«, erwiderte Marc.
Der Präsident schien zufrieden.
»Aber vorher möchte ich mich mit einem Geldgeschenk bedanken.«
Er griff nach einem Koffer im Hubschrauber, als es zweimal kurz knallte. Er drehte sich hektisch um, sah Alexei mit einer Pistole stehend und die am Boden liegenden tödlich getroffenen Bodyguards. Jetzt zielte Alexei auf ihn. Er schrie zu den Piloten »Macht sie nieder!«, doch Marc war bereits in der Kanzel und hielt ihnen eine Pistole ins Genick. Iwan sah den anderen Deutschen auf sich zu hechten, fühlte, wie er in den Sessel geworfen wurde und seine Stirn von einer Faust getroffen wurde. »Mit den allerbesten Grüßen von allen ukrainischen Soldaten, du Dreckskerl«, flüsterte ihm Tom ins Ohr. Dies war für ihn der glücklichste Moment in seinem Leben, und er wäre noch glücklicher gewesen, wenn ihm Marc bei dem Briefing mit Alexei zuvor nicht die Grenzen gesetzt hätte. Iwan kam zu sich, brüllte ihn wütend an und stellte fest, dass er an Händen und Füßen bewegungsunfähig im Sessel gefangen war.
Die beiden Piloten verließen mit erhobenen Händen das Cockpit. Alexei überlegte kurz, was mit ihnen geschehen sollte und erschoss auch die beiden. Er sah sich um, es gab keine weiteren Menschen auf dem Vorfeld, blickte kurz zur Yulia, die fassungslos beide Hände vor das Gesicht hielt, sprang zu Tom ins Cockpit und startete die Rotoren.
Sie hatten keine drei Minuten gebraucht, alles war nach dem kurz besprochenen Plan verlaufen.
Alexei kannte diesen Hubschrauber genau, aber wusste, dass der Flug mit der Boeing im Vergleich zu der jetzt anstehenden Mission harmlos gewesen war. Sie hatten gerade den Präsi-

denten der Russischen Föderation in einem befreundeten Land gekidnappt.

Yulia war wie gelähmt vor Schreck. Sie saß Iwan gegenüber, der sich jetzt hektisch umschaute, keine Bodyguards mehr sah, sondern nur, dass sein Hubschrauber mit noch offener Tür abhob. Plötzlich sackte sein Kopf zur Seite.
Tom, ausgebildeter Medic, prüfte, ob der Mann durch einen Schuss verletzt worden war, doch das war nicht der Fall. Iwan schien einen Kreislaufkollaps zu haben. Er legte ihn auf den Boden, klatschte kräftig auf Iwans Wangen und sagte: »Nicht einschlafen, Iwan, du wirst noch gebraucht.«
Ein erneutes, unsägliches Glücksgefühl übermannte Tom. Wie oft hatten sie in den Schützengräben darüber nachgedacht, wie sie den verhassten Despoten in ihre Hände bekommen könnten. Einige hatten vorgeschlagen, als Sabotagetrupp in den Kreml einzudringen, andere in eine Datsche. Nika hatte sogar vorgeschlagen, sich als Vorkoster anzustellen, aber immer musste man den innersten Kreis durchbrechen. Das galt als undurchführbar.
Jetzt war ihm Iwan, das Mastermind hinter all den Grausamkeiten, auf einem Silbertablett serviert worden. Tom zückte sein Smartphone, um sein Opfer zu fotografieren.
»Lass das sofort sein!«, herrschte Yulia ihn an. Tom schien sich zu schämen und steckte die Kamera wieder ein. Es würde noch andere Möglichkeiten geben.
Der Helikopter zog in eine Steilkurve mit Kurs nach Westen. Aus dem Radio rief Andy, der am Boden Schüsse gehört hatte und bereits das Schlimmste befürchtete: »Ihr habt doch nicht etwa ...?«
»Ja, wir haben«, funkte Marc vom rechten Sitz. Wir sehen uns bei der Hochzeit deines Freundes Darias. Ende und aus!«

Andy löste Alarm für den Flugplatz aus, aber unterließ es, die Militärs zu unterrichten. Er war ein Luftfahrt-Controller und kein Militär.

****

Tausende Kilometer westlich meldete der Drohnenpilot nach Langley: »Genannte Ziele im Zielgebiet nicht auszumachen. Vier Personen vermutlich verwundet oder tot am Boden. Der dritte Hubschrauber hat den Flughafen verlassen. Zwei sind Richtung Osten geflogen, der letzte Richtung Westen.«
Kryptos hatte ebenfalls die Szene beobachtet. An den Hubschraubern wurde gekämpft. Aber wer gegen wen? Wo waren die beiden Gesuchten? Alexei wollte so schnell wie möglich nach Moskau gelangen. Dort würde er sehnlichst erwartet werden, aber vermutlich nicht so, wie er es sich erhoffte. Der Hubschrauber mit Alexei und seiner Geliebten Yulia durfte Moskau auf keinen Fall erreichen. Er gab dem Drohnenpiloten den Befehl, den Hubschraubern Richtung Osten zu folgen, aber den dritten Hubschrauber im Auge zu behalten.
Kryptos wusste nicht, dass er dabei war, den russischen Präsidenten vom Himmel zu holen.

KAPITEL 40

Verteidigungsminister Konstantin Sorokin legte langsam den Hörer auf, als wolle er Zeit gewinnen, um die Information zu verarbeiten. »Das kann nicht möglich sein, ich kann das nicht glauben!«, sagte er laut. Die Nachricht aus Minsk war jedoch eindeutig. Der Generalstabschef, die führenden Offiziere und die zahlreichen Operateure in der auf den Oberbefehlshaber wartenden Iljuschin Il-80 sahen gespannt auf Sorokin. Der holte tief Luft und sagte: »Unser Präsident Iwan Pavlenko ist vor wenigen Minuten in Minsk in seinem Hubschrauber zusammen mit seiner Frau Yulia Smirnoff und Alexei Sokolow ...«

Er zögerte einen Augenblick und die Soldaten erwarteten die Worte *tödlich abgestürzt*. Doch der Verteidigungsminister sagte: »... von zwei Deutschen entführt worden.«

Sie starrten den alten Herrn mit dem dichten, weißen Haar an, der vor ihnen mit gesenktem Haupt stand, wie jemand, der im Bolschoi-Theater den letzten Satz einer Tragödie spricht. Aber es war kein Schauspiel, es war ihr Verteidigungsminister, der in dieser Minute die Geschichte neu schrieb.

Der Generalstabschef reagierte als erster: »Sag das noch mal Kostja, Iwan in Minsk und von zwei Deutschen entführt worden? Wohin? Und was wollte er in Minsk?«

»Ich habe keine Ahnung. Vermutlich wollte er seine Frau persönlich abholen, bevor wir hier in Aktion treten«, antwortete der Verteidigungsminister. Die Anwesenden waren sprachlos. Niemand wollte diesen Irrsinn kommentieren.

Der Verteidigungsminister ließ sich auf den Stuhl fallen: »Iwans Hubschrauber fliegt laut Minsk-Radar Richtung Westen.«

»Also nach Polen«, folgerte der Generalstabschef. »Sie wollen ihn deportieren.« Er sah auf die Karte.
»300 Kilometer bis zur Grenze. Eine Stunde Zeit, die Kerle schnappen wir uns!«
Er alarmierte den Oberbefehlshaber Luftstreitkräfte und befahl ihm, den Hubschrauber mit dem russischen Präsidenten zu verfolgen und zur Landung zu zwingen.
»Und wenn das nicht klappt?«, fragte der zurück. Der Generalstabschef sagte scharf: »Er darf unter keinen Umständen die Grenze zur NATO passieren.«
Die Weisung war klar. Dann richtete er sich an den Verteidigungsminister: »Wie kommen zwei Deutsche nach Minsk, die unsere Mi-8 fliegen können? Da muss es Helfer geben! Wer hat denen die Information gegeben, dass unser Präsident in Minsk ist? Wir müssen das schnell herausfinden. Wer verfolgt jetzt den gekaperten Hubschrauber? Ich schlage vor, dass wir mit unserer Iljuschin starten und die operative Führung der Verfolger von oben übernehmen.«
»Nein, abgelehnt!«, erwiderte der Verteidigungsminister. »Wenn wir starten, steht das bei der NATO für Angriff!«
»Kostja, du riskierst, dass die Rettung von Iwan scheitert!«
»Dann weise deine Luftstreitkräfte verdammt noch mal an, dass sie nicht scheitert!«
Kostja merkte, wie ihm die Knie weich wurden. Er starrte auf die vielen Grafiken, die Zahlen, die Lage-Karten, auf die Bezeichnungen der wartenden Verbände, auf die Satelliten, auf den Aufmarsch der NATO-Truppen, auf das rote Telefon. Ohne Iwan lief hier nichts. Iwan hatte das System in zwei Jahrzehnten so aufgebaut, dass er nie unabkömmlich sein durfte. Ja, da war dieser Name im Falle seines Todes. Doch solange Iwan lebte, bestand eine Lücke in der Führung. Sogar in diesem fliegenden Führungszentrum gab es keinen Stellvertreter, da Iwan dies explizit nicht vorgesehen hatte. Sollte er sterben, würde die Macht unmittelbar auf den Premier-

minister des Landes übergehen, der dann innerhalb von drei Monaten Neuwahlen in Russland veranlassen müsste. Alles theoretisch, denn in den Hinterzimmern wurden bereits Nachfolger gehandelt, die weitaus aggressiver waren als Iwan, dem sie vorwarfen, am Ende seiner Amtszeit Russland innen- und weltpolitisch in einen Müllhaufen geführt zu haben.

Kostja mochte sich nicht vorstellen, was die nächsten Stunden bringen würden. Doch schien klar, dass der große Angriffsplan wie eine Seifenblase verpuffen würde, es sei denn, Iwan würde sich in den nächsten zwei Stunden melden.

Zwei Herzen schlugen in seiner Brust. Das eine pochte für *hoffentlich*, das andere für *hoffentlich nicht*. Er hatte Iwans Kriegspläne nur halbherzig mitgetragen, aber sich entschlossen, sie loyal auszuführen.

Er griff zum Telefon, um den Premierminister anzurufen, doch der war schon in der Leitung.

»Russische Blogger melden, dass unser Präsident entführt wurde. Ist das etwa richtig?«

»Das ist richtig, Herr Premierminister.«

»Haben Sie Einzelheiten?«

»Nein, die Lage ist noch vollkommen unübersichtlich. Aber Sie sollten sich vorsorglich bereitmachen.«

KAPITEL 41

Alexei beschleunigte auf Höchstgeschwindigkeit und drückte den Hubschrauber vom Typ Mil Mi-8 in Bodennähe. Der Flughafen lag bereits hinter ihnen. Vor ihnen war es dunkel.

»Achte auf Hindernisse, Marc, und gib mir einen Kurs!«

»Wohin fliegen wir?«

»Nach Litauen, Polen ist zu weit. Er drehte an einem Display. Hier die Karte. Siehst du die Einbuchtung von Litauen in Belarus rein?«

»Du meinst die Ecke bei Dieveniskės?«

»Genau die, in 30 Minuten!«

»Roger Alexei, Kurs 266 Grad!«

Der Präsidentenhubschrauber war mit Bordwaffen, Raketen und IR-Täuschkörpern ausgestattet, um sich selbst zu schützen. Alexei war mit diesen Waffen nicht vertraut, kannte aber den Mi-8 gut.

Yulia legte ihren Mantel unter Iwans Kopf, damit er nicht so hart auf dem Boden aufschlug, denn der Hubschrauber tanzte wie wild durch die Luft. Iwan öffnete die Augen und blickte sie an. Sein Gesicht war das eines kleinen Jungen. Er, der sie eben noch geschlagen hatte, tat ihr plötzlich in seiner Hilflosigkeit und Verletzbarkeit leid. In diesem kurzen Moment sah sie ihn als ihren langjährigen Lebenspartner und Vater zweier wunderbarer Jungens. Am Ende hätte Iwan seine Drohungen vielleicht gar nicht wahr gemacht, er war einfach nur zutiefst verletzt.

Sie schaute nach vorne zum Cockpit. Was hier unter der Regie von Alexei ablief, war ungeheuerlich! Ihr Geliebter hatte vier Menschen ermordet und entführte sie und Iwan! Warum? Alexei musste plötzlich entsetzliche Angst vor Iwan

bekommen haben. Zu Recht, genau wie sie. Aber, was sollte das hier?
Sie wusste nicht mehr, wer Alexei war, wer Iwan war. Sie wusste nicht einmal, wer sie war.
»Wohin fliegen wir?«, fragte sie Tom.
»In die Freiheit«, antwortete er und reichte ihr aus einer Box eine Flasche Wasser.
»Freiheit«, dachte sie. »Mit Alexei in die Freiheit? Wie soll das mit einem gefangenen Iwan gehen? Alexei ist vollkommen durchgedreht!«
Sie fragte nicht weiter und gab Iwan zu trinken.
»Sie sind da!«, rief Marc. An ihnen schoss ein Kampfflugzeug vom Typ MiG-29 vorbei und zog eine so scharfe Kurve, dass Alexei hart nach rechts ausweichen musste. Er wollte zurück auf Kurs, aber das Biest war wieder da. Erneut wich er nach rechts aus. Sie flogen nun fast nach Norden – in die falsche Richtung.
Eine laute englischsprachige Stimme ertönte in den Kopfhörern: »Maschine des russischen Präsidenten. Landen Sie sofort! Ich wiederhole, landen Sie sofort, sonst werde ich schießen.«
»Das solltest du besser unterlassen. Dein Präsident und seine Frau sind an Bord!«, sagte Marc.
Einen Augenblick Ruhe.
»Was sind Ihre Absichten?«, rief der weißrussische Pilot.
Marc antwortete nicht.
»Letzte Warnung, danach werde ich schießen!«
Marc schwieg.
Jetzt schossen zwei Leuchtraketen an ihnen vorbei, die unmissverständliche Warnung, dass der nächste Schuss scharf sein würde.
Das Gelände vor ihnen war nicht mehr einsehbar. »Wir müssen höher fliegen, zu gefährlich hier«, sagte Alexei.

Auf einer elektronischen Anzeige sah Marc, wie sie von Radargeräten erfasst wurden. Sie waren zum Abschuss freigegeben. Ihre einzige Lebensversicherung war der Passagier hinter ihnen. Rechts und links von ihnen tauchte ein Hubschrauber auf. Sie waren eingekesselt.
»Mi-28 Nachtjäger«, kommentierte Alexei. »Siehst du den Schützen vorne?«
Er kam ihnen gefährlich nahe, der Bordschütze gestikulierte wild.
»Präsidentenhubschrauber, landen Sie sofort, wir haben Schießbefehl!«, rief der Bordschütze der Mi-28.
»Glaubst du das Alexei?«
»Ich möchte es nicht glauben. Jemand müsste entscheiden, den Präsidenten zu töten, bevor er in den Westen gelangt. Ich kenne niemanden in Russland, der dazu die Eier in der Hose hat.«
Er hatte das kaum gesagt, da schossen die Projektile untersetzt mit Leuchtfeuermunition an ihnen vorbei.
»Vielleicht bin ich mir nicht mehr sicher«, fluchte Alexei.
Tom hielt Iwan fest, der ungesichert auf dem Boden lag. Yulia schrie vor Angst. Der Kampfhubschrauber überholte sie, verschwand und tauchte plötzlich vor ihnen auf. Sie standen sich nun wie zwei Hornissen gegenüber. Alexei senkte die Mi-8 nach unten ab, zog einen Kreis, setzte sich in einem wilden, hochgezogenen Manöver hinter den feindlichen Hubschrauber, hob eine ihm unbekannte rote Abdeckung an, von der er glaubte, dass das der Auslöser für die Bordkanone sei, zielte und hielt sie gedrückt. Die Geschosse schlugen in die Mi-28 ein und verwandelten sie in einen Feuerball. Alexei riss seinen Hubschrauber an dem Inferno vorbei, um nicht von den Trümmerteilen getroffen zu werden.
Marc sah verdutzt zu Alexei. Der Mann hatte ungeahnte Fähigkeiten.

»Noch wenige Kilometer zur Grenze!«, sagte er und drehte die Frequenz von Vilnius ein: »Vilnius Approach, Hubschrauber auf der Flucht aus Minsk im Anflug auf die Grenze im Südosten, wir kommen in friedlicher Absicht, bitten um Feuerschutz!«
Sie überquerten einen See und sahen für einen kurzen Augenblick beleuchtete Grenzbefestigungen.
»Geschafft!«, stöhnte Alexei. »Wir sind drin!«
»Nicht ganz«, rief Marc. »Jetzt Kurs 320 Grad! Wir fliegen auf die enge Stelle zu, in der Litauen von Belarus eingekeilt ist. Sie ist keine drei Kilometer breit. Die müssen wir noch schaffen!«
»Russischer Hubschrauber von Vilnius Approach. Ich sehe Sie unautorisiert in unserem Luftraum. Kehren Sie sofort um oder Sie werden abgefangen!«
Marc antwortete: »Bitten um Landeerlaubnis in Vilnius. Haben den russischen Präsidenten an Bord und werden unter Feuer verfolgt.«
»Wiederholen Sie, Sie haben Iwan Pavlenko an Bord und sind auf der Flucht nach Litauen?«
»Das ist bestätigt.«
»Wer sind Sie?«
»Das spielt jetzt keine Rolle, der russische Präsident ist in einem EU-Land. Das sollte doch wohl reichen!«
»Vilnius an russischen Hubschrauber, ich sehe Sie 22 Nautische Meilen südöstlich, setzen Sie den Transpondercode auf 4302, Landeerlaubnis erteilt, melden Sie Einflug in die Kontrollzone.«
»Muss alles seine Ordnung haben«, kommentierte Alexei sarkastisch zu Mark.
»Dort sind sie!«, rief der und zeigte auf zwei feindliche Hubschrauber. Sie warteten über dem Territorium an der kritischen Engstelle nach Litauen.
»Präsidentenhubschrauber, letzte Aufforderung zur sofortigen Rückkehr nach Belarus!«

Vor ihnen zog von rechts und links das Sperrfeuer vorbei. Ein eiserner Vorhang mit tödlichen Geschossen. Die beiden Hubschrauber mussten nicht einmal litauisches Territorium verletzen, sie konnten an diesem Flaschenhals legal ihren Job erledigen. Es sah so aus, als hätten sie das vor.
Alexei hatte keine Ausweichmöglichkeiten mehr. Er musste auf Kurs bleiben, sonst wäre er sofort wieder in Belarus. Nach vorne Todeszone, nach unten zu dunkel, also zog er leicht hoch. Die beiden Angreifer taten dasselbe.
»Wie sollen wir da durchkommen, Marc? Wir sitzen in der Falle!«
Er brachte den Hubschrauber in einen Schwebeflug vor dem Flaschenhals.
»Was schlägst du vor?«, fragte Alexei.
»Wir sind in Litauen. Ich würde etwas zurückfliegen, hier nach Poškonys, wo es wieder breiter wird und sie uns nicht sehen, landen und zu Fuß weitermachen.«
»Gute Idee, aber ich habe die falschen Schuhe an und muss morgen in Moskau sein«, antwortete Alexei cool.
Marc sah ihn kritisch an. Wusste Alexei, was er da von sich gab? Hier waren sie zum Abschuss freigegeben.
»Lass uns noch auf eine bessere Gelegenheit warten, Marc, noch haben wir reichlich Treibstoff. Deinen Plan nehmen wir als Back-up.«
Vilnius Approach meldete sich: »Wir sehen, dass Sie in unserem Grenzgebiet festsitzen. Was haben Sie vor?«
Plötzlich schoss von oben eine Rakete vor ihnen ein und traf den rechten russischen Hubschrauber, eine weitere den linken. Die Trümmer der beiden Hubschrauber fielen als leuchtende Fackeln zu Boden.
Sprachlos schauten Alexei und Marc auf den Feuerregen.
»Wer hat uns diese schöne Bescherung gemacht?«, fragte Alexei fassungslos.

»Keine Ahnung, aber der Weg durch den Flaschenhals ist frei, wir haben es geschafft!«

Alexei jagte den Hubschrauber durch den Flaschenhals und flog auf Vilnius Airport zu, den er nicht kannte. Er schwebte über der Landebahn ein und erhielt die Genehmigung, direkt vor dem Tower-Gebäude zu landen, wo Militär, Feuerwehr und Polizei aufgefahren waren. Gleich würden viele Fragen zu beantworten sein. Doch er würde nur einen Teil der Wahrheit sagen. Es war allein seine Geschichte, nicht die von Marc, Tom oder Yulia. Und sie war noch nicht zu Ende.
Der Hubschrauber setzte sanft auf. Alexei stoppte die beiden Turbinen. Er drehte sich zu den drei Passagieren um. Tom hielt begeistert den Daumen hoch. Yulia blickte weg. Iwan sah ihm direkt in die Augen. Alexei konnte den Blick nicht interpretieren, er wusste nur, dass er ihn nie vergessen würde. Dann verließ er mit Marc das Cockpit und beobachtete, wie Iwan Pavlenko von Sicherheitsbeamten in einem Militärjeep abtransportiert wurde.

****

Auf der Creech Air Force Base bei Las Vegas, meldete der Drohnen-Operator an Kryptos *Mission Completed!*, trank seinen kalten Kaffee aus und fuhr zu seiner Familie an den Pool.
Alexei las eine Textnachricht von Kryptos: *Well done!*
Er schrieb zurück:
Kümmert euch um den Lufttransport für unseren Gast. Je eher, desto besser. Iden des März auf gutem Weg.
Kryptos zündete sich eine Zigarre an und zog genüsslich daran. Was für eine wunderbare Wendung! Er rief seinen Präsidenten im Situation Room an:
»Mr. President, der russische Präsident ist unfreiwillig in Litauen gelandet.«

»Wie bitte? Sagen Sie das noch einmal, Kryptos!«
»Iwan Pavlenko ist im NATO-Land Litauen in Vilnius.«
»Wie ist das passiert?«
»Wir haben etwas nachgeholfen, Mr. President.«
»Seit wann ist er dort?«
»Seit fünf Minuten.«
»Irrtum ausgeschlossen?«
»Vollkommen ausgeschlossen. Bestätigung von Victor liegt vor.«
»Kommen Sie sofort ins Weiße Haus!«

****

Die Stimmung in dem kahlen Raum des Flughafengebäudes mit dem flackernden Neonlicht war gespenstisch. Der russische Präsident Iwan Pavlenko, seine Lebensgefährtin Yulia Smirnoff, sein neuer Feind Alexei Sokolow und die beiden kriminellen deutschen Komplizen warteten seit einer halben Stunde auf den Untersuchungsrichter.
Iwan hatte die Augen geschlossen. Er spürte schockähnliche Symptome und versuchte, durch konzentrierte Atmung Ruhe zu finden. Doch es gelang nicht. Von Anfang an hatte er gewusst, dass es ein unverzeihlicher Fehler war, nach Minsk zu fliegen. Aber die bohrende Unsicherheit über Yulias Liebesbeziehung zu Alexei, der sich vom einstigen Vertrauten zum Nazi entwickelt hatte, hatte ihn aus Moskau getrieben. Für den bevorstehenden Krieg brauchte er einen klaren Kopf. Es wäre das Beste gewesen, die Boeing über Belarus abschießen zu lassen. Jeder vernünftige Berater hätte ihm das geraten. Stattdessen hatte er nicht staatsmännisch, sondern wie ein kleiner verletzter Junge gehandelt. Immer wieder fiel er auf diese eine Schwachstelle herein. Doch dieses Mal hatte er sich selbst in die schlimmste Katastrophe seines Lebens manövriert. Er musste kein Hellseher sein, um zu ahnen, was

ihm bevorstand. Es war nichts anderes als das Jüngste Gericht über sein Leben. Nach einem viertel Jahrhundert ungestörter Machtausübung, des erfolgreichen Herrschens über sein russisches Volk, war er innerhalb von nur 45 Minuten aus seinem Leben gestürzt.

Er fühlte tiefe Angst und versuchte, das Zittern seines gesamten Körpers zu unterdrücken. Er wusste nicht einmal, wen er jetzt anrufen könnte. Von allen Vertrauten fiel ihm nur Kostja ein, aber ein Gespräch mit dem Verteidigungsminister und dem Generalstab in der fliegenden Kommandozentrale konnte er in dieser Umgebung nicht führen. Das musste als Erstes nach dem Treffen mit dem Untersuchungsrichter geschehen.

Yulia verbarg das Gesicht hinter ihren Händen. Durch Alexeis Verhalten war für sie eine Welt zusammengebrochen.

Marc ließ den Film der letzten Stunden ablaufen und fragte sich, was er hätte anders machen können. Er wusste es nicht, er war einfach nur froh, dass er die Boeing gelandet hatte und maßgeblich daran beteiligt war, den russischen Präsidenten in den Westen zu bringen. Er überlegte, wie und wo er am besten für einige Zeit abtauchen könnte und schrieb an Jelke, dass er und Tom in Vilnius seien, erläuterte das aber nicht. Sie musste die Einzelheiten jetzt nicht wissen. Jelke antwortete, dass sie mit Aishe noch im Bus unterwegs wäre. Er zeigte Tom die Nachricht, der kurz nickte.

Niemand fühlte sich in der Lage und schon gar nicht berufen, irgendetwas zu sagen. In der Ecke standen zwei bewaffnete Polizisten des Obersten Polizeikommissariat Vilnius, die niemanden aus den Augen ließen. Aus deren Sicht war hier jeder verdächtig, eine Straftat begangen zu haben.

Man hatte ihnen eine Kanne Kaffee hingestellt. Marc erhob sich und bot jedem eine Tasse ein. »Möchten Sie auch eine?«, fragte er den Präsidenten. Dieser antwortete leise auf Deutsch: »Ja bitte, mit Milch und ohne Zucker.«

Der Präsident dankte für den Kaffee und meinte: »Sehr schade für Sie Herr Anderson, dass die Ordensverleihung in Moskau ausfällt. Sie und Ihr Komplize haben sich von einem Helden zu einem Kriminellen entwickelt. Ich werde dafür sorgen, dass Sie beide viele Jahre über Ihr Verbrechen in einer Zelle nachdenken werden.«
Marc überhörte das. Vor ihm saß ein gefürchteter skrupelloser Machtpolitiker, der aber hier nichts anderes als eine bedauerliche schwache Person war. Marc hatte in Vilnius Alexei vor dem Attentat gefragt, warum er Iwan nicht direkt erschießen, sondern lebend in den Westen bringen wolle. »Die Dinge haben sich entwickelt, der schnelle Tod wäre zu einfach«, hatte der sibyllinisch geantwortet.
Marc konnte Alexei kaum einschätzen, außer dass er ein Pfundstyp im Cockpit und ein exzellenter Schütze war. Und er hatte eindeutig ein Verhältnis mit Iwans Partnerin. Vielleicht wollte er mit der Entführung auf diese Weise Fakten in seinem Sinne schaffen. Doch um welchen Preis? Die Dinge würden sich klären.
Tom dachte, dass er von der Szene ein Video machen sollte, es wäre der virale Hit. Er griff nach dem Handy, aber Marc schüttelte warnend den Kopf. Also steckte Tom es wieder ein. »Mit meinen geilen Motiven habe ich einfach kein Glück«, dachte er.
Der Untersuchungsrichter erschien, stellte sich vor, kündigte eine Befragung jedes einzelnen an, und bat den mutmaßlichen russischen Präsidenten ihn in einen anderen Raum zu begleiten.
»Sie sind Herr Iwan Pavlenko?«, fragte der Untersuchungsrichter auf Russisch.
»Das ist wohl unverkennbar«, antwortete der Präsident.
»Nun, ich möchte sichergehen, dass hier nicht einer Ihrer Doppelgänger sitzt. Bitte nennen Sie mir Ihre Anschrift und

Ihr Geburtsdatum. Sie können mir auch gern Ihren Ausweis geben.«

»Anschrift: Ilynka Street 23, 1033132 Moscow. Geboren: 6.11.1953. Ich reise grundsätzlich ohne Ausweis.«

Offensichtlich hatte er mit der Frage keine Probleme. Als Vernehmungsoffizier beim KGB begann jede Ansprache genauso. Nachdem der Untersuchungsrichter die Daten gewissenhaft mit seinen eigenen verglichen hatte, sah er Iwan bedeutungsvoll an.

»Wie Sie wissen, Herr Präsident, hat der Internationale Strafgerichtshof einen Haftbefehl gegen Sie erlassen. Ihnen wird vorgeworfen, für Kriegsverbrechen in der Ukraine verantwortlich zu sein. Es gibt begründeten Anlass zur Annahme, dass Sie die strafrechtliche Verantwortung für bestimmte Verbrechen tragen, die Sie entweder direkt begangen oder durch mangelnde Kontrolle nicht verhindert haben. Hiermit überreiche ich Ihnen den Haftbefehl. Bitte lesen Sie.«

Der russische Präsident überflog den in russischer Sprache gefassten Text und sagte: »Unabhängig davon, dass ich diesen Haftbefehl in der Sache als unbegründet zurückweise, sollten Sie realisieren, dass Russland den Internationalen Strafgerichtshof nicht anerkennt. Was Sie hier veranstalten, ist eine Farce. Ich möchte sofort meinen Stellvertreter im Kreml sprechen. Dann ist das hier ganz schnell beendet.«

»Die Angelegenheit ist komplizierter als Sie denken, Herr Präsident. Über die Richtigkeit der Anklage wird nicht hier entschieden. Aber wir sind verpflichtet, den internationalen Haftbefehl gegen Sie in diesem Augenblick zu vollstrecken, da Litauen den Internationalen Strafgerichtshof anerkannt hat. Wenn wir Sie nicht ausliefern, macht sich Litauen strafbar. Unser Präsident hat entschieden, dass wir unsere Verpflichtung einhalten. Alles Weitere können Sie in Den Haag vortragen. Gehen Sie davon aus, dass dort sehr sorgfältig geprüft und entschieden wird.«

Iwan schaute ihn verblüfft an. »Ich werde mich von Ihnen nicht festnehmen lassen und erst recht nicht nach Den Haag reisen. Die Vorstellung ist beendet.«
Er stand auf, um den Raum zu verlassen, doch beiden Polizisten versperrten ihm den Weg.
»Wie können Sie es wagen, sich dem Präsidenten der Russischen Föderation in den Weg zu stellen! Verschwinden Sie, sonst werden Sie es bereuen!«, rief er empört.
Der Untersuchungsrichter erhob sich ebenfalls. »Herr Präsident, ich bitte Sie im eigenen Interesse, keinen Widerstand gegen die Vollstreckung des Haftbefehls zu leisten. Andernfalls sehe ich mich gezwungen, Ihnen Handschellen anlegen zu lassen. Legen Sie bitte alle Gegenstände aus Ihren Taschen auf den Tisch.«
»Das werden Sie furchtbar bedauern. Was Sie hier veranstalten, ist eine Geiselnahme durch litauische Organe nach einer Entführung unter Beteiligung westlicher Nazis!«
Trotzdem legte Iwan seine Wertgegenstände ab. Eine Geldbörse und einen Notizblock. »Das Handy bleibt bei mir. Ich habe zu telefonieren.«
»Das kann ich Ihnen leider nicht gestatten, Herr Präsident. Aber ich werde mich dafür einsetzen, dass Sie mit einem Festapparat in meiner Gegenwart telefonieren dürfen, wenn Sie das wünschen. Versprechen kann ich das jedoch nicht.«
Der russische Präsident wurde fahl im Gesicht, sperrte das Handy und legte es auf den Tisch. Diese absolute Machtlosigkeit war unerträglich.
»Ich brauche eine Toilette«, sagte er plötzlich.
Der Untersuchungsrichter sprach eingehend mit den beiden Polizisten und stellte sie zur Begleitung ab. Diese Unterbrechung gefiel ihm ganz und gar nicht. Er dachte daran, dass in Nazi-Deutschland die hochrangigen Gefolgsleute von Hitler Zyankali im Mund geparkt hatten, um sich jederzeit das

Leben nehmen zu können. Er hoffte, dass Iwan Pavlenko dieses Entführungsszenario nicht einkalkuliert hatte und von der Situation so überfahren worden war, wie sie alle. Der litauische Ministerpräsident hatte zunächst erwogen, dem russischen Präsidenten im persönlichen Gespräch eine faire Behandlung in seinem Land zu garantieren, aber die Absicht dann fallen gelassen. Die administrativen Ebenen sollten das regeln. Außerdem überschlugen sich die Anfragen anderer Staatschefs, die mehr Informationen wollten, ihn beglückwünschten, aber auch warnten, dass die Russen versuchen könnten, ihren Präsidenten gewaltsam aus Vilnius zurückzuholen. Iwan Pavlenko musste so schnell wie möglich aus Litauen verschwinden.

Endlich kehrte der Besucher zurück.

»Herr Präsident, hier ist das Protokoll über Ihre Verhaftung. Wenn Sie bitte unterschreiben würden.«

Es waren nur wenige Zeilen, die seine Identität und die Kenntnisnahme des Haftbefehls bestätigten und dass er korrekt behandelt worden war.

»Ich werde nichts unterschreiben.«

»Wie Sie wünschen, Herr Präsident. Ich nehme das zu Protokoll. Ihre Verweigerung ändert nichts an der Maßnahme. Wir werden Ihnen nun aus Sicherheitsgründen Handschellen anlegen. Bitte lassen Sie das zu.«

Iwan ließ es über sich ergehen.

»Sie werden heute Nacht nach Den Haag überführt. Vorher haben Sie noch die Möglichkeit, sich von Ihren Begleitern zu verabschieden. Möchten Sie das?«

Iwan Pavlenko nickte. Es machte keinen Sinn, hier weiter Widerstand zu leisten. Das Unfassbare war eingetreten. Er hatte diesen Haftbefehl seit seiner Veröffentlichung als lächerlich abgetan. Dennoch hatte er seine Reisepläne danach ausgerichtet und kein Land mehr bereist, das den Internationalen Strafgerichtshof anerkannte. Seine Anwesenheit in Den Haag

galt weltweit als ausgeschlossen. Dass dies nun geschehen würde, war einer einzigen Person zu verdanken.
»Zuerst Alexei Sokolow zu mir«, sagte er in einem Befehlston. Er stützte seine Hände in den Kopf und erhob ihn erst, als Alexei vor ihm stand.
»Ich möchte mit ihm allein sein.«
»Das ist leider nicht möglich. Die beiden Polizisten und ich werden hier im Raum bleiben.«
Alexei setzte sich ihm gegenüber.
»Es tut mir leid, dich so zu sehen, aber es ist die humanste Lösung von allen«, sagte Alexei.
»Human nennst du das, du Verbrecher? Hat es dir nicht gereicht, mich mit Yulia zu betrügen? Warum willst du nun auch den russischen Präsidenten zu Fall bringen, der einmal dein Freund und Förderer war? Du bist durch mich groß geworden, ohne mich wärest du ein Nichts!«
»Erstens, Iwan. Deine Lebenspartnerin hat sich von dir abgewendet. Das war ihre freie persönliche Entscheidung. Zweitens spielt es keine Rolle, wie ich groß geworden bin. Ich habe lange Zeit an dich geglaubt, bis du in deinem Größenwahn begonnen hast, deine eigene Sowjetunion aufzubauen. Wie konntest du so abdriften? Wie konntest du dir einbilden, in die Fußstapfen von Peter dem Großen zu treten? In welcher Welt lebst du? Aber der menschenverachtende Angriffskrieg gegen die Ukraine ist der Gipfel deines Irrsinns. Du treibst Hunderttausende Menschen in den Tod und riskierst den politischen und wirtschaftlichen Zerfall Russlands. Das werde ich nicht zulassen. Der Plan für die Zeit nach dir steht bereits. Du kannst froh sein, dass du hier bist und lebst.«
Iwan war fassungslos. Er stierte Alexei an. Was hatte er da gerade gehört? Er erkannte hinter Alexeis Verhalten einen lang geplanten Umsturzversuch. Wie konnte das so lange unbemerkt bleiben? Wer im Kreml steckte mit ihm unter

einer Decke? Oder war das nur ein Bluff von Alexei? Nein, das war kein Bluff.
Er reagierte kühl wie immer, wenn er noch einen Trumpf im Ärmel hatte.
»Sehr interessant, dein Plan. Du bist zu spät. Du wirst es morgen erleben, sofern du es noch erlebst.«
Der Satz alarmierte Alexei. Sollte morgen der Entscheidungstag für den Krieg sein? War das der eigentliche Grund, warum Iwan die Oligarchen nach Moskau beordert hatte?
Iwan setzte nach: »Arbeitest du allein oder wirst du von Washington bezahlt?«
Alexei beugte sich über den Tisch, was die Beobachter sofort nervös machte.
»Du möchtest wissen, ob ich bezahlt werde? Du verstehst es einfach nicht, mein Lieber! Ich kämpfe für ein Russland ohne Angst vor dem Kreml und all seinen Schergen. Ich kämpfe für ein neues Justizsystem, für ein modernes Land mit demokratischen Rechten und einer möglichst freien Marktwirtschaft. Du denkst wie ein Zar, Iwan. Du willst absolute Macht und gefügige Untertanen. Ich möchte als ordentlich gewählter Präsident irgendwann freie russische Bürger in einem freien Russland sehen und wäre bereit, meinen Reichtum und sogar mein Leben für den Sturz eines Tyrannen zu opfern, um das zu erreichen.«
Während Alexei dieses langsam Wort für Wort sagte, begannen Iwans Hände zu zittern. Sein ganzer Körper bebte, als ob der Verrat seines Gegenübers nun jede einzelne Zelle erreichte. Er sah ihn voller Hass an.
»Du wirst das nicht überleben. Mütterchen Russland vergisst nie! Du und deine Kinder sind jetzt schon tot. Geh zur Hölle, Alexei Sokolow!«
Er streckte ihm drohend seine gefesselten und zur Faust geballten Hände entgegen. Alexei stand auf. Er hatte das Gefühl,

noch etwas Tröstliches sagen zu müssen. Aber es gab nichts mehr zu sagen.
Im Flur begegnete er Yulia. Sie ging wortlos an ihm vorbei und trat in Iwans Zimmer. Langsam setzte sie sich ihm gegenüber. Iwans Anblick in Handschellen schockierte sie. Erst jetzt begriff sie die Tragödie vollständig. Der russische Präsident gefangen in einem EU-Land. Das ging entschieden zu weit! Das musste rückgängig gemacht werden! Es konnte auch nicht im Sinne von Alexei gewesen sein.
»Hast du gewusst, dass dein Liebhaber seit Langem meinen Sturz plant?«
Die Frage machte sie noch fassungsloser.
»Wie bitte? Alexei – dich stürzen? Das ist doch Unsinn! Er wollte dein Nachfolger werden, und zwar mit deiner Unterstützung. Ich kenne keine Umsturzpläne!«
»Er hat es gerade bestätigt. Er wollte mich sogar umbringen und ist der Auffassung, dass dieses hier die bessere Lösung für mich sei.«
Yulia legte entsetzt eine Hand auf ihr Herz. »Ich schwöre dir Iwan, das ist neu für mich!«
Jetzt flüsterte er leise in ihr Ohr.
»Tu mir einen Gefallen. Rufe sofort Kostja an, sag ihm, was passiert ist. Sag ihm, unsere große Operation wird verschoben, bis ich zurück bin. Kostja soll mich hier rausholen, bevor sie mich heute Nacht nach Den Haag bringen. Warne ihn vor Alexei! Er ist ein vom Westen gesteuerter Nazi und ein Feind Russlands!«
»Ich werde ihn anrufen«, flüsterte sie zurück. »Ich will nicht, dass du nach Den Haag kommst. Du gehörst nach Moskau. Vielleicht kannst du mit Alexei einen neuen Weg finden. Ihr wart doch Freunde.«
Ihre Worte rührten ihn. Da schwang etwas mit, was an schöne Zeiten erinnerte. Er sah sie intensiv, fast bittend an.

»Angenommen, ich könnte dir verzeihen, meinst du, dass wir wieder eine Familie werden könnten?«
Sie zögerte, war versucht angesichts der schrecklichen Situation zu lügen, aber entschloss sich zur Wahrheit.
»Nein, Iwan, es tut mir wirklich leid, das noch einmal zu sagen. Es war nicht der Schlag im Hubschrauber. Es ist unsere Entfremdung. Ich liebe dich nicht mehr. Es ist schon lange vorbei. Wir sollten uns jetzt auf unsere Kinder konzentrieren. Sie werden immer auch deine Kinder sein.«
Iwan sank kraftlos im Stuhl zusammen.
Der Untersuchungsrichter nahm eine Nachricht entgegen und sagte: »Es tut mir leid, Herr Präsident, ich muss die Unterhaltung leider abbrechen. Draußen wartet die Maschine nach Den Haag auf Sie.«
»Das geht nicht! Ich bin weder reisebereit noch reisefähig. Nach den Strapazen der letzten Stunden ist das unzumutbar!«
»Ich kann das nachvollziehen, Herr Präsident. Deswegen wird Sie auch ein Arzt untersuchen, bevor Sie in die Maschine steigen. Er wird Sie auch bis zum Zielort begleiten.«
Yulia sah ihn hilflos an. Er tat ihr unendlich leid. »Darf ich mich von meinem Mann verabschieden, Herr Untersuchungsrichter?«, fragte sie. Der nickte in stummem Einverständnis.
Sie umarmte den gefesselten Iwan lange. Beide fühlten die furchtbare Ungewissheit der Zukunft.
»Küsse Boris und Igor von mir. Sag ihnen, dass ich sie liebe«, flüsterte er mit weggeblinzelten Tränen in ihr Ohr. »Und dich auch, Yulia.«
Dann wandte er sich abrupt an den Untersuchungsrichter: »Führen Sie mich zu dem Arzt. Ich benötige Medikamente.«

Auch die anderen Personen wurden befragt. Gegen die beiden deutschen Männer lagen keine strafrechtlich relevanten Erkenntnisse vor, ebenso wenig gegen Yulia. Sie besaß eine

doppelte Staatsbürgerschaft von Monaco und Russland. In ihren Papieren war nicht vermerkt, dass sie mit Iwan Pavlenko verheiratet war. Der Fall Alexei war aufgrund der US-Sanktionen komplizierter, aber nach Rücksprache mit den USA durfte er nicht festgehalten werden.
Alle konnten reisen, wohin sie wollten.
Yulia hatte wie versprochen den Verteidigungsminister informiert, der jedoch sofort klargemacht hatte, dass es aussichtslos sei, Iwan jetzt oder später gewaltsam aus dem Westen zu befreien. Der juristische Weg wäre nun die einzige Möglichkeit. Er wolle sich sofort mit Iwan in Verbindung setzen, sobald der in Den Haag sei. Bezüglich Alexei wollte er sich selbst eine Meinung nach dessen Ankunft in Moskau bilden.

Wir sind da, textete Jelke. Alexei umarmte Marc und Tom. »Ich werde euch das nie vergessen, danke von Herzen! Sehe ich euch trotzdem in Moskau, wenn sich alles beruhigt hat?«
»Wiedersehen gern, aber nicht in Moskau«, meinte Marc.
»Das wäre auch schön, bis dahin viel Glück!«
»Können wir gebrauchen, Alexei. Immerhin waren wir an der Entführung des Präsidenten der Russischen Föderation beteiligt. Das Ergebnis wird viele Menschen freuen und Juristen interessieren.«
»Macht euch keine Sorgen, es war meine Entführung, nicht eure und keiner von euch hat geschossen«, sagte Alexei.
»Ich werde aussagen, dass die Boeing ohne deine Hilfe nicht gelandet wäre«, antwortete Marc.
»Und ich lege in den Papieren Wert darauf, dass ich Iwan eine gelangt habe«, ergänzte Tom.
»Das war völlig unnötig, Tom«, sagte Yulia zornig. »Warum musstest du ihm wehtun, warum immer diese Gewalt?«
»Du weißt wirklich nicht, mit welcher Gewalt dein Iwan unterwegs ist?«, fragte Tom.

»Ja«, sagte sie leise. »Ich habe davon gehört. Aber Gewalt gegen Gewalt ist keine Lösung. Ihr werdet sehen, wohin diese Situation jetzt führt. Danke trotzdem auch von mir. Es waren schreckliche Stunden. Ohne euch wäre ich tot.«
Sie gab ihnen die Hand. Dann verschwanden die beiden Deutschen.

Yulia stand mit Alexei allein in der Halle. Endlich hatte er sie für sich. Kein Wussow, kein Iwan. Er versuchte, sie an sich zu ziehen, aber sie wich zurück.
»Was ist mit dir, Yulia?«
»Sag mir nur eines, Alexei. Wie lange planst du schon den Sturz von Iwan?«
Er war erleichtert über diese Frage, denn die Geheimniskrämerei hatte ihn schon zu lange belastet. Es war Zeit, die ganze Wahrheit zu sagen.
»Seit über einem Jahr, seit dem Krieg gegen die Ukraine, genau gesagt.«
»Hättest du auch seinen Tod in Kauf genommen?«
»Ich hätte ihn morgen getötet.«
Sie wich noch weiter zurück.
»Das sagst du mir einfach so ins Gesicht, Alexei? Von Gewalt war nie die Rede! Ich wollte eine gemeinsame Zukunft mit dir in einem veränderten Russland! Aber nicht auf der Grundlage eines Mordes, schon gar nicht am Vater meiner beiden Kinder ...«
»... der ein kaltherziger Zar ist und Hunderttausende auf dem Gewissen hat. Das weißt du selbst, Yulia!«
»Und du weißt, dass für Iwan der Strafprozess in Den Haag schlimmer ist als der Tod. Es ist ein langsamer Tod. Und für Russland ist es eine furchtbare Erniedrigung, eine Katastrophe. Wie konntest du das nur tun?«
»Das war auch nicht der Plan. Du weißt genau, dass er mich töten wollte. Ich habe dein Gesicht gesehen. Vielleicht hätte

er es schon im Helikopter getan, vielleicht erst in Moskau. Ich kenne ihn gut. Er kam allein aus Rache getrieben nach Minsk. Ich hätte ihn dort auch töten können, genauso wie seine vier Soldaten. Aber für das neue Russland ist das die bessere Lösung.«
»Wie hättest du ihn morgen getötet?«
»Mit einem Gift, es hätte sofort gewirkt. Er hätte keine Schmerzen verspürt.«
»Du hättest natürlich irgendwann Boris und Igor gesagt, dass du ihren Vater getötet hast.«
Er schwieg. Dann meinte er. »Ich habe ihn nicht getötet und darüber bin ich froh.«
»Aber du wolltest es! Ich dachte, nur Iwan hätte sich zu einem Monster entwickelt. Du bist genauso schlimm, Alexei Sokolow!«
»Bitte überlege, was du da sagst, Yulia!«
»Ich muss nichts mehr überlegen. Für uns beide ist die beste Lösung, dass wir unsere Beziehung beenden. Du hast mich ein Jahr betrogen. Zwischen Liebenden gibt es keine Geheimnisse.«
»Stopp, bitte, Yulia! Kannst du dir vorstellen, dass ich dich schützen wollte? Ich bewege mich hier auf einem sehr schmalen Grat. Ich riskiere, dass ich morgen bei meiner Ankunft in Moskau verhaftet werde. Wärest du Mitwisserin, würde das auch für dich gelten.«
»Ich danke dir für deine Fürsorge. Doch du hast mich nicht verstanden. Wir waren offensichtlich nur auf dem Schiff und im Bett ein Team. Ich verlange mehr von dem Mann meiner Träume.«
Alexei fand keine Worte, um sie wieder positiv zu stimmen. Er sah, dass sie im Begriff war, zu gehen.
»Bitte, Yulia, trenne unsere Liebe von der Politik. Mein Jet wird gleich hier sein. Bitte fliege mit mir nach Moskau. Wir könnten in Helsinki zwischenlanden und Boris und Igor mit-

nehmen. Ich werde für dich sorgen, ich werde dich lieben, ein Leben lang.«

»Nein, danke. Ich komme selbst zurecht.«

Dann ging sie zu den Taxen.

Er sah ihr nach. Sie drehte sich nicht mehr um.

»Sie wird sich das überlegen, hoffentlich«, dachte Alexei. Jetzt musste er erst einmal auf den Weg bringen, was er so lange vorbereitet hatte. Er nahm sein Smartphone und kündigte mit dem Kennwort *Operation Direktor* die Machtübernahme für morgen 11:00 Uhr an – sofern man ihn nicht festnehmen würde.

Noch bevor Alexeis Privatjet einflog, saß der russische Präsident in einem Militärtransporter der deutschen Luftwaffe vom Typ Airbus A400M und wurde auf dem Weg zum Internationalen Strafgerichtshof in Den Haag von einem Arzt, Spezialkräften der deutschen GSG-9 und von zwei F-16-Kampfflugzeugen der Königlichen Luftstreitkräfte der Niederlande begleitet. Doch das nahm er unter dem Einfluss der Beruhigungstablette nur noch verschwommen wahr.

KAPITEL 42

Über den Kreml fegte an diesem Morgen ein kalter Wind. Viele Menschen verzichteten aber nicht deswegen darauf, ihren Geschäften nachzugehen. Sie blieben zu Hause vor den Fernsehern. In der Nacht hatten sich unglaubliche Nachrichten im Internet überschlagen. Die staatlichen Medien sendeten belanglose Dinge, die Niemanden interessierten. Doch für 11:00 Uhr war eine Sondersendung angekündigt. In Russland und in der gesamten Welt warteten die Menschen gebannt auf die offizielle Erklärung. Eine einzige Frage lag in der Luft: Was war mit Iwan Pavlenko geschehen?

Pünktlich um 11:00 Uhr las die bekannte Moderatorin mit unbewegtem Gesicht und monotoner Stimme den Pressetext vor:
Der Präsident der Russischen Föderation, Iwan Pavlenko, wurde in der letzten Nacht von vermutlich pro-ukrainischen Separatisten in Minsk entführt, gewaltsam nach Vilnius verschleppt und an die dortigen Behörden übergeben. Er befindet sich derzeit in Gewahrsam des Internationalen Strafgerichtshofes in Den Haag. Der Premierminister hat kommissarisch die Regierungsgeschäfte übernommen und den Internationalen Strafgerichtshof aufgefordert, Iwan Pavlenko unverzüglich freizugeben. Der Premierminister hat für 15:00 Uhr eine Ansprache angekündigt.
Im Kaufhaus GUM in Moskau herrschte ungewohnte Stille, die wenigen Menschen gingen leise fort. Nur einige zeigten ihre Freude, indem sie den Daumen hoben. In Kiew und anderen großen Städten der Ukraine brach ein unbeschreib-

licher Jubel aus. Die Menschen tanzten auf den Straßen und feierten die Nachricht der Festnahme von Iwan Pavlenko.
Die Reaktion in Odessa, auf der Krim und in den Oblasten Luhansk und Donezk war verhalten, ebenso in den russlandfreundlichen Regionen der Welt.
Die westliche Welt reagierte hocherfreut, obwohl die Nachrichtenlage noch dünn war. Die Politiker suchten nach der richtigen Position. Die üblichen Experten mussten die Lücke füllen. Es wurde spekuliert, dass es noch schlimmer kommen könnte, wenn die Hardliner übernehmen würden oder dass der Krieg in der Ukraine ab heute vorbei sei. Ein besonders kluger Kopf behauptete, dass alles nur ein Fake sei und die Welt auf den Betrug eines Doppelgängers hereingefallen sei. Das führte zu wilden Verschwörungsdiskussionen in den sozialen Medien.
Wirtschaftsbosse der europäischen Rüstungsindustrie spekulierten über einen neuen Handel mit Russland. Anfragen der Bosse bei befreundeten Politikern, ob nun wieder eine Zeitenwende anstände, blieben ergebnislos.

Die Washington Post hatte bereits um 8:00 Uhr mitteleuropäischer Zeit eine Liste potenzieller Nachfolger veröffentlicht. Kryptos verzichtete dieses Mal auf den vergleichsweise langweiligen Leitartikel, konzentrierte sich auf die Namensliste und genoss Olgas Blowjob mit lautem Stöhnen, was sie überrascht aufschauen ließ und veranlasste, alles zu geben. Die *Post* mutmaßte, dass der Premierminister, der Vorsitzende des Föderationsrates oder der Duma-Vorsitzende in Frage kämen.
»Etwas langsamer, Olga«, bat er, denn die Namensliste war lang.
Der Verteidigungsminister,
Der Chef des Inlandgeheimdienstes,
Der Chef einer Privatarmee,

Der Bürgermeister von Moskau,
Der Gouverneur von Tula,
Der Vorsitzende von Rosneft, zugleich ein Oligarch und Vertrauter des inhaftierten Präsidenten, wurden genannt.
»Knapp verfehlt«, dachte Kryptos. Er stöhnte laut ein letztes Mal, klappte die Zeitung zu und legte sie auf das Sideboard.
»Danke, Olga.«
Kryptos war in jeder Hinsicht zufrieden. Alle Medien und Experten vereinte, dass sie nichts wussten.
In einer Stunde würde er an diesem 15. März beim Präsidenten sein und in einem Vier-Augen-Gespräch vergattert werden, mit niemandem über die konspirative Zusammenarbeit mit dem künftigen Führer Russlands zu reden. Bei einem Whiskey aus seinem Resolute Desk.

****

Alexei Sokolow saß mit den acht Oligarchen und dem Premierminister, dem wichtigsten Kreml-Mitwisser der *Operation Direktor*, zusammen. Niemand war in dieser brandgefährlichen Situation euphorisch. Alexei startete.
»Bevor die Situation international außer Kontrolle gerät, werden wir gemäß Plan sofort deeskalieren. Hier sind unsere beschlossenen Maßnahmen:
Erstens:
Information der NATO, dass alle militärischen Aktivitäten zu Land, zu Wasser, in der Luft, im Weltraum und im Cyber-Raum zurückgefahren werden. Niemand muss befürchten, dass es grenzüberschreitende militärische Maßnahmen durch russische Streitkräfte gibt.
Zweitens:
Waffenstillstand in den Kampfgebieten der Ukraine ab übermorgen 18:00 Uhr, vorbereitet durch ein Freundschafts-

treffen zwischen dem Premierminister und dem ukrainischen Präsidenten.
Drittens:
Gemeinsame Beauftragung der UN, den Waffenstillstand mit dem Ziel eines Friedensvertrags auszuhandeln.
Viertens:
Warnung an die USA, NATO und die Europäische Union, diese schwierige Übergangsphase in ein neues Russland nicht auszunutzen, sondern weise und vorausschauend zu nutzen, um eine kooperative Zukunft zu gestalten.«
Danach beschloss die Gruppe nationale vertrauensbildende Maßnahmen mit dem vorrangigen Ziel, Unruhen in der Bevölkerung entgegenzuwirken, insbesondere durch finanzielle Zuwendungen.

Der Verteidigungsminister Konstantin Sorokin gehörte nicht zu dem geladenen Kreis des neuen Machtzirkels. Er hatte als letzter die fliegende Operationszentrale verlassen und sich in das Büro seines langjährigen Weggefährten Iwan begeben. Er setzte sich vor dessen Schreibtisch und legte seine fristlose Kündigung darauf.
Er dachte an das letzte Gespräch, in dem ihm Iwan so verändert erschienen war. Ob er geahnt hatte, dass seine Uhr geschlagen hatte?
Die frühe Entscheidung gegen Alexei als Nachfolger aus persönlichen Gründen war absolut richtig, wie sich jetzt so tragisch gezeigt hatte, zumal auch Kostja kein Freund von Alexei und dieser westlich orientierten Oligarchen war, die jetzt so uneigennützig auftraten, aber selbstverständlich unverändert von ihren Eigeninteressen gesteuert waren. Nämlich Macht und Reichtum nur unter einem anderen Deckmantel zu erweitern, in schönster russischer Tradition. Es war nur eine Frage der Zeit, bis diese Scheinheiligkeit aufbrach.

Er hatte Russland einen letzten Dienst erwiesen, indem er die Informationen von Yulia über die wahren Vorgänge in Minsk, insbesondere über das verbrecherische Tun von Alexei Sokolow nicht weitergegeben hatte. Russland brauchte jetzt in der Übergangsphase dringend Stabilität.
Kostja ging zum Schrank, in dem das Silbertablett mit der Wodka-Flasche stand. Er goss zwei Gläser ein, trank das erste in einem Zug aus und das zweite stellvertretend für sein abwesendes Gegenüber. Dann zog er Iwans Zettel aus seiner Tasche, auf dem der Name des Nachfolgers gekritzelt war – Iwans Tochter aus der geschiedenen Ehe. Er zerriss den Zettel, ging zur Tür, zögerte, kehrte zum Schreibtisch zurück und griff nach der Figur von Peter dem Großen. Eine Pavlenko-Dynastie durfte es auf keinen Fall geben.

KAPITEL 43

Moskau hatte Iwan Pavlenko schon nach zwei Tagen Untersuchungshaft den besten Strafverteidiger des Landes geschickt. Dimitri Strassow, ein Urenkel aus einer berühmten Petersburger Juristendynastie, war zudem Experte für das Völkerrecht. Aber er kannte Iwan nicht persönlich. Iwan bestand darauf, dass ihm ein zweiter Experte zur Verfügung gestellt würde. Zur Verwunderung in Moskau hatte er sich für einen, ihm persönlich bekannten Berliner Anwalt mit französischen Wurzeln entschieden. François Lavalliere hatte bereits Iwans obersten Getreuen auf der Krim vertreten, der vom ukrainischen Inlandsgeheimdienst SBU verhaftet worden war. François Lavalliere galt nicht nur als brillant und erfolgreich, sondern war auch politisch im Westen und in Russland bestens vernetzt.

Die drei saßen unbeobachtet in einem wohnzimmerähnlichen Raum. Iwan wirkte überraschend gefasst. Es schien, als habe er bereits einen Plan. Doch zunächst wollte er die aktuelle Situation in Moskau erfahren.

»Der Premierminister hat übernommen«, antwortete Dmitri Strassow. »Da Sie vorläufig nicht mehr das Amt ausüben können, ist damit zu rechnen, dass er gemäß Verfassung innerhalb von drei Monaten Neuwahlen veranlassen wird.«

»Auf welcher Seite steht er?«, fragte Iwan. Nachdem Strassow zögerte, antwortete überraschenderweise der deutsche Strafverteidiger: »Ich fürchte, nicht auf Ihrer Seite, Herr Präsident. Er gehört zum Verschwörungszirkel von Alexei Sokolow, der daran interessiert sein dürfte, dass Sie hier nicht mehr herauskommen.«

»Dieser verdammte Nazi-Verräter«, murmelte Iwan.

Die beiden Anwälte schwiegen.
»Bevor wir starten, würde ich gern die Einzelheiten der Vorgänge in Minsk und Vilnius erfahren«, sagte der Berliner Anwalt und untermauerte damit seine angestrebte Führungsrolle in der Beratung. Dimitri Strassow sah er zum ersten Mal und konnte nicht ausschließen, dass Moskau jemanden geschickt hatte, der die Interessen der neuen Führung, aber nicht des Inhaftierten wahrnehmen würde.
Iwan Pavlenko berichtete von den Morden an den vier russischen Spezialkräften durch Alexei Sokolow und die Entführung im Präsidentenhubschrauber mit Hilfe des deutschen Marc Anderson und seinem Komplizen, der Tom genannt wurde und der ihn in Gegenwart seiner Lebenspartnerin bewusstlos geschlagen hatte. Außerdem berichtete er über seine durch Sokolow beabsichtigte Ermordung als Voraussetzung für die Machtübernahme.
»Wurden Sie in Vilnius fair behandelt?«, fragte der russische Strafverteidiger. Der Berliner Anwalt wusste bei dieser Frage, dass der russische Kollege nach Formfehlern bei der Inhaftierung suchte.
Iwan reagierte gereizt: »Der Untersuchungsrichter hat mir den Haftbefehl gezeigt, der mich nicht interessierte. Ich habe ihm bereits gesagt, dass man mich nicht festhalten darf. Dieses Gericht hat keine Zuständigkeit über russische Staatsbürger.«
»Das sehen wir auch so, Herr Präsident«, antwortete der deutsche Anwalt. »Aber da Sie nun leider einmal hierhin verschleppt worden sind, haben wir eine Rechtslage, die mit der Nichtanerkennung des Gerichtes nichts zu tun hat.«
»Welche Rechtslage?«, fragte der inhaftierte Präsident unwirsch.
»Dieses Gericht verfolgt Straftaten wie Verbrechen gegen die Menschlichkeit, Völkermord und Kriegsverbrechen zwi-

schen mehreren Staaten und innerhalb einzelner Staaten. Der Nachweis schon einer einzelnen Straftat reicht für eine Verurteilung. In Ihrem Fall geht es um die Verschleppung von Menschen aus der Ukraine.«

Er zitierte die Einzelheiten aus dem Haftbefehl.

»Das ist doch lächerlich und auch der Nachweis fehlt, mir so etwas anzulasten, François!«

»Genau das ist der Haftgrund, Herr Präsident. Durch Ihre Befragung, durch Zeugenvernehmungen und durch digitale Quellen soll ermittelt werden, ob der Haftgrund ausreicht. Es ist sehr wohl möglich, dass Beweise an Ihrer persönlichen Mitwirkung nicht erbracht werden können. Unser Job ist es, Ihre Mitschuld einhundertprozentig auszuschließen.«

»Noch einmal, meine Herren. Die können hier ermitteln, wie und was sie wollen. Das interessiert mich nicht! Es ist illegal, mich hier festzuhalten! Was kann man machen, damit dieses hier schnell beendet wird?«

Dimitri griff ein: »Es gibt eine Möglichkeit. Dieser Gerichtshof kann nur eine Tat verfolgen, wenn eine nationale Strafverfolgung nicht gegeben ist. Man müsste also in Russland ein Strafverfahren gegen Sie eröffnen. Nur dann besteht formell eine Chance, dass Sie hier zeitnah herauskommen.«

»Das ist doch vollkommen unrealistisch, Dimitri. Niemals wird die russische Justiz gegen mich vorgehen! Außerdem glaube ich, dass es hier um ein ganz anderes Thema geht. Man will mich wegen der Spezialoperation gegen die Ukraine verurteilen.«

»Das wiederum wird nicht funktionieren, Herr Präsident«, antwortete der russische Anwalt. »Dieses Gericht kann das Verbrechen der Aggression nur verfolgen, wenn Russland das Statut des Internationalen Strafgerichtshofs ratifiziert hätte, was bekanntlich nicht der Fall ist. Umgangen werden könnte das, indem der UN-Sicherheitsrat den Internationalen Strafgerichtshof mit der strafrechtlichen Verfolgung beauftragt.«

»Was Russland als ständiges Mitglied jedoch mit seinem Vetorecht blockieren würde«, antwortete Iwan. »Wie sind also die Chancen, hier schnell herauszukommen?«
»Ich will offen sein, Herr Präsident«, griff François ein. »Der Westen hätte nie im Traum daran gedacht, Sie hier auf der Anklagebank zu sehen. Für den Westen ist Ihre Anwesenheit, auch wenn sie einer schrecklichen Entführung geschuldet ist, ein unverhofftes Geschenk. Man wird jetzt alles tun, um Ihnen weitere Verbrechen anzulasten. Die Vorbereitungen dafür liefen bereits in den letzten Monaten auf Hochtouren. Überall in der Ukraine werden Beweise zu Ihrem Nachteil gesammelt. Das alles braucht Zeit, sehr viel Zeit.«
»Diese Hexenjagd ist mir bekannt, sie führt doch ins Nichts«, antwortete der Präsident.
Der russische Kollege schaltete sich ein.
»Das wird auch so sein, Herr Präsident, sofern die Gegenseite kein Beweisstück zu Ihrem Nachteil vorlegen kann. Haben Sie jemals irgendetwas unterschrieben oder einen mündlichen Befehl gegeben, dessen Folge sie unter völkerrechtlichen Gesichtspunkten persönlich zu verantworten hätten?«
»Was meinen Sie?«
»Zum Beispiel einen Angriff auf Wohnhäuser, Krankenhäuser, Kindergärten oder Theater. Vergewaltigungen, Hinrichtungen oder die Tötung von Kriegsgefangenen?«
»Natürlich nicht. Ich bin doch kein Idiot! Wenn es so etwas gegeben hätte, entzieht sich das meiner Kenntnis. Die Durchführung der Spezialoperation liegt ausschließlich bei den Militärs.«
»Es gibt leider noch eine ungünstige Nachricht, Herr Präsident«, sagte der Berliner Anwalt.
»Welche?«, fragte Iwan.
»Während der Ermittlungen hier in Den Haag, wird hier am selben Ort bei der EU-Behörde *Eurojust* ein Sondertribunal geschaffen, das ähnlich agiert wie der Nürnberger Prozess.«

Iwan wurde fahl im Gesicht. Er ahnte, was sein Anwalt jetzt erläutern würde.
»Dieses Tribunal baut in Abstimmung mit der Ukraine eine zentrale Datenbank für Beweise zu Kriegsverbrechen, Verbrechen gegen die Menschlichkeit und Völkermord auf. Das Tribunal hat mit dem Internationalen Strafgerichtshof nichts zu tun. Die rechtliche Ahndung erkannter Verbrechen wird lediglich in ein neues, für Sie ungünstiges rechtliches Umfeld verlegt. Ich muss Ihnen das leider sagen.«
»Was heißt das genau?«, fragte der russische Präsident.
»Nun, es spielt keine Rolle, ob Russland das Tribunal anerkannt hat oder nicht. Es spricht Recht gegen Jedermann, der sich bezüglich der genannten Verbrechen schuldig gemacht hat, und es setzt das Urteil hier in Den Haag um.«

Iwan Pavlenko schwieg eine lange Minute. Er dachte an die Bilder von Göring, Hess und den anderen Hauptangeklagten. Er dachte an Gaddafi, Saddam Hussein, Ceaușescu und an Hitler. Seine anfängliche Selbstsicherheit war mit den Äußerungen der beiden Anwälte verschwunden.
»Ich sehe noch eine Möglichkeit«, meinte Dimitri. »Ein ärztliches Gutachten bescheinigt Ihnen, dass Sie nur noch kurz zu leben haben und man entlässt Sie hier.«
»Diese Bescheinigung wird es nicht geben! Ich bin meinem Alter entsprechend gesund.«
»Das ist gut zu wissen, Herr Präsident«, sagte der Berliner Anwalt. »Wir brauchen Ihre ganze Energie, damit wir Sie hier freibekommen.«
Ivan überlegte. Wenn es keine rechtliche Grundlage gab, hier schnellstmöglich herauszukommen, dann eben mit Gewalt. Eine militärische Befreiungsoperation, die Entführung des niederländischen Ministerpräsidenten oder des Königs, mit anschließendem Geiselaustausch. Irgendetwas in der Art musste möglich sein!

»Beantworten Sie mir ehrlich eine Frage, Dimitri. Wie schätzen Sie den politischen Willen in Russland ein, mich zurückzuholen?«

Der Anwalt suchte die richtigen Worte.

»Nun, ich sehe, wie sich das Nachfolgesystem aufstellt. Die Akteure haben große Angst vor Ihnen und vor Ihrer möglichen Rückkehr ins Amt. Teile des russischen Volkes mögen das anders sehen, aber Sie kennen das Volk besser als ich. Es wird Ihretwegen nicht aufbegehren. Schon gar nicht wird es eine Revolution geben.«

»Das sehe ich anders, Dimitri. Mein Volk mag mich nicht lieben, das russische Volk hat noch nie einen Herrscher geliebt. Aber es weiß, dass Iwan Pavlenko besonders den Menschen mit geringem Einkommen hilft, dass ich der Einzige bin, der Russland vor den Nazis retten kann, und der Einzige, der Russland vor dem Machthunger des Westens schützt.«

»Das wäre fatal«, kommentierte der deutsche Anwalt. »Die neue Clique dürfte kein Interesse daran haben, sich den Feind ins Bett zu holen. Ich fürchte, die von Ihnen eingesetzten Oligarchen werden in Windeseile die Seiten wechseln, sobald sie sicher sind, dass Sie nicht mehr ins Amt zurückkehren können. Wie sehen Sie das Herr Kollege?«

»Ich kann und möchte das nicht beurteilen. Dafür habe ich nicht genügend Kenntnisse, was gerade hinter den Kreml-Mauern geschieht«, antwortete der russische Anwalt.

»Wenn ich das selbst wüsste«, sinnierte Iwan. »Ich bekomme Informationen, dass man brennend auf meine Rückkehr wartet, besonders von meinen Streitkräften, aber ich vermag den Wahrheitsgehalt nicht zu beurteilen.«

»Bevor wir morgen mit unserem Schlachtplan beginnen, wie wir Sie hier so schnell wie möglich wieder herausbekommen, erlauben Sie mir noch einen Hinweis, Herr Präsident«, sagte sein deutscher Wunschanwalt. »Jenseits der juristischen Aufarbeitung sollte man auch die Rache des Westens nicht unterschätzen.«

»Was meinen Sie damit, François?«
»Ihr wichtigster Oppositioneller wird seit seiner Rückkehr nach Russland in Einzelhaft gehalten. Nach Auffassung des Westens werden immer neue Gründe gefunden, um ihn bis ans Ende seiner Lebenszeit einzusperren. Er käme als Greis heraus, sofern er das Ende der Haft überlebt. Diese Inhaftierung lastet man Ihnen persönlich als einen Rachefeldzug an. Ich fürchte, auch dieser Tatbestand wird Eingang in die Strafaufarbeitung finden. Aber wie schon gesagt. Die Lage ist zwar äußerst komplex, aber lösbar. Wir werden für die frühzeitige Abweisung der Klage Zeugen heranschaffen und die Anklage vom Tisch fegen. Dafür brauchen wir Zeit und besonders Ihre Geduld.«
Iwan nickte, er stand erschöpft auf und sagte: »Ich danke Ihnen, meine Herren.«

Dimitri Strassow hatte das Gefühl, noch etwas sagen zu müssen. »Es tut mir leid, Herr Präsident, dass wir Ihnen keine Hoffnung auf eine schnelle Beendigung dieser Verhaftung und nach derzeitiger Sachlage auch nicht auf einen Freispruch machen können. Aber wir werden unser Bestes geben.«
Sein deutscher Kollege sah ihn entsetzt an.

An diesem Abend las Iwan Schriften von Stalin. Er verzichtete auf ein Abendessen und wollte allein sein.
Gegen sechs Uhr morgens fand ihn der Wärter erhängt im Zimmer. Ein Zettel lag auf dem Tisch:
Der Tag wird kommen, an dem die Historiker erkennen werden, dass Präsident Iwan Pavlenko Russland in eine multipolare Weltordnung führte und den Globus von Grund auf veränderte.

****

Die Nachricht vom Freitod seines Mandanten hatte den Berliner Anwalt François Lavalliere mit voller Wucht getroffen. Er empfand sofort starke Schuldgefühle. Sein russischer Kollege Dimitri Strassow konnte mit der katastrophalen Nachricht besser umgehen, er schien beim gemeinsamen Frühstück in der Kantine des Internationalen Strafgerichtshofes geradezu aufgeräumt.

»Ich bin entsetzt, Dimitri! Wie konnte das passieren? Wir beide wissen doch, dass spontane Suizide die Ausnahme sind. In der Regel sind sie vorbereitet und mit Depressionen verbunden. Beides traf für unseren Mandanten nach meiner Einschätzung nicht zu.«

»Das stimmt, Herr Kollege. Aber wir sind Anwälte, keine Psychologen. Iwan Pavlenko hat über seinen Freitod selbst entschieden. Wir wissen auch nicht, ob es geplant oder spontan war. Ich konstatiere lediglich, dass er im Vollbesitz seiner geistigen Fähigkeiten war.«

»Das ist mir zu einfach, Dimitri. Wir haben eine menschliche Verantwortung unserem Mandanten gegenüber! Es muss aus unserem Gespräch für ihn eine vernichtende Botschaft zurückgeblieben sein, etwas, was ihm den Boden unter den Füßen weggezogen hat.«

Der russische Anwalt lächelte ihn an.

»Sie wissen doch selbst, dass seine Lage, hier herauszukommen, aussichtslos war. Aber, wenn Sie mich schon fragen, Ihr Hinweis auf das neue Sondertribunal war zu diesem Zeitpunkt meines Erachtens eher nicht angebracht. Ich hätte das zurückgehalten, lieber François.«

»Das ist Auffassungssache. Dieser wichtige Sachverhalt zählt eindeutig zur sofortigen anwaltlichen Informationspflicht. Ich glaube auch nicht, dass diese Information ausschlaggebend für den Selbstmord war. Der Grund ist ein anderer. Er fühlte sich von Moskau alleingelassen! Das war für ihn die Katastrophe! Ich will es ganz offen sagen. Sie waren als Insider

der politischen Szene sein Hoffnungsträger und haben ihm, mit Verlaub, alles andere als Mut gemacht.«
»Ich habe ihm gesagt, wie es ist, Herr Kollege. Die Uhren in Moskau ticken jetzt anders, als unser Mandant es sich vielleicht wünschte.«
François war verblüfft. Es brauchte keine besondere Menschenkenntnis, um zu begreifen, auf welcher Seite der russische Kollege stand. Der Tod des Mandanten schien ihn wenig zu berühren. War es eine Lösung, die der sogar begrüßte? François entschied sich, ohne Umwege zu fragen: »Kann es sein, dass Sie zum Lager von Alexei Sokolow gehören? Hat der Sie geschickt?«
Der russische Anwalt lächelte ihn an. »Ich bitte Sie, Herr Kollege, ich stehe auf der Seite meines Mandanten.«
François glaubte ihm kein Wort mehr. Aber er wusste, dass er bei einer Anklage gegen Iwans Mittäter mit diesem russischen Anwalt nicht zusammenarbeiten würde.

An diesem Tag befand sich der Internationale Strafgerichtshof im Ausnahmezustand. Wie war es möglich, dass sich Iwan Pavlenko mit einem Gürtel suizidieren konnte? Er galt als stabil und verteidigungsbereit. Offensichtlich war das eine falsche Einschätzung. Schuldige wurden gesucht und gefunden. Doch das Schlimmste für die Justiz war, dass mit dem Tod des Zaren die Anklagepunkte gegen ihn obsolet wurden. Die Straftaten würden nun ungesühnt bleiben, und Pavlenkos Opfer mussten mit ihrem Leid allein leben.
Der Chefankläger tobte und sprach im Präsidium von einem historischen Versagen des Internationalen Strafgerichtshofes. Er verwies auf den Nürnberger Prozess, in dem es dem Reichsfeldmarschall Hermann Göring gelungen war, sich mit einer Ampulle Zyankali vor der Vollstreckung des Urteils umzubringen. Ob man acht Jahrzehnte später daraus nicht gelernt hätte.

Die hohen Vertreter des Internationalen Strafgerichtshofes standen stumm vor der Leiche des russischen Präsidenten. Jedem war bewusst, dass Iwan Pavlenko den langen und demütigenden Weg der gerichtlichen Aufarbeitung nicht gehen wollte. Auf seinem Gesicht war ein ironisches Lächeln erkennbar. Er hatte der Welt gezeigt, dass nur er allein über sein Leben und seinen Tod bestimmt.

Zweifellos wusste er sich der Verehrung durch seine millionenfachen Anhänger sicher. Iwan Pavlenko, der Retter Russlands vor dem Westen, war mit seinem Freitod für sie zum Märtyrer geworden.

44. Epilog

Die russisch-orthodoxe Heilig-Geist-Kirche in Vilnius war bis auf den letzten Stehplatz gefüllt.
Als besondere Gäste waren der litauische Ministerpräsident, die politischen Größen aus Litauen und die deutsche Außenministerin in Begleitung des deutschen Botschafters Jürgen von Bornheim erschienen.
Aus Deutschland kamen in Fliegeruniform der Eurofighter-Pilot Joe, SCRAMBLE ONE und Freddy, SCRAMBLE TWO, von dem die fast genesene Co-Pilotin Maria Kudirka kein Auge lassen konnte.
Aus Finnland erschien der sympathische Unterhändler Hannu Mäkinen.
Andy überbrachte als Gastgeschenk eine Emergency-Checkliste der Boeing 737-300, die von allen erreichbaren Passagieren signiert worden war.

Auf der Allee zu dieser schönsten russisch-orthodoxen Kirche Litauens standen die Menschen eng gedrängt und verfolgten die Zeremonie auf einem Großbildschirm. Der Gesang des russisch-orthodoxen Chores und die kraftvolle Stimme des Priesters waren bis weit in die Altstadt zu hören. Die Menschen konnten live miterleben, wie die Lichtstrahlen durch die Kuppel wie eine göttliche Segnung direkt auf die wunderschön gekleidete und mit Blumen geschmückte Braut und des so ernsten, großgewachsenen, blonden Bräutigams fielen. Wie die Trauzeugen die Krone auf die Häupter von Maria und Darias legten, dessen operierte Schulter durch einen Verband gestützt wurde.

Dann erschien das Brautpaar, das für die Menge längst ein Heldenpaar geworden war, endlich im Portal. Ein unbeschreiblicher Jubel brauste auf.
Als Maria die Blumen nach hinten warf, wurden diese von Aishe aufgefangen, was Tom zum Anlass nahm, vor ihr auf die Knie zu fallen.
Marc, Jelke und Pia und auch Tom und Aishe reisten sofort nach der Hochzeit an einen unbekannten Ort, um den Medien zu entkommen. Die eine Million US-Dollar aus Iwans Koffer spendeten Marc und Tom für elternlose Kriegskinder in der Ukraine und Russland.
Auch Alexei Sokolow war zur Hochzeit geladen worden. Doch zwei Tage nach Iwans Selbstmord fand man ihn in Moskau tot auf der Großen Moskwa Brücke. Auf sein Gesicht war ein „Z" gesprüht worden. In seiner Jacke lag ein Zettel mit den Worten: *Russland verzeiht nie!*
Sein Tod wurde kaum beachtet, im Gegensatz zur Beerdigung von Iwan Pavlenko in Moskau. Die neue Regierung hatte eine dreitägige Staatstrauer angeordnet. Es kamen Staatsgäste insbesondere aus China, Afrika, dem Iran, Syrien und Saudi-Arabien und viele Wegbegleiter, wie der ehemalige deutsche Bundeskanzler Gert Schreiber.
Besonderes Interesse weckte die am offenen Sarg trauernde Yulia Smirnoff mit ihren beiden Söhnen Boris und Igor. Sie flog im Anschluss an die Trauerfeier nach Monaco, da sie in Russland keine Zukunft mehr für sich sah. Es hieß, dass sie in einem kleinen italienischen Dorf namens Oratorio di San Rocco ein altes unscheinbares Haus gekauft habe und sich dort häufig aufhielte.
Juri Petrow wurde in Russland wegen Mord und Entführung einer Verkehrsmaschine zu zwanzig Jahren Haft verurteilt, Ludmilla zu acht Jahren. Ihr Bruder Nika besuchte sie regelmäßig im Zentralgefängnis Vladimir und hoffte mit ihnen

auf den Erfolg des Gnadengesuches, unterstützt vom ukrainischen Präsidenten Bohdan Sapronoff.

Russland durchlebte eine Zeit der Machtkämpfe und Unruhen, aber fand schließlich seine Mitte zwischen dem Westen, China und Indien. In dieser Hinsicht wurden Iwan Pavlenkos Träume Wirklichkeit.

Mit Beginn der zweiten Zeitenwende fiel Deutschland unter einer neuen Regierung allmählich in alte Strukturen zurück. Die neue Wehrhaftigkeit trat hinter den Wirtschaftsinteressen zurück ¬ mit fatalen Auswirkungen auf die Bundeswehr. Das reichste Land Europas hatte zwar die Militärausgaben erheblich erhöht, verließ sich aber in dem zerstrittenen Europa wieder auf die USA, die erneut von einem demokratischen Präsidenten regiert wurden.

Die Ostsee-Pipelines wurden wiederbelebt. Der Handel mit Russland blühte, aber man hatte zumindest gelernt, die Abhängigkeit von russischem Öl und Gas nicht überzustrapazieren.

Michael Wussow arbeitete für eine deutsche Bank in Sankt Petersburg und fand eine neue Lebenspartnerin.

Bundeskanzler a.D. Schreiber hatte mit dem Tod seines Freundes Iwan den Zugang zur russischen Wirtschaft verloren und verschwand von der politischen Bildfläche.

Die Ukraine und Russland einigten sich auf ein Friedensabkommen, in dem die Menschen in den annektierten Gebieten, einschließlich der Krim, selbst über ihre politische Zugehörigkeit entscheiden sollten. Es zeichnete sich bereits ab, dass sich die Mehrheit dem neuen Russland zugehörig fühlte. Der Waffenstillstand und das Friedensabkommen kamen für die kämpfende Ukraine gerade noch rechtzeitig, denn deren Streitkräfte waren nach fast zwei Jahren Kampf trotz der westlichen Hilfe ausgezehrt und konnten dem russischen Nachschub an frischen Kräften und neuen Waffen nichts mehr entgegensetzen.

Dieser verheerende Angriffskrieg hatte Hunderttausende Menschen das Leben gekostet. Ohne den Tod von Iwan Pavlenko, der nicht Zar sein wollte, aber einer war, und ohne die umsichtige Nachfolgeregierung wäre das Gemetzel nach Auffassung vieler weitergegangen.
Der hochgeehrte ukrainische Präsident Bohdan Sapronoff dankte ab und übernahm die Leitung des Schauspielhauses in Kiew. Die Ukraine wurde Mitgliedsland der EU und der NATO. Endlich herrschte wieder Frieden in Europa.

Auf dem Friedhof von Iwans Eltern in Sankt Petersburg fand man einen Zettel, auf dem geschrieben stand:

Danke, dass ihr Iwan endlich zu euch genommen habt.

****

Liebe Leserinnen und Leser,
seitdem ich mich als junger Offizier mit dem missglückten Attentat vom 20. Juli 1944 auf Hitler befasste, beschäftigt mich der politisch motivierte Mord. Hinter der Rechtfertigung eines Tyrannenmordes steht zumeist ein ethisch geführter Konflikt. Die Schuld an jedem Mord trägt schwer. Ob der Tyrannenmord eine gerechte Lösung ist, um ein System vom Unterdrücker zu befreien, möge jeder für sich entscheiden. Ich halte ihn in einer Ausnahmesituation für legitim. Ob er jedoch dem erhofften Zweck dient, ein Land von der Diktatur zu befreien, ist eine andere Frage. Denn das, was danach kommt, kann schlimmer werden als die Zeit unter der Diktatur. Hier gilt eine römische Weisheit:

„Memores estote, inimici, ex ossibus ultor."

Seid eingedenk, ihr Feinde, aus den Gebeinen (der Gefallenen) wird ein Rächer entstehen.

„Zarentod“ ist trotz aller Bezüge zur Gegenwart eine fiktive Geschichte, die nur ein Ziel hat, Spannung und damit Leselust zu erzeugen.
Mich hat die Recherche auf ein Neues gelehrt, dass die Realität die beste aller Geschichten schreibt.
Ich freue mich über Ihre Kommentare und verspreche, jede Nachricht an trauboth.autor@gmail.com persönlich zu beantworten.
Ihr
Jörg H. Trauboth,
im September 2023

€ 16,90 E-Book € 9,49 ISBN 978-3-939829-64-5
Engl. Ausgabe THREE BROTHERS € 18,39 E-Book € 9,49

Dirk Seel: Ein total spannender Plot, der an Aktualität kaum zu toppen ist *Ulf v. Krause:* äußerst spannend geschrieben, die Romanfiguren strahlen ein hohes Maß an Glaubwürdigkeit aus, der rote Faden stimmt bis zum Schluss *Carsten Wankel:* Von Verrat über Liebe bis zum Happy End geht der Spannungsbogen. Man bekommt tiefe Einblicke, wie der IS tickt *Annamarie Schmid:* Die Geschichte hat mich nicht mehr losgelassen.

€ 16,90 E-Book € 9,49 ISBN 978-3-96136-052-9

Ulla Heine: Selten so mitgezittert DER Thriller 2019. *Renate Czizegg:* Für mich ein packendes Lesevergnügen Ich hoffe, Jörg Trauboth macht die Trilogie voll.« *Dorle Stender:* Spannend von der ersten bis zur letzten Seite und voller Überraschungen. Absolut lesenswert! *Claudia Stadler:* Jeder, der Thriller gerne liest, ist mit diesem Buch bestens beraten. *Dr. Ulrike Waldhofen:* Absolut empfehlenswert! *Wolfgang Wanja:* Ein Buch, das man jedem empfehlen kann, den die geopolitischen Entwicklungen der Neuzeit nicht gleichgültig lassen und der gleichzeitig spannende Unterhaltung sucht. *Dr. Christian Lex:* Suchtgefahr nach mehr vom Autor.

€ 16,90 E-Book € 9,49 ISBN 978-3-96136-067-3

Der ehemalige Elitesoldat Marc Anderson und Inhaber der Hamburger *Maritime Security Services* lebt mit Karina Marie und der gemeinsamen kleinen Tochter Pia zusammen. Das Glück scheint vollkommen, bis der iranische Terrorist Ali Naz brutal an der Familie Rache nimmt. Marc fällt in eine tiefe Depression und wird seelsorgerisch begleitet. Nur eine letzte, alles entscheidende Hoffnung hält ihn am Leben. Ali Naz lockt ihn in eine Falle. Doch er hat Marc Anderson und sein Team unterschätzt. Marc erfährt nach einer langen Reise der Demütigung, dass auch im grausamsten Ende ein Anfang innewohnt.

€ 16,90 E-Book € 9,49
ISBN 978-3-96136-095-6

Für den jungen Schüler waren die vier Jahre im Elite-Internat die Hölle. Jeden Monat traf sich eine illustre Runde von Herren in düsteren Kutten in der Hauskapelle und vergewaltigten ihn und seine Schulkameraden. Die Kripo erfährt zwar von den Orgien, aber die Täter bleiben unentdeckt. Zwanzig Jahre später: Acht Personen finden in ihrer Post ein kompromittierendes Video. Die anonyme Forderung: Treffpunkt am 13. Mai im Hotel Pilgrim am Eingang zum Jakobsweg, sonst geht das Video an die Medien. Alle kommen. Alle stehen unter Spannung. Auch der ebenfalls anonym eingeladene verdeckt ermittelnde Hauptkommissar Joe Jaeger vom BKA und die Investigativ-Journalistin Hanna Dohn. Auf der vierzehntägigen Wanderung durch die malerische Landschaft des Jakobsweges ereignet sich ein Todesfall nach dem anderen. Der mystische Glaubensweg wird zum Pilgerweg der Angst ...

€ 16,90 E-Book € 9,49
ISBN 978-3-96136-136-6

Am 31. Juli 1944 hebt der physisch und psychisch angeschlagene Kriegspilot Major Antoine de Saint-Exupéry auf dem Flugplatz Bastia-Borgo (Korsika) mit einem Aufklärungsflugzeug ab und kehrt nicht mehr zurück. Ein deutscher Jagdpilot gibt an, ihn abgeschossen zu haben. Jahrzehnte später fliegt Fabian, der Sohn des Jagdpiloten, die Route seines Idols, Major „Saint-Ex", nach. Am Himmel über Frankreich wird Fabian mit seinem Flugzeug in ein Universum jenseits von Raum und Zeit geschleudert. An seiner Seite erscheint ein mysteriöser Flügelmann und beginnt mit ihm ein sehr persönliches Gespräch ...

€ 59,80   E-Book € 58,99
ISBN 978-3-41505-517-9

Seit Erscheinen des Werkes »Krisenmanagement bei Unternehmensbedrohungen« im Jahr 2002 hat sich die Sicherheitssituation und damit die Krisenlandschaft rasant verändert. In der Neuerscheinung trägt ein Expertenteam dieser Entwicklung Rechnung:

Jörg H. Trauboth zeichnet das Gefährdungsbild der Zukunft. Er liefert das präventive Gerüst zum Management einer Krise und das konkrete Managementverhalten bei produktbezogenen Krisen sowie bei Geiselnahme und Entführung im In- und Ausland.

Ralph Eckhardt berichtet in einem Exkurs, inwiefern Führungsverantwortliche aus den Erfahrungen von Kampf- und Berufspiloten lernen können.

Peter Höbel konzipiert einen praxistauglichen Krisenkommunikationsplan mitsamt den richtigen kommunikativen Antworten für verschiedene Branchenkrisen.

Frank C. Waldschmidt erläutert das Krisenmanagement in schulischen Ausnahmesituationen sowie in Arztpraxen, Notfallzentren und Krankenhäusern.

Frank Meurer strukturiert die unternehmerischen und behördlichen Maßnahmen bei einem terroristischen Angriff.

Dr. Arnd-Christian Kulow liefert das Handwerkszeug für den Schutz vor Angriffen aus dem Internet. Themenbezogen legt er die rechtlichen Grundlagen des Handelns dar.

Dieses einzigartige Kompendium ist durch die Fallbeispiele eine betont praxisorientierte Hilfe für alle Entscheider in Unternehmen, Organisationen, Behörden, medizinischen Einrichtungen, Schulen und für angehende Krisenmanager.

Printed in Poland
by Amazon Fulfillment
Poland Sp. z o.o., Wrocław

55590635R00230